Beate 2/95

Rosie Scott

Tage des Ruhms

Aus dem Englischen von
Else Laudan, Claudia Görke und Maureen Draxler

Ariadne Krimi 1036
Argument

Titel der neuseeländischen Originalausgabe: Glory Days

Lektorat: Eva Stäbler

Die Autorin dankt der New Zealand Literary Fund für den Zuschuß, der ihr geholfen hat, diesen Roman zu schreiben.

Deutsche Erstausgabe
Februar 1993

Rentzelstraße 1, 2000 Hamburg 13
Telefon 040 / 45 36 80 — Telefax 040 / 44 51 89
Titelgraphik: Johannes Nawrath
Signet: Martin Grundmann
Texterfassung durch die Übersetzerinnen
Fotosatz: Comptext, Berlin
Druck: Clausen & Bosse, Leck
ISBN 3-88619-536-8

An Danny, Josie und Bella

Glossar

Maoris: Ureinwohner Neuseelands, vor ungefähr 600 Jahren in Kanus aus Polynesien gekommen. Die Maoris stellen fast 8% der Gesamtbevölkerung. Nach dem Vorbild europäischer Werte versuchten die weißen Regierungen Neuseelands sie zu »integrieren«. Dieser sogenannte »weiche Rassismus« bedeutete für die Maoris den Verlust ihrer kulturellen Identität. Daraus ergaben sich massive soziale Probleme. In den letzten 10 bis 15 Jahren haben Maoris sich vehement dagegen zur Wehr gesetzt und erreicht, daß ihre Kultur und Sprache, zumindest gesetzlich, als gleichwertig anerkannt wurden.

Kohi: Versteinerung (Skelett), auch bildlich für Menschen, die weniger der Gemeinschaft nützen als sich selbst.

Kuia: eine ältere Verwandte

Mana: Autorität, Prestige, Charisma oder auch besondere esoterische Fähigkeiten

Marae: Versammlungshaus der ortsansässigen Maorifamilien, speziell der zeremonielle Platz vor dem Haus — alle wichtigen Ereignisse im Leben der Maoris finden auf dem Marae statt. Die Bezeichnung Marae schließt auch das dazugehörige Gelände mit ein. Ein fremder Marae wird erst betreten, wenn eine Angehörige (meist eine der Ältesten) des Marae den offiziellen Willkommens- und Einladungsruf gesungen und das umfangreiche Aufnahmeritual stattgefunden hat.

Pakeha: »Fremde/r«, wird heute als Bezeichnung für die NeuseeländerInnen europäischer Abstammung benutzt.

Puku: Bauch

Tangi: Beerdigung

Dairy: Eine Art Tante-Emma-Laden oder kleiner Supermarkt, oft die ganze Nacht und am Wochenende geöffnet. Dairys sind in Neuseeland in fast jeder zweiten Straße zu finden und werden meist von asiatischen oder polynesischen Familien betrieben.

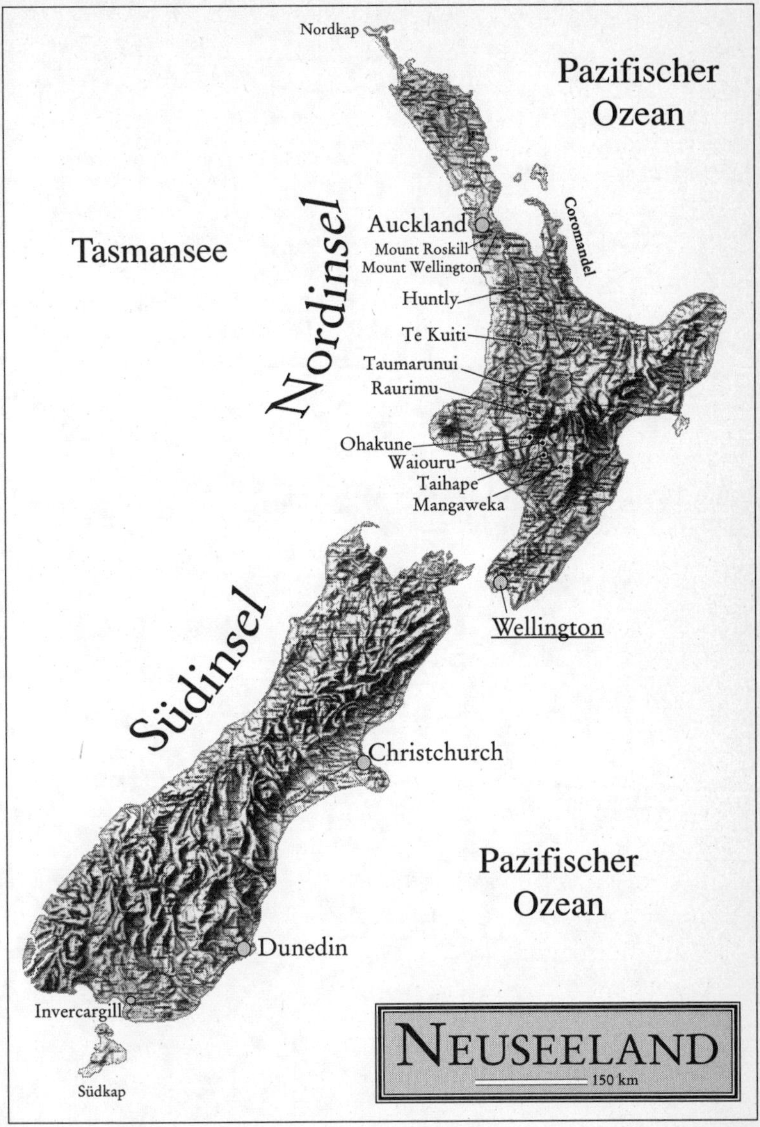

Nordkap
Pazifischer Ozean
Coromandel
Auckland
Mount Roskill
Mount Wellington
Tasmansee
Nordinsel
Huntly
Te Kuiti
Taumarunui
Raurimu
Ohakune
Waiouru
Taihape
Mangaweka
Wellington
Südinsel
Christchurch
Pazifischer Ozean
Dunedin
Invercargill
Südkap
NEUSEELAND
150 km

I

Nach meinem letzten Auftritt ging ich für eine Weile nach hinten, um mit der Band zu reden, eine zu rauchen und mich ein bißchen zu entspannen.

Heute abend waren die Zuschauer widerlich gewesen, von Anfang an war die Stimmung gegen uns. Während sämtlicher Nummern soffen sie vor sich hin und redeten, Feindseligkeit kroch in stickigen Schwaden durch den Raum. Später würde es bestimmt Schlägereien geben. Ein Typ grölte mir zu, endlich die Klamotten auszuziehen, und als ich ihm sagte, er könnte mich kreuzweise, machte er Anstalten, auf die Bühne zu kommen. Besoffene machen mir sonst nicht viel aus, aber der Kerl schien es ernst zu meinen. Er hatte so einen betrunken-haßerfüllten Blick in den Augen und stieß beim Nachvornestürzen so hart an einen Tisch, daß er Bierdosen über den ganzen Boden verstreute. Der Rausschmeißer war schon unterwegs, also sang ich zu Ende und verzog mich schnell.

In der Garderobe saß ich erstmal nur da, ich mochte mich nicht mehr rühren. Hier war's eigentlich ganz gemütlich. Der Putz an den Wänden hatte riesige Löcher, und das versauteste Graffiti, das ich kannte, bedeckte jeden Quadratzentimeter Oberfläche im Raum. Für mich strahlte dieser Schuppen eine Art rohe Energie aus: die herumgeisternden Spuren Tausender von Bands, all das Nachtleben, pulsierende Aufregung, totale Abstürze, Drogentrips und Vollsuffs, und Groupies.

Ich war schon immer gerne im Mainstreet aufgetreten. Kein neonbestrahlter Rummel wie in einigen anderen Bars, nicht diese pseudomoderne Flimmer-Disco-Stimmung, wo ältliche Heinis sich im Teenie-Slang versuchten. In solchen Läden wurde jede Form von Kraft und Lust im Plastik erstickt. Das Mainstreet dagegen hatte Geschichte. Es hatte einfach eine andere Dimension, geprägt von großen, schäbigen Veranstaltungen und Festen. Musik war hier so selbstverständlich wie Luft zum Atmen. Die Garderoben, die Bühne, die Tanzfläche waren davon durchtränkt. Es war der einzige Club in Auckland, der so großstädtisch und gleichzeitig so persönlich war.

Aber manchmal, so wie heute abend, war ich froh, daß ich nur gelegentlich mit der Band auftrat, um mir schwarz was dazuzuverdienen. Die anderen mußten sich jeden Abend durch Aucklands Kneipen schlagen, sich mit Brauereivertretern herumärgern, wurden beschissen bezahlt und durften ihre schwere Ausrüstung ständig die Bühnen rauf- und runterwuchten. Es war Cash, der Leadgitarrist, der sie zusammenhielt, mit seinen größenwahnsinnigen Träumen von Geld und Ruhm. Die Band war schon auf drei zusammengeschrumpft und durch Cashs unfähiges Management fast völlig abgebrannt, aber er hatte immer eine Antwort, wenn einer aufgeben wollte.

»Denk an Split Enz«, sagte er dann etwa, einen manischen Glanz in den Augen. »Haben sich jahrelang den Arsch abgehungert, bevor sie's geschafft hatten. Und sieh sie dir jetzt an!« Der Mann hatte nicht einen Funken Humor und vor allem kein Gefühl dafür, wann er besser die Klappe hielt. Da saßen wir nun, wortlos, ganz damit beschäftigt, die kleinen Demütigungen des Auftritts zu vergessen, und er mußte mit seiner Lieblingsparanoia anfangen, Managern. Als er so richtig in Fahrt kam, stand Simon einfach auf und ging raus. Simon sprach nie sehr viel, aber er machte klar, wo er stand.

»Dann sagt dieser Mistkerl zu mir — Pech, du hast nichts Schriftliches. Hatte ich auch nicht. Da hab' ich aber losgelegt, hör mal, Alter, hab' ich gesagt ...«

Jeff zwinkerte mir zu. Die beiden hatten so eine Art Dick-und-Doof-Nummer laufen, die alle anderen tödlich langweilte. Sie waren wie ein altes Ehepaar.

»Welcher Manager?« fragte ich, nicht wirklich interessiert. Es war nur ganz gemütlich, hier ein Weilchen rumzusitzen, mir war auch irgendwie nach Gesellschaft.

»Bob.«

»Der? Na, komm, Cash, du kriegst doch nie das Maul auf, wenn's mit dem Ärger gibt.« Zwinker, zwinker.

»Scheiße, habe ich wohl. Ich hab' ihm erzählt, wo's langgeht, und ich hab' gesagt, ich will die hundert Dollar, oder er hört von meinem Anwalt.«

Wir versuchten, eine bequemere Haltung auf den Plastikstühlen zu finden, und bedienten uns mit Cashewkernen, die die letzte Band hatte liegenlassen. Es war schon sehr spät, und im Raum roch es wie auf so einer deprimierenden Party in einem Untermieterzimmer. Der Dreck hier war Jahrhunderte alt, niemand würde ihn je wieder wegkriegen. Der Staub hing wie Gas in der Luft.

»Willst du immer noch am Freitag mit uns singen? Glory?« Cash war ein quirliger kleiner, dünner Kerl mit kompliziertem Denkapparat. Du konntest sein Hirn geradezu wie einen Computer summen hören. Er war wie mein zweiter Mann — immer kurz vorm großen Sprung —, aber bei weitem nicht so brutal.

»Weiß noch nicht.« Die letzten Auftritte waren alle wie heut nacht gewesen, mit dem Geruch von abgestandenem Bier und zugedröhnten Typen als Publikum. Wahrscheinlich brauchte ich mal ein bißchen Abstand. Mit meiner neuen Ausstellung hatte ich noch eine Menge Arbeit vor mir.

»Im Ernst? Ach, du willst wohl mehr Geld verlangen?« Cash war immer super-respektvoll zu mir. Wir hatten getrennte Verträge mit Bob. Ich vermutete, daß er diese Information für sich einsetzen wollte.

»Hör zu, alter Freund, du erzählst dem Manager gar nichts. Wenn doch, werd' ich wissen, wer's war.«

»Also wirklich, Mensch, was denkst du denn von mir?«

Jeff krümmte sich vor Lachen, schnaufte und keuchte.

»Laß es einfach«, sagte ich.

»Jetzt hat sie dich festgenagelt.« Jeff prustete wie ein Verrückter. Sein Gesicht war kreidebleich, er sah aus, als würde er gleich einen Herzpips kriegen.

»Was ist denn daran so komisch?« fragte Cash, konnte aber selbst ein Grinsen nicht unterdrücken. Er beobachtete mich verstohlen aus den Augenwinkeln.

»Du!« schrie Jeff. »Du hättest dein Gesicht sehen sollen.«

Sie lachten beide dieses endlose, alberne bekiffte Lachen, das Stunden anhalten konnte. Eine Art »Ürtsch, ürtsch« tief aus dem Bauch.

»Ihr seid doch bekloppte Spinner«, sagte ich. Ich stand auf, um meinen Pelzmantel anzuziehen. Ich fand mich darin wirklich stark, obwohl es nur ein Second-hand-Mantel aus dem Heilsarmeeladen in der Dominion Road war. Das setzte eine neue hysterische Kicherwelle in Gang.

»Guck sie dir in dem Mantel an! Sie sieht aus wie so'n zotteliger Riesenbär. Wuschel-kuschel. Und dann diese Tigeraugen.« Cash, das alte Schlitzohr, hatte seinen Fauxpas schon wieder vergessen. Ich ging mit ausgestreckten Pelzarmen auf ihn zu und umarmte ihn.

»Gefällt's dir?« fragte ich und drückte ihn ein bißchen zu hart. Sein Körper war wie aus Draht. Ich konnte seine blassen, erschrockenen Augen sehen.

»Du zerquetschst mich, du Miststück«, ächzte er. Ich hob ihn hoch wie ein Baby und fing an ihn zu wiegen.

In meiner schmalzigsten Stimme sang ich »Hush, little baby, don't you cry.« Er wand sich wie ein Fisch. Als ich ihn absetzte, war er fuchsteufelswild, aber er fauchte nur schmollend in sich hinein und steckte sich erstmal eine Zigarette an. Jeff hatte sich fast bepinkelt.

»Geht's dir jetzt besser, Herzblatt?« fragte ich freundlich. Ich war plötzlich wieder guter Dinge — voll der Milch der Menschenliebe.

»Ein Eisbär!« prustete Jeff wieder los und keuchte wie kurz vorm Ersticken. Cash war viel zu eingeschnappt, um überhaupt was zu sagen. Aber ich war sicher, daß er dem Manager nichts sagen würde, und Jeff wußte das auch, darum lachte er so. Wir wußten beide, daß Cash, obwohl er sehr gern große Töne spuckte, eigentlich ein ziemlicher Waschlappen war.

»Macht's gut«, sagte ich. Es war schön gewesen, Cashs schmächtigen Körper in den Armen zu halten, er fühlte sich wie ein Kind an. Es gab mir das Gefühl, eine Herrscherin zu sein, eine massive Insel, Ernährerin und Lebensquelle. Schon immer hatte ich so etwas mit ihm machen wollen. Und er hatte es wahrscheinlich heimlich genossen.

Ich ging aus der Bühnentür, ein bißchen auf der Hut vor dem dummen Sack, der mich vorhin angebrüllt hatte. Als ich im Halbdunkel an den altersschwachen Tischen vorbeiging, mit Bergen von Bierdosen darunter und zerknüllten Zigarettenpackungen in den Aschenbechern, entwarf ich in Gedanken ein neues Bild von der Kneipe. So eine Art Rokokotraum, mit diesen Balkonen und der tropischen Schäbigkeit und den großen Ventilatoren, die sich langsam über der Tanzfläche drehten.

»Hey, Glory!«

Es war Patrick, ein Kunststudent, den ich kannte. Er wartete an einem Tisch ganz hinten auf mich und war hier irgendwie fehl am Platz mit seinen topmodischen Punkklamotten und den kurzgeschorenen, gebleichten Haaren. Alles viel zu gepflegt, um echt zu sein. An seinem Tisch saß ein Mädchen, völlig im Koma. Sie war noch ganz jung, vielleicht vierzehn, ein Schulkind mit kurzem, hennagefärbtem Haar, weich und reif wie ein Pfläumchen. Ihre Augen waren geschlossen, und sie sah nicht gut aus. In ihrer tauben Hand hing eine brennende Zigarette, und während ich sie noch ansah, näherte sich die Glut ihrem kindlich-dünnen Handgelenk. Ich mußte ihr die Zigarette abnehmen, in ihrem Zustand hätte sie die Verbrennung wahrscheinlich nicht mal bemerkt.

Ich hatte sie schon vorher gesehen. Sie hing immer mit Typen aus der Drogenszene rum und wirkte ziemlich verloren. Sie sah aus wie eine Tochter aus gutem Hause auf Selbstzerstörungskurs, die meiste Zeit bewegte sie sich wie eine Schlafwandlerin. Heute nacht allerdings war sie nur elend und verletzlich. Patrick nahm sie anscheinend gar nicht wahr. Er sagte zu mir: »Ist schwierig, dich zu erwischen, Glory. Gehst du eigentlich nie ans Telefon?« Er gab mir eine Zigarette.

»Ach, ich hab' ziemlich viel zu tun.« Aus Höflichkeit setzte ich mich, nahm die Zigarette und trank sogar einen Schluck aus seiner Dose.

»Ich wollte dich bloß zu meiner Vernissage einladen«, sagte er. »Ich meine, wenn du Lust hast. Ich würde mich drüber freuen.«

Er lächelte mich stolz an, linste schwarzäugig durch den Rauch wie ein Rotkehlchen.

»Wann ist das?« fragte ich.

»In zwei Wochen. Ich schick' dir so'n Ding zu, sie werden gerade gedruckt.«

Ich ging jetzt nicht mehr zu vielen Eröffnungen, es lohnte sich nicht, höchstens für das bißchen Klatsch — wer welchen Zuschuß bekam, welche Intrigen im Gange waren, was Händler und Galeriebesitzer planten. Ich mochte das alles nicht besonders, es machte mich ängstlich und aggressiv, alle meine Schwachpunkte schienen gigantisch anzuwachsen. Bei solchen Veranstaltungen hatte ich das Gefühl, unter Wasser zu sein. Ich bewegte mich sehr langsam, um den sprungbereiten Angreifern keine Blöße zu bieten. Allerdings fühlte ich mich Patrick bis zu einem gewissen Grad verpflichtet. Er hing wie eine Klette an mir, was ich normalerweise nicht dulde. Aber er hatte einige ausgleichende Eigenschaften — er war außerordentlich begabt, und er wußte immer, wie weit er bei mir gehen durfte. Ich mochte ihn und wollte ihm helfen.

Patrick gehörte einer seltsamen Welt an. Alle seine Freunde waren superreiche, standesbewußte, dekadente Studenten. Kids, die fast alles für ein bißchen Aufregung tun würden, gelangweilte Unzufriedene aus den Gewächshäusern der Oberklasse, mit einer Haut wie Sahne und harten Augen.

Fasziniert von der eigentümlichen Duftmarke dieser anderen Welt hatte ich sogar ein paar Sitzungen mit ihm gemacht, war es aber rasch leid geworden. Sein Gesicht war zu durchschnittlich, um mich länger fesseln zu können. Er nahm es mir nicht übel, für sein Alter war er ein ziemlich professioneller Maler. Er verstand, was mich interessierte.

»Mal sehen, ich versuch's. Meine eigene Ausstellung ist ungefähr zur gleichen Zeit.«

»Oh. Kann ich kommen?« Er hatte die lockere Selbstverständlichkeit der Oberklasse, diesen instinktiven Opportunismus. Das war eine klare Barriere.

»Ja«, sagte ich.

Eine andere Band fing jetzt an, sehr zusammenhanglos. Der Drummer verhedderte sich dauernd, ganz offensichtlich zu angeknallt zum Spielen. Als Zuhörer waren nur noch ein paar Besoffene übrig, die im Halbdunkel Selbstgespräche führten. Die laute, miese Musik traf mich wie ein Schlag auf den Schädel. Ich hatte keine Lust mehr zum Reden und stand auf, um zu gehen.

Schnell fragte er: »Soll ich dich mitnehmen, Glory?«

»Nein, ich hab' meinen Wagen dabei.«

Er stand auch auf, griff nach seiner Tasche und kippte dabei die halbvolle Bierdose um.

»Was ist mit deiner Freundin?«

Das Mädchen war langsam nach vorne gekippt und lag jetzt mit seinen weichen, nackten Kinderarmen in der wachsenden Bierlache auf dem Tisch. Ihr Atem kam röchelnd, bis auf das Heben und Senken ihrer Brust war sie völlig reglos. Ich legte meinen Arm um ihre Schulter, ihre Haut war trocken und unangenehm kalt. Ihre vogelartigen kleinen Gliedmaßen unter meiner Hand rührten mich in ihrer Zerbrechlichkeit.

»Ich hab' nichts mit ihr zu schaffen. Sie hat sich nur hier hingesetzt. Irgendein verdammter Junkie.« Wir standen beide da und sahen sie an. Es war ihm völlig egal, daß sie von seinem Bier ganz naß wurde.

»Ich muß los«, gab mir Patrick schließlich zu verstehen. »Steve wartet draußen.« Er machte eine Pause, als wartete er auf eine Erklärung. »Willst du was für sie tun? Sie wird ihren Rausch schon ausschlafen. Sonst fehlt ihr nichts.« Er warf einen Blick in ihr Gesicht, heuchelte Interesse. »Sieht doch gut aus«, sagte er.

Ich wußte, wenn ich ihn fragte, würde er mir helfen, dafür hatte er schon seine Gründe. Aber ich entschied mich dagegen.

»Geh ruhig«, forderte ich ihn auf.

»Bis bald dann, Glory.« Er hatte offenbar das Gefühl, daß er irgendein Stichwort verpaßt hatte, und wollte es überspielen. Er legte Wert darauf, sich gut mit mir zu stellen. »Ist wirklich alles klar?«

»Mach's gut«, sagte ich und überlegte, was ich jetzt tun sollte. Die Kleine sah furchtbar aus, aber ich wußte aus Erfahrung, daß Bewegung ihren Kreislauf wieder in Schwung bringen und den Blutdruck hochtreiben würde. Ich könnte einfach Bob, dem Manager, Bescheid sagen und dann den Rest ihm überlassen. Aber das wollte ich nicht. Das Mädchen war bestimmt von zu Hause abgehauen.

Ich setzte mich wieder hin und sah sie mir genauer an. Es war spät, der Laden würde gleich dichtmachen, und ich wollte nach Hause.

»Hör mal, kannst du laufen?« fragte ich sie. »Ich werd'n Stück mitgehen.« Ihre Augenlider flatterten, und plötzlich schenkte sie mir ein wackeliges, vertrauensvolles Babylächeln. Von irgendwo in ihrem abgestürzten Gehirn hatte sie mich gehört. Sie bewegte leicht ihre Hände, die Nägel waren bis aufs Fleisch abgekaut. Das entschied die Sache für mich.

»Okay. Dann mal los.«

Ich zog sie hoch, und sie stand auch gleich, schwankte einen Moment, dann fiel ihr weicher Körper gegen mich, so daß ich ihr volles Gewicht halten mußte. Es war, als müßte ich eine große, schlackerige Lumpenpuppe tragen. Sie war nicht sehr schwer, und sie ließ ihren Kopf vertrauensvoll auf meine Schulter fallen. Sie war noch ein Kind, und ich fragte mich, wie sie dazu gekommen war — um drei Uhr morgens allein in einem schäbigen Nachtclub, verlassen von der ganzen Welt und vollgepumpt mit Gift, das ihr Herz lahmlegte.

Wir schafften es zwischen den Tischen durch und die Treppen runter, aber als ich sie bis ins Foyer geschleppt hatte, mußte ich eine Pause einlegen. Wir lehnten an der Wand wie Saufkumpane. Ein widerlicher Geruch kam von dem dosenübersäten Teppich, und in dem grünlichen Licht sah der ganze Laden richtig verdorben aus. Außer Shorty, dem Portier in seinem kleinen Loch, war niemand mehr da. Sein eingefallenes Gesicht starrte mir unwirklich entgegen, er sah aus wie ein trauriges altes Reptil, das seine schmutzige Höhle bewacht.

Shorty saß da jede Nacht, knackte mit den Fingerknöcheln, trank Cola und versuchte, irgendwelchen Leuten ein Gespräch aufzuzwingen. Wenn es aber Schlägereien gab, war er nirgends zu finden. Er behauptete immer, er wäre 1942 neuseeländischer Boxmeister im Bantamgewicht gewesen, aber wie die meisten seiner Geschichten war das nur die halbe Wahrheit. Sein Kumpel sagte, daß er seine Chancen durch den Suff ruiniert hatte und nie über Provinztitel hinausgekommen war. Shorty war ein geschwätziges armes Schwein, immer sternhagelvoll, und seine Einsamkeit hatte ihn aggressiv gemacht. Er lebte in einer von diesen alten Pensionen direkt an dieser Straße und trank sich jede Nacht mit süßem Sherry in den Schlaf. Sehr lange würde er es nicht mehr machen. Wir beeilten uns immer alle, schnell an ihm vorbeizukommen, aber diesmal saß ich in der Falle.

»Hallo, Glory! Wie läuft's?«

»Tagchen, Shorty.«

»Kennst du den Typ? Aus'm Publikum? Der dich angekarrt hat?«

»Nein. Wieso weißt du davon?«

»Gesocks, alle miteinander. Der braucht mal ordentlich was aufs Maul. Will, daß du dich ausziehst! Ein rundes, kräftiges Mädel wie du. Hihihi! Du mit dem ganzen Fleisch auf den Knochen.«

Ich saß da und kriegte langsam wieder Luft. Das Mädchen lehnte bequem an mir, als wäre sie nur eingeschlafen.

»Was ist mit der Kleinen? Die hab' ich auch schon mal gesehen. Ist ihr schlecht?«

»Kannst du mir mal mit der Tür helfen?« Ich zog sie hoch, und wir setzten uns wieder in Bewegung.

Er stand in seinem Kasten und versuchte, mich zurückzuhalten, durchforstete sein rostiges altes Gehirn nach irgendwas, das er tun oder sagen könnte. Er war von Anfang an hinter mir her gewesen, aus irgendeinem Grund hielt er mich für etwas Besseres. Für einen abgetakelten alten Knacker war er erstaunlich gierig und hartnäckig.

»Hat Cash es dir gesagt, Glory?«

»Was.«

»Bob versucht, mich rauszuschmeißen? Meint, er braucht mich nicht mehr? Ich hab' zu Cash gesagt, ich war schon hier, als der kleine Scheißer noch an seiner Mutter nuckelte. Weißt du, was ich meine? Zwanzig verdammte Jahre. Damals war das Publikum auch noch Klassen besser. Nicht wie dieses Pack jetzt. Peter Pan hieß es damals. Ich hatte 'ne Uniform, mit allem Klimbim.« Seine tränenden Augen schossen verstohlene sherrygetränkte Blicke auf mich ab, um festzustellen, ob ich angemessen reagierte. »Schweinebande, die würden alles für 'nen schnellen Dollar tun. Du nicht, Glory. Du hast Klasse.«

Hatte ich alles schon mal gehört.

»Ich muß weiter, sie ist schwer. Komm, hilf uns mal, ja?«

»Mal wieder 'ne Party am Laufen, Glory?« fragte er nun doch und spielte waghalsig seine letzte Karte aus. Er war mal mit zu einer Party nebenan gekommen und im Badezimmer zusammengeklappt, so daß für den Rest der Nacht niemand mehr aufs Klo konnte. Wenn man ihn darüber reden hörte, war es eine ganz tolle Geschichte und er der Star des Abends gewesen.

»Nö«, log ich. Ich hätte es ihm so oder so nicht erzählt.

»Wie geht's denn deinem Mitbewohner? Dem ohne Haare? Läuft alles bei ihm?« Die Party war schon Jahre her, aber er erkundigte sich noch immer mit der Beiläufigkeit eines engen Freundes nach jedem.

»Shorty, nun mach schon, ja?« Seine Art von Pathos suchte seinesgleichen.

»Schon gut, schon gut.« Er kam aus seiner Höhle. Das war ein großes Zugeständnis. »Ich bring' dich zur Tür. Da hängen heute abend ein paar üble Typen rum. Mieses Gesocks.« Er hielt uns die Tür auf und streckte seine eingefallene, asthmatische Brust raus.

Draußen auf der Straße schien der kalte Wind das Mädchen ein bißchen zu beleben. Sie stolperte, schüttelte ihren Kopf, als wolle sie dadurch klar werden, und brabbelte vor sich hin.

Ich sah ihr ins Gesicht. »Alles in Ordnung. Wir gehen zu meinem Wagen. Der Spaziergang wird dir gut tun.«

Ihre Augen öffneten sich für den Bruchteil einer Sekunde, und sie lehnte unbeholfen ihren Kopf an mich. Die Geste war so voller Vertrauen, daß ich nicht anders konnte, als ihr meinen Arm um die schmalen, dünnen Schultern zu legen und wieder langsam und vorsichtig mit ihr loszugehen. Sie lächelte sogar ein wenig, ich sah ein kurzes Aufleuchten von entwaffnender Süße, bevor ihr Gesicht sich wieder unmenschlich verzerrte. Für ein Kind wie sie war dieses trübe Ringen kaum zu gewinnen. Sie hatte die geschwollene, grünliche Haut einer Ertrunkenen. Sie bewegte den Kopf hin und her, die Augen vor Anstrengung geschlossen.

Ich dachte an mein Auto, noch weit weg an der K. Road. Schlaff hing sie an mir, ihr Körper hilflos der kalten Flut des Heroins ausgeliefert. Als wir uns die Straße hocharbeiteten, wurde die Nähe unserer Körper fast unerträglich. Ich konnte ihren kranken Schweiß und säuerlichen Atem riechen — und hörte die saugenden Geräusche, die sie an meiner Wange machte. Ich mußte sie mehr oder weniger tragen. Ihren Körper wie ein Kind oder eine Puppe gegen meine Hüfte gestemmt, schlingerte ich die Straße hoch wie das groteske Zerrbild einer Mutter. Es war klar, daß ich einen Fehler gemacht hatte, es ging ihr viel schlechter, als ich erst dachte, aber es war besser, jetzt weiterzugehen, wo wir die Hälfte schon geschafft hatten. Die Notaufnahme war jenseits der Grafton-Brücke, nur ein paar Minuten entfernt, sofern der Wagen mitmachte.

Wir schoben uns die Straße hinauf, an einer Gruppe von Queens* vorbei. Sie saßen im Dunkeln auf der Wildwest-Veranda vor dem Second-hand-Laden und den Sektenbüros gegenüber von Myers Park. Sie hatten es sich auf einer Zeitungsbox bequem gemacht, tranken und spotteten mit ihren kehligen, exotischen Stimmen, klopften herbe Sprüche, wenn vorbeifahrende Freier die Nerven verloren und wieder Gas gaben. Jedesmal, wenn wieder ein Wagen abzischte, lachten und pfiffen sie höhnisch. Es juckte sie offenbar wenig, daß ihnen ein Geschäft entging. Als ich mit der Kleinen vorüberkam, drückten sie sich tiefer in den Schatten — alles, was nach Ärger aussah, schreckte Freier endgültig ab. Aus dem Augenwinkel konnte ich gerade noch schwach die harten, maskulinen Konturen ihrer geschminkten Gesichter erkennen, den schmerzlichen Prunk der Kleider auf ihrer Haut, ihre ganze fremdartige Schönheit. Benzingestank lag in der Luft, ich hatte den üblen Geschmack sogar im Mund.

Irgendwo weit weg heulte eine Sirene, und eine andere fiel ein, ihr warnendes Jaulen am anderen Ende der Stadt erzeugte eine Gänsehaut. Das Geräusch wirkte in der späten Nacht wie etwas Greifbares, die Luft schien voller Gespenster. Rufe und Schreie und das Quietschen der alten Schaukeln kamen

---

* *Queens* sind schwule Männer, die Frauenkleider tragen. In diesem Fall sind strichende Transvestiten gemeint.

wie ein Echo aus dem dunklen Innern von Myers Park. Da unten saßen Kids auf den Schaukeln, wahrscheinlich mit Plastiktüten überm Kopf beim Schnüffeln, vielleicht stritten sie sich oder hatten sich ganz einfach in der Dunkelheit zusammengeschart. Einmal wurde dort ein Mädchen eine ganze lange Sommernacht von ihren zugeknallten Freunden gefoltert. An dem Samstag hatte ich im Mainstreet gesungen, sie mußte kurz nach meinem letzten Auftritt gestorben sein.

Die ganze Nacht durch wanderten Leute aus dem Park hier hoch oder kamen aus den Spielhöllen. Kids, die von Klebstoffen high wie Zombies waren, Queens, Nutten, Gangster, und all die Nachteulen der Straße, die hier ihre Geschäfte trieben. Der Ort wimmelte im allgemeinen von Schatten. Im Augenblick aber gab es nur die Queens und mich und dieses immer schwerer werdende Kind — ich hörte nichts als meinen keuchenden Atem und das Klirren der Flasche, die die Queens herumreichten.

Schließlich mußte ich doch anhalten und mich an das Fensterbrett des Ladens mit den antiken Knarren lehnen. Ich klemmte mir das Mädchen zwischen die Schenkel und konzentrierte mich darauf, wieder zu Atem zu kommen. Mein Herz hämmerte wie verrückt, und ich fühlte, wie der Schweiß auf meinem Gesicht langsam an der kalten Luft trocknete. Eine der Queens kam rübergeschlendert, um zu sehen, was los war. Ich konnte ihr Moschusparfüm riechen.

»Was ist los, Schätzchen? Hat sie ein paar zu viel gehabt?«

»Glaube, sie hat eine Überdosis erwischt«, sagte ich kurz.

»Du mußt sie in Bewegung halten, bring sie lieber ins Krankenhaus, Schatz.« Sie wirkte ernsthaft besorgt, kam näher und sah dem Kind ins Gesicht. Dann pfiff sie durch die Zähne und senkte ihre Stimme. »Sie sieht ziemlich schlecht aus, Herzchen. Hast du'n Wagen?« Die Queen trug ein blaues Paillettenkleid, das im Laternenlicht funkelte, und grausame Absätze. Ihre Beinmuskeln schoben sich durch die Anspannung nach oben und traten deutlich hervor. Sie sah umwerfend aus.

»Ja. Ist noch kilometerweit weg. Ich versuche, sie zum Laufen zu bringen.« Ich brauchte ihr nichts zu erklären, sie hatte augenscheinlich eine Menge Erfahrung.

»Ich fahr' dich lieber zur Notaufnahme, du siehst völlig fertig aus. Mädels, haltet mir mal meinen Platz warm.« Sie war ziemlich verlegen und machte nur eine vage Handbewegung zu einem großen, glänzenden Ford, der in der Gasse beim Rembrandt geparkt war. Für einen Moment vergaß sie ihre Rolle und spuckte in hohem Bogen in den Rinnstein.

»Das wär' eine große Hilfe, danke.« Mein Herz raste wie wahnsinnig, und meine Schultern taten mir weh. Ich fühlte mich, als hätte ich mich mehrere Meilen durch Dschungel gekämpft.

»Hier ist sowieso nicht viel los. Die sind alle nervös heute nacht. Sind wohl Bullen unterwegs.«

Wir stiegen ein und brachten das Mädchen irgendwie auf dem Rücksitz unter.

»Stoff?« Der Wagen, obwohl ein altes Modell, zog kräftig an und lief wie geschmiert. Sie fuhr mit Stil auf Männerart, ein muskulöser Arm hing aus dem Fenster, Radio Hauraki dröhnte in voller Lautstärke aus den Boxen. Der Wagen stank nach Parfüm, Decken und Kissen lagen rum, die Sitze hatten Leopardenmuster. Zwei pelzige kleine Dinger hüpften im Rückfenster auf und ab. Ich fühlte mich warm und sicher, es war der reinste Luxus.

»Sie sieht ein bißchen sehr jung aus, wenn du mich fragst«, sagte sie und deutete mit dem Kopf nach hinten.

»Keine Ahnung. Ich weiß nicht mal, wer sie ist. Ich hab' sie im Mainstreet gefunden.«

Die Queen fuhr sehr schnell, das Kleid zwischen ihren schönen Schenkeln hochgezogen — ich konnte die Bewegung ihrer Muskeln auf der Sitzbank spüren, als sie das große Auto manövrierte. Sie hatte riesige, rotgeäderte Augen mit einem sehr traurigen Ausdruck, und braune Zähne.

»Sie sieht aus, als könnte es schiefgehen.« Ein schneller

Seitenblick unter glitzernden Lidern hervor. »Du singst da unten, nicht?«

»Ja.«

»Ich heiße Grace. Nett, dich kennenzulernen.«

Die Schwester im Empfangsraum der Notaufnahme sah nicht mal hoch, als wir den leblosen Körper in den hellerleuchteten, krankenhausgrünen Warteraum schleppten. Überall waren Flecken an der Wand, die Farbe blätterte ab, auf einer Bank lag ein schnarchender Besoffener. Blutflecken, Schweiß und Tränen regierten hier — die Messerstechereien und Schlägereien, all die übel zugerichteten Körper dieser Stadt waren in ihrer makabren Freitagnacht-Prozession schon durchgekommen. Jetzt waren nur noch wir hier.

»Müssen wir lange warten, Schätzchen?« flötete Grace zur Schwester und bot mir eine Zigarette an. Sie sah wundervoll bizarr aus mit ihren blaublitzenden Pailletten und dem scharlachroten Mund. Anscheinend genoß sie die Unterbrechung ihrer Routine.

Die Schwester warf einen Blick auf das Mädchen. »Nein. Die Stoßzeit ist vorbei. Ich schreib' die Personalien auf, wenn Sie wollen. Der Doktor ist nur eben raus auf'n Kaffee.« Sie wirkte in dieser kahlen Leichenhalle völlig fehl am Platz — eine kräftige, mütterlich-freundliche Frau mit offenem, vertrauensvollen Blick, man hätte sie eher für eine Landbewohnerin von der Südinsel gehalten.

»Ich kann Ihnen keine Auskunft geben, ich hab' sie nur gefunden«, erklärte ich.

»Das ist aber wirklich sehr lieb von Ihnen, daß Sie sie hergebracht haben. Armes Kind. Geben Sie mir doch am besten Ihre Angaben, falls jemand mit Ihnen in Kontakt treten will. Gut zu wissen, daß es bei uns noch nicht so schlimm wie in Amerika ist.« Sie war redselig, fühlte sich jetzt, wo der Ansturm vorbei war, wohl etwas allein.

»Amerika?« Mir war schleierhaft, was sie meinte.

»Sie meint die Gewalt«, sagte Grace in ihrem giftigen Alt.

»Du weißt schon, Leute, die einfach über Leichen und Halbtote wegklettern wie in LA. Dagegen sind wir noch ein richtig fürsorglich-anteilnehmendes Land, Schätzchen. Sie sollte mal ein paar von meinen Kunden treffen, dann würde sie das etwas anders sehen. Das einzige, worum die sich sorgen, ist, ihre dicken Schwänze so oft wie möglich unterzubringen.« Sie schlug ihre Beine übereinander und zog heftig an ihrer Zigarette. Grace war eine richtige Queen, auf der Hut und angriffslustig, mit schneller Zunge und scharfen Augen unter all dem Glitzer. Aber sobald sie zu reden aufhörte, bekam sie einen weggetretenen, träumerischen Ausdruck, als lauschte sie etwas ganz anderem. Wir setzten uns hin und versuchten, das Mädchen aufrecht zu halten. Sie rutschte immer wieder von der Bank.

»Geht gleich los, meine Liebe«, sagte die Schwester.

Als wir in die kleine Kabine mit dem schmuddeligweißen Vorhang wankten, stießen wir fast mit dem Arzt zusammen. Er war jung und vor Erschöpfung ganz blaß, mit verquollenen Augen. Er sah fast so schlimm aus wie unser Teenie. Seine rotblonden Haare kräuselten sich im Nacken, und in meinem überreizten Zustand kriegte ich beim Anblick des weißen, sommersprossigen Nackens und des drahtigen Haars eine Gänsehaut. Aus seinem Benehmen war klar, daß er uns beide für Nutten hielt.

»Sie muß eingewiesen werden«, sagte er nach kurzer Untersuchung.

»Okay. Dann brauchen Sie uns wohl nicht mehr?«

»Hat die Schwester Ihre Personalien?«

»Ja.«

»Vielen Dank, daß Sie sie hergebracht haben. Wir kriegen sie schon wieder hin.« Er schenkte mir ein äußerst kurzes Lächeln der Freundlichkeit. Die Kleine lag da, als hätte sie sich jetzt endgültig fallengelassen. In ihrem verwirrten, halbohnmächtigen Zustand mußte es eine alptraumhafte Reise gewesen sein. Wir betrachteten den kleinen, erbarmungswürdigen

Körper auf der schmalen Trage. Ausgestreckt lag sie auf dem Rücken, laut schnarchend und völlig hinüber. Ihr verschlossenes, unfertiges Gesicht war blind für unsere Blicke, den heruntergekommenen Raum, ihren eigenen Körper. Im weißen harten Licht des Untersuchungszimmers sah ich zum erstenmal ihre ungewöhnliche Schönheit. Sogar mit der Junkiehaut und dem kurzgeschorenen Haar hatte sie die leicht amüsierte, verschmitzte Grazie eines Botticelli-Engels, ihr lebloses Gesicht war vollkommen.

Ich hatte ein furchtbares Gefühl, als ich sie ansah — es war wie ein körperlicher Schmerz in meiner Brust. Ihr Vertrauen, ihre Kindlichkeit, ihre Schönheit waren sehr unzulängliche Schutzwälle gegen die Mächte, die sie in ihr Leben gelassen hatte. Was auch immer die Gründe waren, die sie zum Fixen gebracht hatten, sie waren ganz unbedeutend angesichts des bedrohlichen Giftes, das in ihren Adern floß. Ich war überrascht, wie verstört ich war. Es kam mir vor, als ob ich sie seit Jahren kennen würde, ich hatte das Bedürfnis, mich um sie zu kümmern und ihr etwas Wärme zu geben. Sie war wie ich früher, sie war meine Tochter, sie war Fleisch von meinem Fleisch.

»Sie ist noch ein Kind«, sagte Grace. »Zum Heulen, nicht?«

»Sie werden jeden Tag jünger«, sagte der Arzt. Er wandte sich wieder ihrem Körper zu, und wir machten, daß wir rauskamen. Ich wollte keine Minute länger bleiben. Ein eisiger Wind war aufgekommen, und als wir zum Wagen gingen, fing es an zu regnen. Ich fragte mich, wie sie sich wohl beim Aufwachen fühlen würde, allein mit den Schwestern und den weißen Betten, ohne ein bekanntes Gesicht um sie herum und ihr Gehirn halb zerfressen von der Droge. Ohne das Gewicht ihres kranken kleinen Körpers fühlte ich mich wieder überraschend leicht.

»Ich hoffe, sie kommt durch«, murmelte ich, mehr zu mir selbst. »Ich bin dir wirklich dankbar, daß du uns gefahren hast«, sagte ich zu Grace, als sie mir die Tür aufmachte.

Sie zuckte nur die Schultern. »Sie ist doch noch ein Kind.«

»Trotzdem danke«, sagte ich. »Mein Wagen steht vor St Kevins Arcade.« Grace fuhr schweigend und setzte mich ab, ohne noch was zu sagen. Der Funke war erloschen, jetzt war wieder Arbeit angesagt.

Ruhig und vorsichtig fuhr ich nach Hause. Ich wußte, dieser dünne Regen konnte auf der Autobahn tödlich sein.

Zu Hause sahen Al und die Kinder gerade das Ende des Freitagabend-Horrors im Fernsehen. Alle Lichter im Haus waren an, und die Filmmusik schmetterte laut, ein schmalziges Hollywoodorchester arbeitete sich auf das Finale zu.

»Sowas. Es ist mächtig spät für euch zwei. Du mußt morgen früh raus, weißt du das noch? Warum seid ihr so spät auf?«

»Sehen uns den Film an«, sagte John. »Ist toll.« Rina sagte gar nichts. Als ich näherkam, sah ich, daß sie eingeschlafen war. Ihre weißen Wimpern lagen fest auf ihren blassen Wangen.

Al sah mich an. »Beim nächsten Werbespot bringe ich sie ins Bett. Wie ist es gelaufen, Glory?«

»Schlecht. War eine richtig aggressive Atmosphäre.«

»Was bedeutet Atmosphäre?« fragte John, ohne seine Augen vom Fernseher zu nehmen. Eine Frage von ihm war für mich immer noch ein seltenes Geschenk.

»Umgebung, Gefühl, Stimmung«, sagte ich dankbar und ließ mich aufs Sofa fallen. Al machte eine Tasse Kaffee und Toast mit Pilzen für uns, nachdem er Rina ins Bett gebracht hatte. Das Haus knarrte und schwankte im Wind, und von meinem Platz aus konnte ich den Abfall im Müllsack riechen. Zertretene, kalte Pommes von Rinas traditionellem Freitagabend-Essen lagen auf dem Teppich. Es roch nach zu Hause, und mein ganzer Körper versank in heimischer Wohligkeit.

»Roxy hat angerufen«, sagte Al.

»Ach ja?« fragte ich uninteressiert und trank meinen Kaffee. Mir war nicht nach Reden.

»Sie meinte, es wäre dringend.«

»Ja, ja. — Al, kannst du mir helfen, das große Bild aus dem Flur zu tragen?« Wir gingen raus und trugen das Bild in mein Studio. Ich sagte Al und Johnny Gute Nacht und ging in mein Zimmer. Der Kaffee und das Essen hatten mich wieder munter gemacht, und ich wollte mir vor dem Schlafengehen noch ein paar Bilder ansehen. Der Gedanke an die näherrückende Ausstellung fing an, mich zu beunruhigen. Ich schaltete die kleine Nachttischlampe an, und da saß Roxy, mein Modell, auf dem Bett und starrte mich an. Sie reagierte kaum auf das plötzliche Licht, und mein Herz sank bei ihrem Anblick. Sie praktizierte wieder mal ihren Lieblingstrick — mir aufzulauern. Ich fühlte mich immer in die Ecke gedrängt und überrumpelt, wenn ich nach Hause kam und sie bei mir rumhing.

»Du hast mir Angst gemacht«, sagte sie. »Wo warst du?« Sie bot mir eine Zigarette an, als ich abwartend vor ihr stehenblieb. »Gott, Glory, dies Zimmer mieft total. Ich nehme an, die Katze hat mal wieder unters Bett gepißt — es stinkt jedenfalls danach.«

Ich sagte nichts. Ich hatte auf den ersten Blick gesehen, daß sie schlechter Laune war, und mir war jetzt wirklich nicht mehr nach bedeutungsschweren emotionalen Szenen. Das Junkiekind vorhin hatte mir genug zugesetzt.

Ich kannte Roxy noch nicht lange, aber sie beanspruchte für sich eine Art Vorrechtsstellung, dicke Vertrautheit, rief ständig an und kam zu jeder Tages- und Nachtzeit vorbei. Manchmal wartete sie irgendwo im Haus auf mich, bis Al sie halbwegs rausschmiß. Sie machte ihn nervös. Wenn ich sie malte, redete sie pausenlos. Lange Geschichten über Leute, die sie übern Tisch gezogen hatten, komplizierte Deals, die immer damit endeten, daß sie fürchterlich hereingelegt wurde. Sie hatte schon sämtliche Ungerechtigkeiten der Welt ertragen müssen. So wie sie ihr Leben beschrieb, bewegte sie sich immer am Rande einer unheilvollen Katastrophe; es war eine endlose Reihe von Dramen, die bis zu ihrem bitteren

Ende gespielt wurden, während sie, unschuldig und verraten, verzweifelt bis zum letzten kämpfte.

Sie strahlte diese Leere aus, hatte diese Vorliebe für Intrigen und die absolute Selbstversunkenheit, die ich von vielen Junkies kannte. Ich fühlte eine Art schuldbewußte Faszination für Leute wie sie — als ob ihre Misere meine eigene distanzierte Haltung der Gesellschaft gegenüber rechtfertigte. Sie hatte etwas Schillerndes und Getriebenes an sich, wovon ich mich wider meine besten Instinkte angezogen fühlte. Oder vielleicht gerade wegen meiner besten Instinkte, ich war mir da nie so ganz sicher.

Sie war jedenfalls ein so außergewöhnliches Modell, daß ich immer versuchte, einigermaßen mit ihr klarzukommen. Zumindest bis ich die Serie fertig hatte — und diese Schwäche hatte sie längst in ihre Strategie einbezogen.

Ihr Gesicht besaß genau die Ausstrahlung, nach der meine Phantasie so lange gesucht hatte, um sie in Bildern einzufangen. Extravagant und herzzerreißend schön, hatte es einen weich-verschwommenen Ausdruck, als warte sie schuldbewußt darauf, daß jemand sie zum zweiten Mal rief, nachdem sie ihn beim ersten Mal ignoriert hatte. Die Proportionen ihres Gesichts gingen fast ins Unanständige — Augen, Mund und Wangenknochen waren ausgeprägt und voll erblüht. Ich liebte es, sie zu malen, weil ihr Gesicht sich auf so spektakuläre Weise verändern konnte. Plötzlich schrumpfte es und fiel ein, ihre Augen wurden flach vor Grausamkeit, die Züge verhärteten sich vor Wut und sprangen hervor, wenn sie sich wieder mal in ihren Klagegesang hineinsteigerte. Sie verwandelte sich dann vor meinen Augen in eine alte Frau, als sei der Saft aus ihrem Gesicht gepreßt worden wie Wasser aus einem Schwamm.

Wenn du auch nur die Hälfte ihrer Geschichten — all die kleinen und großen Gauner, Dealer und Schläger, mit denen sie sich umgab, all die gewalttätigen Szenen, die sie tagtäglich mitansah — glaubtest, wirkten ihre herzergreifende Schönheit, ihre sanfte Haut um so unbegreiflicher. Sie war eine Prinzessin, dieses zähe Baby, mit ihrer chaotischen Launenhaftigkeit, ihrer Verletzlichkeit, ihrer nervösen Energie, die dir manchmal plötzlich mitten ins Gesicht explodierte. Du konntest dich in ihrer Gegenwart nie ganz entspannen, mußtest immer vor dem nächsten Angriff auf der Hut sein. Modellstehen war haargenau der Job für sie. Kettenrauchend und redend lag sie wie eine Königin über irgendein Möbelstück drapiert, während die Wirkung der Drogen langsam nachließ — endlich konzentrierte sich die ganze Aufmerksamkeit einer Person allein auf sie.

»Wo warst du?« fragte sie wieder.

»Das Übliche«, sagte ich höflich, was heißen sollte: Geht dich gar nichts an. Bei ihr mußte ich mich immer in acht nehmen, aber so durcheinander wie heute nacht hatte ich sie noch nie gesehen. Sie hing zwischen zwei Törns, auch sehr ungewöhnlich — normalerweise paßte sie auf, daß sie mich nur besuchte, wenn ihre Pupillen zur doppelten Größe erweitert waren und sie selbst randvoll mit Stoff, Fröhlichkeit und Selbstvertrauen. Sie paffte an ihrer Zigarette und sah sich angeekelt im Zimmer um.

»Ich muß mal kommen und hier Grund reinbringen«, sagte sie. »Ist dir das gar nicht peinlich? Ich denke, du willst diese großartige Malerin sein, und dann guck dir mal dieses Zimmer an. Du brauchst 'n Aufpasser. Sowas kann ich gut.«

Diese Frau bewegte sich mit unglaublicher Leichtigkeit von einer Rolle in die nächste. Manchmal hatte ich den Eindruck, sie richtete sich nach einem Souffleur in ihrem Kopf. Sie reagierte nur selten auf das, was sich vor ihrer Nase abspielte.

»Okay, Roxy, was willst du?« fragte ich munter und war mir völlig klar darüber, daß ich so einfach nicht davonkommen würde.

»Ich wollte mit dir reden.«

»Ach ja?« Ich hätte fast gesagt »das ist ja ganz was Neues«, aber aus diplomatischen Gründen verkniff ich es mir. »Willst du Wein?«

Ich hatte für Mitternachtssitzungen und Freunde einen kleinen Vorrat — Wein und Süßes, Bonbons, Pfefferminz und Kartoffelchips.

»Ich hab' Probleme«, sagte sie.

»So?« Ich lehnte mich an die Wand und wartete.

»Du bist die einzige, die mich retten kann«, sagte sie und starrte mich aus trauerumflorten Augen an. Sie war tatsächlich ungewöhnlich nervös. Ich wußte nicht, wie ich reagieren sollte. Sie hatte noch nie etwas so Persönliches zu mir gesagt, sonst hielt sie sich eigentlich immer an die Konventionen. Beunruhigenderweise schien sie richtig in Panik zu sein.

»Wie wär's mit Jesus?« fragte ich, und sofort tat es mir leid.

»Mach doch jetzt keine beschissenen Witze. Das ist überhaupt nicht komisch«, sagte sie leise und trank ihren Wein. Ihre Hände zitterten. »Ich hab' Ärger.«

»Okay, was ist los?«

»Das macht mich alles so fertig«, murmelte sie. »Ich brauch' mal Urlaub. Dieses Modellstehen ist echt anstrengend. Du bist dir überhaupt nicht im klaren, was mich das kostet.«

»Na ja, das ist doch bald vorbei, ich bin fast fertig«, sagte ich, weil das so offensichtlich an den Haaren herbeigezogen war.

»Darum geht es gar nicht, Glory. Manchmal bist du echt vernagelt.« Ihr Körper zuckte unter dem Ansturm unterdrückter Wut und aufgestauter Klagen, die seltsamen Kräfte ihrer Persönlichkeit bewegten sich wie Wellen unter ihrer zarten Haut. Sie wollte irgendeine mysteriöse Bestätigung von mir, einen Streit, irgendwas. Jedenfalls wollte sie meine volle Aufmerksamkeit, und ich hatte keine Lust, sie ihr zu geben.

»Was denn?« Ich wußte ganz genau, sie würde mir nicht die Wahrheit sagen. Aber irgendwie bekam sie mich doch immer wieder dazu zu fragen, ich konnte mir einfach nicht helfen.

»Du bist die einzige, die mich jemals verstanden hat«, sagte sie. »Manchmal denke ich, wir waren in einem früheren Leben Schwestern.«

Stille. Ich goß mir resigniert ein Glas Wein ein. »Schwestern«, sagte ich. »Du meine Güte, Roxy.« Es fiel mir schwer, den Widerwillen aus meiner Stimme herauszuhalten.

Sie lachte plötzlich, ehrlich amüsiert. »Glory, du mußt lernen, Zuneigung zu akzeptieren«, sagte sie. »Du hast viel zu viel Angst vor Gefühlen.« Sie legte eine weiche Hand auf meinen Arm.

»Hängt ganz von der Person ab«, sagte ich, und das war das Ehrlichste, was ich die ganze Zeit von mir gegeben hatte. Ich verspürte nicht die geringste Lust, dies jetzt stundenlang weiterzuspielen, nur für den Sekundenbruchteil Wahrheit, der dann — vielleicht — dabei herauskommen würde.

»Wie meinst du das?« fragte sie.

»Ich muß ins Bett«, sagte ich. »Ich kann nicht mehr geradeaus denken. Heute nacht kann ich dir jedenfalls nicht helfen.«

»Wo warst du denn, daß du so müde bist?« fragte sie.

»Im Mainstreet. Ja, im Mainstreet, verdammt nochmal. Okay?«

»Okay, okay, ist ja schon gut. Ich frag' ja nur.«

»Du fragst nicht«, sagte ich, »du nervst.«

»Du willst mich bloß loswerden, stimmt's? Wenn du was von mir willst, hörst du ganz gerne zu«, sagte sie. »Oder? Dann ist alles in Butter. Jetzt brauchst du mich nicht mehr als Modell, und da ist plötzlich alles anders, ganz anders.«

»Wer sagt, ich brauche dich nicht mehr als Modell?« fragte ich verwirrt. Wahrscheinlich hatte sie Speed genommen oder sowas.

»Na, du. Das weißt du doch ganz genau, Glory. Also, ein paar Bekannte von mir haben gesagt, daß ich dir echt 'n Gefallen tue. Bei meinem Aussehen könnte *ich* den Preis bestimmen. Meine Kontakte sagen, du bezahlst mir viel zu wenig. Sie sagen, ich bin zu nachgiebig mit dir, nur weil ich dich für eine gute Malerin halte.«

»Verdammt, du warst mit dem Geld einverstanden, Roxy. Du hast gesagt, du brauchst es. Wir haben darüber geredet, und ich hab' dir gesagt, mehr könnte ich mir nicht leisten. Das war ein absolut klares Geschäft, und du hast keine Silbe dagegen gesagt, als wir es besprochen haben.« Ich kochte allmählich vor Wut. »Außerdem ist es jetzt spät. Ich will nicht die ganze Nacht hier rumsitzen und quatschen.«

»Ich dachte, du wärst meine Freundin«, sagte sie beleidigt. »Wo hast du eigentlich den bescheuerten Mantel her? Du siehst darin aus wie ein Nilpferd. Bäh!« Sie wollte mich ärgern und zog ihre Unterlippe lang.

»Jetzt reicht's, verpiß dich, Roxy«, sagte ich. »Ich hab' die Schnauze voll. Hau ab.« Ich machte scheuchende Handbewegungen.

»Hör zu«, sagte sie, »nun hör doch einmal zu.«

»Oh Gott.« Ich hätte fast gelacht, es war reine Hysterie. Der Wein hatte glücklicherweise eine beruhigende Wirkung, sonst hätte ich sie gepackt und rausgeschmissen. »Ich hab' zugehört, du hast mich die ganze Zeit nur runtergemacht.«

»Du bist immer so von oben herab«, sagte sie mit schmalen Augen, »du fühlst dich so verflucht überlegen. Bilde dir bloß nicht ein, ich wüßte das nicht. Du kannst ruhig die größte lebende Malerin sein, aber spiel mir nicht die Überlegene. Du kommst doch aus der Gosse. Meine Eltern gehörten jedenfalls nicht zum Abschaum.«

»Hast du nicht eben gesagt, wir wären Schwestern, Roxy?« sagte ich. »Seelenverwandte? Das war vor ein paar Minuten. Wie kann sich so etwas Wundervolles so schnell ändern?«

»Ja, mach dich ruhig über mich lustig. Mach doch«, sagte sie. »Ich sag' dir was Nettes und du trittst es mit Füßen. Du denkst, ich bin nur eine abgetakelte Schönheitskönigin, stimmt's? Ein abgedrehter Drogenfreak. Ich weiß, was in deinem Kopf abläuft. Aber in Wirklichkeit sieht es so aus: die Königin der Nacht kommt, um deinen öden, toten Bildern Leben einzuhauchen.«

»Wenn du meinst«, sagte ich, ernsthaft verletzt.

»Also gut, Glory, das war ein Scheißspruch. Du weißt, daß ich das gar nicht so meine. Ich würde nicht für dich Modell stehen, wenn ich nicht glauben würde, daß du wirklich was drauf hast. Das ist die Wahrheit. Ich weiß schon gar nicht mehr, was ich sage. Ich bin völlig im Arsch, total fertig.« Sie schnappte sich meine Hand und küßte sie. Ihr Mund war naß und heiß, angewidert zog ich meine Hand weg.

»Ich bin so verunsichert«, sagte sie, »in deiner Nähe fühle ich mich so unterlegen. Dann will ich dir immer eins auswischen. Ich hab' das Gefühl, du hattest all die Chancen, die ich niemals besaß.«

Sie war schon wieder dabei, sich unerbittlich in eins von ihren rätselhaften Klageliedern hineinzusteigern, und ich suchte verzweifelt nach etwas, das sie ablenken würde.

Ich hatte das alles schon gehört — ihr fast genialer IQ, die eifersüchtige Direktorin, die sie von der Schule geschmissen hatte, wie all ihre Schönheit und ihre Talente den Bach runtergingen, weil die Welt so abgestumpft war. Roxy war vom Mangel an Anerkennung besessen, sie trug ein schmerzhaftes Verlangen nach Geld und Ruhm und Liebe mit sich herum und konnte einfach nicht verstehen, warum sie ihr nicht in den Schoß fielen. Cash sagte, sie sei die verwöhnte einzige Tochter alter Eltern, die ihr jeden Wunsch erfüllt hatten. Aber seine Geschichten waren immer mit Vorsicht zu genießen. Er erzählte sogar, er wäre mal nachmittags bei ihnen zum Tee gewesen — serviert in hauchdünnen Porzellantassen. Er behauptete, das ganze Klavier wäre voller Fotos von Roxy gewesen, und sie hätte ihren Eltern vor seiner Nase fünfzig Dollar aus der Tasche geleiert. Ihr Vater war Dockarbeiter, und sie erzählten Cash ganz stolz, wie sie gekratzt und gespart hatten, um Roxy auf eine Privatschule zu schicken.

Aus welchen Gründen auch immer, Familie oder sonstwas, Roxy war daran gewöhnt zu kriegen, was sie wollte. Sie sah Erfolg als eine Art Trick oder Schwindel, den sie von Leuten wie mir lernen konnte. Ich konnte den ständigen Kampf beobachten zwischen ihrer Eifersucht auf mich und ihrem fast hysterischen Bedürfnis, meine Freundin und Jüngerin zu sein, ein Stück meines Erfolges für sich selbst abzuzweigen und irgendwie, egal wie, mit mir zusammen in die Nachwelt einzugehen. Und heute fand ich diese fieberhaft aufgeladene Frequenz besonders ermüdend.

»Okay, ich seh' dich dann morgen«, sagte ich und versuchte, wundervoll sachlich zu klingen, »wir reden morgen darüber.«

»Ach, dann willst du also reden? Na, großartig. Ich versuche hier, dir zu deinem eigenen Besten ein paar wichtige Sachen zu erzählen, und du hörst nicht mal zu.«

»Zieh ab, Roxy, ja? Ich bin müde.«

»Mach' ich ja schon. Aber denkst du eigentlich auch mal an jemand anders als immer nur an dich selbst?« fragte Roxy. Schweiß glänzte auf ihrem Gesicht und sammelte sich auf ihrer Oberlippe.

»Du willst mir doch sowieso nicht erzählen, was los ist«, sagte ich und war ihr gegen meine Absicht wieder auf den Leim gegangen. Sie hatte die seltene Begabung, Leute gegen ihren Willen in ihr Leben und ihre Probleme zu verwickeln. Sogar jemanden wie mich, wo ich doch die Roxys dieser Welt ein Leben lang studiert hatte.

Sie lehnte sich auf dem Bett zurück, die Augen geschlossen, schöner als je zuvor, und begann. »Manchmal ist mir danach, mir einfach die Kehle durchzuschneiden. Kurz bevor ich dich traf, hab' ich's versucht. Hab' mir die Pulsadern aufgeschnitten, war völlig abgedreht. Ich dachte, es gäbe überhaupt keinen Grund mehr zum Weiterleben. Ich hab' gar nichts — Leute interessieren sich doch nur dafür, was sie aus mir herausholen können — Sex, bei irgend jemand Punkte machen, Heroin — dafür ist Roxy immer gut. In letzter Zeit bin ich viel umgezogen, weil ich anfing, mich krank zu fühlen, wenn ich zu lange an einem Platz war. So richtig krank, als ob mich jemand vergiften würde. Und da hab' ich mir eine Rasierklinge besorgt und mir einen Schuß gesetzt, damit's einfacher ist. Aber sobald ich high war, hab' ich's nicht mehr geschafft. Ich hab' an mir rumgesägt, und da kam nicht mal Blut, die Klinge war total stumpf. Ich hab's dann aufgegeben und bin eingeschlafen.«

»Roxy, ich hab' es dir schon oft genug gesagt: Es gibt hier eine Menge guter Kliniken. Du mußt vom Heroin los, bevor irgendwas anderes passiert.«

»Was sollte eine Klinik tun können, was ich nicht selbst besser kann? Da hängt doch nur ein Haufen Sozialarbeiter rum, völlig ab vom wirklichen Leben. Ich bin kein Junkie, Glory, das weißt du doch. Ich kann's jederzeit sein lassen.«

»Sicher, Roxy.« Auch von diesem Thema hatte ich die Nase voll.

»Du glaubst mir nicht? Du denkst, ich würde es nicht schaffen?«

Ich seufzte. »Wenn du meinst. Du mußt es ja selbst am besten wissen. Was soll ich dazu sagen?«

Wir schwiegen. Dann bewegte sie sich schließlich. »Okay, ich gehe. Ich weiß, wann ich unerwünscht bin, Glory. So viel wirst du mir ja wohl noch zugestehen.«

Sie stand auf. Ich antwortete nicht.

»Kann ich dein letztes Bild sehen?« Sie spielte immer noch auf Zeit. Sie wußte, daß ich dieser Frage nie widerstehen konnte.

»Ja, ja.« Ich schaltete die Deckenlampe an und zeigte auf das Bild von der toten jungen Frau auf dem Linoleumboden.

»Magst du es?« fragte ich. Aus irgendeinem Grund interessierte es mich plötzlich. Sie drehte sich um und starrte mich aus ihren großen, leeren Augen an. Wenn du dir Roxys Gesicht von ganz nahem ansahst, hatte sie eine seltsame Haut — leicht gelblich mit einer eigenartigen, matt-körnigen Struktur. Fast wie ein Reptil. Aber nur von ganz nahem. Schon mit geringem Abstand wirkte sie wieder weich und blühend wie ein Rosenblatt.

»Wer ist das?« fragte sie. »Diese Frau?«

»Weiß ich nicht«, sagte ich. »Ich hab' dich nicht als Modell genommen, falls du das meinst.«

Sie ging ein Stück zurück. »Wer ist das?« fragte sie wieder.

»Was ist denn jetzt los?« sagte ich.

In dem harten Licht sah sie richtig gelb aus. »Was hast du vor? Was glaubst du eigentlich, was du tust?« Sie nahm sich noch eine Zigarette aus der Packung.

»Malen«, sagte ich resigniert, »mein Leben malen.«

»Weißt du, die Leute haben mich die ganze Zeit vor dir gewarnt. Sie haben gesagt, du wärst verrückt, aber aus blinder Loyalität habe ich nie darauf gehört. Nie. Aber du versuchst, mich zu verhexen!« Ihre Stimme stieg zum Geheul an.

»Schluß jetzt, krieg dich ein, Roxy. Du weckst das ganze Haus auf«, sagte ich scharf. Ich wußte überhaupt nicht mehr, worum es hier eigentlich ging.

»Dann verfluch mich doch. Aber bilde dir ja nicht ein, daß ich es nicht weiß«, sagte sie, »ich hab's durchschaut.« Ihr Gesicht bekam den gerissenen Ausdruck totaler Paranoia. »Denk bloß nicht, ich hätte dich nicht durchschaut.«

»Magst du es nicht, oder was ist los?« fragte ich verwirrt, versuchte zurück zum Thema zu kommen und erstmal den Großteil ihres Ausbruchs zu ignorieren.

»Es mögen?« Sie lachte ihr heiseres Glucksen. »Was meinst du wohl, Glory Day? Königin des Verrates?«

»Woher verdammt soll ich das wissen«, sagte ich verärgert. »Wozu frage ich dich denn?«

»Wer ist es?« fragte sie wieder.

»Na, könntest du sein oder ich oder Patrick«, sagte ich, etwas in die Enge getrieben.

»Patrick? Der kleine Schwanz? Der reiche Spinner, der dir immer den Arsch leckt? Der ist mehr nach deinem Geschmack, nicht?« Sie lächelte mich an. »Seit wann stehst du denn auf Verräterei in so großem Stil?«

»Noch nie«, sagte ich. »Das ist eine der wenigen Sachen,

deren ich mir ganz sicher bin, wenn du es genau wissen willst. Und jetzt will ich ins Bett, Roxy, du redest mir hier zuviel Mist.«

»Das riech' ich doch auf zehn Meilen Entfernung«, sagte sie. »Du willst mich loswerden.« Sie zitterte so sehr, daß sie ihre Zigarette ablegen mußte.

»Ja, genau das. Du sagst es.«

Sie stand mit hängendem Kopf auf. Sogar ihr Haar sah heute ungewöhnlich strähnig und ausgetrocknet aus. Sie war eindeutig völlig fertig.

»Na, danke für gar nichts«, sagte sie. »Bis dann.«

Ich sagte nichts. In dieser Stimmung wollte ich nur noch, daß sie ging. Einen Streit anzufangen war ihre Lieblingsstrategie. Sie genoß diese Schärfe der aggressiven Aufmerksamkeit, besonders von mir. Die meisten Leute konnte sie sich allerdings unterwerfen, dann entzog sie ihnen ihren tödlichen Charme, bis sie sich wie die Würmer wanden und bereit waren, alles zu tun, um sie wieder versöhnlich zu stimmen.

Ich ging mit ihr hinaus in den kalten Hof, um zu zeigen, daß ich nicht nachtragend war. Nichts rührte sich, nicht mal ein Auto auf dem Highway. Es fühlte sich fast an wie eine ruhige Nacht auf dem Lande, die gleiche Weite, die gleiche frische Kühle in der Luft. Sogar der Geruch von frischgemähtem Gras wehte von irgendeinem Garten herauf und erinnerte mich an alte Zeiten. Ich fühlte, daß wieder Regen von Süden hochgezogen kam.

»Ich bin dir immer eine gute Freundin gewesen, Glory. Du wirst nie verstehen, wie gut«, sagte sie plötzlich aus der Dunkelheit. Es hörte sich wie ein Versprechen an. Sie beugte sich sogar zu mir rüber und gab mir ein trockenes, kleines Küßchen auf die Wange. Diese winzigen Zärtlichkeiten nach ihren Wutausbrüchen, kleine Beweise ihrer seltsamen Zuneigung, entspannten mich immer und machten mich geduldiger. Wäre das — und ihr Gesicht — nicht gewesen, hätten mich ihre ermüdende Sucht nach Aufmerksamkeit und ihre Unberechenbarkeit schon vor Monaten ausgebrannt.

»Bis dann«, sagte ich.

Schön wie ein Panther ging sie leise hinten runter und durch ein Loch im Zaun. Wie ich Roxy kannte, wartete da wahrscheinlich irgendein armer Tropf in seinem Wagen auf sie, glücklich darüber, daß sie ihm gestattet hatte, von ferne an ihrem Drama teilzuhaben. Wer weiß, was für eine Geschichte sie sich ausgedacht hatte, um ihn dazu zu kriegen, sie morgens um vier zu mir rauszufahren. Was ihre wahren Beweggründe anging, tappte er mit Sicherheit ebenso im dunkeln wie ich.

Als ich zurückging, registrierte ich erbost, daß ihr Auftritt meinen gedanklichen Bezug zu dem Bild restlos zerstört hatte. Es lag aber nicht nur an ihr. Ich hatte über die kleine Fixerin nachgedacht und mich sogar an ihren Namen erinnert, während ich mit Roxy redete. Es war Marianne. Marianne Sowieso. Roxys Auto fuhr die Straße runter, und ich kehrte ins Haus zurück.

Plötzlich hatte ich das Bedürfnis, im Dunkeln neben meiner Rina zu sitzen. Ich hatte sie den ganzen Tag nicht gesehen, und mein Kopf schwirrte zu sehr, um einschlafen zu können. Ich ging rein, setzte mich auf ihr knarrendes Bett, lauschte auf ihr Atmen und versuchte, ihre Bilder an den Wänden zu erkennen. Sie malte so wundervoll bizarre Figuren, frech aussehende Leute mit Spalten als Münder und kunstlosen, unschuldigen Gliedern. Für Ma von Rina, in großen, wackligen Buchstaben. Poster von Bruce Springsteen lächelten mich aus der Dunkelheit geisterhaft an.

Ich fragte mich, ob Rina eine Ahnung hatte, welcher Natur die Gefühle waren, die dieser schmale, rowdyhafte Außenseiter in ihr weckte. Wahrscheinlich nicht. Sein weißes Lächeln erinnerte an einen Hai. Er sah aus, als hätte er alles ziemlich gut unter Kontrolle, obwohl er seine rauhen Ecken und Kanten, die an seine Ashbury-Park-Zeiten erinnerten, der Form halber beibehalten hatte. Während ich dort saß und mein Gehirn langsam an Umdrehungszahl verlor, wurde mir nach und nach ein widerlich süßlicher Geruch im Raum bewußt. Ein ekelhaft schleichender Gestank, und ich mußte eine ganze Weile im Dunkeln herumkriechen, bevor ich rausfand, woher er kam. Im Müllberg unter dem Bett war eine Plastiktüte mit verschimmelten Schulbroten und anderen undefinierbaren Bestandteilen. Als Tochter einer gewitzten Mutter hatte sie sie hinter die Kiste mit ihren Verkleidungsfummeln gestopft. Al kam rein, während ich mich unter dem Bett abquälte, um die Tüte rauszuziehen.

»Mensch, hast du mir einen Schreck eingejagt«, flüsterte er. »Ich dachte, du wärst ein Einbrecher. Was zum Teufel machst du da eigentlich? Du weckst sie noch auf.« Er war muffig, er haßte es, überrumpelt zu werden.

»Sie kommt nach ihrem Vater. Der steht auch auf faulige pflanzliche Substanzen«, sagte ich und ging, die stinkende Tüte auf Armlänge von mir haltend, an ihm vorbei. Ich erwiderte das nur, um überhaupt etwas zu sagen. Als ich an ihm vorbeikam, konnte ich seinen Angstschweiß riechen. Einbrecher waren seine größte Panik.

»Ach, leck mich!« Er stampfte wütend raus, so daß wir im Flur beinahe wieder zusammenstießen.

»Ich vergrab' es morgen«, sagte ich zu mir selbst, als ich die Tüte in den überfüllten Müllsack warf.

Ich fühlte mich immer noch ruhelos, als ich ins Zimmer zurückging. Ich mußte dauernd an das Mädchen denken. Vor mir sah ich ihr Gesicht und die Spuren, die das Heroin auf der kindlichen Haut hinterlassen hatte. Das einzige, was mich zu beruhigen schien, war neben Rina im Dunkeln zu sitzen.

Sie schlief so tief, ihr Haar in das weiche Kissen gewühlt, ihr Atem ruhig und gleichmäßig wie der einer Katze. Eine faltige Hand war aus den Decken gekrochen, ab und zu machte sie kleine Kußlaute mit ihrem Mund. Hier sah es aus wie in einem Bilderbuch-Kinderzimmer mit weichen, klaren Konturen, das Fenster war in die unerforschliche Nacht geöffnet, und Rinas kleine Persönlichkeit hing wie ein spinnwebfeiner Geist in der Luft. Für mich hatte das etwas Tröstliches, Warmes und Wahres, doch dazu kam noch ein märchenhaftes Element — da war der Kinderkörper mit seinem friedlichen Atmen, und das Fenster, das sich in die grenzenlose nächtliche Unendlichkeit öffnete, und nichts würde den Körper daran hindern, hinauszuschweben.

Ich saß noch lange im Dunkeln, dachte über eine Menge Dinge nach und hörte ihrem Atmen zu, bevor ich ins Bett ging.

2

Am nächsten Morgen gab es zu viele unterschwellige Strömungen im Haus. Wir alle wachten davon auf, daß Al und Sue sich in der Küche stritten. Im Morgengrauen war wieder Wind aufgekommen, er pfiff und knarrte ums Haus und schrammte die losen Wellblechplatten auf dem Dach gegeneinander. An Samstagen begann der morgendliche Verkehr immer sehr früh und erschütterte buchstäblich das ganze Haus. Der Mount-Wellington-Highway unter uns heulte und kreischte wie eine Maschine. Alles war grau und kratzig, im ganzen Haus keine Ruhe zu finden. Ich erwachte mit leichtem Kopfweh, aber sonst intakt, voller Energie und mörderischer Absichten.

Rina und ich hörten zu, wie die beiden in den höchsten Tönen quengelten und sich wütend anknurrten. Ich bekam mit, daß John aufstand, verschlafen fluchte und gegen die Tür trat — aber die darauf folgende Stille dauerte nicht lange.

»Die kotzen mich an mit ihrem ewigen Streiten«, meldete Rina von meinem Knie.

Wir hatten Maiferien und John war für ein paar Tage raufgekommen. Seine Besuche waren so selten, daß ich es ihm wirklich schön machen wollte. Aber die Ereignisse hatten sich gegen mich verschworen, und es gab kaum eine Betätigung für ihn außer fernsehen und dem Gezanke zuhören. Aus Höflichkeit sagte John nicht viel.

Der Rasen hinter dem Haus war mit Matsch und Schlamm überschwemmt, die Jungs von nebenan waren gar nicht erst in ihrer abgebrochenen Werkstatt aufgetaucht, und all die verrosteten Autos im spärlichen Gras sahen noch trostloser aus als sonst. Es war die Art Tag, an dem Leute sich für ein paar Zigaretten durch den Regen zum Dairy kämpfen, wobei die vorbeiziehenden Autos das Wasser in einem dünnen Schwall an ihnen hochspritzen.

Den ganzen Morgen über ging mir Marianne durch den Kopf, ich konnte einfach nicht aufhören, an sie zu denken. Ich rief sogar im Krankenhaus an, aber die Frau erklärte sich nur bereit, meine Nummer aufzuschreiben. Ich fühlte mich sowieso unter Druck, weil ich noch so viel Arbeit vor mir hatte und einfach den Einstieg nicht fand. Ich brauchte einen Anstoß, damit ich die letzte Runde schaffte. Und hier war zuviel los, als daß ich mich konzentrieren konnte.

»Ich muß diese Bilder fertigkriegen. Ich schmeiß die beiden raus«, verkündete ich grimmig.

»Schmeiß Al nicht raus«, bat Rina, schaute mir in die Augen und streichelte mein Kinn. Sie liebte ihn heiß und innig. Er hatte nie Probleme mit ihr, war einfach entspannt und zugewandt. Erst vor ein paar Tagen hörte ich ihn in der Küche »You are my sunshine« für sie singen.

»Du hast dich auch immer mit deinen Freunden gestritten«, sagte John, ohne den Blick vom Fernseher zu lösen.

»Ich? Nie! Du spinnst wohl. Wann denn?«

»Rinas Vater. Dieser Weasel«, sagte John mit erinnerungsträchtigem Lächeln. »Du hast ihn verdroschen, wenn ihr aus der Kneipe nach Hause gekommen seid.«

An meinen zweiten Mann hatte ich schon seit Jahren nicht mehr gedacht, er war so ein flüchtiger Schatten in meinem

Leben gewesen. Daß John nun aus heiterem Himmel davon anfing, traf mich unvermutet. Ich fragte mich, was er sonst noch für Erinnerungen auf Lager hatte. Er war kein harter Bursche, mein John, aber er hatte sich im Laufe seiner Erfahrungen notgedrungen ein paar Sachen angeeignet. Jetzt, mit fünfzehn, war er dunkel und selbstsicher wie sein Vater, mit einem hilflosen Lachen, das mir direkt ins Herz ging. Seine Großmutter hatte ihn aufgezogen, traditionell und stilvoll.

Er war mehr Maori als Pakeha, mein Sohn, und manchmal beneidete ich ihn um seine Kindheit. Voll Urvertrauen schwamm er im warmen Wasser seines Teiches, mühelos hatte er seinen Platz in den Familienversammlungen, in den alten Traditionen, gefunden. Als ich jünger war, stellte ich ihn mir oft vor, wie er nachts auf dem Marae schlief, umgeben vom Atmen und Flüstern seines eigenen Volkes — und sicher vor mir. Er mochte nie lange in der Stadt bleiben. Ich hatte den Verdacht, daß nur Nettie ihn dazu brachte, überhaupt zu kommen. Sie hatte einen sehr ausgeprägten Familiensinn.

»Mensch, hast du ein Gedächtnis, Johnny. Du erinnerst dich ja an jeden Mist«, sagte ich aufgesetzt munter. Ich versuchte immer, ihm nah zu sein, aber sein Herz war einfach anderswo. Inzwischen ging es nur noch darum, irgendwie auszukommen, bis wir beide endlich erwachsen waren. Also gab ich mir weiter Mühe mit ihm, obwohl ich wußte, daß die von einer sechzehnjährigen Mutter gemachten Fehler oft irreparabel waren. Damals schlug ich ihn oft, und Schlimmeres, bis seine liebevolle Nettie ihn rettete. Ich tröstete mich damit, daß ich ihn jedenfalls ohne Gegenwehr hatte ziehen lassen. Daß ich trotz meiner kindischen Grausamkeit genug verstand, um zu sehen, was für ihn am besten war. Aber es war kein großer Trost.

»Ich will nicht, daß du malen gehst«, jammerte Rina und zog an meinem Rock. Mit ihren elf Jahren hatte sie die typischen wachen, alten Affenaugen der Down-Syndrom-Kinder, mit dieser seltsam schuppigen Haut drumherum, die ein weiteres Merkmal ihrer Sippe war. Wie John war auch sie mit einem gewissen Anspruch auf Zuneigung aufgewachsen, aber von da an ging der Hintergrund der beiden kraß auseinander. Rinas einzige Erfahrung war Stadt, und zwar sehr heruntergekommene Stadt. Deshalb wohl auch ihre Leidenschaft für Bruce Springsteen, seine »Armes-weißes-Pack«-Arbeiterklassesongs deckten sich völlig mit ihrem eigenen Wissen von der Welt.

Nun fing sie an zu schniefen, schleppte sich wie verwundet zum Sofa, stolpernd und schlapp — genau die Art, von der sie instinktiv weiß, daß sie mich wahnsinnig macht.

»Vergiß es, ich hab' zu tun, verdammt nochmal.«

»Du bist gemein«, quengelte sie.

»Hör mal, du kannst doch mit Johnny fernsehen. Er fährt heute nach Hause und du siehst ihn nicht mehr«, sagte ich so vernünftig ich konnte. Johnnys wegen versuchte ich, mich mustergültig zu benehmen, und Rina, die mich kannte wie ihre Hosentasche, hatte mich natürlich durchschaut.

»Ich will aber nicht«, näselte sie kratzbürstig.

»Ich kann nicht den ganzen Tag um dich rumsausen, ich muß arbeiten«, sagte ich.

»Ich will gar nicht, daß du rumsaust«, sagte sie, »du hast schon einen Riesenfleck vorne drauf. Du bist ein großes, fieses Biest und hast 'n fetten Po!« Sie schnitt eine fürchterliche Grimasse. Johnny fand schon immer, daß seine Halbschwester ein kleines Monster war, aber ihre Distanz zueinander machte es ihm möglich, sie in solchen Situationen zu würdigen. Er hatte Mühe, sich das Lachen zu verbeißen.

»Gleich gibt's einen Satz heiße Ohren. Du wirst mir allmählich viel zu frech«, polterte ich und wandte mich zur Flucht. Wir waren uns im Grunde fast ebenbürtig, aber Rina hatte reichlich Erfahrung im Szenen machen und beherrschte fiese Tricks. Es überraschte mich immer wieder, daß ein Kind so unerbittlich sein konnte. Manchmal, wenn sie in einer bestimmten Stimmung war, trieb sie mich mit ganz abscheulichen

Beleidigungen zur Weißglut — dabei starrte sie mir gerade ins Gesicht, ohne mit der Wimper zu zucken, hart wie Stahl. Das Verrückte dabei war, daß es von einer so sanften kleinen Person kam.

Leute beleidigen war jedoch nur eine Nebenbeschäftigung von Rina, in der Hauptsache drehte sich für sie alles um Zuneigung. Ich sah sie oft vor mir, wie sie in der Schule den älteren Kindern nachlief, die sie aus ganzem Herzen liebte — sie kam nicht für eine Sekunde auf die Idee, daß die anderen sie vielleicht nicht liebten. Oder wie sie die städtischen Spielplätze umkreiste, um ein Bröckchen Wohlwollen abzustauben, mit ihrem zerknitterten Gesicht, wie eine vom Himmel gefallene Außerirdische. Rina — mit ihrem offensichtlichen Bedürfnis nach Liebe und ihrer Schwäche für den Glitzercharme von Rockmusikern, mit ihren billigen, bunten Armreifen um die schmuddeligen kleinen Handgelenke, das Haar schon greisenhaft dünn — unterschied sich so sehr von ihrem zurückhaltenden, gutaussehenden Halbbruder, daß es komisch war, die beiden nebeneinander zu sehen.

Als ich das Zimmer verließ, kam Al aus der Küche.

»Ich weiß nicht mehr, was ich machen soll.« Er sah so müde aus, er tat mir leid. Er war an solche Streitereien ebensowenig gewöhnt wie ich. Roxy fragte mich manchmal in ihrer sanftgiftigen Art, warum ein heißer junger Typ wie Al mit Rina und mir in diesem Loch versauerte. Die Wahrheit war: Bevor er Sue traf, hatte Al hier oben bei uns einfach Sicherheit gefunden. Er war ein so schöner Mann, daß Leute auf der Straße stehenblieben und ihn anstarrten, und er war ständig damit beschäftigt, sich vor dieser ihn meuchlings treffenden Bewunderung zu verstecken. Der ganze Geschlechterkrieg mit seinen Spannungen und Geheimnissen hatte ihn schon als Jungen völlig ausgepumpt, und er hatte bei uns Zuflucht gesucht. Gelegentlich wurde er immer noch ganz plötzlich nervös, dann verzog sich sein Gesicht, wurde verschlagen und gemein, und er schloß sich in sein Zimmer ein und murrte so laut vor sich hin, daß wir ihn bis in die Küche hörten.

Er trug fast immer eine verspiegelte Sonnenbrille, um seine Augen zu verbergen, und sein Kopf war kahlrasiert — ein vergeblicher Versuch, sich zu entstellen. Im Grunde war er ein stiller Mann, der nichts wollte als nachdenken, der Welt zusehen, seine Maschine reparieren und mit den Jungs von nebenan Bier trinken. Wir waren seit Jahren Freunde, Al und ich. Er erinnerte mich an meine erste herzzerreißende Liebe mit zehn. Ein anmutiger Halbstarker, aufmerksam und abgeklärt, ein Kind der Straße mit ausdrucksvollen italienischen Gesichtszügen. Gewiefter als gut für ihn war, aber seine Sensibilität hatte er sich erhalten.

Es war vor allem Als körperliche Ungezwungenheit, die ihn so hoffnungslos anziehend machte. Seine Grazie, die Art, wie er sich, völlig in seinem Körper zu Hause, durch die Welt bewegte, erregte Frauen. Wenn er seine Ärmel hochkrempelte und die Maschine reparierte, in der Hocke kauernd, Zigarette im Mundwinkel, die Augen gegen den Qualm leicht zusammengekniffen, so absolut versunken — das gab dir das kitzelnde Gefühl, daß er genauso auch bumsen würde, mit der gleichen Hingabe und Präzision, der gleichen nicht nachlassenden Energie.

Al war ein ungewöhnlicher Mann. Überladen mit Schuldgefühlen und Empfindlichkeit war er im Grunde seines Herzens ein Masochist, und Sue hatte sich da blitzartig eingeklinkt. Sie war wie ich früher, schnell und hart und skrupellos, aber es steckte nicht viel Liebe in ihr. Sie hatte Al fest im Griff. Aber zwischen Lustdelirium und Horror bezahlten sie für ihr Vergnügen einen ziemlich hohen Preis, zwischen den Gängen gab es immer beinharte Strecken.

»Schon okay«, sagte ich. Ich fühlte mich hilflos gegenüber so viel Kummer. Er gab mir ein paar Briefe und verschwand so leise, wie er gekommen war — fix und fertig. Ich hörte ihn draußen im Schuppen an seiner Maschine rumbasteln, das Radio an.

In der Post war die Stromrechnung, die offizielle Einladung zu Patricks Eröffnung und ein Brief von meinem Agenten Nigel. Er bestätigte die Abmachungen für meine Ausstellung. Oben drüber hatte er geschrieben: »Diese australischen Kunsthändler, Harveys, sind offenbar sehr interessiert. Das wäre ein großer Coup. Transtasmanische Kunstverkäufe kommen sonst einmal in einer Million vor, du bist offenbar jemand geworden. Die ausgebrannte Aucklander Kunstwelt macht jetzt anscheinend den großen Einstieg in die *Nostalgie de la boue*. Ich komme irgendwann diese Woche zur Qualitätskontrolle zu euch raus.«

Nigel war gar nicht so wild auf mich als Person, obwohl er immer Intimität verströmte und sich durch ironische Sprüche bemühte, alte Vertrautheit vorzuspiegeln. Aber er hatte eine Nase für Lukratives und würde mich ums Verrecken nicht loslassen. Abgesehen davon mochte er meine Bilder wirklich. Ich hatte schon einen gewissen Respekt vor seinem Geschmack, vor allem aber vor seiner Fähigkeit, mich durch den Dschungel von Verträgen und Händlern zu steuern. Er hatte nie versucht mich reinzulegen. Das Problem war, daß unsere Beziehung sozusagen auf dem linken Fuß angefangen hatte. Als er das erste Mal vorbeikam, war Rina in ihrer härtesten Nervensägenstimmung und tatschte ihn ständig mit ihren Schmierfingern an. Sie war erkältet und vom Naseputzen hat sie noch nie viel gehalten. Nicht nur das, Al reparierte wegen des Regens seine Maschine im Wohnzimmer. Obendrein saßen die Jungs von nebenan herum, sahen fern und zogen über ein Häufchen Anti-Springbok-Demonstranten* her, das gelegentlich am Spielfeldrand zu sehen war. Sie trugen sämtliche Gangabzeichen, weil sie morgens vor Gericht gestanden hatten.

---

* *Anti-Springboks* – als Ende der siebziger Jahre ein südafrikanisches Rugby-Team, die Springboks, in Neuseeland spielte, gab es Anti-Apartheid-Demos, Anti-Springboks besetzten Spielfelder, und es kam zu Schlägereien mit Rugby-Fans und Polizei.

Im Vorbeigehen stieß ich einen von ihnen an und schimpfte. »Du bist doch selber braun wie Hölle, hast du keine Gefühle für deine schwarzen Brüder?«

Sie haben für mich eine Menge Protokoll* gestrichen, was Nigel natürlich nicht wissen konnte — unter den Umständen mußte es wirklich wie eine provozierende Bemerkung auf ihn wirken. Sie waren im Grunde kleine Fische, kaum mehr als eine Bande obdachloser Halbwüchsiger, die sich gerade mal drei Maschinen teilten — aber das konnte er ja auch nicht wissen.

Nigel saß auf dem Sofa, in seinem Leinenjackett und den Designerjeans, eine nicht angerührte Dose Bier in der Hand, und hörte sich das alles in betäubtem Unglauben an. Das Wohnzimmer war klein, und SIE waren zu fünft, Rina und mich nicht mitgezählt. Ich konnte sehen, wie nervös er war. Die ganze Zeit versuchte er Rina abzuwehren, wie man heimlich einen wedelnden Hund wegtritt, wenn der Besitzer das nicht mitkriegen soll. Sein Gesichtsausdruck spiegelte eindeutig hilflosen Abscheu. Ich mußte zugeben, Rina war an dem Morgen wirklich nicht in Bestform, genausowenig wie wir anderen. Nach dem ersten Blick auf seine Erscheinung sprach niemand ein Wort mit ihm, aber sie hörten auch auf, sich zu unterhalten, und schwiegen. Mir war auch nicht nach reden, aber er versuchte ständig, die Unterhaltung in Gang zu bringen, wie es diese nervösen Mittelklasse-Typen eben tun. Jedesmal, wenn er den Mund aufmachte, wurde die Stille intensiver, obwohl niemand ihn ansah.

»Könnte ich wohl mal Ihr Studio sehen?« fragte er schließlich.

»Paß auf dich auf, Glory! Der geht bestimmt mächtig ran«, rief Moe, als wir rausgingen, und alle lachten dreckig.

---

* Gangs in Neuseeland, besonders mit polynesischen Mitgliedern, haben hochritualisierte Verhaltensregeln, die »Protokoll« genannt werden.

Jetzt, wo ich Nigel besser kenne, weiß ich natürlich, daß das alles der schiere Dünkel war. Er stolperte nichtsahnend in einen Raum voller Leute, die er als reinen Abschaum zu betrachten gewohnt war — in Leder gepackte Männer mit Tätowierungen, langen Haaren, Gangabzeichen und penetrantem Geruch. Und ich, seine »Entdeckung«, die talentierte Malerin, von der er so begeistert war, erwies mich als kein Stück besser, saß in einem Männerbademantel herum, die Haare naß vom Baden, riß zotige Witze und soff Bier. Er war an Bohemiens gewöhnt, sogar an Arbeiterklasse, aber echtes Lumpenproletariat — das ging zu weit. Das Studio war auch ein Schock. Ich hatte einfach die Rückwand des Hauses eingerissen, ein paar Meter vom Hof dazugenommen und neue Bretterwände mit Fenstern vom Schrottplatz gebaut. Es war immer noch zu eng, weil ich hier auch schlief, und das Bett nahm den größten Teil des Raums ein.

Bei diesem ersten Besuch sah Nigel sich die Bilder in Rekordzeit an und verschwand wie der Blitz. Es war wohl alles ein bißchen viel, mit dem ungemachten Bett, unter dem es nach Katzenpisse stank, seit Rinas räudige kleine Mieze sich immer darunter versteckte. Und ich war entschieden kurz angebunden, weil mir seine Einstellung zu Rina nicht paßte. Hinterher erzählte er einem meiner Freunde, dem Besitzer einer anderen Galerie, ich sei die wundervoll-schäbigste Frau, die ihm je begegnet wäre. Aber ich wußte, wie die Butter aufs Brot kam, und ließ mich ganz gern mit ihm auf eine Geschäftsbeziehung ein. Nach und nach bekam ich den Eindruck, daß meine Lebensweise ihn tatsächlich faszinierte. Die meisten seiner Partner waren Männer über vierzig und ziemlich ausgebrannt.

Die Serie, an der ich arbeitete, für die er so große Hoffnungen hegte, hieß »Senseless Violets«*. Sie zeigte in erster Linie

* Wortspiel: *scentless violets* — duftlose Veilchen; *senseless violence* — sinnlose Gewalt.

zerfetzte Körper — Verkehrsunfälle, Morde, häusliche Gewalt, Kneipenschlägereien, Bandenkriege. Sie war sehr düster — in herzlosen Fleischtönen, dunklen Pinks, Blutsturzbrauns —, und ich benutzte Emaillefarben, weil ich die glänzende, abweisende Oberfläche mochte. Durch eine unverhüllte, fast klinische Darstellung wollte ich die Bilder direkt die traurige Tatsache von Gewalt vermitteln lassen, ohne jeden überflüssigen Kommentar meinerseits.

Ich befand mich in einer Zwickmühle, weil unverblümtes Bekehrertum mir noch nie gelegen hat, egal, wie stark meine emotionale Beteiligung dabei sein mag. Zugleich wollte ich auf keinen Fall den leichten Weg der dick aufgetragenen verschwommenen Betroffenheitssülze. Ich meine, ich hatte zum Beispiel die brutale Lust, die Befriedigung aus der Gewalt, in meinem eigenen Leben erfahren. Ich kannte die Details — die täppisch-plumpe, dabei fast sinnliche Art, wie sich Männer in ihrem zeitlupenartigen Tanz umeinander drehen, wie sie wie zur Liebe bereite Bettgenossen zum Todesstoß ansetzen, das anschließende Moment der Befreiung — all die sexuelle Erregung und Angst hinter dem Spiel mit dem Tod. Ich wollte mein hart erarbeitetes Wissen dazu benutzen, den Bildern eine weitere Dimension zu geben: Den Motiven des Killers, gewöhnlich ein Mann, genauso gerecht zu werden wie dem Leiden des Opfers, gewöhnlich eine Frau. Das war gefährlicher Boden, schwankend zwischen bloßem billig-banalem Sentiment auf der einen und Voyeurismus auf der anderen Seite. In meinen Augen hätte schon der bloße Verdacht des einen wie des anderen völliges Versagen bedeutet.

Gewalt so zu malen, mit all ihren sumpfigen Abgründen, meinen Finger in diese Eiterbeule zu stechen, das war für mich ein Weg, ihren falschen Glanz endgültig zu besiegen. Es sei, als ob man sich ein Medizinbuch ansähe, sagte Al, als er die ersten Bilder sah. Das feuerte mich damals enorm an. Technisch gesehen, versuchte ich die gleichen Gefühle anzusprechen wie diese grobkörnigen alten Bullenfotos von

Mordopfern. Manchmal fand sich sowas in amerikanischen Doco-Art-Fotobänden: Das Blut wie Tinte auf dem Fußboden, distanzierter Widerwille auf den Gesichtern der Bullen, ihre Zwanziger-Jahre-Homburgs werfen einen Schatten über ein Auge, eine Tür steht halb offen — das Gefühl, in etwas unerträglich Pathetisches und Privates eingedrungen zu sein. Und die Leiche, in all ihrer Verletzlichkeit und Würde, schwerfällig gegen eine Wand gespreizt, so ergreifend verwundbar im voyeuristischen Auge der Kamera.

Es war die Verbindung zwischen dem Akt der Gewalt und der absoluten Stummheit des toten Körpers, die ich nachweisen wollte, den Jammer und die Endgültigkeit darin. Ich wollte die Gewalttat auf ewig an den Schmerz des Opfers binden. Vorher war ich dieses Thema eine Zeitlang mit Skulpturen aus Maschen- und Stacheldraht und dicken Lagen Styropor angegangen. Aber ich stellte fest, daß ich flache Oberflächen für den unverhüllten, mörderischen Schmerz der Darstellungen bevorzugte. Ich war gerade dabei, eine in sich zusammengekrümmte junge Frau zu vollenden, ihre Beine und ihr Rumpf bleischwer im Tod. Sie lag auf einem mit Backsteinimitation gemusterten Linoleumboden. Es war das Bild, bei dessen Anblick Roxy so einen Aufstand gemacht hatte. Es war voller Details, verglichen mit den anderen berauschte es fast, aber die stärkste, bleibende Wirkung war seine Traurigkeit. Es zu malen war wie ein Ritual gewesen. Ich wollte den Augenblick, in dem ihr Tod unabänderlich wurde, zelebrieren, indem ich jede Einzelheit, jedes Detail sorgfältig hervorhob. Ich wollte, daß die Leiche — so still und schwammig und tot — ihren Raum mit voller Bedeutung einnahm, um ein für allemal zu zeigen, wie endgültig der Tod dieser speziellen Frau war, und wie grausam. Daß sie dablieb, für immer tot, auch wenn sich unsere unbeständige Aufmerksamkeit lieber auf etwas anderes richten wollte. Daß die Gestalt, die Eigenart, die neue Form, die der Tod verlieh, ihre eigene Würde hatte. Meine Gefühle für die tote Frau gaben dem Bild seine Kraft.

Ich wußte, mit dieser Serie stand noch mehr als sonst auf dem Spiel. Die ganze Zeit schon hatte ich diesen gleitenden Übergang zu dem gespürt, was mir wirklich unter die Haut ging. Ich malte aus meiner Vergangenheit, meiner eigenen Erfahrung wie immer. Aber zum erstenmal, seit ich einen Pinsel in der Hand hielt, kamen mir zehn Jahre Grundlagenarbeit zugute.

Fast zehn Jahre lang hatte ich hart an meiner Technik gearbeitet, hatte mich gezwungen, alles durch meine eigene Mühle zu drehen — diesmal war es anders. Meine Serie über Familien, über Rina, war doppelt so schmerzhaft gewesen, weil ich ständig mit der Technik hatte ringen müssen — aber dieses Mal stand ich auf einem Hochplateau, brauchte mich mit grundlegenden Sachen nicht mehr abzuquälen. Es gab nur noch reine Form, meine Wahl war unmißverständlich.

Monatelang hatte ich bis spät in die Nacht gearbeitet, entzückt über diese neue Leichtigkeit, wie jede Besessene. Die Bilder selbst waren ein Quantensprung nach vorn. Ich begann nie ein Bild mit weniger als absoluter Verbindlichkeit, aber diesmal erlebte ich eine aus Selbstvertrauen geborene Mühelosigkeit, ein fast rauschhaftes Erfolgsgefühl trotz des unbequemen Themas. Die Serie bedeutete für mich einen neuen Höhepunkt darin, meinem eigenen Weg zu folgen, der Welt mit starken, klaren Aussagen gegenüberzutreten und mich von alten Kümmernissen freizumalen. »Senseless Violets« war viel umfassender als alles, was ich vorher gemacht hatte, und erheblich spannungsgeladener — besonders mit einem Modell wie Roxy.

Aber die monatelange Überarbeitung hatte mich eingeholt, die ganze letzte Woche war ich ziemlich auf dem Zahnfleisch gekrochen. Der Vorfall im Mainstreet hatte meinen Schwebezustand vollends zum Einsturz gebracht. Ich war nicht gewöhnt an all diese Einfühlung und Selbstprüfung, in die die Kleine mich gestürzt hatte. Und trotz aller Vorteile, die Nigel für mich als Malerin bot, machte er mich verrückt, wenn ich angeschlagen war. Ich fand es schwer zu glauben, daß Leute wie er immer so ausgeglichen sein konnten. Sie lebten einfach weiter gemütlich vor sich hin, es verblüffte mich regelmäßig. Da war mir die Gesellschaft von Leuten meiner Kragenweite einfach lieber. Nigels Witz gab ihm ein gewisses Plus, aber sonst war er ein felsenfester Typ, Kohi von der Wiege an, zu jeder Tag- und Nachtzeit gepflegt und nüchtern wie eine Blockflöte, und bis zu den Zähnen voller Ressentiments. Hoffentlich kam er heute nicht.

Im Studio hatte Rinas Kätzchen wieder dahin gepißt, wo sich vor ihr Generationen von Katzen vergangen hatten. Sie kreischte mich unter dem Bett hervor an, sobald ich das Zimmer betrat, und in der Luft lag ein durchdringend saurer Gestank. Eine Weile saß ich auf dem Bett, starrte nach draußen und sammelte mich für das letzte Stück Arbeit an meiner Linoleumfrau. Im Garten hinterm Haus hing der Wellblechzaun halb runter und schwankte im Wind. Während des Winters war er dramatisch gerostet und das Graffitti darauf in der Korrosion verblichen und undeutlich. Unkraut wie Löwenzahn, Zwiebelblumen und Hängendes Ampelkraut wuchs daran hoch und deckte den Stapel Bierflaschen daneben zu. Ich hatte seit Jahren vor, mir Sarahs Anhänger zu borgen und das Pfand für die Flaschen zu kassieren, aber inzwischen waren sie zu sehr mit Erde und Grünzeug bedeckt, um sie aufzustören. Ich sah, daß die beiden Bäume, die ich vor einer Weile gepflanzt hatte, tot waren, immer noch pathetisch an ihre Stützstöcke gefesselt — sehr wahrscheinlich waren sie Als Gewohnheit, besoffen auf den Rasen zu pissen, erlegen.

Al hatte rostende Auto- und Motorradteile im langen, nassen Gras liegenlassen, griffbereit, falls er sie brauchte. An warmen Tagen saßen wir oft mit Nebenans da draußen unterm Grapefruitbaum, tranken Bier und hörten dem Verkehrsdröhnen vom Highway zu.

Ich holte meine Pinsel raus, und als ich gerade das Bild ins Licht rückte, platzte Rina ins Zimmer.

»Roxy kommt den Pfad hoch! Mensch, ich muß mich verstecken!«

Roxy war in Wirklichkeit direkt hinter ihr — angezogen wie ein Rockstar, mit Lederarmbändern, Gurten und Gehängen voller Nieten, eine rosa Tüllschleife im hochgebürsteten roten Haar. Sie sah aus wie eine große Puppe. In der Hand hatte sie ein paar lila Nelken. Anscheinend hatte sie genau zur richtigen Zeit eine kleine Dröhnung genommen, jedenfalls war sie weder belämmert noch kurz vor dem Zerreißen. Bei ihrem Anblick stieg Ärger in mir auf, ich entschied, daß ich sie sofort abhaken würde, wenn sie mir noch eine Szene hinlegte — Modell hin oder her. Sie gab mir die Nelken.

»Hör zu, Glory, ich bin vorbeigekommen, um mich zu entschuldigen.« Sie setzte sich und zündete eine Zigarette an. »Es tut mir wirklich leid. Ich hatte 'nen Mordsärger, und ich hab' alles an dir ausgelassen. Es ist nicht zu entschuldigen, wo du doch jemand ganz besonderes für mich bist. Ich war ein richtiges Miststück.«

»Oh, schon gut.« Sie roch wundervoll, verströmte Wolken irgendeines exotischen Parfüms. In ihrem verblüffend schönen Gesicht glitten ihre Augen ständig hin und her.

»Ist schon gut«, wiederholte ich und hoffte, sie würde nicht lange bleiben.

»Hast du eine Tasse Kaffee für eine durstige Freundin?« fragte sie.

»Ich habe gerade angefangen zu arbeiten«, sagte ich. »Ich muß diese Bilder für die Ausstellung fertigmachen.«

»Oh, ich weiß. Fleißig, fleißig, fleißig, Glory. Genie bei der Arbeit.« Sie fing an zu summen. »Nur eine Tasse Kaffee? Zum Beweis, daß wir immer noch Seelenschwestern sind?«

»Es ist doch okay«, sagte ich. »Vergessen wir's. Ich versteh's.«

»Ich meine, eigentlich wußte ich es die ganze Zeit«, sagte sie. »Wir hatten beide einen harten Tag hinter uns. Sowas passiert den besten Freundinnen.«

»Aber sicher«, sagte ich und machte mich wieder an die Arbeit.

»Ich meine das Bild«, sagte sie. »Mir ist schon klar, daß du mich nicht fertigmachen wolltest oder so. Es war einfach ein Fehler. Ein blöder Zufall.«

»Ich weiß nicht, was du meinst, Roxy«, sagte ich. »Welches Bild?«

»Du weißt, was ich meine. Du weißt, welches Bild.« Zu spät wurde mir klar, daß irgendwo in ihrem Kopf immer noch ein Sturm wütete. Selbst in bester Stimmung haßte ich es, wenn Leute reinkamen und mich ansprachen, wenn ich arbeiten wollte. Und wenn Roxy nicht gerade Modell stand, schleppte sie ihre wirre Ausstrahlung, ihre giftige Hitze in meinen Raum wie ein leckes Atomkraftwerk.

»Roxy, ich will arbeiten«, sagte ich. »Ich habe keinen Schimmer, von welchem Bild du redest.«

»Aber ich dachte, du verstehst. Ich dachte, wir wären wieder Freundinnen.«

»Sind wir ja auch«, sagte ich. »Ich weiß nicht, worüber du dich so aufregst. Du wolltest es mir gestern nacht nicht sagen, und jetzt fängst du mit dem Mist wieder von vorne an.«

»Ich wollte es dir ja gestern erzählen. Aber du warst so fertig, da dachte ich, ich warte bis heute morgen. Siehst du nicht, daß ich dabei nur an dich gedacht habe?«

»Also, dann erzähl es mir jetzt, in Gottes Namen«, sagte ich und gab ihr meine volle, verbitterte Aufmerksamkeit. »Ich hab's langsam satt.«

»Du hast es satt! Satt! Na, scheiß drauf. Ich kann's nicht glauben. Glory, ich dachte, du freust dich, mich zu sehen. Ich dachte, du würdest mich mit offenen Armen empfangen. Ich wollte dir noch eine Chance geben, einen Vertrauensvorschuß. Die Blumen, sie waren extra für dich.«

»Roxy, ich weiß nicht, was du —« Sie hörte mir überhaupt nicht zu, völlig eingenommen von der imaginären Tragödie, die sich in ihrem Kopf abspielte.

»Ich habe versucht, dir noch eine letzte Chance zu geben«, sagte Roxy. Ich hatte sie noch nie so geheimnisvoll und besessen erlebt. Sie stand mitten im Zimmer und rang die Hände wie eine Göttin.

»Redest du nun von dem verdammten Bild oder von deiner Bezahlung, oder was?« fragte ich und deutete dramatisch auf das Bild. Das Ganze war mir mehr als lästig, und es war schwer, ihre Emotionen zu verdauen. Roxys ätzende Bemerkungen, sie mochten noch so ungerechtfertigt sein, hatten so eine Art, sich in mein Gehirn einzugraben und meinen Blick auf die Dinge zu beeinflussen, und ich wollte jetzt nichts dergleichen hören.

»Eine letzte Chance«, sagte sie. In ihren Augen standen echte Tränen. »Nach allem, was ich für dich getan hab', behandelst du mich so.«

»Geht's um das Bild?« schrie ich, am Ende meiner Geduld. »Oder was?«

Al erschien an der Tür, seine Miene etwas aus den Fugen angesichts meines Gebrülls.

»Telefon für dich, Glory«, sagte er, während Roxy sich an ihm vorbei aus der Tür drängte. Wir hörten sie den Pfad runter zur Straße rennen. »Was ist denn mit ihr los?«

»Frag mich nicht«, sagte ich. »Ich hab' die Schnauze gestrichen voll von diesen ständigen verfluchten Störungen. Sag ihnen, ich bin nicht da.«

»Es ist das Krankenhaus. Sie sagen, du hättest ihnen deine Nummer gegeben.«

Die Frau am anderen Ende zögerte kurz, als ich mich meldete. Dann sprach sie leise. »Ich fürchte, die Patientin, nach der Sie sich erkundigt haben, ist nicht mehr am Leben. Genau gesagt, sie ist heute nacht gestorben.«

Ich stand mit dem Hörer in der Hand da, mir war übel. Ich fühlte mich so mies, daß ich weder mich bewegen noch den Hörer auflegen konnte. Sie war also letzte Nacht gestorben, gleich nachdem wir sie ins Krankenhaus gebracht hatten. Das ganze Elend des Vorfalls versteinerte mich. Sie mußte noch auf der Notliege ihren Geist aufgegeben haben, trotz des rothaarigen Arztes, der ihr Herz massierte. Ich dachte, wenn ich nur schneller gewesen wäre — es mußte eine volle Dreiviertelstunde gedauert haben von dem Zeitpunkt an, als ich sie zuerst sah, bis sie im Krankenhaus war. Da war das ganze Brimborium mit Shorty gewesen. Und die beiden Verschnaufpausen. Und diese nicht endenwollende Kriechpartie den Hügel hoch. Vielleicht hätte ich sie sonst retten können. Ich dachte daran, wie vertrauensvoll sie an mir gelehnt hatte und an ihre abgebissenen Fingernägel, als sie sterbend im Mainstreet saß.

Ihr Tod war das schlimmste und unwahrscheinlichste Szenario bei alldem. Tief drinnen hatte ich die ganze Zeit erwartet, daß sie sich erholen würde. Ich hatte halb vorgehabt, sie nachmittags zu besuchen und ihr eine Unterkunft anzubieten, wenn sie rauskam. So einfach war das. Und nun stand ich da und durfte mich mit ihrem Tod auseinandersetzen. Unvermittelt verdrängte der Gedanke an die Konsequenzen, die jetzt auf mich einstürzen würden, alle weiteren Grübeleien. Die Bullen würden ganz bestimmt dazugezogen werden. Der Name »Marianne« war ein Hinweis darauf, daß sie aus irgendeiner wohlhabenden Familie kam — sie hatte schon so ausgesehen. Ich dachte an Grace und daran, wie sie auf einen plötzlichen Bullenbesuch reagieren würde. Mein Instinkt warnte mich, daß wir beide schon viel zu tief in dieser Geschichte drinsteckten. Wir hatten etwas so Ungewöhnliches getan, daß es ganz sicher als verdächtig betrachtet wurde. Sogar die Frau am Empfang hatte Bemerkungen gemacht. Wir mußten sehr zweifelhafte Samariter abgegeben haben — Grace in ihren Pailletten und ich, breit wie ein Haus, in meiner Dreißiger-Jahre-Glitzernummer vom Trödler. Die Bullen mußten einfach Verdacht schöpfen, sobald sie davon hörten. Ich zog meinen Regenmantel an und rief nach Al. Er hatte sich wieder nach hinten verzogen.

»Paß auf die Kinder auf, ja? Ich muß mal eben eine Weile weg.«

Draußen regnete es, der Wagen gab keinen Mucks von sich, also mußte ich ihn im Bergabrollen starten, er ruckte und bockte die ganze Straße runter. Als ich endlich in Fahrt kam, fiel mir ein, daß ich John nicht verabschiedet hatte. Er fuhr heute nach Hause. Es schien einfach unser Schicksal zu sein, egal wie viel Mühe ich mir gab, alles richtig zu machen. Jetzt konnte ich nicht mehr zurückfahren. Ich beschloß, es zuerst im 'Bridgeway' zu versuchen, wo vormittags immer ein paar versoffene Queens zu finden waren, ich dachte mir, irgendeinen Kontakt müßte ich da aufspüren können. Ich wollte nicht stundenlang Auckland absuchen. Wie sich herausstellte, hatte ich Glück. Es war erst elf, aber ein paar Trinker dämmerten schon über ihrem ersten Bier und ihrer Morgenzigarette. Ich fragte die erstbeste Queen.

»Oh, Grace? Da drüben sitzt ihre Freundin. Was bist du denn, Schätzchen? Kesser Vater oder großes L?«

Ich ging zur Ecke der Bar, wo Graces Freundin saß. Sie war jenseits des Stadiums, wo es dich noch interessiert, was für einen Eindruck du machst. Sie war von dieser schwermütig-groben, großnasigen Schönheit, die mich so fasziniert.

»Nein, Schätzchen, ich bedien' keine Frauen«, sagte sie. »Ich meine, falls du eine bist.«

»Nun mach mal halblang«, sagte ich lau. Die Fahrt in die Stadt war sehr schnell gewesen, und mir raste immer noch das Herz.

»Grace? Grace ist zu Hause. Sie hat ihre Tage. Schon gut, Schätzchen, ich kenn' dich. Du hast diese Kleine durch die Straße geschleift — sahst aus wie das Krümelmonster. So einen Anblick vergesse ich doch nicht.« Sie lächelte mich an, zu weltmüde, um richtig bissig zu werden.

»Wegen der Geschichte will ich sie sehen«, sagte ich. Ich wußte, sie würde mir gar nichts erzählen, wenn ich nicht Klartext redete.

»Ich hab' die dumme Ziege gewarnt, sich da reinzuhängen. Ärger mit den Bullen, was? Scheiße, ich hab's ihr ja gesagt. Aber nein, sie weiß es immer besser, unsere Grace.«

»Ich hoffe, es gibt keinen Ärger. Ich will sie aber lieber noch vor den Bullen sehen.«

Sie sah mich abwägend an. Sogar zu dieser frühen Morgenstunde trug sie falsche Wimpern. Sie sahen schmerzhaft verklumpt aus und klebten wie Insekten an ihren Lidern. »Hier hast du die Adresse.« Sie schrieb langsam mit einem todschicken Goldstift, ihre langen, blutroten Nägel kratzten über das Papier. Sie roch nach altem Parfüm, Nikotin und Nachtschweiß.

»Du paßt auf Gracie auf.« Das war eine Warnung.

Ich sagte »Danke« und rauschte ab.

Die Adresse war Newton. Es war eine alte Pension an der Hauptstraße, direkt neben einem Schrottplatz. Auf dem ölverschmierten Hof des Schrottplatzes rotteten Hunderte von aufgestapelten Wagen in Schichten vor sich hin. Der vorbeibrausende Verkehr war mörderisch. Diese Gegend war Autoland und die Pension sah aus, als würde der schiere Druck des Verkehrs sie jeden Moment zum Einsturz bringen. Im Vorgarten war ein kleiner Brunnen, etwas unter Straßenhöhe. Er war zugetürmt mit durchnäßten Kartons, Bierdosen und Abfall aus dem Schnellimbiß. Ein struppiger, halbtoter Tabakbaum lehnte gegen ein Kellerfenster.

Das Tonnengewicht des Verkehrs schüttelte ununterbrochen die Wände, es war, als ob draußen ein Sturm tobte. Ein alter Mann, der im Korridor herumschlurfte, zeigte mir den Weg zu ihrem Zimmer. Es ging eine Treppe runter, anscheinend wohnte sie im Keller. Als ich an die Tür klopfte, konnte ich die Überraschung im Zimmer dahinter förmlich spüren, Besuche schienen hier selten vorzukommen. Grace öffnete. Sie war in einen schönen, rotseidenen japanischen Hausmantel mit bestickten Ärmeln gewickelt. Der Mantel leuchtete im Halbdunkel.

»Wer ist da?« fragte sie argwöhnisch, während sie die Tür aufhielt und gegen das Licht blinzelte.

Ohne Make-up sahen ihre Züge sehr männlich aus. Sie mußte sich dringend rasieren und hatte violette Schatten unter den Augen.

»Ich bin's. Glory. Du hast mir gestern nacht mit der Fixerin geholfen.«

»Oh. Ich dachte mir schon, daß ich dich nicht zum letztenmal gesehen hatte«, sagte sie. Offensichtlich herrschte so eine Art stilles Einverständnis zwischen uns, was meine schlimmsten Befürchtungen bestätigte.

»Wie hast du mich gefunden?«

»Deine Freundin im 'Bridgeway'.«

Der Raum war so klein und dunkel — er fühlte sich an wie ein Wandschrank. Sie machte Licht an.

»Ich hab' noch gedöst. Ich brauch' meinen Schönheitsschlaf. Setz dich. Ich muß erstmal wach werden.« Sie war immer noch durcheinander wegen meines Besuchs, wollte es aber nicht zeigen. Sie machte Pulverkaffee. Das Zimmer war furchtbar ordentlich. Ein zweiflammiger Kocher stand auf einem Tisch an der einen Seite, es gab Borde mit Tellern und Konserven und sogar eine Schüssel mit Äpfeln auf einem Regal neben dem Bett. Überall hingen Poster an den Wänden, ein Tretchikoff, der mit diesen weißen Pferden am Meer, hatte einen Ehrenplatz.

Das Ganze erinnerte mich daran, wie Kinder sich eine imaginäre Hütte bauen — mit Strichen auf dem Boden, die die Räume aufteilen, einem Holzklotz als Herd, Puppentellern voller Blätter als Essen. Ein Leben, wie ein kleines Mädchen es sich vielleicht ausdenken würde, auf allerkleinstem Raum von allem umgeben, was sie sich wünschte. Die Welt draußen triumphierend ausgelöscht.

»Hab' sogar ein paar Kekse da. Muß dein Glückstag sein. Was ist passiert? Ist die Kleine tot?« Der Kaffee war lauwarm, ungelöstes Pulver schwamm noch drin rum.

»Ja«, sagte ich. »Ich schätze, die Bullen werden sich der Sache annehmen, also wollte ich dich warnen.«

Aus irgendeinem Grund amüsierte sie das. Sie zog die Gardine beiseite und spähte dramatisch hinaus. »Nun denn, die Jungs in Blau sind noch nicht da. Nicht, daß ich von hier aus was sehen könnte, aber na ja. Wie ist das Wetter?«

»Ich wollte dir nur sagen, daß ich die Kleine vorher nie getroffen hatte und auch sonst nichts darüber weiß, falls du dich das gefragt hast. Das werde ich auch den Bullen sagen.«

»Tja, Glory, das ist ganz süß von dir. Dann werd' ich mal lieber ein paar Dinge verschwinden lassen.« Sie wühlte in ihrem Hausmantel und fischte ein Springmesser raus. »Manche Typen kommen auf die seltsamsten Ideen. Du glaubst es nicht. Gestern nacht mußte ich auf allen vieren durchs Zimmer krabbeln, mit einem Schaffell auf dem Rücken, damit er sich einbilden konnte, einen Bären zu bumsen. Ich meine, bei allen guten Geistern.« Sie warf das Messer aus dem Fenster und versuchte zu sehen, wo es landete. »Ach, Mist. Jetzt weiß ich nicht, wo es hingeflogen ist. Ich muß nachher rausklettern und suchen. Da draußen geht leicht was verloren.« Sie lächelte. »Übrigens ziemlich prominent, der Gute. Ich bin sonst sehr diskret, das gehört zum Service, aber ich geb' dir mal einen kleinen Tip. Er ist schwer religiös. Wurde vor kurzem in 'Top Half' interviewt, Thema 'Sein Wort hat Gewicht'. Gewicht trifft es. Deshalb bin ich heute auch so kaputt. Der Kerl wiegt bestimmt eine halbe Tonne.«

»Einen Bären?« fragte ich, momentan abgelenkt. »Warum wollte er denn ausgerechnet einen Bären bumsen?«

»Vielleicht hat ihm seine Mutter auf einem Bärenfell die Windeln gewechselt«, sagte sie abwesend.

Ich merkte ihr an, daß sie mit ihren Gedanken woanders war und ihr Geplauder einfach eine Geste der Höflichkeit.

»Die kommen mit allen möglichen Macken aus ihrer Kindheit an — es ist unfaßbar. Mit was für Fetischen manche rumrennen! Es ist traurig. Und anstrengend. Und eine ungeheure

Erleichterung, zwischendurch mal einen zu erwischen, der einfach ganz normal schwul ist. Gestern nacht hatte ich zwei von denen, und nachdem ich sie mit der ältesten Magie der Welt versorgt hatte, hab' ich zu ihnen gesagt, Jungs, ich hoffe bloß, daß ihr nicht zu so 'ner tragischen alten Queen werdet wie ich.«

»Wenn du bei mir in der Gegend bist, komm doch mal vorbei«, sagte ich.

»Ich weiß nicht, wo du wohnst, Schätzchen. Wirklich zu ärgerlich, daß diese Unholde hier gleich auftauchen können. Ich hatte noch nicht mal Zeit für meinen Gutenmorgenjoint und mein Make-up ...«

Das war ein höflicher Rauswurf, sie war nervös und hatte Angst, und es war unübersehbar, daß sie mich loswerden wollte.

Erst sehr viel später wurde mir klar, daß ich nicht hätte hinfahren sollen. Dadurch nahmen die Bullen das Ganze nur noch ernster. Es war ein dummer Versuch, Beschützer zu spielen, aber völlig falsch. Grace machte vielleicht einen zähen Eindruck, aber sie war verwundbar wie ein kleiner Vogel, sie war wie eine exotische Spezies, die vom Aussterben bedroht ist, und ich hatte ihr durch mein Eindringen in ihr Territorium geschadet.

Als ich an dem Morgen nach Hause fuhr, war mir alles unbehaglich, so als hätte ich irgendwo einen Haufen unerledigte Sachen hinterlassen. Ich fühlte mich auch elend wegen Marianne.

Zu allem Überfluß wartete auch noch Nigel im Wohnzimmer auf mich, als ich nach Hause kam. Seinem fiesen Blick nach zu schließen war er erzbeschissen drauf, und ich war noch nicht durch die Tür, da legte er los. Immerhin hatte Al daran gedacht, John zum Zug zu bringen.

»Also, Glory, es ist ja nun nicht so, daß du völlig etabliert bist, oder was glaubst du? Du kannst es dir nicht leisten — ausgerechnet du kannst dir diese schwachsinnige Ich-bin-diegrößte-Künstlerin-Wichserei verflucht nochmal nicht erlauben! Kannst du mir folgen? Ich hab' mich für diese Geschichte krummgeschuftet, Verehrteste — und was bringst du? Das Zeug reicht vielleicht für eine Wand, wenn's hoch kommt. Ich sage nicht, daß sie nicht erstklassig sind. Sie sind erstklassig, Glory. Umwerfend. Aber wir reden jetzt über Volumen, Kleines. Ich meine, diese Eröffnung ist entscheidend. Wenn du das verpfuschst, rutschst du ab unter ferner liefen — eine ordentliche, mittelmäßige Malerin, die nie was Aufsehenerregendes bringen wird. Standard-Kunst. Guter Standard, ja, aber eben Standard.«

So weit war er noch nie gegangen, er mußte ziemlich in Panik sein. Ich wußte von einem meiner Freunde, daß seine Galerie eine leichte Talfahrt durchzustehen hatte. Sein Gewinn war nie sehr groß gewesen, also mußte ihm das verringerte Einkommen Sorgen machen. Mehrere von den jungen, dynamischeren Malern zogen es vor, zu einer spritzigen kleinen Galerie zu desertieren, wo man mehr für Kooperativen und weniger für hierarchische Strukturen bei der Vermarktung übrig hatte. Einigen von ihnen hatte er geholfen sich zu etablieren, und ihn erbitterte, was er Illoyalität nannte. Natürlich würden manche Leute es eher so sehen, daß er sie jahrelang gemolken hatte und sie sich jetzt einfach etwas mehr Kontrolle über ihren Anteil verschafften. Wie auch immer, mir war klar, daß ich Nigels große finanzielle Hoffnung darstellte, also hatte ich nicht vor, klein beizugeben.

»Ach, Nigel. Willst du ein Bier?« Ich ging in die Küche und öffnete eine Flasche — so, daß er das pöbelhafte 'Plopp' hören konnte.

»Es ist halb zwölf vormittags, Glory.« Sein Mund verzog sich vor Widerwillen.

»Wo sind denn alle?« fragte ich, als ich mich hinsetzte. Mein Kopf dröhnte von all den Aufregungen heute morgen. Ich trank direkt aus der Flasche, was ein bißchen kindisch war, zugegeben.

»Es ist niemand hier. Als ich kam, stand die Tür sperrangelweit offen. Keine Menschenseele weit und breit.«

Es gab ein unbehagliches Schweigen.

»Wann ist die Eröffnung nochmal?« fragte ich, einfach als Stachel.

»Zu bald, meine Liebe. Komm, entspann dich jetzt, Glory-Schatz, ganz ruhig. Ich habe den Kopf zum Platzen voll. Wenn du dein Bier fertig hast, gehen wir nach hinten und sehen uns die Sachen nochmal sorgfältig an. Ganz sorgfältig. Vielleicht habe ich ja übertrieben.«

Resigniert nahm er mir die Flasche ab und trank. Er wollte sich wieder mit mir vertragen.

»Manchmal frage ich mich, ob es das alles wirklich wert ist.« Er sah sich mit Leichenbittermiene um. Selbstparodie war das einzige, womit er seine Wut auf mich kompensieren konnte. »Die Suche nach Schönheit im Abfall einer zusammengebrochenen Gesellschaft fortzusetzen. Einer dicken Lesbe ihre magere Sammlung Nippes abzujagen.«

Ich sagte nichts. Es gab da einiges, was ich unbedingt durchdenken mußte, bevor ich überhaupt imstande war, mit Malen anzufangen, und Nigel verstand davon ungefähr so viel wie ein dreijähriges Kind. Hinter seiner Großtuerei und Weltgewandtheit war er im Grunde nur ein ganz gewitzter, aber eigentlich ziemlich ignoranter kleiner Bengel mit rundem Hintern und abgelutschtem Charme. Ich wollte ihn loswerden.

»Dann mach aber wirklich ganz schnell«, sagte ich.

Kritisch ging er nochmal die Bilder durch, das Gesicht vor Konzentration in tausend Furchen geknautscht.

»Na gut, mal sehen, was wir damit anstellen können«, sagte er zum Schluß. »Es reicht nicht für die Hauptgalerie. Aber das weißt du ja. Ein bißchen Zeit hast du noch – ein paar Tage zumindest. Du wirst Wunder vollbringen, das wirst du doch, nicht, Glory?« Dann sprach er plötzlich so leise, daß ich es kaum verstehen konnte. »Da stehen zwei Cops an der Hintertür, Glory. Hat das hier denn nie ein Ende?«

»Mist«, sagte ich. »Hatte vergessen, daß die vielleicht aufkreuzen.«

Nigel dabeizuhaben war mir äußerst unangenehm, weil Bullen sich mir gegenüber nie sonderlich respektvoll benahmen. Es war das Haus, und wie ich aussah – alles subtile kleine Anzeichen der Klassenzugehörigkeit, für die die Bullen immer eine Antenne haben. Ihr Instinkt sagt ihnen, woher ich komme und wohin ich gehöre, und irgend so ein ominöser Künstlerinnenstatus interessiert sie nicht die Bohne. In Nigel würden sie einfach eine Tunte sehen, fertig. Wenn er das alles mitkriegte, schwächte das zwangsläufig meine Verhandlungsposition. Bei meinem ständigen Nervenkrieg mit dem Kerl reichte das kleinste Anzeichen von Schwäche, und er würde mich einkochen.

»Du kannst ruhig gehen, das ist bestimmt wegen Al.«

»Oh, natürlich«, sagte er. Er wußte offenbar mehr, als er verraten wollte, woher war mir schleierhaft.

»Sie werden dich doch nicht verhaften, oder? Diese verflixte Eröffnung steht wohl unter keinem guten Stern, was?« Immerhin gereichte es ihm zur Ehre, daß er sich durch die Seitentür davonmachte. Ich sah ihn mit eingezogenem Kopf um die Hausecke stapfen, bemüht sich zu beherrschen, sein Körper steif vor unterdrückter Wut.

»Sind Sie Glory Day?« fragte der Bulle überfreundlich. Er sah nach Mittel-Neuseeland aus, und die Jahre von Respektabilität und Soforturteilen hatten ihren Preis gefordert. Der andere wirkte wie ein angesehener Schwulenticker aus einer anständigen Kleinstadt, die Sorte, die nach Rugbyclub-Besäufnissen in Vaters Toyota durch die Straßen kreuzt und nach Fleisch zum Aufmischen Ausschau hält. Gutaussehend, verschlossen, voll heimlich brodelnder Gewalttätigkeit, strömte er einen säuerlichen Geruch aus, der Gefahr signalisierte. Beide waren schon durch so viel menschliche Fäulnis gewatet, daß ihre Gesichter und Herzen sich versteinert hatten.

»Wir stellen ein paar Nachforschungen an, Glory. Da war

kürzlich ein Tod unter verdächtigen Umständen, und wir dachten, Sie könnten uns helfen.«

Ich konnte jetzt meinen guten Moe sehen, der wie ein Riesenbär vom Nebenhaus herangetrottet kam. Er tauchte immer bei mir auf, wenn die Bullen da waren. Nur, um ein Auge drauf zu haben.

»Paß auf Rina auf«, bat ich ihn.

»Kassieren sie dich?« fragte Moe.

»Wir fahren zum Revier, Glory«, sagte der andere Bulle. Er hatte eine hohe, schnarrende und leicht verrückte Stimme, die mir nicht gefiel.

»Scheiße, ich hab' keinen verfluchten Schimmer«, sagte ich zu Moe.

»Sachte, sachte, paß auf, was du sagst«, murmelte er freundlich. Es war eine Warnung.

»Bin ich verhaftet?« fragte ich.

»Nein, natürlich nicht. Schlechtes Gewissen?«

Grace saß schon im Bullenwagen auf dem Rücksitz. Ich freute mich, sie zu sehen, aber ich fühlte mich gleich wieder verantwortlich. Sie lächelte herzlich und völlig gelassen. Sie war geschminkt, sah sehr heiß aus und hatte ihr Selbstvertrauen zurück.

Die Nebenans standen jetzt alle draußen auf der Veranda. Obwohl Bullen in keinem unserer Häuser etwas Ungewöhnliches waren, kamen die Jungs immer heraus und bauten sich auf, einfach als Geste. Es war ein schweigender Abgang, niemand winkte oder beschimpfte die Bullen. Als wir losfuhren, fing es wieder an zu regnen.

»Fahren wir zur Otahuhu-Wache?« fragte ich Grace, als der Wagen auf die nördliche Autobahn fuhr. Sie verzog nur das Gesicht.

»Sieht ja nach großem Auftritt aus.«

Im Wagen roch es nach warmem Plastik und nach Graces starkem Parfüm. Die breiten Körper der Bullen schienen den Platz auszufüllen, und wir saßen in der elektrisch aufgeladenen

Stille, die solche Fahrten an sich haben. Irgendwie schien das alles eine Überreaktion zu sein — eine kleine Fixerin hatte sich den goldenen Schuß gesetzt, das war doch normalerweise keine große Sache. Aber aus Erfahrung wußte ich, daß es zwecklos war, sich aufzuregen. Sie waren so an Unschuldsbeteuerungen gewöhnt, daß sie die nur noch für einen schlechten Witz hielten.

Der große Turm der Zentrale sah streng militärisch aus. In einer Mad-Max-Welt wäre er das Auge der Autorität, das auf die Stadt gerichtet ist. Er war eigens entworfen und gebaut, um einzuschüchtern, zu zerschmettern, niederzudrücken — ein architektonisches Ultimatum ohne Waffenstillstand. Unter dem Bau waren diese unheimlichen Zementparkplätze, es war, als stiege man einen unergründlichen Brunnen hinunter.

»Die riechen beide ganz scheußlich nach Schlägern«, zischte Grace mir zu, als wir ausstiegen.

Sie hatte sich schon auf eine Tracht Prügel eingestellt, und ich war um ihretwillen beunruhigt. Queens standen auf der Skala noch eine Stufe unter Stadtstreichern und gingen fast nie ohne zumindest ein paar derbe Ohrfeigen aus. Schwer zu sagen, wo sie mich einordnen würden.

In dem kleinen Vernehmungsraum blieben beide Bullen bei uns. Ich verstand nicht, was los war. Es kam mir alles total übertrieben vor. Dann fingen sie an, sich in meiner Gegenwart Grace vorzunehmen. So viel zu ihrem Respekt vor mir.

»Läuft das Geschäft, Grace? Läßt du sie noch Scheiße schieben, oder hast du das aufgegeben? Kannst ja heutzutage nicht vorsichtig genug sein, von wegen Aids und so. Hast du dich testen lassen? Du bist eine Gefahr für Leute, die es lieber auf die nette Art tun, was?« Der Bulle war sehr aufgeregt. Er umkreiste sie wie ein Freier, wählte seinen Moment und rammte ihr die Faust in die Nieren. Ich konnte seinen säuerlichen Schweiß riechen.

»Entschuldige uns, Glory.« Grace verdrehte und krümmte

sich. Ihr langer, schlanker Leib bog sich nach vorn, und sie schwankte vor Schmerz auf ihren hohen Plastikschuhen. Als sie ihr Gesicht wieder hob, hatte es einen komisch-resignierten Ausdruck. »Normalerweise zahlen sie dafür, daß ich sie schlage«, sagte sie und ging unter dem nächsten Schlag graziös zu Boden.

»Kleines Mißgeschick«, sagte der andere Bulle zu mir. Ich vermutete, daß er diesen Satz ziemlich oft gebrauchte.

Sehr leise sagte ich zu seinem Partner: »Ich an eurer Stelle würde das lieber nicht machen.« Der Bulle sah von seinem Spielchen hoch, seine Augen glänzten.

»Ach, würden Sie nicht?« Er kam sehr dicht an mich ran, und ich konnte seine vernarbte Haut sehen. Sein Atem roch beunruhigend, metallisch und nach im Verborgenen brodelnden Emotionen. Ein Mann mit Geheimnissen. Der andere Bulle machte eine Kopfbewegung. Er wollte ihn aus dem Raum haben.

Grace keuchte vor Schmerz. Ihre Augen waren rot und voller Tränen, ihr schöner, großer Körper verkrümmt und zittrig. Sie mußte sich auf den Bullen stützen, als er sie rausbrachte. Er legte freundschaftlich den Arm um sie und führte sie zu einem anderen Raum. Dort würde er sie in aller Ruhe so richtig zusammenschlagen.

»Er neigt zu Übereifer, Glory. Braucht mal'n bißchen Urlaub. Sonst ein sehr guter Polizist. Freund von Ihnen? Der Transvestit?«

»Ja«, sagte ich nur.

»Haben Sie die hier schon mal gesehen?« Er zeigte mir ein Foto. Es war die Kleine, wenn auch in besseren Tagen. Sie saß an einem Tisch in einem Restaurant, ihre traurigen Augen starrten in die Kamera. Sie trug ein ausgeschnittenes Kleid, und ihre mageren Züge hatten einen gefangen-verletzlichen Ausdruck. Es tat richtig weh, sie so — noch lebendig — zu sehen. Doch wie alle Fotos von toten Menschen wirkte auch dieses schon irgendwie verblichen, sah alt und vergangen aus.

»Das ist die Kleine, die ich gestern im Mainstreet aufgelesen habe«, sagte ich.

»Nie vorher gesehen?«

»Nein.«

»Wissen Sie, wer ihr Vater ist? Ich wette nicht. Bekannter Geschäftsmann in Auckland. In solchen Kreisen verkehren Leute wie Sie und ich nicht. Sehr religiös, konservative Moralistenliga. Hat was gegen Sünde in jeder Form, Glory. Er fragt sich, wer ihr den letzten Schuß gesetzt hat. Muß wohl jemand von ihren Freunden gewesen sein.«

Ich sagte nichts. Kein Wunder, daß sie so einen Aufstand wegen einer Überdosis machten.

»Und es war wirklich das erste Mal, daß Sie und Ihr Freund Marianne Lucas gesehen haben? Okay. Warum haben Sie sie dann ins Krankenhaus gebracht? Aus reiner Menschenfreundlichkeit? Nicht vielleicht doch auch Hintergedanken — ein kleines Verschleierungsmanöver, oder plötzliche Gewissensbisse?« Er hatte ein schnell arbeitendes Gehirn, sprang von einem Punkt zum andern.

»Verhaften Sie mich?«

»Noch nicht, Glory. Aber wir sind vielleicht voreingenommen. Das hier ist Ihnen ja wohl nicht ganz neu, oder? Ich habe gehört, es liegt in der Familie, die Days sind der neuseeländischen Polizei ganz gut bekannt. Und Sie bilden da keine Ausnahme.« Er las ein paar Notizen vor. »Gelegentliche Gesetzesübertretungen. Zeitweilig arbeitslos und ohne festen Wohnsitz. Verkehrt mit bekannten Kriminellen. Beide Ehemänner als ziemlich finstere Gestalten berüchtigt.« Er sprach das Wort »ziemlich« so betont langsam aus, daß er sich fast den Kiefer dabei verrenkte. Hatte offenbar ein paar Nachforschungen angestellt. Im Moment steckte er bei mir allerdings nur vorsichtig die Fühler raus, was eigentlich überraschend war. Ich bekam das Gefühl, daß er andere Informationsquellen hatte, die ihn in bezug auf meine Person zu den schönsten Hoffnungen berechtigten.

»Schön«, sagte ich, »ich habe nichts weiter zu sagen.« So wenig überzeugend meine Geschichte auch klang, ich würde dabei bleiben, auf lakonisch machen und hoffen, daß Grace nicht den Kopf verlor.

»Wie Sie meinen.« Es war ihm anzusehen, daß es ihn juckte, mich zur Sicherheit noch ein bißchen dazubehalten.

Ich stand auf, um zu gehen. »Ich warte aber noch auf meine Freundin.«

Der Bulle verließ kurz den Raum und kam dann ganz geschäftsmäßig zurück.

»Wir haben sie eingebuchtet. Hat keinen Zweck zu warten.«

»Ich will sie sehen«, sagte ich. Die Kerle gingen eindeutig zu weit.

»Tut mir leid, ist zur Zeit nicht drin.«

»Gut, dann rufe ich meinen Anwalt an. Sie haben keinerlei Grund, sie hierzubehalten.«

»Moment noch.« Er ging wieder raus, und ich wartete, wie mir schien, endlos in dem kleinen, grauen Zimmer.

Und dann erschien wie ein leicht zerrupfter, aber immer noch strahlender Paradiesvogel Grace, in einer Parfümwolke, in Begleitung des anderen Bullen. Er wirkte mühsam beherrscht. Er deutete Richtung Ausgang und blieb stehen.

»Also schön. Sobald wir den leisesten Hinweis auf irgendeine krumme Tour kriegen, seid ihr dran. Wir können tausend Anlässe finden, euch zu verknacken. Wir bleiben dran, also keine Dummheiten. Und bleibt in der Gegend.«

Als wir rausgingen, sagte ich: »Ist dir aufgefallen, daß es nichts Offizielles gab? Das Verhör? Sie haben kein Wort mitgeschrieben. Kannst du mal sehen, was einflußreiche Eltern sind.«

»Hol's der Teufel. Laß uns abhauen, bevor die ihre geborgte Meinung ändern.«

»Willst du was trinken?« Ich fühlte mich lausig wegen all dem Ärger, den ich ihr eingebrockt hatte.

Wir gingen in eine von diesen netten, altmodisch-plüschigen

Lunchbars mit roten Polsterbänken und möchtegern-englischen Anrichten, alles zum Gähnen viktorianisch und gedämpft beleuchtet. Es wimmelte von gutgekleideten, älteren Büromenschen mit der Ausstrahlung von Butterbrotpapier. Normalerweise würde ich keinen Fuß in diese Art von Laden setzen, aber ich brauchte dringend einen Schluck. Es entstand eine gewisse verkrampfte Stille, als wir reinkamen, aber ich war nicht in der Stimmung, eine Schau abzuziehen. Ich bestellte zwei Whisky.

»Die wollen uns ganz klar was anhängen«, sagte ich und kippte schlechtgelaunt den Whisky. Die Szene vorhin auf der Wache klebte an mir wie stinkende Dreckklumpen, und ich fühlte mich für Grace verantwortlich. Die puderte sich sorgfältig und kämmte ihr dickes Haar wieder zu dem punkigen Wuschelkopf, den sie getragen hatte, bevor die Bullen ihr Prügel verpaßten.

»Sie haben uns ohne jeden Beweis kassiert. Als ob sie extrem unter Druck standen. Und alles wegen einer Überdosis. Die sind wirklich bösartig.«

Die Leute in der Bar starrten Grace an, mit dieser überlegenen Amüsiertheit, die die sogenannten Normalen oft zeigen, wenn sie mit unbedrohlicher, verwundbarer Andersartigkeit konfrontiert sind. Sie saß da, ganz flauschig und sanft, und versuchte sich wieder zusammenzuflicken, die langen, roten Fingernägel um das Glas gekrallt.

»Die können mir ja doch nichts anhängen.« Sie nahm das Ganze philosophisch. Ihre Miene verriet Routine: Diese Spielchen hatte sie schon so oft durchgestanden, es machte kaum noch etwas aus.

»Mir geht die Kleine nicht aus dem Kopf«, sagte ich. »Sie hatte sowas Mitleiderregendes an sich. Ich hab' die ganze Zeit gehofft, sie kommt durch.«

»Na, wir haben jedenfalls unser Bestes getan. Nicht, daß es uns irgendwelchen Dank einbringt. Ist doch wahr. Eine Freundin von mir schimpft mich regelmäßig aus wegen sowas. Sie sagt, das mit der Hure mit dem goldenen Herzen ist einfach ein Klischee zuviel, das muß danebengehen. Kommt davon, wenn man eine Landpomeranze aus Te Kuiti ist.« Grace ließ einen professionellen Blick durch die Kneipe wandern, während sie sprach. »Tja, Schätzchen, ich weiß ja nicht, was du vorhast, aber ich hau ab. Gibt zwar ein paar hübsche Jungs hier, aber die sehen alle wie Rugbyspieler aus. Die Sorte haut dich zu Brei, bevor sie dich überhaupt angeguckt haben — wenn du weißt, was ich meine.« Sie zog eine Grimasse. »Ich hab' heute genug Prügel für eine Woche bezogen, danke bestens.« Sie wußte sich auf ungewohntem Territorium und wurde allmählich nervös. Orte wie dieser waren gefährlich für sie.

»Ich bring dich im Taxi nach Hause. Willst du nicht ein paar Tage bei uns bleiben?«

Grace sah mich mit ihrer Clownsmiene an, sie war deutlich amüsiert. »Und ich dachte, du wärst mehr der starke, schweigsame Typ. Mit diesem wundervollen Buschmann-Gesicht. Nein, Schätzchen, aber das Taxi nehm' ich gern an. In dieser Gegend hängen zu viele Heteros rum.« Sie schüttelte sich.

Ein rotgesichtiger, junger Manager mit glashartem Blick lehnte sich über uns, als wir gerade aufstehen wollten. Er war wie aufs Stichwort aufgetaucht, steif vor unterdrückter Aufregung und Verachtung. Es wurde still im Raum, niemand wollte verpassen, was jetzt kam.

»Kenne ich Sie nicht irgendwoher, meine Liebe?« fragte er Grace unter brüllendem Gelächter der Gruppe hinter ihm. Offenbar war er der Scherzkeks vom Dienst.

»Wohl kaum, mein Lieber«, sagte Grace. »Ich verkehre nicht mit Wichsern.«

Ich fand die Situation ausgesprochen bedenklich. Meine Erfahrung hat mich gelehrt, daß die Schlips-und-Kragen-Typen mit den netten, offenen Säufergesichtern extrem bösartig werden können, wenn man an der Oberfläche kratzt. Und hierbei ging es um Männlichkeit, ein höllisch explosives Thema.

»Paß bloß auf, du Schwuchtel«, sagte er mit gebleckten Zähnen. Aber er hatte seinen Punkt verloren und wußte es auch.

»Heute paßt es mir nicht, Schätzchen«, sagte Grace laut, und ich dachte, jetzt ist sie übergeschnappt. »Ich müßte dir auch das Doppelte berechnen, als Zulage wegen Schmutzarbeit.«

Selbst sie wußte, daß das für einen Klotzkopf wie ihn zuviel war. Er ging auf sie los, wuchtete sich gegen den Tresen und fegte mit dem Arm die Gläser zu Boden. Ich stellte ihm ein Bein, er stolperte, und ich verpaßte ihm heimlich einen Handkantenschlag in den Magen. Es war wie ganz nebenbei und so gut getarnt, daß es niemand mitkriegte. Er krachte schwer auf den Stuhl, von dem ich eben aufgestanden war.

»Los komm«, sagte ich zu Grace, und wir gingen bemüht würdevoll zur Tür, stürzten dann raus und rannten zum Taxistand an der Ecke. Zur Abwechslung hatten wir mal Glück.

»Ich muß Karate lernen«, keuchte Grace, als sie sich mit geschlossenen Augen im Auto zurücklehnte, atemlos und zerzaust vom Spurt. »Wie soll ich bloß für den ganzen Kram die Zeit finden?«

Als ich sie zu Hause absetzte, war sie wieder wie aus dem Ei gepellt. Sie posierte kurz vor dem Haus, ganz Hollywood auf hohen Hacken, und winkte mir zu, bevor sie die lange Treppe runterstieg.

3

Als das Telefon mitten in der Nacht klingelte, war ich sofort wach und schoß hoch. Ich hielt den Hörer in der Hand, noch bevor es das zweite Mal läutete. Es war eine fremde Stimme, sehr kurz angebunden.

»Glory? Hier ist Trish. Nettie ist schwerkrank, sie schickt nach dir.«

Die Schwester meines ersten Mannes. Ein Anstandsanruf mitten in der Nacht? Sie mußte schon eine Menge Leute angerufen haben, in der Familie gab es allein zehn Geschwister mit Familien — Ex-Frauen noch nicht mitgerechnet.

»Tatsächlich?«

»Sie wird es nicht schaffen. Kannst du runterkommen?«

Als sie das sagte, zog sich mein Herz zusammen.

»Ist sie zu Hause?«

»Ja. Weißt du, wo Mitch ist?«

Auf diese Weise sollte ich ihr also die Liebe all dieser Jahre zurückzahlen. Das war Netties unschuldige Art, dafür zu sorgen, daß sie ihren Mitch nochmal zu Gesicht bekam. Ich war die einzige Verbindung, die sie zu ihrem Sohn hatte.

»Wer?« fragte ich, um ein bißchen Zeit zu gewinnen.

»Mitch. Dein Ex-Mann.«

Sie klang ungeduldig, und ich konnte hören, daß sie es haßte, mitten in der Nacht fremde Leute anzurufen und nach diesem Nichtsnutz von einem Bruder zu fragen.

»Ich hab' ihn seit Jahren nicht gesehen. Keine Ahnung, wo er steckt.«

»Ach, das arme Ding! Sie will ihn unbedingt sehen ...« Unerwartet kippte die Stimme und brach ab, offenbar am Ende der Beherrschung.

Für mich war es klar, daß Nettie an Mitch dachte, wenn sie kurz vor ihrem Tod stand. Ich sah sie deutlich vor mir, ganz still, ganz in Gedanken über ihn und ihr eigenes Versagen, ihre gealterte schmale Stirn und die schmerzerfüllten Augen schattenhaft dunkel vor dem weißen Kopfkissen. Ihr Sterben tat mir weh. Ich wußte, sie wollte Mitch sehen und verließ sich auf mich.

»Ich tu mein Bestes, ihn zu finden. Dann komm ich sofort runter.«

Mit Mitch in Kontakt treten hieß, noch einen menschenfressenden Drachen aus dem Sumpf zu locken, und nach den letzten Tagen war das wirklich das letzte, wonach mir der Sinn stand, aber ich fühlte mich verpflichtet. Das mindeste, was ich für Nettie tun konnte, war, ihren mißratenen Sohn zu finden. Ich versuchte, gelassen zu bleiben, als ich mich im Dunkeln anzog, aber ich fing an zu zittern und konnte nicht wieder aufhören. Schließlich rief ich Cash an.

Es klingelte ungefähr zehnmal, bevor er sich meldete. Seine Stimme klang belegt und schlaftrunken.

»Bist du das?« fragte ich.

»Himmel, Glory! Was ist denn los?«

»Nur 'ne Bitte, Cash.«

»Oh, verdammt. Mitten in der Nacht?«

»Nettie stirbt. Mitchs Mutter. Sie will ihn sehen. Ich muß ihn irgendwie zu fassen kriegen.«

»Oh. Warum hast du das nicht gleich gesagt?« Seine Stimme wurde hellwach, respektvoll. »Du weißt, ich helfe gern. Schlimme Geschichte. Sie ist eine großartige Frau.«

»Danke, Cash.«

Bei Cash klangen Hilfsangebote und auch die aufrichtigsten Betroffenheitsbekundungen immer, als ob er sie von spießigen Weihnachtskarten ablas. Soweit ich es beurteilen konnte, meinte er es völlig ernst, aber es hörte sich falsch an.

»Ich fahre runter. Kann ich mich auf dich verlassen?«

»Natürlich kannst du das, Glory. Keine Sorge.« In seinem Ton hörte ich, wie er bereits den feierlichen Ernst der Stunde genoß.

Ich nahm meine Tasche und mein Portemonnaie und ging aus dem Haus. Es war eisig kalt, der Wind heulte um das halb lose Dach, hob es an und schlug darauf ein. Ich stieg ins Auto und versuchte es anzulassen. Die Zündung wimmerte und wimmerte. Ich versuchte es immer wieder, bis die Karre restlos absoff. Die verfluchte Batterie hatte endgültig den Geist aufgegeben. Der Wagen war keine hundert Dollar mehr wert, reif für den Schrottplatz. Verzweifelt legte ich meinen Kopf aufs Lenkrad.

Ich saß im Dunkeln, starr vor Selbstmitleid, bis mir nach einiger Zeit bewußt wurde, daß ich einfach aus dem Haus gestürmt war — Rina alleingelassen und meine wartenden Bilder, nicht mal Al Bescheid gesagt, wo ich war — alles, um in ein Auto zu steigen, das mich sowieso nie weiter als bis Bombay Hills gebracht hätte.

Mir wurde klar, wie verzweifelt wichtig es für mich war, runterzufahren und sie nochmal zu sehen, mir ihren Segen zu holen, ihr zu sagen, daß ich sie liebte. Ich hatte es ihr noch nie gesagt, und es steckte mir wie ein Kloß in der Kehle, sogar jetzt, mitten in der Nacht, als ich in meinem Wrack von Wagen saß. Ich mußte nachdenken. Während ich dort hockte, kam eine kleine, weiße Gestalt durch das Gras gewandert und versuchte, mich in der Dunkelheit zu finden.

»Ma! Ma! Glory!« rief Rina.

»Ich bin hier.« Ich öffnete die Autotür und zog sie auf meinen Schoß. Sie war immer noch im Halbschlaf, ihr Körper war bettwarm und sie hatte rote Schlaffalten auf den Wangen.

»Warum bist du aufgestanden?«

»Ich hab' das Telefon gehört und das Auto. Du hast es immer weiter krächzen lassen.« Sie gähnte ausgiebig. »Warum bist du im Auto?« Kuschelte sich an mich.

»Johnnys Oma ist krank. Nettie. Wir müssen runter und sie besuchen.«

»Bevor sie stirbt? Johns Ma?«

»Ja. Unten in Glen Afton.«

»Wir können mit dem Zug fahren«, sagte Rina schläfrig. »Morgen früh.«

»Du bist wirklich ein Genie, Rina«, sagte ich. »Ganz genau. Wir fahren morgen früh mit dem Zug.«

»Was ist ein Genie?« fragte Rina und schlief wieder ein.

Ich saß da und hörte dem Wind zu, der um den Wagen fauchte, horchte auf die Kratzgeräusche, die die Hunde auf der Veranda nebenan machten, wenn sie ihre Runden drehten. Gelegentlich sauste ein Wagen auf dem Highway vorbei und verschwand in der Dunkelheit. Die Laute einsamer Reisen klangen lange durch die Nacht, bis sie sich in weiter Ferne verloren.

Ich versuchte, meine Gedanken zu ordnen. Ich hatte das Gefühl, daß es wichtig war, einmal Inventur zu machen, und zwar noch bevor ich aus dem Wagen stieg. Es war, als hätte der Tod der Kleinen im Mainstreet etwas zum Ausbruch gebracht, was sich seit Jahren in mir angestaut hatte. Bevor ich weitermachte, mußte ich erstmal begreifen, wie das alles zusammenhing. Es sah aus, als hätte ich mir all die Zeit immer dieselbe Litanei aufgesagt — ich bin immer noch jung und habe das ganze Leben vor mir —, nur um überhaupt meinen Kopf über Wasser zu halten. Sofern ich in den letzten Jahren überhaupt mal an meine Kindheit oder an Mitch oder Weasel gedacht hatte, war es immer nur ganz oberflächlich gewesen, mit flüchtiger Verwunderung, sonst nichts. Meine beiden Ehen waren eher zufällig zustande gekommen, ein verschwommenes sich paaren in der Dunkelheit zu einer Zeit meines Lebens, wo ich durch den Verfall und die Verwesung um mich herum angeschlagen und überhaupt nicht zurechnungsfähig war. Meine Männer und ihre häßlichen Welten waren einfach die Fortsetzung meiner Familie gewesen — sie stellten eine Nabelschnur dar, die ich damals noch nicht durchtrennt hatte. Als sie aus meinem Leben verschwanden, bekamen die Dinge einen neuen Glanz, wandte sich alles zum Besseren. Solange ich mit ihnen lebte, gab es nur sie und mich und die Kinder und tausend Dramen im Alltag wie im Fernsehen. Es gab so viel Streit und noch mehr heimliche

Verbitterung. Wir zerfleischten uns gegenseitig, genau wie meine Eltern zuvor.

Ich begann mein Eheleben in einem kleinen Nest auf der Nordinsel namens Taumarunui, in der Nähe von Scrubsville. Es sollte nicht schwer sein, sich vorzustellen, was das bedeutete. Um ein Haar hätte ich den Verstand verloren, allein mit meinem Widerling von Ehemann, der nachts in der kalten Küche meine Haushaltsausgaben überprüfte, und einem Kalender, der immer auf demselben Monat stand. Mitch war der erste Mann, mit dem ich geschlafen hatte, im zarten Alter von vierzehn, und ich wurde schwanger. Ich war so verzweifelt darauf aus, von zu Hause wegzukommen. Als echte Kindsbraut tappte ich mit fünfzehn in die Falle, schon mitten in der Schwangerschaft. Ein Foto hat überlebt, eine Aufnahme von der Gruppe vor dem Standesamt, auf der ich aussehe wie ein Mädchen aus den Appalachenbergen — mit einem alten und schon verhärmten Gesicht, kleinem drahtigen Körper und tückischen, skrupellosen Augen. Was ich damals allmählich über Fehler, Elend und Nachteile im Leben begriff, war mehr als genug, um meinen Mund schmal und hart zu machen. Ich improvisierte von morgens bis abends und hatte keinen Schimmer, was gesund war.

Natürlich war Mitch inzwischen schon lange nicht mehr in Taumarunui. Ich wußte keine Einzelheiten, nur daß er irgendwo in Albany wohnte, ein großer Mann in der Unterwelt. Irgendwann war er ein bankrotter Milchgeschäftsinhaber gewesen, dann Gebrauchtwagen-Hai, und vor ein paar Jahren hatte ich in der Zeitung gelesen, daß er verknackt werden sollte, wegen Handel mit gestohlenen Autoteilen und Zusammenschlagen säumiger Zahler mit Softballschlägern. Abgesehen davon hatte er drei Jahre wegen Drogen gesessen.

Nettie erzählte stets und ständig allen, daß ihr Vater ein berühmter Häuptling aus der Gegend um Wellington war, vermutlich gab sie das auch vor Gericht zum besten, weiß der Himmel. Ihrem schmierigen Sohn hätte es sicher gefallen.

Der gewisse Snobismus seiner Mutter war ihm noch nie peinlich gewesen, und heute denke ich, warum auch. Es war so ziemlich ihr einziger Fehler. Nettie hatte immer eine besondere Schwäche für Mitch gehabt, dem einzigen faulen Ei in der zehnköpfigen Familie. Sie nannte ihn immer noch ihr Baby. Für sie gab es nie einen Zweifel, daß mein John nach Maori-Tradition bei ihr aufwachsen würde, sowie ich meine Unfähigkeit bewiesen hatte — und ich hatte immerhin den Anstand, keine Einwände zu machen. Schon damals vertraute ich ihr völlig.

Wißt ihr, meine Nettie war eine Heilerin, eine Magierin. Sie trug ihre Macht so selbstverständlich mit sich herum wie eine Königin. Ihre Spezialität war es, verlorene Seelen wieder zum Leben zu bringen — sie konnte sie heilen, sie auf eine Art lieben, die wie ein Zauberspruch wirkte. Ich bin groß geworden mit Menschen, denen sie half. Es gab sie überall in meinem Leben, daher wußte ich am besten das Wunder zu würdigen, das die Begegnung mit Nettie mit sich brachte. Ihr war es möglich, Leute wie Weasel beweglich und glücklich zu machen, sie aus dem Grab zu ziehen. Leute, die so geschädigt waren, daß sie keinen inneren Kern mehr besaßen. Ihr Leben hatte kaum einen anderen Inhalt als jemandem im Streit eine Flasche ins Gesicht zu stoßen oder eine Frau bewußtlos zu prügeln.

Solchen Leuten war jeder Weg zum Trost verschlossen — selbst die kleinsten menschlichen Befriedigungen wie etwa ein Kind zu lieben und sich dafür verantwortlich zu fühlen, mit einem befreundeten Wesen gemütlich fernzusehen, oder einfach von irgendwem mal gelobt oder gebraucht zu werden. Vergewaltiger, Süchtige, Schläger, Gangster und Mörder — ihre Adern vibrierten von dem Gift, das sich in lebenslänglicher Vernachlässigung und Ausgestoßenheit angesammelt hatte, Verlierer, verstrickt in ein Leben aus stumpfsinniger Gewalt — gegen sich oder andere — eine schnelle Nadel auf einer Toilette oder ein Schlag auf den Kopf mit einer zerbrochenen Flasche.

Das waren die Gefährten meiner Kindheit, Fleisch von meinem Fleisch, ich kannte sie wie meine Hosentasche, kannte die Hoffnungslosigkeit ihres Zustands. Nettie konnte mit ihnen reden, in ihrer eigenen Sprache. Mit allen, außer Mitch. Bei ihm versagte sie. Sie war nie in der Lage, die Wunden zu heilen, die er in sein und ihr Leben riß und in das der ganzen Familie. Sie hatte es ihr Leben lang bedauert.

Auf ihre einfache, klare Weise versuchte sie, den Schaden wiedergutzumachen, den Mitch überall anrichtete. Sie hatte mich, ihre Schwiegertochter, geliebt, als ich ein schwieriges, abstoßend einsames Kind war, und ich hatte die Verblüffung über das leichthändige, gelassene Geschenk ihrer Liebe zu mir nie überwunden. Ich war ihr immer dankbar geblieben. Dann hatte sie unseren John großgezogen, mit einer erstaunlichen Mischung aus Zartgefühl und Treffsicherheit für eine so alte, von den Dramen dieser Welt so gebeutelte, hutzelige kleine Frau. In ihrem Leben gab es keine abgeteilten Bereiche, der starke Strom ihres Wesens durchfloß alles und jeden, und es gab meinen lächelnden, ausgeglichenen John als lebenden Beweis. Sie hatte ihm ein gutes Leben gegeben, und jetzt starb sie.

Nichts von dem Guten, was sie tat, war je auch nur als Wahrnehmung in Mitchs grellen Alltag gedrungen. Er erlaubte ihr, ihn zu lieben, gab sich nach außen hin passiv und unnachgiebig — er wußte, er schuldete ihr Dank, aber seine Killerinstinkte waren zu tief verwurzelt, als daß sie sie hätte mildern können. Seine Macht war fast so groß wie ihre. Er war ein glatter, kalter, starker Mann, ein Gangster, er brauchte keine Heilung.

Ich mußte jetzt und hier meinen Entschluß fassen, während ich in diesem Auto saß. Daß ich runterfahren würde, war klar. Das war keine Frage. Es ging vielmehr darum, Mitch wiederzusehen, diese ganze altvertraute Bösartigkeit zu handhaben und dabei um Netties willen keine schmutzige Wäsche zu waschen. Ich haßte es, alte Wunden wieder aufreißen zu lassen.

Mit Rina auf dem Schoß döste ich ein und wachte halb erfroren, schlecht gelaunt und mit völlig verspanntem Genick wieder auf. Ich trug sie huckepack ins Haus und steckte sie ins Bett. Sie mußte todmüde gewesen sein. Ich packte ein paar Sachen, schrieb Al einen Zettel, daß er die Batterie aufladen möge, und saß dann in der Küche. Über einer Tasse Tee sah ich zu, wie die Morgendämmerung heraufzog.

Erst als wir zum Bahnhof fuhren und der Taxifahrer mich völlig aus der Fassung brachte, indem er auf meine schlafende Rina zeigte und fragte »Behindert?«, wurde mir bewußt, wie dünn meine Nerven von alldem waren. Er war ein riesiger, fleischiger Mann, der über die Hälfte der Vorderbank ausfüllte, ein abgegriffenes *Reich durch Wetten*-Magazin lag wie ein Gral zwischen seinen Schenkeln. Ich fauchte ihn zusammen, im giftigsten Ton, zu dem ich fähig war.

»Was heißt hier behindert? Kannst dir deine bescheuerten Kommentare schenken! Sie ist wahrscheinlich ein ganzes Stück heller als du! Scheißtyp.«

Er sagte nichts, aber sein Schweigen war nicht freundlich. Still fuhren wir durch die kalten Straßen.

»Sie können von Glück sagen, daß ich Sie nicht gleich rausgeschmissen habe. Fette alte Schreckschraube. Eine Frechheit«, sagte er, als wir am Bahnhof waren. »Fünfzehn Dollar, und noch einen Spruch und ich funke die Bullen an!«

Rina stolperte aus dem Auto und funkelte ihn aus verschlafenen Augen an. Sie schlief noch halb im Stehen. »Friß doch Scheiße und krepier dran«, sagte sie und zog mit dem Koffer los.

Wir gingen in die riesige gekachelte Halle. Sie war voll mit dem Echo von Schritten, rennenden Kindern und Stimmengewirr. Der muffige Geruch, die Züge, die Zeitungsstände waren seit Ewigkeiten unverändert und sogar in meiner morgendlichen Benommenheit zog ich Trost aus dieser Zeitlosigkeit.

»Wo hast du denn das her?« fragte ich sie, als wir vor dem Fahrkartenschalter warteten.

»Was?«

»Friß Scheiße und krepier dran.«

»Johnny«, sagte sie. Sie beobachtete ganz ernst ein kleines Mädchen. Die Kleine hatte einen tollen roten Wollrock und passende Socken und Schuhe an. Neben meiner Rina sah sie so blitzblank und adrett aus.

»Wie heißt du?« fragte Rina und rückte näher.

Das kleine Mädchen antwortete nicht.

»Wie heißt du?« fragte Rina wieder, jetzt in gereiztem Ton. Die Kleine fing an zu heulen und rannte weg, ans andere Ende der Halle.

»Anderthalb Rückfahrt nach Huntly.« Der Mann am Fahrkartenschalter war sehr alt. Das war etwas, was ich an der Eisenbahn mochte. Mit all den Fahrkarten, die wie Glücksversprechen über seinem knochigen alten Kopf hingen, sah er aus wie ein Zwergengreis in seiner Höhle.

Er füllte die Tickets so langsam aus, daß ich zusehen konnte, wie der Minutenzeiger der Uhr von Strich zu Strich sprang. Der Morgen war anstrengend gewesen. Dann rasten wir die hallenden Treppen runter zum Bahnsteig vier. Der *Silver Fern* glitt gerade in gemächlicher Erhabenheit aus dem Bahnhof hinaus. Die Trillerpfeife des Schaffners, die zurücktretenden Leute, das langsame Losgleiten des riesigen Zuges gaben mir das Gefühl, im Traum zu rennen und zu rennen, ohne von der Stelle zu kommen.

»Spring rein, Rina!« schrie ich. Ich würde diesen Zug keinesfalls verpassen.

Wir schafften es ganz knapp, und ich lehnte mich gegen die Klotür im schwankenden Mittelteil und sah auf den sich verschiebenden, ächzenden Boden. Ich war völlig erschöpft und außer Atem, es hatte mir fast den Rest gegeben, mein ganzes Gewicht im Spurt den halben Bahnsteig entlangzuwuchten. Soviel körperliche Bewegung wie in den letzten Tagen hatte ich seit Jahren nicht gehabt. Und es bekam mir überhaupt nicht.

Mein Gesicht war heiß und naß von der enormen Anstrengung.

»Nicht schlecht, Rina Loo«, sagte ich. Es waren solche kleinen Siege, die uns die Kraft zum Weitermachen gaben.

Wir nahmen den langen, holprigen Weg durch den Zug auf uns, klammerten uns an Sitzlehnen fest, stolperten über Gepäckstücke und kamen uns wie malträtierte Hühneraugen vor, während uns die anderen Reisenden aus der Bequemlichkeit ihrer Sitze uninteressiert betrachteten. Der miefige Geruch, das Rascheln von Freßpaketen und die rüttelnde Bewegung waren mir sofort wieder vertraut, obwohl ich jahrelang in keinem Zug gesessen hatte.

Wir erreichten endlich unsere Plätze, Rina ließ sich auf den Fensterplatz fallen und wollte gleich wieder einschlafen. Es war immer noch so früh, ich war von der Hetze verschwitzt und nervös, und dann, als ich aus dem Fenster starrte und mich zu entspannen versuchte, kam mit einemmal alles wieder hoch, als würde ein alter Film wiederholt. Da waren sie. Die Bilder, die ich für immer verschwunden geglaubt hatte, rasten vorbei in ihrer häßlichen Pracht. Umrahmt vom dunklen, abblätternden Holz des Fensters jagten Visionen vorüber, die nur auf dieser Zugfahrt stattfinden konnten und die zu mir gehörten, als ich ein verstörtes zehnjähriges Mädchen war. Es war wie eine Bilderserie, an der ich mein Gewordensein abmessen konnte, ein Rückwärtssalto in die Vergangenheit. Ich war auf einmal wieder ein Kind, das aus dem Fenster starrt, unterwegs auf einer der unzähligen Familienwanderungen die Nordinsel rauf und runter.

Wir waren ständig herumgezogen, unsere ganze abgewrackte Familie, aber ich hatte sehr lange nicht mehr an diese typischen, dumpfen Reisen gedacht. Jetzt, im Zug, überwältigte mich die Erinnerung daran. Immer wieder mußten wir heimlich im Dunkeln verschwinden, wir Kinder heulend und zähneklappernd. Im allgemeinen war jemand hinter uns her, Vermieter oder andere Gläubiger, Bullen oder Ex-Partner, die mein alter Herr übern Tisch gezogen hatte. Die Zeichen einer bevorstehenden Abreise kannte ich auswendig: Mein Vater kam besoffen nach Hause, geladen mit Aggressionen, die sich ein Leben lang aufgestaut hatten, und zusätzlich gereizt durch eine erneute Niederlage. Meine Mutter kreischte wie eine Furie, wenn sie erfuhr, daß wir wieder mal weg mußten. Wir Kinder kauerten uns in der Küche zusammen, bereit, uns sofort zu verstecken, wenn es richtig schlimm losging, und lauschten auf das bedrohliche Scharren im Schlafzimmer.

Unser Familienleben war wie das Vegetieren in einer schmutzigen, luftlosen Höhle, in der die Knochen kleiner Tiere überall auf dem Boden herumliegen, und wo immer wir hingingen, nahmen wir diese stickige Säuernis mit. Es war der Alte, der uns das Licht nahm. Für ihn hieß es er oder wir, und als es hart auf hart kam, hängte er uns auch ab. In gewisser Weise hatte es etwas Pathetisches, man mußte ihm wohl zugestehen, daß er auf erbärmliche Weise lange versuchte, uns bei sich zu behalten. Ein glückloser kleiner Krimineller, der gern unauffällig bleiben wollte, mit fünf rotznäsigen Kindern und einer halbverrückten, extrem übergewichtigen Frau im Schlepptau. Er benutzte seine großen Fäuste, um uns zusammenzuhalten — als Gegenleistung für das Geschenk seiner Gegenwart verlangte er totale Unterwerfung, und er hätte uns ohne Zögern das Genick gebrochen, wenn wir sie verweigert hätten. Der Klang seiner quakenden Froschstimme im Dunkeln ließ mir vor Angst fast das Herz stillstehen. Unsere Furcht vor ihm machte gehetzte Tiere aus uns und die Fahrten zu Alpträumen.

Jahrelang hatte ich nicht mal daran denken mögen. Ich redete mir ein, ich hätte meine Vergangenheit hinter mir gelassen — ein Trugschluß, wie sich jetzt zeigte. Die letzten vierundzwanzig Stunden waren wie Rasierklingen durch meine Schutzschicht gefahren. All die totgeglaubten Gespenster tauchten aus dem Dunkel auf, es war wie eine Fahrt mit der Geisterbahn, und hier im Zug war mit einem Schlag eine ganze Hauswand lautlos über mir zusammengestürzt, gerade als ich glaubte, alles sei in Ordnung.

Da draußen hatte sich nicht viel verändert, ich reiste durch die freudlosen Korridore meiner Kindheit. Vielleicht hatten um die Gaststätten herum ein paar Bäume mehr gestanden, aber dieselben kleinen Spielzeughäuser boten ihre schüchternen kleinen Gaben dar — winzige Gärten, in denen Leute zwischen Zitronenbaum und Wäscheleine ihrem Leben nachgingen, genau dieselben Häuser, die ich schon als Kind erstaunt angeschaut hatte. Und mich gefragt hatte, welch königliches Reich sich wohl hinter den Gardinen verbarg. Und oft, wenn wir daran vorbeidonnerten, hinein in eine ungewisse Zukunft, hatte ich über die seltsamen kleinen Anordnungen nachgedacht, die jedes einzelne Leben beherrschen, und nie daran gezweifelt, daß in diesen Familienfestungen unheilbare Geschwüre der Grausamkeit wucherten. Ich konnte mich an ein Haus erinnern, das in einem unschuldigen chinesischen Blau gestrichen war, mit kaputten Autos im Garten, ein Stück hinter Pokeno. Da sah ich es auch schon, zwar gealtert, aber es stand noch da und wartete darauf, daß ich es mit meiner Aufmerksamkeit wieder ins Leben zurückholte.

Diese Fahrt mit all ihren Abschnitten war mir ganz unbewußt in Fleisch und Blut übergegangen — das Aufwachen und die Überraschung, daß wir schon die Raurimu-Spirale hochklettern, Ort der Träume und der verschlafenen Neugier in später Nacht ... wie der Zug weiterratterte und sich durch die Finsternis bohrte, die Landschaft unbekannt hinter den nachtdunklen Fenstern ... Huntly, Te Kuiti, Taumarunui, Ohakune, Waiouru, Taihape, Mangaweka — die Namen wurden mächtiger, je weiter ich der Dunkelheit und meinen Träumen folgte — die Kälte, der Schnee, wilde Pferde ... ich hörte den Schaffner, der im Vorbeigehen den Namen der nächsten Station wie eine Zauberformel wiederholte, eine unscheinbare Person mit einer Taschenlampe. Die Litanei der Namen war mir so vertraut wie mein eigener Handrücken. Sie waren alle noch da, die traurigen alten Orte, mit struppigen Macrocarpas-Bäumen, die gegen den Wind kämpften, die Farmhäuser wie Pappschachteln in dem idiotischen Grün, Spuren meiner kümmerlichen Kindheit, deren Anblick mich lähmte.

»Ist das Ihr kleines Mädchen?« fragte eine lächelnde ältere Frau. Sie saß mir gegenüber, ihre Tasche in der Hand, ihr Lächeln war durchdringend wie ein Verhör. Ich hatte nicht mal gemerkt, daß sie hereingekommen war. Ich war mit Sicherheit nicht in Plauderstimmung, und schon gar nicht mit dieser dusselig aussehenden Frau.

»Ja«, sagte ich nur und wandte mich wieder zum Fenster, wobei ich noch einen bekräftigenden Blick auf meine schlafende Rina warf.

Die Frau packte eine Tüte mit Toffees aus und fing an, sie zu essen wie ein Kind, sie stopfte sich den Mund voll, mampf, mampf, überall flog Papier herum, ihr faltiges Kinn arbeitete geräuschvoll. Sie bot mir keinen an, fraß sich durch die ganze Tüte und starrte mich die ganze Zeit an, ihr Lächeln unbeweglich, wie aufgeklebt.

»Warum klappen Sie nicht Ihre Lehne um und setzen sich in die andere Richtung? Dann können Sie sehen, wohin wir fahren«, sagte ich leise. Ihr ständig lächelnder Blick fing an, mich zu irritieren, und auch das häßliche Geräusch der weichen Toffees zwischen ihren Zähnen. Sie antwortete nicht, aber nach einer Weile stand sie auf, knallte laut ihre Lehne herum und ließ sich mit einem bedeutungsvollen Seufzer auf der anderen Seite nieder. Ich hörte, wie sie sich über eine neue Tüte hermachte. Dann fing sie an zu reden, ihre Stimme war leise, monoton und voller Gehässigkeit. Bruchstücke — »Miststück ... diese Flittchen, halten sich für sonstwas. Nichts als eine fette Gans« — schwappten zu mir herüber.

Ich sah mich im Abteil um — und verstand. Was aussah wie ein lebendig gewordenes Diane-Arbus-Foto, war eine Bahnreise für geistig behinderte Erwachsene, und alle stierten mich kauend und ohne zu lächeln an. Sie wirkten deutlich sauer.

»Was ist denn los, Elaine?« Ich erkannte die gutturale Sprechweise von Rina, nur in tieferer Erwachsenenstimmlage. Die dicke Zunge geriet manchmal in den Weg und ließ die Worte schwer und beschränkt klingen.

»Das gemeine Stück«, schluchzte Elaine, den Rest konnte ich nicht verstehen.

Nun wurden es um mich herum unruhig, es gab ein dumpfes Gemurmel, ich fühlte mich umzingelt, was mich zugleich amüsierte. Eine Art wortlose, ohnmächtige Wut ging von den Leuten aus, brodelnder Groll. Anscheinend begleitete sie niemand. Seltsam, überall um mich herum erwachsene Rinas zu sehen. Ich stellte mir uns beide vor, ich mit den Jahren noch fetter und ungeschlachter geworden, riesig und feierlich-düster, und Rina mit ihrem zerfurchten Affengesicht und in den knalligen Farben, die sie so gern trug, wie wir zusammen herumzogen, einträchtig dahinschlurften wie ein Pärchen aus der Klapsmühle. Die Vorstellung, mein Alter mit ihr zu verbringen, gefiel mir gut. Aber ich war überrascht, wie depriміert diese Leute wirkten. Ich hatte sie in Gruppen bisher immer hemmungslos gutgelaunt erlebt. Hoffentlich wurde Rina nicht so schwermütig, wenn sie in die Pubertät kam.

Eine hektische kleine Frau mit mümmelndem Mund kam in voller Fahrt den Gang herunter. Ihr Hals zuckte vor Spannung.

»Kscht, Elaine! Wie redest du denn!« Sie beugte sich vor, und es gab eine eilig geflüsterte Rücksprache. Hin und wieder sah sie unruhig zu mir herüber. Schließlich warf sie mir ein gebrochenes, schiefes Lächeln zu, als wollte sie sagen »Tun Sie einfach, als wären wir nicht da«, und eskortierte die weinende Elaine ein Stück den Zug hinauf. Rina wachte auf und war hungrig. Sie sah sich um, und ich bemerkte, daß sie die Leute als ihresgleichen erkannte, aber sie sagte nichts, erkundigte sich nur nach etwas zum Frühstücken. Sie war in diesen Dingen vorsichtig. Sie hatte den Taxifahrer noch nicht vergessen. Als wir endlich aus dem Zug stiegen, mußten wir über eine Stunde auf den verdammten Bus warten. Der Warteraum war zugig, hatte einen Zementboden, und überall lag staubiger Abfall unter den Sitzen. Wir aßen Pommes und Toffees zum Frühstück und drückten uns ein bißchen herum. Die Luft war sogar am Bahnhof frisch und klar.

Nettie lebte tief im Hinterland von Waikato, weit weg von den smaragdgrünen Farmen der wohlhabenden Schafzüchter. Hier war das Land öde und unfruchtbar, keine Sonne, die Bäume sahen armselig und erschöpft aus. Ich wußte nicht ganz genau, warum Nettie hierher gezogen war, so weit von ihren Wurzeln entfernt, außer vielleicht, weil einer ihrer Söhne hier in der Mine zu arbeiten anfing und sie in seiner Nähe sein wollte. Ihr Haus war eins von den ungestrichenen Holzhäusern an der Hauptstraße, direkt bei der Mine. Der Ort zog sich den Hügel hoch — alle Häuser hier waren armselig und klein, mit staubigen alten amerikanischen Pontiacs und Fords davor, auf die schäbigen Wellblechdächer waren riesige Fernsehantennen gepflanzt. Trotzdem sah die Siedlung irgendwie bodenständig aus, ein Ort mit einer eigenen Vergangenheit, wo mehr reingesteckt worden ist als nur Geld. Die Bergarbeiter waren große Männer mit gegerbten Gesichtern — ich sah sie die Hauptstraße zur Zeche runtergehen, entspannt und gesprächig in der Morgenfrühe. Einige arbeiteten schon ihr Leben lang im Bergwerk. Dies war keine weltfremde klaustrophobische Landgemeinde, hier gab es gewachsene Geschichte, den Zusammenhalt geteilter Härten, eigene Tradition.

Große Hügel, dunkel und ernst, ragten über den verstreuten Häusern auf. Ich hatte einen dicken Kloß im Hals, als Rina und ich endlich an Netties Haus ankamen. Die erste Person, die wir sahen, war Johnny. Er hatte sich in der kurzen Zeit ganz plötzlich verändert. Er kam uns im schmalen, dunklen Flur entgegen wie ein kleines braunes Gespenst, aber sehr würdevoll in seiner neuen Position. Seine Augen waren rotgerändert, und ich fühlte mich ganz hilflos vor seiner jugendlichen Trauer.

»Willst du sie sehen?« fragte er. Er schien über irgend etwas verstimmt, vielleicht weil ich am Leben war und seine Nettie starb. »Sie ist ziemlich hinüber«, er schluckte aufsteigende Tränen runter.

Wir gingen ins Schlafzimmer. Überall standen Leute herum, ihre Söhne und Töchter, Freunde, aber irgendwie blieben sie im Hintergrund. Alles konzentrierte sich auf Nettie, die auf zahllose Kissen gestützt in ihrem Bett halb saß, halb lag und röchelnd atmete. Zu viele Jahre voller Glimmstengel und Entbehrungen hatten ihren Körper zur Strecke gebracht, ihre Brust hob und senkte sich nur noch mühsam unter der Anstrengung eines langen Lebens.

»Glory, bist du das?« Ihre Stimme war rauh wie ihr rasselnder Atem.

»Ja, Nettie.«

»Und Rina.« Rina war schon am Bett und starrte sie an.

»Stirbst du?« fragte sie und nahm Netties Hand. Aber Nettie hatte ganz andere Sorgen.

»Kommt er? Kommt Mitch?« fragte sie, sehr bekümmert, ihre klugen Augen voller Sorge, während sie sich anstrengte, mich zu verstehen.

Ich setzte mich neben sie und hielt ihre andere Hand. Sie dünstete den üblen, säuerlichen Geruch des Todes aus. Die Familie hatte sie in ein frisches Nachthemd gesteckt und saubere Laken aufgezogen, aber es war einfach zu riechen, daß ihr alter Körper alle Säfte verlor. Ihr grauenvoll mühsamer Atem war direkt an meinem Ohr.

»Ich hab' einen Freund erreicht, Tante*. Erinnerst du dich an Cash? Ich hab' ihn angerufen, weil ich nicht weiß, wo Mitch ist. Er hat mir versprochen, ihn zu finden.«

Sie riß enttäuscht ihre Hand aus meiner und ließ sie aufs Bett fallen. Ihr Atem kam in stinkenden Stößen. Sie war

* Die Anrede »Tante« verwenden Maoris respektvoll für ältere Frauen.

zornig auf mich. So zornig, daß sie sich nicht die Mühe machte, es zu verbergen. Ich riskierte einen zweiten Versuch.

»Cash muß ihn nur erreichen. Er wird kommen«, sagte ich. »Das wird ihm nicht gleichgültig sein.«

Die Leute im Zimmer waren still. Es war irgendwie bizarr: dieses vertrauliche Totenbett-Gespräch, und dabei ihr hörbar gebanntes Lauschen und ihre spürbare Ablehnung.

»Ich will dir was sagen«, sagte Nettie klar und deutlich. »Er war schon immer ein Scheißkerl.« Und dann, falls wir es noch nicht verstanden hatten: »Mitchell.«

Jede Person im Raum machte unwillkürlich irgendeine Bewegung, die Luft wurde auf einmal klarer, es gab sogar leises Lachen. Noch nie hatte sie so über Mitch gesprochen. Es kam so vollständig unerwartet, daß es komisch wirkte.

»Da ist ja mein Johnny«, sagte sie gefühlvoll und faßte nach seiner Hand. Einen Moment lang strahlte sie, flirtete beinahe. Er stand linkisch da und sah so jung und hübsch aus, daß sich mein Herz zusammenkrampfte. »Werde mir ja nicht wie dein Alter. Oder wie deine Alte«, sagte sie. »Ich habe Glück gehabt mit meiner Familie. Ihr wart mir eine gute Familie.«

Dann wurde sie sehr müde und fiel in die Kissen zurück. »Ich brauch' ein bißchen Schlaf«, murmelte sie leise, mehr zu sich selbst.

Die älteste Schwester, die mich angerufen hatte, sagte streng: »Wir müssen sie jetzt in Ruhe lassen.«

Im Zimmer herrschte Stille. Draußen fing es an zu regnen, die Tropfen prasselten auf das Blechdach. Der Raum war sehr dunkel, die Jalousien gegen den grauen Tag heruntergezogen. Es war, als versuchten Netties Sprößlinge zwischen den dunklen Möbeln stellvertretend für die kämpfende alte Frau in ihrer Mitte zu atmen. Sie schreckte auf und murmelte vor sich hin.

»Ist meine Glory da?«

»Ja, Tante.« Niemand zeigte Überraschung. Offensichtlich ging das schon seit Stunden so — sie ging ihre Familie durch, wollte alle in Rufweite haben. Ich nahm Rina auf den Schoß und lehnte mich friedlich gegen das Bett. Es knarrte und zitterte unter Netties angestrengten Atemzügen. Alle waren da, eingebunden in ihrem Netz, dem Netz aus Liebe, das sie über den Raum geworfen hatte. Sie beschenkte uns, während sie starb.

Ich kam ins Dösen, ihr friedliches Sterben ließ mich an Leben und Tod meiner Mutter denken — etwas, woran ich mich normalerweise nicht gern erinnerte. Aber die Luft im Raum war so voll mit Trauer, Familienliebe und alten Erinnerungen, daß du fast danach greifen konntest, und so gestärkt fiel mir der Gedanke an meine Vergangenheit und meine Mutter leichter. Ihr elender Alltag hatte sie geschunden und zu Boden gezwungen. Vom Suff zerstört lange bevor sie starb, eine Person, die ich nie wirklich gekannt hatte. Als Kind hatte sie mir Angst gemacht, eine düstere, unbegreifliche Gestalt mit plötzlichen Wutausbrüchen, aber durch meine eigenen Erfahrungen verstand ich bald, wie Lebensbedingungen dich vergiften und rachsüchtig machen können. Wir alle lernten früh, daß wir von unseren Eltern keine seelische oder körperliche Zuwendung zu erwarten hatten, also paßten wir uns an, wie Kinder das eben tun.

Wenn wir etwas zu essen bekamen, waren es ölige, aufgebratene Reste, namenlose Widerlichkeiten — zum Beispiel Würste, gekocht in altem Schmalz, das meine Mutter in einer zerbrochenen Tasse im Kühlschrank aufbewahrte. Halb verhungert setzte ich mich an den Tisch, aber mir wurde schlecht, bevor ich angefangen hatte zu essen. Das abkühlende Fett verhärtete sich auf den Tellern wie gelbes Wachs, und unsere Häuser stanken immer danach. Als ich älter war und die Möglichkeit dazu hatte, entwickelte ich ein ständiges Verlangen nach Delikatessen — Hähnchen, Trauben, Pasteten, die meinen Magen beruhigen sollten. Gegen meine Vergangenheit wurde ich ungeheuer fett, es war Kompensation für all die Entbehrungen.

Meine Mutter schleppte sich den ganzen Tag durchs Haus, setzte sich nie zum Essen hin. Ihr riesiger, formloser Unterleib war ausladend, bis zu seinem Weggang eine Quelle der Befriedigung für den Alten, einen Kerl mit ausgeprägtem Hang zum Sadismus. Ihr Gesicht war stumpf, aufgedunsen vom Alkohol, sie führte ständig Selbstgespräche, lange, verdrehte Schmähtiraden ohne Sinn und Zusammenhang, wie manche besoffenen Penner im Stadtpark, die den Blick von harmlosen Spaziergängern suchen und sie dann aus Leibeskräften beschimpfen. Ich kam nie auf die Idee, ihr anzukreiden, daß sie uns vernachlässigte, sie hatte ihre eigenen Probleme, und schon als kleines Kind begriff ich, was drin war und was nicht.

Als ich und Roach kamen, war was sie an Liebe gehabt hatte längst verbraucht. Ungefähr zu der Zeit fing sie mit Religion an, Pfingstler oder irgendwelche anderen fanatischen Schwindler, und nicht mal das gab ihr Frieden, ihr Gehirn war vom Alkohol so zerfressen, daß das alles sie nur noch mehr verwirrte.

Als sie starb, waren meine Schwester und ich als einzige auf der Beerdigung, und das ausgesprochen unwillig. Der Rest der Familie war entweder in Australien oder in Gefängnissen und Heimen über das ganze Land verstreut. Der Alte lebte noch, aber ich hatte gehört, daß er auch einsaß — er war damals schon Jahre weg von uns und seine eigenen Wege gegangen. Roach hätte Urlaub aus Familiengründen beantragen und für einen Tag rauskommen können, er saß ganz in der Nähe in Parry, aber er trug noch zu viel Haß mit sich herum. Als der Jüngste von uns allen hatte er es am schlimmsten gehabt. Mutter verprügelte ihn gnadenlos und sperrte ihn stundenlang im Waschhaus ein. Die Mischung aus Schnaps und Religion ließ keinen Platz für Erbarmen. Oft schlich ich mich zu ihm, nur eine Stufe höher in der Hackordnung, weil sein leises Schluchzen mir so leid tat, und versuchte ihn zu trösten, ohne die leiseste Ahnung, wie sich mit einfachen Mitteln

Liebe ausdrücken läßt. Sie war schon zu Dreivierteln verrückt, und das erschöpfte Schluchzen eines kleinen Jungen war ihre kleinste Sorge.

Sie starb an Lungenentzündung, nachdem sie bei einem ihrer Aussetzer stundenlang im Regen herumgegeistert war. Als sie verschwand und die ganze Nacht nicht zurückkam, riefen wir zuguterletzt sogar die Bullen an. Pally, meine Schwester, fand sie schließlich zusammengekauert in einer Bushaltestelle, oben an der Straße. Die Haare hingen ihr ins Gesicht, und sie sang vor sich hin. Ich habe sie nie singen hören, aber Pally hat es mir so erzählt. Süß wie ein Vogel hätte sie gesungen, sagte Pally, und sich in der Dunkelheit vor- und zurückgewiegt.

Ich war ihr niemals nahe, konnte sie nie durchschauen, verbrachte meine Zeit damit, mich vor ihren Wutausbrüchen zu verstecken, aber seit sie gestorben war, hatte ich ein- oder zweimal an das Singen in der Haltestelle gedacht. Ich hatte so ein intensives Bild davon im Kopf, daß ich es malen wollte, aber ich tat es doch nicht. Ich wußte, ich wäre nur eine Fremde, eingedrungen in den einzigen Augenblick, der ihr je gehörte.

So bekam, während ich im Halbdunkel dasaß und mit Rinas schlafendem Gewicht auf mir ruhig abwartete, daß Nettie starb, sogar der Geist meiner Mutter endlich seinen eigenen Platz. Ob es mir paßte oder nicht, ich hatte ihren Körperbau und wahrscheinlich auch ihre Vorliebe für Alkohol, und ich war eindeutig ihre Tochter. Aber der entscheidende Unterschied war für mich, daß das gleiche Elend, das sie und ihr Leben am Ende zerstört hatte, für mich die Rettung bedeutete. Ich habe meine kleinen Fragmente von Stolz und Selbstzufriedenheit, und eins davon ist, daß ich all das Siechen um mich herum zum Anlaß genommen habe, kreativ zu werden statt daran kaputtzugehen. Ein paarmal war es hart an der Grenze, ein gefährlicher Balanceakt zwischen Untergehen und Verrat an meinen Prinzipien, aber ich habe es geschafft. Das Malen wurde mein Überleben, dadurch fand ich zum ersten Mal in meinem Leben eine Art Freiheit und eine Quelle der Kraft. Meine Mutter war im Alkohol versunken, ich malte mein Leben und schuf neue Formen aus dem Elend, in das ich hineingeboren war. Und Nettie war noch darüber hinaus gegangen, sie heilte sich und andere und schenkte mir Liebe, die ich sonst nie kennengelernt hätte, und ihr blieb ich immer dankbar dafür.

Lange Zeit später wachte Rina auf und fing an zu quengeln. Ich brachte sie raus in den Hof, da konnte sie mit Netties altem Schäferhund spielen. Ich hätte gut einen starken Drink gebrauchen können, und während ich statt dessen eine Tasse Tee aufbrühte, hörte ich die ersten Trauergesänge. Der Klang ließ mich erschaudern, kroch in meine Ohren und klemmte sich an meine Nerven. Einen Augenblick lang sah ich sogar Nettie vor mir, sie saß am Tisch, trank Tee und sah mich mit ihren armen alten Augen liebevoll an.

Nach einer Weile kamen andere Frauen in die Küche, wo ich mich still beschäftigte. Sie hatten schon angefangen, Essen für all die Menschen vorzubereiten, die bald das Haus füllen würden. Keine von uns sprach. Wir schälten Kartoffeln und Kumaras, bestrichen das dünne, weiße Brot mit Butter, kochten Eier ab, wuschen das Puha-Gemüse. Ich hatte solche Vorbereitungen schon früher gesehen, sie wurden immer sehr stilvoll und wie nebenbei ausgeführt. Die Frauen bewegten sich würdevoll in ihren ärmlichen Küchen, und ihre Hände schienen all die Fülle ohne Anstrengung entstehen zu lassen. Weiße Papierdecken wurden über lange Tische gelegt, einfache Teller und Plastiktassen gedeckt. Ein einfaches, üppiges Mahl, das schwer im Magen liegt. Jetzt, wo Nettie fehlte, konnte ich nichts davon runterkriegen.

4

Später am Tag tauchte Mitch natürlich doch noch auf. Ich sah ihn erst Stunden, nachdem er eintraf, weil ich einfach in der Küche blieb und arbeitete. Es war das einzige, wonach mir war, meine Art, um Nettie zu trauern, indem ich in ihrer Küche stand und Kartoffeln schälte wie eine Zombie, meine Füße breit aufgepflanzt, damit ich nicht umkippte. Es ließ die Zeit verstreichen, betäubte mein Gehirn, und irgendwie war es auch ein bißchen eine Wiedergutmachung dafür, daß ich es nicht geschafft hatte, ihren Sohn rechtzeitig zu ihr zu schaffen.

Als er in die Küche marschiert kam, knirschte er förmlich vor Anspannung. Er sah vergnatzt aus, war mit seinen Gedanken sonstwo und sagte kaum Hallo. Er war ein Schrank von einem Mann geworden, die Haut über dem massigen Fleisch wirkte überdehnt und wie unter Strom — er sah krank aus, mit gelben Augen und aufgedunsenem Gesicht. Er sah immer noch gut aus, wenn man angejahrte Schiebertypen mochte, im teuren Anzug mit gefeilten, schimmernden Fingernägeln wie ein Manager. Er hatte noch diese schläfrigen Augen mit den tiefschwarzen Wimpern wie früher.

»Herrje«, sagte er, als er mich sah. »Du hast aber zugelegt.«

Sein Ton war mir sofort wieder vertraut. Er klang immer gereizt, wenn er mit mir sprach.

»Sieh dich nur mal an! Du hast dich ganz schön gehen lassen.« Er zeigte offenen Abscheu, zugleich schien mein Anblick ihm auch diffuse Befriedigung zu bereiten.

»Jedenfalls sehe ich nicht wie ein beschränkter drittklassiger Gangster aus«, sagte ich.

Er warf mir einen langen, häßlichen Blick zu. Dann rissen wir uns beide zusammen. Schließlich war alles über zehn Jahre her, und die Frauen in der Küche hörten uns ganz offen gespannt zu. In stillschweigendem Einverständnis gingen wir auf die Veranda.

»Warst du hier, als sie starb?« Er war nicht verstört oder betroffen, aber irgendwo im Gletscher seines Inneren schien sich ein leichtes Unbehagen zu regen. Es gab schon immer diese Kälte, die von ihm ausging, auch jetzt beim Tod seiner Mutter. Er hatte nie gewußt, wie er mit ihr umgehen sollte, ihre offen gezeigte Liebe stach wie ein Bannfluch gegen seine Verschlossenheit.

»Ja«, sagte ich nur. Ich wollte ganz bestimmt nicht mit ihm darüber sprechen. Er war auch nervös. Es war ihm deutlich anzumerken, wie er es haßte, auf die Gastfreundschaft der Familie angewiesen zu sein. Für ihn waren sie Nieten, Schmarotzer, bloß scharf auf sein Geld. Er hatte sie schon als Klötze und Tölpel bezeichnet, als er selbst noch ein lausiger kleiner Milchladenbesitzer irgendwo in der Walachei gewesen war.

»Es ist wirklich eine Schande, daß ich es nicht mehr geschafft habe. Cash meinte, die alte Dame wollte mich wirklich sehen.« Er machte eine Pause. »Er sagte, du hättest angerufen.«

»Ja. Deine Schwester rief bei mir an.«

»Bleibst du lange?« fragte er.

»Ich muß bald zurück. Ich wollte mich nur nochmal blicken lassen. Ein paar Tage vielleicht.«

»Probleme?« sagte er so schnell und glatt, daß es mir hätte auffallen müssen.

»Nein.« Mein alter Selbsterhaltungstrieb warnte mich, ihm nichts zu erzählen.

»Ich kann dich mitnehmen. Eigentlich wollte ich früher fahren, aber ich hab' noch was mit dir zu besprechen. Hatte ohnehin vor, raufzukommen und dich mal zu besuchen.«

Ich sagte nichts. Es kam mir merkwürdig vor, daß er nach all den Jahren plötzlich mit mir reden wollte. Ich hatte überhaupt ein starkes Gefühl von Unwirklichkeit, milde ausgedrückt.

»Und, was treibst du so? Verdienst du was mit dem Kram, den du da malst? Neulich hab' ich sogar in der *Metropolitan* was über dich gelesen.«

Seine Spezialität war es immer gewesen, mir den Boden unter den Füßen wegzuziehen. Jetzt stand ich ihm gegenüber, ohne unsicher zu werden. Es war einfach interessant. Mit meinem Alten war es genauso gewesen — jahrelang hatte ich mich unterkriegen lassen, um irgendwann festzustellen, daß sie ganz dumme Scheißkerle waren und nicht wert, einen Gedanken an sie zu verschwenden. Jahre meines Lebens sinnlos verpulvert, nur um es bösartigen Idioten möglichst recht zu machen. Und jetzt stand er hier und warf mit Namen wie *Metropolitan* herum. Er mußte sich irgendwo einen goldenen Löffel geklaut haben. Solange ich ihn kannte, las er nur die Wettzeitung und *Truth**.

»*Metropolitan*? Du? Ach«, sagte ich angriffslustig.

»In der gleichen Nummer gab es einen Artikel über Autohändler«, bemerkte er gelassen. »Normalerweise lese ich die Seiten mit dem Kulturgewichse nicht. Du warst immer ein kleiner Snob, Glory. Fandest, daß ich nicht halb so viel Grips habe wie du. Ich weiß nicht, warum du dich mit dieser Bande abgibst, die haben doch keine Klasse.«

Es war irgendwie schräg, auf dieser baufälligen Veranda Netties verwilderten Garten zu betrachten und neben diesem herausgeputzten Fremden zu sitzen, der der Vater meines Sohnes war. Ich hatte wirklich gedacht, ich würde ihn nie wiedersehen. Die Umstände unserer Trennung waren, milde ausgedrückt, sehr häßlich gewesen, und selbst in unseren besten Zeiten hatten wir nicht viel gemeinsam gehabt.

Als ich Mitch zum letzten Mal sah, während wir noch verheiratet waren, fuhr ich ihn mit gebrochenem Arm ins Krankenhaus. Das war passiert, weil er mit einer anderen Frau durchbrannte und ich so stinkwütend wurde, daß ich an seinem Auto sämtliche Fenster einschlug, die Luft aus den Reifen ließ und roten Lack über seine Sitze kippte. Dann rief

---

* *Truth* ('Wahrheit') ist ein extrem konservatives, kostenloses neuseeländisches Skandalblatt.

ich bei ihm auf der Arbeit an — er war damals noch Autoverkäufer — und erzählte ihnen alles über seine Nebengeschäfte und krummen Touren. Es war das erste und letzte Mal, daß ich richtiggehend jemanden verpfiffen habe, aber mein Stolz war tief verletzt. Aus irgendeinem Grund passierte gar nichts, er behielt seinen Job und erwähnte mir gegenüber nie etwas. Er hatte wohl nicht die Zeit dazu, bei all dem bescheuerten Trara um seinen Wagen. Jedenfalls, als er schließlich vorbeikam, um mit mir abzurechnen, hatte ich mir eine lesbische Freundin als Verstärkung geholt, um ihm ein bißchen Angst einzujagen. Hinter seiner Naturburschenfassade war er ein ziemlicher Schwächling, deshalb war ich auch nicht sonderlich überrascht, als ich später von der Geschichte mit den Softballschlägern hörte.

Na, auf jeden Fall brach ihm meine Freundin mit einem Stuhl den Arm, eigentlich eher unabsichtlich. Er heulte vor Schmerz wie ein kleines Kind, so daß ich mich seiner erbarmte und ihn ins Krankenhaus fuhr.

Danach sprach ich nicht mehr mit ihm, sah ihn nur gelegentlich von weitem auf der Straße oder in einer Kneipe, aber auch das seit Jahren nicht mehr. Er versuchte noch, meine Freundin vor Gericht zu bringen, aber sie machte sich nach Australien davon, um sich vor einem anderen Verfahren in Sicherheit zu bringen, und nach viel schriftlichem Hin und Her ließ er das Ganze versacken. Manchmal fragte ich mich, ob er mir wohl irgendwann einen Trupp Schwergewichtler vorbeischicken würde, um mir die Zähne einzuschlagen. Andererseits war die Geschichte so lange her, daß ich mir das nicht mehr vorstellen konnte. Vermutlich hatte er auch irgendwie Respekt vor mir, als Mutter seines einzigen Sohnes, oder ähnliche Gangstersentimentalitäten. Körperlich brauchte ich keine Angst mehr vor ihm zu haben, nach dem Zwischenfall damals hatte ich Karate gelernt, und mit meinem jetzigen Gewicht konnte ich ihn vermutlich plattmachen, indem ich mich kurz an ihn lehnte.

Dann war ich achtzehn und mit einem richtigen Schläger zusammen, der dauernd davon redete, Leute umzulegen. Sein ständiges Gefasel von Tod und Gewalt machte Eindruck auf mich. Nach dem Zusammenstoß mit Mitch fuhr ich mit Darcy nach Christchurch, um ein großes Ding zu drehen. Wir sollten sogar einen todschicken Leihwagen haben. Wahrscheinlich ging es um Stoff, die Einzelheiten hatte ich nicht mitbekommen, weil ich ständig zugedröhnt war. Das Ganze endete damit, daß wir uns den nahezu schrottreifen Holden von einem besoffenen Freund 'borgten', mit dem ich den ganzen Weg die Südinsel hochfuhr. Er wollte nicht fahren, meinte, es schadete seiner Konzentration.

Irgend jemand war hinter ihm her, ich wußte nicht genau wer oder warum. Aus dem großen Ding war wohl nichts geworden, wir waren überhaupt nur eine Nacht in Christchurch geblieben, in einem schäbigen, kleinen Haus in Sydenham, und ganz früh am nächsten Morgen aufgebrochen. Es war eine Alptraumfahrt, die erst endete, als bei der kurvigen Strecke nach Picton der Motor auf die Straße fiel. Ich ließ Darcy sitzen und trampte nach Hause, weil ich John sehen wollte.

Zu der Zeit wollte von der Familie niemand etwas mit Mitch zu tun haben, weil er irgenwas Heikles mit dem Familienvermögen angestellt hatte. Sie ließen auch Nettie nicht in seine Nähe. Später, als er das erstemal saß, ging sie ihn oft besuchen. Einmal entdeckte ich sie, als sie gerade in ihrem besten schwarzen Kleid in den Bus klettern wollte, schon etwas eingestaubt, ihre große Einkaufstasche zum Platzen voll mit Sachen für ihn. Wenigstens dieses eine Mal zwang ich sie, sich von mir fahren zu lassen — eine alte Frau von siebzig, die sich die ganze Strecke bis nach Parry in so einer mörderischen Rostlaube durchschütteln läßt! Sie war so gelassen wie immer, ihr schönes, gefurchtes Gesicht starrte ernst geradeaus, während wir schweigend zum Gefängnis fuhren. Ich nahm an, daß er auch sie ausgenommen hatte. Er lieh sich hemmungslos Geld von allen. Ich hätte sie natürlich nicht im Traum danach gefragt. Nettie hatte ihren Stolz.

Damals hätte sie nicht die leiseste Kritik an Mitch durchgehen lassen. Ich dachte an den Klang ihrer Greisinnenstimme, als sie im Sterben lag, wie sie über ihn geflucht hatte, und an die leise Andeutung eines Lachens, als ob sie nach all der Zeit schließlich aufgehört hätte, sich was vorzumachen. Ihr Verlust hieb auf mich ein wie ein körperlicher Schlag, aber ich riß mich zusammen. Um keinen Preis der Welt würde ich ausgerechnet vor Mitch heulen. Er saß da, widerwillig, und starrte düster in den Garten. Wahrscheinlich dachte er, daß ich schwieg, um ihn verlegen zu machen. Das war eine seiner eigenen Taktiken. Schließlich fragte ich, einfach um das Eis zu brechen: »Und wovon lebst du zur Zeit?«

»So warst du schon immer«, sagte er und drehte seinen Stiernacken, um mich böse anzufunkeln, »gewitzter als gut für dich ist. Sogar als Kind schon.«

»Was, ich? Mit vierzehn?« Ich hatte nicht mal den leisesten Schimmer gehabt, daß ich über sowas wie Grips oder gar Talent verfügte, bis ich zwei Kinder hatte und zwei kaputte Ehen hinter mir. Da war ich zwanzig.

»Du warst immer eingebildet«, sagte er. Es klang, als ob ihn das heute noch ärgerte.

»Wie lief es denn mit der Frau — Sheree?« Das konnte ich mir nicht verkneifen.

»Oh, prima. Ein paar Jahre. Weiß nicht, was aus ihr geworden ist. Sie hat auch ein Kind.« Es war seltsam, aber er war eindeutig darauf aus, mich zu beeindrucken. Ich hatte immer gedacht, ich wäre Mitch so egal wie er mir inzwischen, aber offenbar gärte noch irgend etwas in seinem großen, gedrungenen Schädel. Es ritt ihn sichtlich, mir einiges heimzuzahlen, aber aus irgendeinem Grund mußte er Gutwetter machen. Er hielt sich angestrengt unter Kontrolle.

»Also hat John irgendwo einen Halbbruder oder eine Halbschwester?« Es war das erstemal, daß ich John erwähnte, und

Mitch reagierte wie auf einen körperlichen Schlag. Er zuckte zusammen und wand sich, als hätte ich ihn heftig gestochen. »Hör mal, ich weiß, daß ich ihn vernachlässigt habe. Du hattest ja Weasel zur Unterstützung, und all mein Geld steckte im Geschäft fest. Jetzt geht's mir ganz gut, und ich denke schon länger daran, was für ihn zu tun. Zweitausend?« Das war echt der alte Mitch. Mir fiel nichts ein, ich starrte ihn einfach an.

»Okay«, sagte ich schließlich und streckte die Hand aus, einfach um meiner eigenen heimlichen Genugtuung willen.

»Ach, komm, Glory. Ich trage doch kein Bargeld mit mir rum. Ich lasse die Bank das erledigen. Weißt du, bei welcher Bank er ist?«

»Das ist mir scheißegal.« Seine alberne Scharade ärgerte mich. Er sollte eigentlich wissen, daß mich das nicht beeindruckte.

»Hey, du bist keine große Hilfe. Ich würde gern was für den Jungen tun.«

Mitch hatte schon immer viel herumgeplärrt. Wie viele professionelle Gangster war er rührselig und im Grunde dumm, sein Vorrat an Gefühlen mit Verlogenheit und krummen Touren zugekleistert und von der ständigen Angst beherrscht, das Geschäft seines Lebens zu verpassen.

»Ach, spar dir den ganzen Scheiß«, sagte ich nur. Nicht, daß ich das Geld nicht gewollt hätte. Ich hatte keine Hemmungen von wegen Stolz oder so — ich wußte nur aus bitterer Erfahrung, daß ich nur endloses Geschwätz über mich ergehen lassen mußte, um am Ende doch nichts zu kriegen. Meine unverblümte Ablehnung ärgerte ihn, denn er liebte sadistische Spielchen wie dieses. Ich fragte mich, warum er so verdächtig geduldig mit mir war. Wir saßen weiter still und brav auf der Veranda.

Am Anfang unserer Ehe verprügelte er mich immer, wenn er besoffen war, und versuchte mich dann ins Bett zu zerren, aufgegeilt von meinen Blutergüssen, Tränen und meinem kindlichen Körper. Ein Minenfeld — wir spielten beide mit unserem Leben. Ich kannte Frauen, die jedes Wochenende zusammengeschlagen wurden, daß sie die Uhr danach stellen konnten, aber ich war schon damals zäh. Nach ein paar Monaten mit Prügel und riskantem Sex holte ich das Steakmesser heraus und steckte es ihm in die Seite. Er blutete wie ein abgestochenes Schwein, und trotz seiner Wut begriff er sofort, daß ich es ernst meinte. Danach faßte er mich nie wieder an, es war wie eine in sein Gehirn eingebrannte Verknüpfung. Ich dachte an die Nächte, in denen mein Vater besoffen nach Hause kam und Mutter gegen die Wand stieß, auf sie einprügelte und sie dann ins Schlafzimmer schleifte. Ich hörte, wie das alte Bett unter dem Riesengewicht quietschte, es war, als ob sich zwei Ungeheuer paarten und direkt in mein Ohr stöhnten. Ich wußte, daß Ma das alles verabscheute — das einzige, was sie mir je über Sex erzählte, war, daß es besser wäre, sich ein bißchen zu bewegen, damit sie schneller fertig würden.

Ich erlebte, wie Mitch das gleiche Spiel mit mir spielte, genauso an die Vergangenheit gekettet wie ich. Ich wußte es nicht genau, aber vermutlich hatte sein Vater Nettie auch geschlagen. Der Virus der Gewalt, von Generation zu Generation weitergereicht. Mitch war immer noch ein gewalttätiger Mann, das sah ich an der Art, wie er dasaß — ganz kribbelig vor Gereiztheit, sich gewaltsam zur Ruhe zwingend. Der Gefängnisaufenthalt hatte ihn sichtlich Beherrschung gelehrt.

»Du bist so großmäulig wie immer«, war alles, was er sagte. »Du hast nie gelernt, wann du zu weit gehst.« Dann herrschte wieder Schweigen. Wirklich eine anregende Unterhaltung.

»Wirst du je was für Johnny tun?« Ich fragte nur, um irgend etwas zu sagen. Ich hatte mich nie auf ihn verlassen, und Nettie auch nicht. Er tat, als ob er nachdachte, rückte seinen massigen Leib scheinheilig hin und her.

»Tja, also ich könnte ihm einen Job verschaffen. Ich bin da wieder oben im Autohandel. Arbeitet er denn gut?«

Der Tag zog sich in die Länge und Breite und umfloß uns, die Sonne schien auf die Wiesen und Hügel ums Haus herum. Von drinnen hörten wir Trauergesänge, beständig strömten Leute mit harten, kernigen Gesichtern an uns vorbei, die Augen starr auf die Haustür gerichtet, um Nettie die letzte Ehre zu erweisen.

Der Gangster und die Hure. Das schwarze Schaf der Familie und seine Ex. Jetzt, wo Nettie nicht mehr da war, spürte ich das Gewicht der Ablehnung gegen mich und Mitch. Einige versuchten, höflich zu sein, aber wir waren ihnen peinlich. Mitch hatte sie wahrscheinlich alle bis aufs Hemd ausgenommen — und ich als seine Ex war irgendwie Teil des ganzen schändlichen Durcheinanders, mit Sicherheit gab es auch ein paar wilde Gerüchte über mich. Um Netties und Johnnys willen waren sie höflich zu mir und fanden sich mit Mitchs Anwesenheit ab. Ihm war davon nichts bewußt, gesellschaftliche Feinheiten hatten ihn noch nie interessiert.

Eine Frau brachte uns je einen Teller mit Essen raus, und er nahm es selbstverständlich hin, ohne Dank. Als subtile Form sozialen Verhaltens — ausgeklügelt als ganz bewußte Botschaft — war es schön und formvollendet durchgeführt. Die versteckte Mitteilung lautete: Mitch, du bist ein Dieb und Taugenichts, aber als Sohn unserer Mutter und Vater unseres Sohnes werden wir dich heute, und vielleicht auch noch morgen, in unserem Haus dulden. Die Höflichkeit galt nicht ihm als Person. An Mitch prallte das alles natürlich ab. Er dachte nur an sich und daran, wo er den nächsten Dollar abziehen konnte, keine Ausnahmen, in diesem Punkt war er sehr beständig. Sein Haifischgehirn knautschte und knüpfte an verwickelten Transaktionen, Intrigen und schmutzigen Machenschaften, und seit er gesessen hatte, war es noch schlimmer geworden.

Während wir schweigend dasaßen, kam John auf die Veranda. Er sah Mitch nicht einmal an. Später dachte ich, es mußte für ihn ein beschämender Augenblick gewesen sein: Sichtbar für die ganze Welt hockten da seine fette, bizarre Mutter mit gefärbten Haaren und Tätowierungen auf den Armen, und sein Vater, ein verschlagen aussehender Gangster, frisch aus dem Knast entlassen. Ich sah ihm an, daß er völlig erschöpft war vor Kummer und all seiner Verantwortung, armes Kerlchen. Er war der Mann des Hauses, kümmerte sich mit seiner altmodischen Höflichkeit um alles, beschwichtigte Onkel und Tanten, organisierte Unterkunft und Verpflegung für die Gäste. Er hatte violette Schatten unter den Augen. Wie er da in der Tür stand, sah er unheimlich zart und würdevoll aus. Sein dunkles Haar hatte im Sonnenlicht einen bläulichen Schimmer.

»Alles in Ordnung, Tante Glory?« sagte er. Ich wuchtete mich aus meinem Sitz hoch und ging zu ihm, um ihn zu umarmen. Es war ein besonderer Anlaß.

»Ich komme gleich rein und helfe wieder«, sagte ich. »Ich mußte nur mal kurz Luft schnappen. Das ist dein Vater.« Das war sehr gefühllos, aber ich wußte nicht, wie ich es sonst sagen sollte. Zwischen ihnen schien es nicht mehr Verwandtschaft zu geben als zwischen einem Hai und einem Schäferhund. John sah mich an, sein Ausdruck eine Mischung aus Angst, Wut und Erschöpfung. Einen Moment lang sah er fast wie mein Vater aus.

»Oh.« Er drehte sich heftig zu Mitch um. »Ich habe schon alles über dich gehört«, sagte er und versuchte nicht mal, die Verachtung aus seiner Stimme zu halten. Ich sah ihm an, daß er überreizt und fertig war.

»Ach, hast du? Und was wäre das?« Kein vielversprechender Anfang. Ich stand da, wippte auf meinen Zehen und entschuldigte mich im stillen dafür, daß ich ihm so einen Vater gegeben hatte.

»Du hast meine Großmutter wie Dreck behandelt. Das ist das eine. Und meine Mutter auch.« Spannungsgeladene Stille. »Und mich hast du nie gesehen, hast dich nie um mich geschert.«

Ich konnte es nicht glauben. John hatte ein grauenvolles verkniffenes Lächeln im Gesicht, und es klang wie eine auswendig gelernte Ansprache, auf die er seit Jahren wartete. Mitch bewegte sich einmal kurz, fast erwartete ich, aus dem Haus Applaus von versteckten Zuschauern zu hören. Die Sonne schien auf einmal sehr warm. Wir schwitzten beide in jedem Sinn.

Und plötzlich, zu meinem Entsetzen, brach John in Schluchzen aus. Es waren rauhe, markerschütternde Laute, direkt aus dem Bauch heraus. Wie ein Kind wischte er sich mit dem Handrücken das Gesicht ab, stand einfach da und weinte. »Johnny, es tut mir so leid«, stammelte ich. Trauer um meinen Sohn wühlte mich auf. Nie hatte ich seine ganz geheimen Kümmernisse gekannt, die Gedanken, die ihm kamen, wenn er nachts im Bett lag und ins Dunkel starrte.

»Sie haben eine verfluchte Schwuchtel aus dir gemacht«, sagte Mitch. »Alle beide. Du führst dich ja auf wie ein altes Waschweib.« Die Schönheit des Jungen sah er nicht.

John ging ganz dicht an seinen Vater heran, die Tränen glänzten auf seinen Wangen. Leise, höhnisch und gallebitter vor verschmähter Liebe raunte er ihm zu: »Wenigstens bin ich kein Wichser.« Er wählte die Worte sparsam für maximalen Beleidigungswert. Es zeigte mir, daß er nicht umsonst mein Sohn war.

Mitch drehte durch, seine Augen wurden zu Schlitzen, das Adrenalin pumpte ihm das Gesicht auf, und er sprang überraschend schnell für einen so schweren Mann auf die Füße. Jetzt explodierte die ganze Aggression, die er mühsam in meiner Gegenwart zurückgehalten hatte. Er sah beängstigend aus.

»Was hast du gesagt, du milchgesichtige kleine Fotze? Wie nennst du mich?«

Johnny hatte kein Auge für Mitchs Bösartigkeit und Kraft, er weinte immer noch und war außer sich vor mörderischer Wut. Es gab ein kurzes, wirres Scharren, als die beiden sich in einen krallenden, haßgeladenen Kampf stürzten, stumm vor

Konzentration. Hier ging es um eine uralte Rechnung zwischen ihnen, und ich hatte dabei nichts zu suchen.

»Such dir wenigstens jemanden in deinem Alter, du Ratte«, sagte ich zu Mitch. Ich konnte nicht anders. Er warf mir einen so blutrünstigen, haßerfüllten Blick zu, daß es ihn für einen Sekundenbruchteil aus dem Tritt brachte. Für einen Profi wie ihn war das ein überraschender Fehler. Er hatte gerade seinen großen, fleischigen Arm gehoben, um seinen Sohn in den Boden zu rammen, und John erkannte blitzartig den winzigen Augenblick der Ablenkung und schlug zu. Es war so ein harter Hieb, daß sogar ich zusammenzuckte — und da vor unseren erstaunten Augen lag Mitch am Boden, halb weggetreten, mit einer blutenden Platzwunde überm Auge.

Es war so unerwartet, daß Johnny verblüfft einen Schritt zurücktrat. Wir standen beide da, glotzten und wußten nicht, was wir tun sollten. Was so gefährlich hätte werden können, war jetzt so abrupt zu Ende. Mitchs großer, grotesk komischer, blutender Körper war uns beiden peinlich, aber Johnny faßte sich schnell.

Er vermied es, seinen Vater anzusehen. »Sag demReckskerl, ich will ihn nie wieder in meiner Nähe sehen«, sagte er zu mir. Es war die Art endgültige Entscheidung, die in unserer Familie getroffen werden mußte.

»Das war für Nettie«, sagte er dann zu seinem dämmernden Vater, eine Spur zu dramatisch, aber es stand außer Frage, daß er es todernst meinte. Mir tat das Herz für ihn weh. »Du bist nicht mal mehr zu ihr gekommen. Sie wollte dich hier haben.«

Ich muß Mitch zugestehen, daß diesmal die Vorsicht über sein Machogetue siegte — sogar ihm war wohl klar, daß er jetzt besser gar nichts sagte. Wahrscheinlich mimte er nur den Bewußtlosen. Sieger nach allen Punkten, wandte sich Johnny ab und ging zurück ins Haus. Ich folgte ihm. Er war so plötzlich erwachsen geworden, daß es mich durcheinander brachte. Ich kam ziemlich ins Schleudern, als ich versuchte, den richtigen Ton zu finden.

»Es war falsch, das zu tun, wo Nettie da drinnen liegt«, sagte er, ohne mich anzusehen.

»Ach scheiß drauf, Johnny. Es war genau das richtige. Das hat er schon seit Jahren gebraucht.« Es lag mir auf der Zunge zu sagen, wie stolz ich auf ihn war, aber die Worte wollten einfach nicht rauskommen. Solche Dinge konnte ich noch nie sagen.

»Ja. Na ja, jedenfalls will ich ihn hier nicht mehr sehen.« Er schenkte mir ein kleines, verhaltenes Lächeln — heimlich konnten wir wohl beide die komische Seite sehen. Aber weiter würde er aus Respekt für Nettie nicht gehen. Ich war mir nicht mal sicher, ob er mit meiner Antwort zufrieden oder enttäuscht war. Er ging weiter den Flur rauf.

»Ich will mal kurz mit dir sprechen«, sagte ich. »Was wirst du jetzt machen? Hierbleiben oder was? Bei uns gibt es immer ein Bett für dich.«

»Ich weiß.« Er blieb stehen und sah sich nach mir um. »Tante Rita sagt, ich kann bei ihnen bleiben. Charlie meint, ich kann mit ihm im Schlachthof arbeiten.«

Ich wußte nicht mal, daß er schon von der Schule abgegangen war. Er hatte es mir nicht erzählt. Bei seinen Worten war mir, als würde ich ihn ein zweites Mal verlieren. Ich mußte wohl begreifen, wie wenig Raum ich in seinem Leben einnahm.

»Bist du damit zufrieden? Sind sie in Ordnung?« Ich wußte genau, daß ich mich schleunigst zurückziehen mußte. Ich nahm mir zu viele Freiheiten heraus.

»Ja.« Die Unterhaltung interessierte ihn nicht mehr, aber er blieb höflich wie immer. Ich sah ihn an.

»Ich seh' dich ja nachher noch, Sohn.« Es war das Persönlichste, was ich je zu ihm gesagt hatte, aber er reagierte nicht.

»Bis dann«, entgegnete er nur, und seine Schultern beugten sich wieder unter der Last der Welt.

Als ich auf die Veranda zurückkam, hatte Mitch sich stöhnend aufgesetzt. Ich war sicher, daß alle im Haus wußten, was passiert war, aber niemand kam, um ihm zu helfen. Mitch trug die Stadtkrankheit mit sich herum, und diese Menschen wollten sich nicht anstecken. Wenn er hier draußen abgekratzt wäre, hätte ihnen das nicht viel ausgemacht.

»Bist du in Ordnung?« fragte ich ohne Interesse. Er war wie versteinert vor Wut. Er tat, als hätte er es mit einem aufdringlichen Fremden zu tun gehabt, der ihn durch reines Glück kalt erwischt hatte. Er wußte, daß er im Moment nichts tun konnte, eine Niederlage war eine Niederlage, und er hatte eine ziemlich genaue Vorstellung von solchen Dingen, aber es gab nicht einen Funken Großzügigkeit in dem Kerl. Seine rachsüchtige Art war mir nur zu vertraut.

»Dieser Scheißer«, sagte er.

»Du hättest ihn nicht Schwuchtel nennen sollen. Kinder in dem Alter sind empfindlich, was ihre sexuelle Neigung angeht«, sagte ich, um ihn daran zu erinnern, daß er es mit einem Jungen zu tun hatte, wenn er schon sonst keine Zugeständnisse machen wollte. Sohn oder nicht Sohn, Mitch nahm sich nur die persönliche Demütigung zu Herzen.

»Ach, halt's Maul, ja?« knurrte er mich an, klopfte sich zurecht und betupfte die Platzwunde. »Die sind doch alle gleich. Du hast einfach bloß noch einen von dem schwachsinnigen bäuerlichen Inzuchtgesocks ausgebrütet. Das ist alles.« Er machte Johns ländlichen Maori-Akzent nach: »Eh, Mann.«

»Du hast ihn verletzt«, sagte ich. »Du bist sein verdammter Vater.«

Es herrschte Stille, und ich dachte gerade, daß ich ihn vielleicht doch unterschätzt hätte, aber er wechselte nur mal wieder die Gangart.

»Ich hau' hier ab. Ich muß arbeiten. Manche Leute haben das ja nicht nötig. Willst du mit?«

»Nein, danke.« Ich hatte seinen Vorschlag, mich nach Hause zu fahren, schon wieder vergessen. Was immer es war, worüber er mit mir reden wollte, er würde es in einen Wust aus Lügen und undurchschaubaren Wendemanövern verpacken, und so lange konnte ich seine Gegenwart nicht ertragen. Der Gedanke an das ganze Durcheinander zu Hause war mir so schon zuviel — mir war eher danach, hier unten zu bleiben und mich davor zu verstecken. Das Telefon klingelte am anderen Ende des Hauses, und nachdem jemand abgenommen hatte, herrschte lange Stille. Es war wie im Film. Ich wußte, daß es für mich war. Wir saßen da, bis ein kleines Mädchen mit Rotznase und wichtiger Miene angerannt kam.

»Tante Glory. Es ist aus Auckland.«

Es war Al. Am Telefon war er einfach hoffnungslos. Ich hatte gesehen, wie er es benutzte — er hielt es wie eine scharfe Handgranate. Im Grunde verunsicherte ihn jede Form von Kommunikation.

»Glory, du mußt sofort zurückkommen. Die Bullen waren stinksauer.« Dann eine lange Stille. »Er sagt, der scharfe Hund mit dem Arschgesicht, weißt du, er sagt, daß du versprochen hast, in der Gegend zu bleiben. Ich hab' gesagt, du kommst heute zurück. Schaffst du das?« Er hörte sich sehr gequält an.

»Ist gut.«

»Sie haben Grace verhaftet.«

»Weshalb?«

»Keinen Schimmer.«

»Ich komme. Sag ihnen, ich komme.« Ich legte auf und ging durch die Zimmer voller Menschen zu Mitch zurück, der noch auf der Veranda saß. Ich hatte versucht, an das alles nicht zu denken, und der Anruf von Al wirkte wie ein Elektroschock.

»Ich komm' doch mit.«

»Bißchen Ärger zu Hause?« feixte er. Er hatte schon immer gerne Leute getreten, wenn sie am Boden lagen. Das war eins seiner Markenzeichen.

»Ich hol' eben Rina. Und verabschiede mich von John. Gib mir 'ne Viertelstunde.«

Es war ein richtiger Schlag. Ich fragte mich, warum sie

Grace verhaftet hatten. Es war doch offensichtlich, daß sie nichts mit der Geschichte zu tun hatte. War es, um zu zeigen, daß sie ihre Drohungen ernst meinten? Um mir was zu beweisen? Die Aufregung gefiel mir nicht, es ging doch nur um eine Überdosis. In Auckland gab es dutzendweise Herointote. Normalerweise frömmelten sie ein bißchen darüber, und damit hatte es sich. Es war klar, daß ich fahren mußte, und wenn es nur wegen Grace war.

Angesichts der neuen Lage wäre es lächerlich gewesen, Mitchs Angebot nicht anzunehmen. So konnte ich in ein paar Stunden zu Hause sein. Ich ging ins Haus, um Johnny und Rina zu suchen.

Das Häuschen platzte fast aus den Nähten vor Trauergästen, leise Stimmen, der durchdringende Ton der Totenklagen in Netties geschlossenem Schlafzimmer, überall seufzte und knarrte es. Endlich fand ich Johnny in Netties dämmrigem Wohnzimmer, er saß bei einer Kuia. Trostsuchend hatte er sich an sie gelehnt. Sie sprachen nicht. Als ich mich zu ihnen durchgeschoben hatte, sah er mit tränenerfüllten Augen zu mir auf.

»Was willst du?« fragte er.

»Mit dir reden.«

»Das ist meine Mutter, Tante.« Ihre Hand fühlte sich in meiner wie ein Blatt an, weich und trocken. Sie sah zu mir hoch, ihre alten Augen funkelten ein Willkommen. Sie hatte keine Zähne und sah mit ihrem eingesunkenen, sanften alten Gesicht listig und munter aus.

»Ich bin Netties Schwester, Tante Marie. Schön, daß du gekommen bist.« Sie war besonders freundlich und hilfsbereit zu mir. Ich sah ein paar Tränen auf ihren alten Wangen schillern, sie schien sie gar nicht bemerkt zu haben.

»Hallo, Tante Marie«, sagte ich. »Es tut mir so leid wegen Nettie. Sie war die Beste.« Ich hatte das dringende Bedürfnis, endlich loszukommen. »Macht es dir was aus, wenn ich kurz mit Johnny spreche?«

Sie winkte ihre Zustimmung, ihr Gesicht zu einem Lächeln gefurcht, ohne mir meinen Mangel an Etikette vorzuwerfen.

Draußen im Flur sah ich Johnny zerknirscht an. »Es tut mir so leid. Ich hab' mir schon wieder Ärger eingehandelt, Johnny. Ich muß weg.« Für mich war das ein großes Eingeständnis, aber er blieb ungerührt.

»Sie werden gekränkt sein«, sagte er kalt.

»Ich bin in Schwierigkeiten.«

Johnny ließ sich nicht erschüttern. Er sah mich streng an.

»Na gut«, war alles, was er sagte.

Ich schwieg. Ich wollte keinen Streit mit ihm. Draußen in der Küche saß Rina bei einer alten Frau auf dem Schoß, wurde mit Süßigkeiten gefüttert und bekam die Haare gekämmt. Es waren nicht viele Kinder hier, und sie stand im Mittelpunkt der Aufmerksamkeit. Die Frauen redeten in Maori auf sie ein und kicherten. Als Rina mich sah, las sie sofort in meinem Gesicht und sagte schnell: »Ich komm' nicht mit.«

»Wir müssen. Al braucht uns.« Ich mußte die Zauberformel benutzen, weil ich sah, daß sie sich auf einen größeren Wutanfall vorbereitete. John war nach mir reingekommen und sagte etwas in Maori zu der Gruppe, und sie alle sahen mich an, nickten und schnalzten ungläubig mit der Zunge. Es gab offensichtlich nichts, was sie mir nicht zugetraut hätten.

»Na, komm«, sagte ich zu Rina und lächelte alle so herzlich wie möglich an. Ich spürte die Anspannung, und Johnnys Mißbilligung stand wie eine Wand im Raum.

»Laß uns gehen, Kid.« Als wir in den Flur kamen, hörten wir von draußen eine Hupe. Ich verabschiedete mich von Johnny, er murmelte schmollend eine Antwort. Wenn wir besser miteinander vertraut gewesen wären, hätte ich ihm sanft eine geklebt, einfach um die Spannung zu brechen. Aber ich hatte den Kopf voll, und ich konnte so nicht mit ihm umgehen. Ein paar Minuspunkte mehr bei Johnny und bei Netties Familie, daran konnte ich nun nichts ändern. Es wurde alles noch schlimmer — als ich mit Rina rauskam, sah Mitch sie mit unverhohlenem Ekel an. Wenn er religiös gewesen wäre, hätte er sich bekreuzigt. So klemmte er sich nur hinters Steuer und ignorierte sie.

Bis wir eingestiegen waren. Dann sagte er verächtlich, als ob sie ihn nicht verstehen könnte: »Ich wußte nicht, daß du eins von denen hast.« Rina war völlig hin und weg von seinem schicken Auto und hatte nichts gehört. Es war ein Mustang, mit glänzenden Sitzen und blitzblankem Innenraum. Es roch noch nach Plastik. Sie setzte sich nach hinten. Ich sah ihr an, daß sie die ganze Reise noch nicht verarbeitet hatte.

Manchmal bockte ihr Gehirn unter zu großem Druck, und sie mußte auf Leerlauf schalten. Dann sah sie wirklich zurückgeblieben aus, wie unbewohnt — hinter ihren Rosinenaugen schien sich kaum noch Verstand zu regen. Wahrscheinlich wurde der Streß dadurch verursacht, daß sie zu viele Eindrücke verarbeiten mußte. Wenn es soweit war, konnte sie Tag und Nacht schlafen. Jetzt lag sie mit bleichem Gesicht auf dem Rücksitz.

»Ist das Johnnys Vadder?« fragte sie bloß.

»Nur im biologischen Sinn«, antwortete ich. Ein billiger Treffer und an beide verschwendet. Aber ich war gereizt, wenn ich an diese Autofahrt dachte und daran, was mich erwartete, ich machte mir Sorgen um Grace, der Kummer um Nettie lastete auf mir und der Verlust meines Sohns tat weh. Mitch ließ den Wagen aufheulen, und wir schossen die Straße runter. Ich drehte mich um, und da stand Johnny auf der Veranda. Ich winkte, aber er rührte sich nicht.

Rina hatte sich zusammengerollt und schlief schon. Ich beugte mich nach hinten und legte eine Reisedecke über sie. Irgendsowas brauchte ich jetzt unbedingt, einfach um mein Territorium zu markieren.

»Gott, was für eine Erleichterung, da wegzukommen«, sagte er, zur Abwechslung einmal ehrlich. »Und, wie sieht's bei dir aus?« Er klang, als ob er es wirklich wissen wollte.

»Ganz gut«, sagte ich.

»Singst du noch im Mainstreet?« Ich merkte, es würde nicht leicht werden. Was immer er wollte, er würde auf keinen Fall direkt damit rausrücken.

»Ja, ab und zu.«

»Ich habe gehört, du hast da neulich ein bißchen Ärger gehabt«, bemerkte er vorsichtig.

Das war es also. Er wußte von Marianne. Irgendwie war er in die ganze dreckige Geschichte verwickelt. Mir wurde klar, daß es nur darum ging. Wahrscheinlich war er überhaupt nur deshalb runtergekommen.

»Ach wo, das war nicht weiter schlimm. Kein richtiger Ärger.« Ich sah ihm in die Augen, und wir lächelten beide. In der Luft lag Spannung.

Seine Hände umklammerten das Steuer so hart, daß die Knöchel weiß wurden, und er fragte langsam: »War sie bewußtlos? Als du sie weggebracht hast?«

»Woher weißt du eigentlich davon?« Ich achtete darauf, jede Aggression aus meiner Stimme zu halten. Ich fragte nur so, ganz leichthin.

»Och, das hat sich so rumgesprochen. Bei Freunden. Die wußten, daß du meine Ex bist.« Er log, daß sich die Balken bogen. Seine fleischige Nase kräuselte sich gelegentlich, als wäre er mit den Gedanken ganz woanders.

»Versuch's nochmal«, sagte ich.

»Schmutzige Geschichte. Wundert mich, daß du dich da eingemischt hast. Ich dachte, du hast Gesindel wie uns weit hinter dir gelassen. Bei deiner neuen Karriere — in den Höhen der Kunst.« Er schaffte es nicht, die Angriffslust aus seinem Ton zu halten. Ich war allein mit ihm, saß in seinem Wagen fest, und er konnte jetzt Jahre des Unmuts über mir ausschütten.

Ich schwieg und sah aus dem Fenster. Der Wagen schlitterte und holperte über den Schotter und ließ eine Wolke aus Staub und Steinchen zurück. Ich würde das schon noch ein paar Meilen aushalten. Langes Schweigen.

»Und wie kamst du ins Spiel? Als Dealer?« fragte ich. Wieder Stille, Mitch bewahrte Ruhe, bis auf ein gefährliches Zucken an seinem Mundwinkel.

»Ist das eine Art, sich nett zu unterhalten?« fragte er schließlich. »Also wirklich, Glory. Da besteht kein Zusammenhang. Ich hab' mit diesem aussichtslosen Pack nichts zu tun. Die kriegen doch nichts auf die Reihe.«

»Wer? Wer kriegt nichts auf die Reihe?«

»Junkies, und kleine Dealer. Die sind doch alle kaputt. Willenlos.«

Ich lächelte ihn an. Der Tag war ganz schön warm geworden, und ich fühlte, wie meine Schenkel am Kleid und an den Plastiksitzen klebten. Mir war von der Schleuderfahrt etwas komisch im Magen.

»Wen hast du als Zeugen, außer der Queen?« wollte er wissen.

»Einen Freund von mir«, sagte ich. »Die Queen hat sowieso nichts gesehen. Die Bullen waren an ihr nicht interessiert.«

Schweigend fuhren wir ein paar Meilen weiter. Ich stellte das Autoradio an. Wir waren jetzt auf der Hauptstraße und fuhren an endlosen grünen Wiesen und Steinhäusern vorbei. »I'm going to Graceland, Graceland«, sang ich. Ich suchte im Handschuhfach nach Zigaretten und fand einen Flachmann mit Whisky.

»Willst du?« fragte ich. Er schüttelte den Kopf. Wir hatten uns wirklich nicht viel zu sagen. Der Whisky fühlte sich in meinem Magen wie ein sanftes Licht an und beruhigte die Übelkeit.

»Du bist eine Freundin von Roxy, nicht?« fragte er.

»Sie ist mein Modell.«

»Roxy ist auch eine Freundin von mir.«

»So?« Er war zufrieden. An meiner Stimme hatte er gehört, daß er mich überrascht hatte.

»Ja. Schon seit Jahren. Also, eigentlich ist das so — wir hatten mal was laufen. Eine tolle Mieze.«

»Himmel, Roxy kennt aber auch jeden«, sagte ich. Ich war

gar nicht darauf aus, es beleidigend klingen zu lassen, es verblüffte mich bloß so. Sie hatte das nie erwähnt, aber ich hatte wahrscheinlich selbst auch nie von Mitch geredet.

»Aha. Du bist wohl eifersüchtig? Sie sieht schon verdammt gut aus. Ich höre, du bist mit Al zusammen.«

Der Whisky schwappte in meinem Magen. »Laß uns mal anhalten und was zu essen holen«, sagte ich.

Wir fuhren auf eine kleine Ortschaft zu, Tankstelle, Kneipe, Lebensmittelgeschäft und Imbiß. Tätowierte Teenager saßen auf einer Bank vor den öffentlichen Toiletten und sahen den Autos nach.

Gehorsam hielt er an. »Was willst du haben?« fragte er. Er schien mit irgend etwas sehr zufrieden.

Ich stieg aus, um mir die Beine zu vertreten und etwas Luft an mich zu lassen.

»Hey, Dicke, zieh den Puku ein!« schrie eins der Kids. Die anderen kicherten.

»Hamburger!« rief ich ihm nach. »Zwei!« schrie ich. »Ohne Zwiebeln!«

Als er am Imbiß wartete, wirkte er in seinem blauen Geschäftsanzug wie ein Mafioso. Seine Gesichtsfarbe sah mehr nach Kalabrien als nach Maori aus, und er hatte genau die fleischige Bösartigkeit, diese brutal-ignorante Ausstrahlung, die ich in einer TV-Dokumentation an einem Mafiainformanten beobachtet hatte.

»Wo sind wir?« erkundigte sich Rina, dann kotzte sie über den ganzen Rücksitz. Ich holte sie raus und machte sie in der Tankstellentoilette sauber. Mit Kilometern von Toilettenpapier versuchte ich, Rücksitz und Boden abzuwischen. Die Lust auf Hamburger war mir vergangen. Rina sah blaß und erschöpft aus.

»Scheiße, was stinkt denn hier so?« fragte Mitch, zwei fettige Bündel in der Hand.

»Rina ist schlecht geworden.« Ich setzte mich nach hinten, und sie hing schlaff auf meinem Schoß.

»Dann willst du die hier wahrscheinlich nicht mehr. Verdammt, zehn Piepen rausgeschmissen!« Darüber konnte er sich aufregen.

»Leg sie hin, wir essen sie später«, sagte ich.

»Nein, die Puppe ist echt nicht blöd.« Er lehnte sich bequem zurück und fuhr los. »Sie hat sogar eine Menge auf dem Kasten, die Kleine. Ich hab' ja immer gesagt, Frauen können ihre Weiblichkeit behalten, sogar wenn sie richtig Grips haben.«

Ich konnte immer noch Erbrochenes in Rinas Haar riechen. Sie lag so still und sanft wie ein Mäuschen, den Kopf an meine Schulter gelegt. Ich hatte plötzlich das Gefühl, daß, wenn ich mich ganz still verhielt, er mir noch mehr über Roxy erzählen würde. Früher zumindest konnte er nicht anders: er mußte immer angeben. Ich war gegen meinen Willen beeindruckt, als er nicht anbiß. Vielleicht war er doch im Begriff, ein gewandter Spekulant zu werden, wenn er seine Eitelkeit so kontrollieren konnte. Um so mehr interessierte mich seine Verbindung zu Marianne.

Die Weiterfahrt war fast gemütlich. Leichter Geruch nach Erbrochenem hing noch in der Luft, Rina bewegte sich im Schlaf und schnarchte leise, draußen zogen die grünen Farmen Mittelneuseelands vorbei. Wir mußten wie die Parodie einer Kleinfamilie wirken, die auf dem Rückweg aus dem Urlaub ist. Gleich würden wir anfangen, Autospiele zu spielen — die erste Person, die ein weißes Pferd, ein rotes Auto und ein gelbes Dach sieht, kriegt ein Pfefferminz. Oder wir könnten an einem dieser Rastplätze halten, die mit den kleinen Holztischen und Abfalleimern. Da hatte ich oft solche Familien gesehen, halb verhungert aßen sie Salat direkt aus roten Tupperwarebehältern, es gab Getränke für die Kinder, der Mann hatte einen Frotteehut auf und starrte sehnsüchtig auf den Horizont.

Das erinnerte mich an meine erste Ausstellung im *Outreach*. Sie hieß natürlich »Familien«. Karikaturen von Familienporträts, alle mit starrem Blick und ohne Lächeln. Es gab die Zwerge, die Kinderschänder, die gewalttätigen Könige aus meinen Träumen mit gefolterten Kindern in ihren Armen, im Hintergrund die verrückten Mütter wie Gespenster. Die Serie war roh und sehr böse, aber ich habe noch heute eine besondere Schwäche für sie.

Sicher, die Bilder zeigten schon die Haßliebe, die mich mit meiner Kindheit verband, aber ich hatte nicht nur das vollkommen Schlechte dargestellt. Ich wußte mein groteskes Erbe zu würdigen. Ohne es wären meine Bilder völlig anders gewesen — nämlich, wenn die Bilder anderer Maler, die ich kannte, einen Anhaltspunkt lieferten, sehr viel schwächer, anfälliger für Modeerscheinungen und irgendwie kleinlaut. Schon als Kind wußte ich, daß ich in unserem ganzen Elend eine Vitalität gefunden hatte, die mir noch mal zugute kommen würde.

Ich lernte sehr schnell. Die paar schönen Sachen, die mir in unserem häßlichen Leben über den Weg liefen, gehörten ganz und für immer mir, hatten einen besonderen Geschmack, den andere gar nicht nachempfinden konnten. Und als Konsequenz meiner Erfahrungen warfen mich die Fallen des täglichen Lebens nicht so aus der Bahn wie andere Malerinnen und Maler. Meine Geschichte gab mir eine gewisse Härte, eigene Ecken und Kanten und die Fähigkeit, dem Häßlichen ins Gesicht zu sehen.

Und hier war ich, arbeitete, wurde älter, schätzte es nach wie vor, wenn mein Leben locker und offen war. Ich wollte immer noch ein Zuhause, in dem alle tun und lassen konnten, wozu sie gerade Lust hatten, wo niemand sich verpflichtet fühlte, die Möbel zu bewundern. All das war ein Geschenk meiner Kindheit. Im Gegensatz dazu fegten andere Maler alle Belastungen aus ihrem Leben. Sie saßen in einem leeren Zimmer vor einer Staffelei, und irgendeine bedauernswerte Ehefrau vergeudete ihr Leben in ihrem Dienst. Servierte den Morgentee und die Kunsthändlerkorrespondenz auf einem

Tablett, das vor heimlicher Wut troff. Und die ganze Zeit tobte draußen das Leben, außerhalb ihrer Reichweite. Ich wollte mit beiden Füßen fest in all diesem Sumpf und Dreck stehen.

Ich bestreite nicht, daß es lange dauerte, bis ich meine Prioritäten gesetzt hatte — meine persönliche Geschichte hatte mich nicht unbedingt gesunde Maßstäbe gelehrt. Ich mußte nicht nur mit der Tatsache fertigwerden, daß ich zum armen, weißen Pack gehörte, da gab es noch den ganzen Sumpf von Neurotikern, Neinsagern, Calvinisten und ungemein respektablen Alkoholikern auf der Seite meiner Mutter. Wahrscheinlich hatten mich alle diese Stimmen beraten, als ich meine beiden Ehemänner mit ihren todbringenden Instinkten auswählte. Ob sie nun Lebenskraft besaß oder nicht, die Klasse, aus der ich kam, war ein Bastard, unwissend, krank und mutlos, eine verwässerte Mutation der englischen Arbeiterklasse ohne jede Beziehung zu dem Land, auf dem wir hockten. Nicht einmal die Zeremonien unseres Lebens, wie Geburten, Hochzeiten und Tod, hatten eine Bedeutung, sie waren verkorkst durch die Segnungen einer Gesellschaft, die uns ausgespuckt hatte.

Mitch, Rina und ich, wie wir auf dem Highway dahinfuhren, waren eine geglückte Karikatur all dessen, was ich über Familie wußte, ein saftiges Potpourri. Zusammengeworfen durch miese Gene, Zufälle und einen Tod — zusammengehalten durch Angst und Groll. Mitch, der Gute, als Haupt der Familie, zuckte beim Fahren und war in Gedanken mit seinen Gewaltakten beschäftigt; Rina im Tiefschlaf, klein und weiß, wie eine weiche Schnecke, ihr langsames Gehirn fast völlig zum Stillstand gekommen; und ich, die mit ihrem Riesengewicht den Wagen runterdrückte, über ihre Malerei nachdachte und sich bemühte, der Polizei aus dem Weg zu gehen. Extrem, aber hübsch treffend, eine akkurate Übertreibung. Auf diesen Gedanken hin aß ich sogar einen der Hamburger — er war kalt und fettig, schmeckte aber köstlich, und ich lehnte mich bequem zurück, um ihn so richtig zu genießen. Viel mehr konnte ich im Augenblick sowieso nicht tun.

5

Als Mitch mich endlich zu Hause absetzte, machte er keine Anstalten, mit reinzukommen. Er saß einfach da, ohne den Motor abzustellen. Er war sichtlich fassungslos, aber zugleich entzückt.

»Das ist deine Hütte? Gott, da möcht' ich nicht tot überm Zaun hängen.«

Ich hob Rina vom Rücksitz, aber sie wachte auf und wand sich aus meinen Armen. »Al!« schrie sie und raste ins Haus.

»Danke fürs Mitnehmen.«

»Keine Ursache.« Er ließ dauernd den Motor aufheulen wie ein halbstarker Jugendlicher. Aus irgendeinem Grund sah er immer noch hochzufrieden aus. Er sagte sogar: »Mach's gut, Glory. War schön, dich mal zu sehen. Du solltest aber besser auf dein Gewicht achten.« Das klang fast drohend, aber es war mir keine Antwort wert. Ich hatte jede Menge zu tun.

Sein Wagen schoß mit solcher Wucht über den Rasen, daß mir Grasstücke und Matsch gegen den Rücken flogen. Als ich den Pfad hochkam, saß Al auf der Veranda und Rina auf seinem Schoß.

»Wie läuft's denn?« fragte ich, als ich mich neben ihn fallen ließ.

»Was?« Er hatte eine Stinklaune und sah krank und verkatert aus. »Wer ist das Arschloch?« fragte er.

»Das ist Johnnys Vadder«, sagte Rina und schob ihm liebevoll ihre Nase ins Gesicht.

Ich machte Tee. Die Milch roch sauer, aber nach dem Hamburger und all den Spielchen mit meinem Ex war ich durstig. Bier war keins mehr da. Al kam reingestampft.

»Ich bin nämlich nicht dein Sekretär, verdammt nochmal.« Ich hatte ihn noch nie so wütend gesehen. »Ich konnte nicht mal an meiner Maschine arbeiten, dauernd ging das Scheißtelefon. Und die Bude voller Transvestiten, Bullen und anderer Arschlöcher. Ich hab' die Schnauze gestrichen voll.«

»Willst du Tee? Die Milch riecht ein bißchen streng.«

Wir saßen zu dritt am Küchentisch und tranken unseren Tee. Rina sah noch etwas blaß aus, aber der normale selbstzufriedene Ausdruck kam schon langsam zurück: Morgen war wieder Schule, und sie war mit Al und mir zusammen.

»Was ist mit Grace?« fragte ich.

»Tja, zum Schluß hab' ich deine Freundin angerufen.« Sarah hatte er schon immer bewundert. Einmal sagte er zu mir, sie sei absolut Klasse.

»Was hat sie gesagt?«

»Ach, sie wird sehen, was sie tun kann. Du kennst sie ja.«

»Al, du bist ein Prinz«, sagte ich ehrlich entzückt. Grace in Sarahs Händen zu wissen, ließ mir einen Stein vom Herzen fallen. Ich stand auf und ging zum Telefon.

»Ja, na ja, es war schon ein ziemliches Durcheinander«, sagte Al, etwas beschwichtigt. »Rufst du jetzt die Bullen an?«

»Scheiß drauf. Die wissen schließlich, wo ich bin. Denen schulde ich gar nichts. Sarah, bist du das?«

»Glory, was ist denn bloß los? Kannst du gleich mal herkommen? Seit gestern versuche ich ständig, dich zu erreichen.«

Mir wurde ganz warm vor Freude, als ich ihre knappe Art und klare Stimme am Telefon hörte. Wann immer ich mit Sarah zusammen war, hatte ich das Gefühl, daß die Welt eigentlich doch ein ganz anständiges Fleckchen war. Ich sah die Kavallerie den Berg hochdonnern und die Guten gerade noch im letzten Moment retten. Sie war eine höchst korrekte Engländerin mit einem so unschuldigen Kindergesicht, als könne sie keiner Fliege etwas zuleide tun. Sarah vertrat Leute, die nicht in Mode waren — kleine Kriminelle, Obdachlose, Süchtige, und das nicht nur zum Fähnchenschwenken. Sie schuftete sich regelrecht für sie ab. Es gab übrigens nichts, was Sarah nur zum Fähnchenschwenken tat.

Unsere Verbindung entstand über meine Bilder, sie war die erste, die je ein Bild von mir kaufte. Als ich sie besser kannte, wurde sie meine Anwältin, und ich bezahlte sie in Bildern. Sie schuldete mir noch was für ein Viertel von einem Rina-Bild. Sie war die Kunstpatronin in Person, ohne Haken und Ösen.

»Ich muß weiter an den Bildern arbeiten. Ich wollte nur wissen, ob mit Grace alles in Ordnung ist.«

»Ich glaube, sie wollte zu dir, wo warst du denn?«

Rina verschwand in ihr Zimmer, und eine plötzliche Springsteen-Explosion warf mich fast zu Boden.

»Was zum Henker ist das?« Sarah fluchte vor Schreck.

»Das ist Rina.«

»Rina?«

»Ihre Bruce-Springsteen-Kassette.«

»I'm going down«, sang er. Das ganze Haus dröhnte.

»Hast du rausgefunden, warum sie sie verhaftet haben?«

»Ich weiß nicht, was da los ist«, war ihre Antwort. »Diese Verhaftung war einfach lächerlich. Ich meine, das wußten sie auch — sobald ich auftauchte, haben sie sie freigelassen. Nicht, daß ich eine Ahnung hatte, worum es überhaupt ging. Ich mußte mich irgendwie durchbluffen. Sie haben so gut wie zugegeben, daß das Ganze vorschnell war. Ein übereifriger Jungbulle. Natürlich will deine Freundin jetzt eine Anzeige erstatten, und ich fürchte, auf dich ist sie auch nicht gerade gut zu sprechen. Sie sagt, du bist einfach verschwunden.«

Es war nur ein winziger Hauch von Vorwurf in ihrer Stimme. Sarah haßte es, mir moralische Vorhaltungen zu machen. Sie hatte eine sehr genaue Vorstellung von der Rolle einer Künstlerin.

»Ich hatte es versprochen. Der Wunsch einer sterbenden Frau, meiner eigentlichen Mutter. Ihr letzter Wunsch, Sarah. Was sollte ich denn machen? Mich an einen Baum binden?

Ich hab' nichts verbrochen, und die Bullen spinnen, wenn sie meinen, sie könnten mich zwingen hierzubleiben.«

»Ich möchte dich gern sehen.« Sie gab einen höflichen, kleinen Seufzer von sich, der rührend zu hören war. »Für mich sieht das alles nicht gut aus. Ich verstehe nicht, was da vorgeht.«

»Ich melde mich, Sarah. Sobald ich kann. Danke für deine Hilfe.«

»Glory, paß auf dich auf.« Sie klang resigniert, aber sie wußte, ich wollte es alleine durchziehen. Ich war viel zu müde, irgendwas zu erklären. Ich sagte »Mach's gut, Sarah« und ließ mich zurück in den Stuhl fallen.

»Alle sind sauer auf dich«, bemerkte Rina, die mit wichtiger Miene geschäftig durch die Gegend wuselte. Sie hatte ihr rosa Ballettröckchen angezogen und tanzte im Flur herum. Ich war froh, daß sie sich soweit wieder erholt hatte.

»Der Rock wird langsam zu klein«, sagte ich abwesend und fuhr ihr durchs Haar. »Bist du ein artiges kleines Mädchen?«

»Nee«, sagte sie und guckte zu mir hoch. Dann ganz schnell »Ja«, falls ich den Gag nicht mitgekriegt hatte.

Bei Rina konntest du nie sicher sein, manchmal dachte sie wie eine kleine alte Frau, manchmal war sie wie eine Dreijährige. Ich hatte keine Ahnung, ob das bei Kindern normal war oder mit zu ihren Symptomen gehörte. Rina war meine einzige Erfahrung mit Kindern, Johnny zählte da nicht richtig, und so wußte ich nie genau, wie Kinder sich eigentlich entwickeln sollten.

»Kann ich einen Dollar für Pommes haben?« Sie hatte mitgekriegt, daß ich gerade gut auf sie zu sprechen war. Manchmal war es einfach unglaubwürdig, daß ihr Gehirn langsamer als das anderer Kinder sein sollte. Jedenfalls hatte ich nie erlebt, daß sie sich eine gute Gelegenheit entgehen ließ. Ich gab ihr den Dollar.

»Roxy war bestimmt dreimal da«, sagte Al.

»Weswegen?«

»Woher soll ich denn das wissen?«

»Ist das Auto wieder in Ordnung?« fragte ich ihn.

»Ja. Die Batterie war nur leer.«

Ich lächelte ihn an, und wir saßen schweigend in der warmen Küche. Die Musik hörte auf. Rina war anscheinend schon losgezogen, ihre Pommes holen.

»Geh schlafen«, sagte Al, »du siehst total kaputt aus.«

Ich kann mich nicht erinnern, wie ich in meinen Arbeitsraum gekommen bin, aber ich fiel wie ein Stein aufs Bett und schlief ein.

Es hätte Tage oder Stunden später sein können, tatsächlich war es am nächsten Morgen, als ich mit einem Schweißausbruch davon hochschreckte, daß Al über mich gebeugt war und mich schüttelte. Benommen, wie ich war, sah er aus wie ein Dämon, seine Nasenflügel vor Panik geweitet.

»Sie haben Rina!« schrie er mir ins Gesicht, als ich mich mit klopfendem Herzen aufsetzte.

»Was meinst du? Wovon verdammt redest du da?« Ich griff nach seiner Hand und drückte sie flehend. Ich hatte das Gefühl, von einem Blitz getroffen zu werden.

»Jemand am Telefon! Sie sagten, Weasel hat Rina. Es war wie eine Drohung, Glory!«

»Weasel? Weasel? Wer? Was meinst du — Weasel?« heulte ich auf. In Als Augen schillerte Angst. Er sah mich fast nie die Beherrschung verlieren.

»Ihr Vater. Weasel. Dein verfluchter Ex.«

»Komm mit, Al. Los, komm. Wir müssen los.« Knallwach sprang ich aus dem Bett und fuhr in meinen Overall.

»Rina hat nebenan gespielt. Ich war die ganze Zeit hier, und dann bin ich zum Laden Milch holen gefahren, mit dem Rad. Fünf oder zehn Minuten. Das war alles, ich schwöre es. Sie müssen sie beobachtet haben.«

»Aber warum? Haben sie was von Geld gesagt oder so?« Ich raste aus dem Zimmer, Al hinter mir her. »Weasel hat sie nie gesehen. Was will er jetzt von ihr?«

Vor dem Haus riß ich die Autotür auf und zwängte mich hinein.

Meine Eingeweide fühlten sich eiskalt und sehr leicht an, ich war steinhart vor Panik. Ich hieb den Gang rein und startete durch, von der Kupplung kam ein brandiger Gestank.

»Wer war das am Telefon? Hast du die Stimme erkannt? Was wollten die?«

»Nein. Die haben nichts gesagt. Irgendwer meinte, sag Glory, Weasel hat Rina. Das war alles. Die Stimme klang komisch, als ob sie keinen Gaumen hatte.«

»Sie?« fragte ich.

»Oder er, weiß nich', Glory.«

Wir rasten eine Weile schweigend dahin.

»Ich wette, sie hat keine Angst«, sagte ich, als wir direkt vor der Autobahnauffahrt ins Schleudern kamen und seitlich wegrutschten.

»Glory! Halt sofort an, bist du übergeschnappt?«

Ich merkte, daß er brüllte, aber es kam von ganz weit weg, ich hörte ihn kaum.

»Halt an, ich fahre, du schläfst ja noch halb.«

»Nein, so geht es schneller«, sagte ich mit meiner neuen hohen, irren Stimme.

»Keine Panik jetzt, Glory. Du drehst durch. Himmel nochmal, er ist ihr Vater. Er wird ihr nichts tun. Du drehst durch.« Er kauerte sich zusammen, als wir auf die Überholspur hechteten und die Autos um uns quietschend versuchten, uns seitlich auszuweichen.

»Sein verdammtes Gehirn ist doch nur noch Matsch. Er ist tot, leer. Der weiß schon lange nicht mehr, was er tut. Und er steckt mit diesen Betonköpfen zusammen, ein Haufen verfluchte Zombies. Verstehst du, wovon ich rede?« Ich wandte meinen Kopf und sah ihn ernst an.

»Himmel, Glory, paß auf das verdammte Auto auf!«

Ich machte einen Schlenker und nahm die Ausfahrt. Der Motor klapperte jetzt richtig und war so heiß, daß die Nadel fast aus dem Glas sprang. Von irgendwoher roch es unheilvoll nach verbranntem Gummi.

»Du machst das Auto kaputt«, sagte Al ganz ruhig.

Ich schoß auf den Parkplatz vom Levenes und rammte die Begrenzungspfähle.

»Du wirst hier abgeschleppt, wenn du kein Kunde bist«, sagte er.

Ich ließ den Wagen quer über drei Parkplätze stehen und rannte den Hügel hoch, Al immer keuchend hinter mir her, donnerte durch den schäbigen Hintereingang ins Haus und die Treppen hoch. Auf dem Stockwerk gab es knapp ein Dutzend Türen. Wie eine Verrückte hämmerte ich gegen jede, der Lärm meiner Schläge hallte im Treppenhaus wider und schwoll in meinem Kopf zum Getöse an.

Eine alte Frau öffnete eine Tür, aus der mir ein Schwall brütendheißer Luft entgegenschlug, es roch abgestanden, nach Pisse und nach Katzen.

»Suchen Sie diese Fixer, Liebes? Die nächste Tür. Da gehen dauernd Leute ein und aus. Ihn hab' ich schon ein Weilchen nicht mehr gesehen. Da fällt mir ein, irgendwann hat die Tür geknallt. Gestern oder vorgestern. Wahrscheinlich ist die Kleine wieder hochgekommen. Er ist alt genug, ihr Vater zu sein. Ich bin natürlich nur kurz hier. Meine Tochter nimmt mich mit nach Kawau Island.« Ihre tränenden, wilden alten Augen funkelten und klapperten eitel, ihr eingefallener Mund mümmelte unermüdlich. Die drahtigen weißen Haare an ihrem Kinn waren mit Rotz und Essen verklebt.

»Ja, nach Kawau Island. Das ist im Hauraki Golf, wissen Sie.«

Ich klopfte und klopfte, aber drinnen war nichts zu hören.

Al tippte mich an. »Hier ist keiner. Vielleicht blinder Alarm. Wahrscheinlich ist sie zu Hause, und 's war irgendein Idiot, der sich jetzt kaputtlacht.«

Ich setzte meine Schulter gegen die Tür und drückte sie mit all meiner Kraft ein. Dann standen wir drei auf der Schwelle.

Die Szene im Zimmer war zuviel für die alte Frau. Sie kreischte wie ein Vogel, kleine, unartikulierte Schreie direkt an meinem Gesicht.

Als meine Augen sich an das Halbdunkel gewöhnt hatten — das eine verdreckte Fenster ließ so gut wie kein Licht durch — und sich der erste Gestank etwas legte, sah ich die unfaßbar grauenvolle Gestalt, die ausgestreckt auf dem Boden lag. Eine aufgedunsene, stinkende steife Leiche mit einem lächelnden, grünlichen Gesicht. Die Totenstarre verwandelte sich gerade in Geliermasse, und ich sah eine leichte Bewegung um den Mund herum, die von Fliegen oder Maden herrührte. Die Reste einer Fleischpastete lagen auf dem Fußboden dicht daneben, und einige der Maden darin hatten saftigere Nahrung gefunden.

Mein Ex-Mann lag still da, Fliegen summten um seinen toten, verwesenden Kopf, und mir drehte sich der Magen um. Das Zimmer schien von einem bösartigen Surren erfüllt, es schlug wie dunkle Wellen gegen mein Gehirn. Ich roch den unbeschreiblichen, durch Mark und Bein dringenden süßlichen Gestank eines erbärmlichen Todes, dem ein totes Leben vorangegangen war. An meiner Seite nahm ich ein leichtes Rascheln wahr und bemerkte, daß Al verschwunden war. »Gibt es hier ein Telefon?« fragte ich die Alte.

»Unten im Laden«, sagte sie. Sie grabbelte die ganze Zeit mit ihren trockenen alten Händen an mir herum. Ich sah nochmal in den Raum.

Verklebter und geronnener schwärzlicher Abfall lag in Haufen überall auf dem Boden und troff sogar von den Wänden. An der Decke und am Lampenschirm hingen Spinnweben und dunklere, feuchte Substanzen. Das Fenster war gänzlich überwuchert. Dies war das Zimmer eines Menschen, der nicht mehr am Leben hing, eines Verlorenen, unpersönlich, die letzte Station.

Draußen tobte und heulte der Straßenverkehr wie ein wildes Tier, Leute stapften über die Gehwege, kauften etwas, gingen weiter, während der tote Mann hier oben lag — seine Verwesung drang langsam durch Ritzen der Tür und über das ganze Territorium, das seins gewesen war. Ich dachte an unsere kurze, jämmerliche Ehe.

Es gab da sowas wie ein schwarzes Loch in meinem Leben, irgendwie umgab Weasel ein Vakuum, und ich erinnerte nur sehr wenige, losgelöste Einzelheiten. Seine Erscheinung zum Beispiel, weil sie so schräg war — klein und düster, mit einem Fuchsgesicht und zurückgekämmtem Haar. Er hatte eine große, eiförmige Stirn, auf der wie bei einem Baby große Venen pulsierten. Er war immer geisterbleich.

Weasel war ein Betrüger, ein Dieb, und er hatte kein Herz. Seine Augen waren ausgeblichen und verkrümmt von den Lügen und der Feigheit all der Jahre. Ich hatte ihn nie lächeln oder lachen gesehen, er war wie ein Schlafwandler. Erwachsene Frauen stießen ihn ab, seine Schindereltern, Zeugen Jehovas, hatten ihn seine ganze Kindheit über terrorisiert. Ich hatte nur wenige Male mit ihm geschlafen und mich oft gewundert, daß ich Rina überhaupt empfangen hatte (mein Halbmond-Ei-Kind, das sein halbtotes Sperma irgendwie noch erwischt hatte). Mit ihm schlafen war wie mit einem Insekt im Bett liegen, seine Gliedmaßen schabten immer über meine Haut. Sein trockener Körper hatte überhaupt keine Eigenwärme, er war blutleer, und seine Haut hatte die leblose, kratzige Struktur von künstlichem Bimsstein. Hinterher zog er seinen kleinen Schwanz raus und raste ins Bad, seine pickligen Hinterbacken vor Anstrengung eingezogen, und verbrachte Stunden damit, sich zu waschen, mich von seinem traurigen dünnen Körper abzuschrubben. Er war schon damals ein alter Mann. Armer Weasel. Ich mußte ihm den Rest gegeben haben. Ich war schon dabei zuzunehmen und muß für ihn allmählich die Dimensionen einer Alptraumgestalt angenommen haben. Ich hatte gerade ernsthaft zu zeichnen angefangen, ich besaß immer noch eine alte Skizze von ihm, wie er dasaß und fernsah, sein mageres Gesicht unbeweglich, eingefroren, an den flackernden Schirm gefesselt wie ein Mann vom anderen Stern. Unglücklich gefangen in der Karikatur einer Ehe. Seine Eltern zwangen ihn, mich zu heiraten, weil ich schwanger war und sie wußten, daß das ihre letzte Chance auf Enkelkinder war. Weasel verschwand wie ein Geist lange vor Rinas Geburt, und ich glaube nicht, daß er sie je gesehen hat.

Es war schwer, meine wenigen Erinnerungen mit der Leiche vor mir in Verbindung zu bringen. Seit damals hatte ich ihn nicht mehr gesprochen, und Rina war jetzt zehn. Sein Besteck lag neben ihm, auf der Spritze noch verkrustetes Blut. Aber Rina war nicht hier, und das war das einzige, worauf es wirklich ankam. Ich wollte nur noch weg, mich darauf konzentrieren, sie zu finden. Sein Leichnam hatte mich gezwungen, kurz zu bleiben und ihm um Rinas willen eine Gedenkminute zu gönnen. Aber selbst tot war Weasel belanglos. Das Grauen dieses Zimmers machte mir körperlich zu schaffen, und ich fürchtete umzukippen.

»Wo ist er hin?« fragte ich die Frau. »Der Typ mit dem rasierten Kopf? Der bei mir war?«

»Sie müssen die Polizei anrufen«, sagte sie. Speichel blubberte aus ihrem Mund, sie schwankte zwischen Sensationslust und nacktem Entsetzen. Der Anblick hatte sie ganz schön mitgenommen, armes altes Mädchen. Mit anderen Lebensumständen hätte sie eine liebevolle Großmutter abgegeben.

»Rufen Sie an, Liebes«, sagte ich. »Na los. Sie machen das und erzählen ihnen alles. Ich muß jetzt weg.«

»Aber meine Tochter kommt doch. Sie kommt, um mich nach Kawau Island zu holen.« Auf einmal war sie furchtbar beschäftigt und hatte ganz anderes im Sinn. Sie spitzte ihre Lippen und bemühte sich um Haltung wie eine betrunkene Richterin. Eine gespenstische Veränderung fand vor meinen Augen statt, als würde sie sich in eine völlig andere Person verwandeln. Ein erschreckender Anblick.

»Ich muß mich jetzt fertigmachen, ein paar Sachen packen.

Meinem alten Leben Aufwiedersehen sagen. Ich fange ganz neu an, wissen Sie.« Sie kam mir so nahe, daß ich ihre warmen Speichelspritzer auf meiner Haut fühlte und ihren stinkenden Atem roch.

»Rufen Sie die Bullen an?«

»Ich habe keine Zeit, Liebes. So eine starke junge Frau wie du. Ich hab' noch eine Menge zu tun. Ich habe noch das kalte Fleisch im Kühlschrank, und für nachts braucht man Wollsachen. In Kawau gibt es so viel Wasser. In meinem Alter muß man aufpassen, daß man es nicht in den Knochen kriegt. Meine Tochter hat immer wieder gesagt, bring deine Wollsachen mit, Mutter.«

Sie richtete sich auf und strengte sich an, einen gespenstischen Abklatsch von Vornehmheit an den Tag zu legen — sie senkte ihre runzligen Eidechsenlider wie ein kokettierendes Mädchen, drückte das Kreuz durch und trippelte auf der Stelle.

Hinter ihr wartete die Leiche auf dem Boden, höflich und unaufdringlich. In meinem Kopf hörte ich klar und deutlich immer wieder Mick Jaggers Satz aus einem Song: *Flies buzzing around your hide* ... Sie fing an zu lachen, kam noch näher und griff nach mir, ihre Hände kratzten und krabbelten an mir rum.

»Es ist solch eine große Gelegenheit für mich.« Ich riß mich los und stürmte die Treppe runter, mein Herz klopfte mir bis zum Hals.

»Rufen Sie die Bullen!« schrie ich und lief weiter.

Unten auf dem Parkplatz lehnte Al am Wagen und kotzte sich die Seele aus dem Leib, sein Gesicht kreideweiß. Ich scheuchte ihn ins Auto.

»Um Himmels willen, Al, steig endlich ein!«

Er tat mir leid. Blut und Innereien haßte er wie die Pest. Deshalb hatte er es auch nie zum Gangabzeichen gebracht, obwohl er bei den Jungs einen dicken Stein im Brett hatte.

»Hast du die Bullen angerufen?«

»Nein, ich hab' die alte Frau gebeten.« Ich fuhr den Wagen

so schnell rückwärts raus, daß Al nach vorne fiel und sich den Kopf stieß. Er erwies sich im Augenblick eher als Behinderung, aber ich mochte ihn nicht einfach irgendwo ausladen. Der Gute hatte die besten Absichten.

»Verdammt, wo willst du denn jetzt hin, Glory? Wir müssen zur Polizei, oder sie kriegen dich wegen Mithilfe dran.«

»Ich muß ihm Rina wegnehmen, er ist zu allem fähig.«

»Wer denn?«

»Na Mitch, du Trottel.«

Ich sah Rinas tränenüberströmtes Affengesicht deutlich vor mir, wenn sie unglücklich war, konnte sie so passiv werden wie ein erschrecktes kleines Tier. In einer Ecke zusammengekauert in ihrem rosa Tutu, die Hand erhoben, um den Schlag abzufangen. Sie mochte Mitch sowieso nicht. Die ganze Vorstellung war unerträglich, verbrannte mir das Herz. Ich war wie von Sinnen, ein gewaltiger Trieb beherrschte mich und ich fühlte, wie mir das Kraft gab, mich die Autobahn entlangschob. Es war beinahe wie ein magischer Stoß. Ich sah fast nichts, ich fuhr so schnell, daß Al sich buchstäblich zusammenrollte und in seinem Sitz verkroch, wie ich aus dem Augenwinkel sah. Ihm war immer noch sichtlich übel. Ich hatte gar nicht gewußt, daß der Wagen dermaßen schnell fahren konnte, er surrte dahin wie eine Hornisse. Mir war beinahe nach Singen. Ich mußte einen fast irren Ausdruck im Gesicht haben, denn ich fühlte, wie meine Muskeln um den Mund und in den Wangen einfroren. Eine grinsende Grimasse schierer Raserei.

»Du bist der verdammte Tod persönlich!« schrie Al, am Ende seiner Schmerzgrenze. »Du bringst uns beide um!«

»Ich muß sie holen«, sagte ich. Aber ich gab nach und ging mit dem Tempo runter. Der Whisky, Weasels Leiche und die verschwundene Rina hatten sich jetzt zu einem großen, harten Klumpen Elend zusammengeballt. Die Fahrt wurde zu einem Traum, sie schien endlos weiterzugehen, durch irgendwelche Straßen, die vor mir lagen. Die normale Außenwelt und all diese Leute, die mit ihren weichen Körpern die Luft zerteilten, waren Halluzinationen. Sie glitten und tanzten gleichgültig und durchsichtig ums Auto, vorbei an den Holzhäusern von Kingsland, die mein Gehirn wie alte Erinnerungen bevölkerten. Die Straßen glommen und glühten, ich hatte das Gefühl, eine Riesin zu sein und zugleich körperlos, und alles von weitem zu beobachten wie eine Unbeteiligte. Ein alter, oft wiederholter Alptraum, alles lief in Zeitlupe ab, und ich konnte nichts tun.

»Warum tut er das?« fragte ich Al. »Wie kann er nur sowas machen?«

»Wo willst du hin?« fragte Al.

»Zuerst nach Hause«, sagte ich. »Ich muß versuchen, ihn irgendwie von dort aus zu finden.«

»Warum fährst du nicht zur Wache? Ich bin doch Zeuge«, sagte Al.

Ich sah ihn von der Seite an, als wir an einer Ampel hielten. Seine dunklen Spiegelgläser saßen schief an seinem glänzenden Schädel, er war weiß wie ein Laken, Erbrochenes hing noch in seinen Mundwinkeln. Ich verspürte einen Schub von warmer Zuneigung.

»Ich kann mich jetzt nicht mit denen aufhalten. Er hat Rina«, sagte ich, als würde ich es einem Kind erklären. »Sie würden mir übrigens sowieso kein verdammtes Wort glauben.«

»Irgendwann bist du dran«, sagte er, »die werden wissen wollen, warum du da aufgetaucht bist.«

»Gut, das wüßte ich nämlich auch gern.« Ich fuhr weiter und versuchte, nicht an Rina zu denken.

Ich mußte mich zwingen, den Pfad hochzugehen, nachdem ich den Wagen vor dem Haus abgestellt hatte. Als ich im Flur war, hörte ich eine Kinderstimme, die unvermittelt zu in den höchsten Tönen kreischendem Geschrei anstieg, so laut und bedrohlich in dem verlassenen Haus, daß ich mich zitternd an die Tür lehnen mußte. Mit Erleichterung stellte ich fest, daß es nur das Radio war, das im Wohnzimmer lief. Die Jalousien waren noch von der letzten Nacht geschlossen, leere Flaschen stapelten sich hinterm Sofa, und in fast jedem Zimmer standen Gläser und Teller.

Im Radio lief der Computerstimmen-Song »Girls just want to have fun«, und Cyndy Laupers kindliche, schrille Stimme stieg in silbernen Luftblasen über dem Raum auf. Es war so laut, daß ich dachte, mir müsse der Kopf platzen. Ich holte mir ein Bier aus dem Kühlschrank, und ihre Stimme folgte mir. Rinas Kätzchen torkelte in die Küche, sah in mein Gesicht und miaute jämmerlich — es wand sich um meine Beine, und ich konnte seinen mageren Körper unter dem weichen Fell spüren. Es hatte Hunger. Dann hörte ich hinter mir eine Bewegung und, überreizt wie ich war, wirbelte herum, ein Küchenmesser in der Hand.

Da stand Cash und sah mich an, und hatte Rina auf dem Arm. Ich nahm sie hoch, preßte ihre süßen kleinen Knochen und ihren weichen Körper an mich und setzte mich mit ihr aufs Sofa, im Halbdunkel.

»Du hast mir gefehlt, Glory«, sagte Rina mit ihrer nasalen, fremdartigen Stimme. Ich weinte und weinte, als ob meine Brust bersten müsse. Heiße süße Tränen flossen über Rina und mich, badeten uns, wiegten uns, ihre knubbligen kleinen Hände gruben sich in mein Fleisch, als wollten sie sich darin festhaken. Ihr verschnoddertes kleines Tiergesicht preßte sich naß gegen meins und benetzte mich mit ihren Tränen, ihrem Rotz und Schweiß.

»Girls just want to have fun« sang sie, und das ganze Haus zitterte.

6

»Okay, Cash. Um was zum Teufel geht es hier?«

Wir saßen in der Küche und tranken Bier, traumatisiert wie nach einem Luftangriff. Rina auf meinem Schoß, sehr zahm, streichelte mit tränenüberströmtem Gesicht ihr Kuscheltier. Sie wollte mir nichts erzählen, und ich hatte Skrupel, sie zu drängen. Außerdem wäre es typisch für sie, daß sie es in den falschen Hals kriegte und mir nur unsinnige Hinweise gab. Sie stand noch sichtlich unter Schock.

»Ich kann's dir nicht sagen, Glory, heiliges Ehrenwort. Ich schwör's auf das Grab meines Vaters. Du mußt mir jetzt vertrauen, ja? Ich schwöre dir, es wird alles gut. Ich hänge in dieser Sache drin, es kann jederzeit losgehen, und ich kann nicht mehr aussteigen. Auch für dich könnte dabei noch was Gutes rauskommen. Mach einfach erstmal gar nichts. Nur ein paar Tage noch. Vielleicht bloß einen Tag.«

Sogar in so einem Moment konnte er es sich nicht verkneifen, geheimnisvoll aus der Wäsche zu gucken, aber nicht für lange. Er war beinahe so erschüttert wie ich, das hörte ich an der Art, wie er redete. Cash quatschte gelegentlich so drauflos, nur um das Gefühl von Leere in seinem Kopf zu übertönen. Aber diesmal hatte ich nicht die Geduld für seine Manöver. Ich mußte die Dinge aufklären, und zwar schnell. Ich hatte keine Zeit, mich auf sein panisches Herumdrucksen einzulassen.

»Hör zu, ich habe gerade Weasels Leiche gesehen, und mir ist selten so schlecht gewesen. Ich will wissen, was hier los ist. Wer immer dein Boss ist, der steckt dahinter, Kumpel.«

»Ich weiß nicht, wovon du redest.« Cash war so nervös, daß er eine Zigarette nach der anderen anzündete und wieder ausdrückte, und er tigerte in der Küche herum, als wollte er gleich losspurten.

»Jetzt reicht's. Du packst jetzt aus, und erzähl mir gefälligst keine Scheiße mehr, Cash.« Mir wurde klar, daß ich diesen

Ton gleich hätte anschlagen sollen. Er war leicht einzuschüchtern, und das ging schneller als jeder Versuch, an seine Vernunft zu appellieren.

»Ich kann nicht, die ziehen mir das Fell über die Ohren.«

»Wer war's?«

»Ich schwöre bei Gott, ich weiß es nicht. Ich bin so weit unten in dem Verein, uns Kurieren erzählen die doch keine Silbe. Ich schwör's dir. Ich hatte bloß die Anweisung, zu einer Adresse in Parnell zu fahren und ein Kind abzuholen. Ich bin fast umgefallen, als ich gesehen hab', wer das war. Mehr wußte ich nicht darüber. Ich würde dich doch nicht anlügen, oder? Ich konnte es einfach nicht glauben, als ich Rina erkannte. Ich hab' sie doch letztens erst gesehen.«

»Was zum Teufel haben die gesagt, was du mit ihr machen sollst?«

»Er sagte, nach Hause bringen. So ein unheimlicher Typ. Er meinte nur, frag sie, wo sie wohnt, und bring sie hin.«

Offensichtlich schreckte sogar Mitch davor zurück, Rina was zu tun, trotzdem ging die Aktion so unter die Gürtellinie, daß ich es nicht hinnehmen konnte.

»Gib mir die Adresse«, sagte ich.

Er war schon überfordert genug. Wahrscheinlich log er wie gedruckt, aber wenigstens hatte er Rina zurückgebracht, und dafür verzieh ich ihm fast alles.

»Was hast du vor?« fragte er ängstlich.

»Ich muß rauskriegen, was verflucht nochmal hier wirklich läuft. Niemand schnappt sich ungestraft Rina. Keine Sorge, ich laß' dich aus dem Spiel.«

Wenn ich es jetzt überlege, war ich wohl völlig überdreht, am Rand der Hysterie. Ich hatte die Ereignisse der letzten Tage überhaupt nicht verstanden, geschweige denn verarbeitet, und allmählich trieben mich nur noch Adrenalin und kreischende Nerven. Sogar Cash mit seinem verblüffenden Mangel an Hirn kapierte, daß es riskant war, dahin zu gehen, und obwohl er es mir hauptsächlich ausreden wollte, um seine eigene Haut zu retten, bedrückte ihn auch eine gewisse Portion Sorge um mich. Aber ich hatte noch ein paar Trümpfe im Ärmel.

Eins wußte ich sicher: Zu Hause hängen und auf den nächsten Schlag warten war eindeutig nicht meine Kragenweite, vor allem nicht, wenn sie die Galle hatten, Rina da reinzuziehen. Ich war nicht mal die Frau, mich vor einem wie Mitch groß zu fürchten. Schließlich kannte ich ihn wie meine Hosentasche, er war nicht anders als viele Männer, mit denen ich aufgewachsen war. Für mich war er durchsichtig, Zoll für Zoll ein kleiner Gauner ohne Leidenschaften, der für ein paar schnelle Dollars zu allem bereit war — es gab keine unsichtbaren Tiefen an dem Mann, nichts, was für mich unerwartet kommen konnte. Ich wußte, woran ich war, daß er immer falsch spielen würde, was auch geschah, und daß sein Groll auf mich ihm bis zu den Augäpfeln stand, auch wenn er seine alte, lächelnde Fassade zeigte. Das gab mir eine gewisse Genugtuung, allerdings wußte ich über das, was hier vorging, zu wenig Genaues, um mich sicher fühlen zu dürfen. Ich wußte nur, daß die bösen Absichten, die mir daraus entgegengrinsten, durch mein Eingreifen vereitelt werden mußten.

Cash erholte sich, sobald er mir die Adresse gegeben hatte. Solange ihm nichts passierte, war seine Welt in Ordnung. Er fing sogar von Gigs und Tantiemen an und erging sich in Spekulationen, bis ich ihn wegschickte. Alle seine Gefühle hatten eine durchschnittliche Lebensdauer von zehn Minuten, insofern hatte er sich ganz gut gehalten. Als er abzog, pfiff er vor sich hin, seine Angst verschwunden, offensichtlich ganz in seine neuesten Pläne versunken.

Mein nächstes Problem war Rina. Ich wollte, daß Tag und Nacht jemand auf sie aufpaßte, und selbst in meinem Zustand war ich nicht so verrückt, sie mitnehmen zu wollen. Al konnte ich nicht gut fragen, vermutlich hatte er sich in seinem Zimmer verbarrikadiert. Jetzt, wo sich seine schlimmsten Vermutungen über die Arglist der Welt bewahrheitet hatten, würde ich ihn für viele Stunden nicht zu sehen kriegen. Schließlich gab ich Rina nebenan ab. Nur Kingi war da und saß vor der Röhre.

Es herrschte ein wildes Chaos, noch von der Party am Wochenende. Der Boden verschwand unter Bierdosen, ausgetretenen Kippen, Fastfood-Kartons, von Frittenöl durchweichtem Zeitungspapier und leeren Zigarettenschachteln. Es erinnerte an die Höhle von Ungeheuern — schwarz verbrannte Töpfe in der Küche, Heerscharen von Fliegen auf den schmutzstarrenden Flächen und immer der Fernseher am Flimmern — aber es war ein freundliches Haus. Mir gefiel, wie heiter sie sich mit den grundlegenden Tatsachen des Lebens abfanden. Rina war immer gern hier, aber heute fiel es mir sogar schwer, sie in dieser sicheren Obhut zu lassen.

»Ich sitze höllisch in der Patsche«, sagte ich zu Kingi. »Deswegen muß ich dringend wohin. Kümmert ihr euch um Rina? Laßt sie nicht aus dem Haus, bis ich zurück bin.« Ich hatte sogar die Geistesgegenwart, ihm die Adresse zu sagen. Kingi hörte mich ernst an. Er selbst sprach so gut wie nie ein Wort, aber ich konnte mich darauf verlassen, daß er das, was ich sagte, nicht auf die leichte Schulter nahm.

Unsere Häuser waren nach und nach zu einer Art Wohngemeinschaft geworden, aber kein planloses Arrangement. Wie die meisten Gangs hatten sie bestimmte Rituale und unausgesprochene, aber gußeiserne Regeln, an die sich jeder hielt und die das Leben sicherer machten. Das System basierte auf Respekt, und ich mochte diese Anordnung. Rina, Moes Geschäfte, die Exzentrik von Al, das alles war gewissermaßen geheiligt, und niemand ging geringschätzig damit um. Moe und seine Freunde lebten auf Messers Schneide, denn wo sie hingingen, waren sie in Gefahr, und die ausgeklügelten Strukturen schufen eine Solidarität, die für sie buchstäblich Überleben bedeutete. Ich wußte immer, woran ich mit Moe und den meisten von den Jungs war.

Ich verabschiedete mich von Rina, die schon völlig versunken vor der Röhre saß, und ging, leicht benommen vom Druck der Ereignisse. Der Wagen sprang an wie ein junges Reh — dank Als Bemühungen um die Batterie —, und ich brauste wieder los, aufs Fahren konzentriert, um nicht allzuviel nachzudenken.

Ich fand das Haus in Parnell. Ich war sicher, dort schon mal gewesen zu sein, ein altes Haus, das zwischen Weiden stand, mit einem uralten, feuchten Garten unter hohen Hecken. Die Vordertür stand einen Spalt breit offen. Eine langer, dunkler Gang erstreckte sich dahinter, er mußte über die ganze Länge des Hauses gehen. In der Luft lag der typische Geruch nach Junkies. Ich ging den dunklen Flur entlang und ärgerte mich, daß mein Herz so laut hämmerte. Mein Instinkt protestierte, zog mich mit jeder Faser wieder hinaus, und zwar schnell. Es war sehr schläfrig und träge und böse hier, wie die trüben Tiefen eines Moortümpels, die Luft stockte vor Heimlichkeit.

Alle Türen waren zu, bis auf eine, etwa in der Mitte des Ganges, und gegen meinen Willen zog es mich unwiderstehlich zu dieser halb offenen Tür. Ich sah mich kurz nach allen Seiten um, dann schlüpfte ich hinein, und dicke schwarze Luft füllte meinen Mund wie Rauch. Der Raum war so finster, daß ich absolut nichts sah. Die Vorhänge waren zugezogen und der Geruch nach Tod lag in der Luft, etwas stank. Allmählich drang ein ganz feines Rascheln an mein Ohr — das Zimmer schien voller Augen zu sein, kleine Wesen, Fledermäuse. Doch noch bevor ich das Licht anmachte, wußte ich vom Geruch her, daß dieses Zimmer Roxy gehören mußte.

Ich sah meine helle, sternengleiche Prinzessin vor mir stehen, meine Roxy, ihre Wangenknochen wunderschön im Halbdunkel, der Mund zu einem verzeihenden Lächeln geformt. Ihre leeren, blauen Augen starrten mich kalt an. Meine Einbildungskraft hatte sie heraufbeschworen, die Halluzination war so stark, daß ich fast ihre weiche Haut berühren und ihren bösen Atem auf meiner Wange fühlen konnte. Ausgerechnet Roxy! Es war nicht zu glauben. Ich machte das Licht an und blinzelte in der plötzlichen Helligkeit. Das Rascheln war Papier gewesen — Zettel, an die Wände gepinnt, die Decke entlang und über die Fenster geklebt. Eine leichte Bewegung meines Körpers verwandelte das Zimmer in eine große Zelle, wie lebendig, atmend, voller seltsamer, beweglicher Gewächse — fleckig, krumpelig, gilb und blind, jedes Stück Papier stieg und fiel mit einem Wispern, während ich entgeistert stillstand. Über dem Bett und um mich herum hing es von der Decke, quer über dem Spiegel klebten zackig ausgerissene Zeitungsartikel, Papier wuchs aus den Wänden wie Farne in einer Höhle, angeklebt mit Tesafilm, mit Aufklebern, angeheftet mit Sicherheitsnadeln, Stecknadeln, Reißzwecken. Alles war ausgerissen, voller Löcher und Zacken, Risse und Knicke, und übersät mit groben Unterstreichungen und Markierungen, Kommentaren in kratzigem Filzstift. Es sah nach hastiger, in fieberhafter Eile gemachter Arbeit aus, der Liebesdienst einer Besessenen, ein Akt der Sühne, inszeniert als Schutzschild gegen irgendeine verhängnisvoll drohende Bestrafung — ein Schrein.

Von meinem Standort aus konnte ich vier Exemplare desselben Artikels sehen, zusammengeheftet und gespickt mit Ausrufezeichen, Fragezeichen und gekritzelten Kommentaren in Roxys gedrängter kleiner Handschrift. Ich sah mich genauer um und stellte fest, daß jede Kritik, jeder Artikel, jedes Interview und jedes Foto, alles, was je über meine bisherige Laufbahn erschienen war, hier hing — und alles war drei- oder viermal fotokopiert. Dieser ganze groteske Raum handelte von mir.

Mein erster Gedanke war, daß diese Verrückte versuchte, eine eigene Ausstellung hochzuziehen, als Pseudo-Schülerin von mir. Es gab Fotokopien und es gab identische Fetzen, wo sie anscheinend einfach ein Dutzend Ausgaben einer Zeitung oder eines Magazins mit einem Artikel über mich gekauft hatte. Glory Day, das finstere Gesicht von Glory Day, meine Karriere und mein Leben glotzten höhnisch auf mich herab.

Ich sah mir das an, völlig von den Socken, und dann ging mir auf, was sie damit machte. Sie legte sich da auf ihr Bett, auf die fleckigen, versifften Laken, schoß sich einen Druck und ergötzte sich an mir — ihrer Mutter, ihrer Mentorin, ihrer tödlichsten Feindin. Mir wurde ganz schlecht bei dem Gedanken, daß Rina hier gewesen war.

Die Zerrüttung mußte so fortgeschritten sein, es machte mir schlicht und einfach Angst — eine Pyramide des Wahnsinns, so verschlungen, vielschichtig und eingefleischt, daß jeder Versuch, bis zur Wurzel des Übels vorzudringen, von vornherein zum Scheitern verurteilt war. Ich stand wie gelähmt, während meine Gedanken rasten, um irgendwie die Tragweite von alldem auszumachen. Es war ein Erlebnis wie wenn du einen Stein hochhebst und dein Blick fällt auf ein Nest voller Ratten, die sich gegenseitig auffressen.

Roxy also, mein fixendes Modell. Es kam so unerwartet, daß ich wie paralysiert war. Alles, Weasels Zimmer, seine Leiche, der Tod des Mädchens, der ganze Alptraum der letzten Tage hatte irgendwie seinen Ausgangspunkt in diesem Raum. Roxy versuchte mir etwas anzuhängen. Sie war eine Irre, gefährlich wie ein Schlachtbeil. Sie hatte mein Kind entführt. Sie war kein malerisch-verrückter Junkie, sondern eine mordlustige Irre — und ich konnte die nächste auf ihrer Liste sein. Ich mußte umschalten, alles neu denken, und zwar schleunigst, allein um überhaupt zu begreifen, was ich in den letzten Minuten entdeckt hatte. Alles war plötzlich so völlig anders, daß ich dastand wie ein Schaf und innerlich blökte.

Die Tür quietschte, und das Papier fing wie wild an zu tanzen. Ein großer, dünner Typ stand da und sah mich an. Sein Gesicht war sehr bleich.

»Tag«, sagte er. Er wirkte ziemlich verdutzt.

»Ich suche Glory«, sagte ich.

»Sie meinen wohl Roxy?« verbesserte er mich.

»Ja«, sagte ich verwirrt.

»Ach, Roxy.« Er stand in der Tür. Er war so groß, daß er fast oben anstieß. »Sie ist eine kleine Sammlerin, die Roxy«, bemerkte er im Gesprächston und sah sich beifällig im Zimmer um. »Tolles Mädchen.«

»Wo ist sie?« fragte ich nach einer kurzen Stille.

»Bist du eine Freundin?« fragte der komische Typ im selben Ton. Er sprach mit leichtem Nordkapdialekt. Ich registrierte, daß er ein Messer trug, es ragte ihm ungeniert aus der Hosentasche.

»Wo ist sie?« fragte ich nochmal. Ich hatte langsam die Nase voll davon, mich so anstarren zu lassen. Schließlich war er bloß ein halbstarker Knilch.

»Woher soll ich denn das wissen?« Einen Moment lang klang er wie Al, und bei dem Gedanken wurde mir schlagartig klar, wie gefährlich die Situation für mich war. Gar nicht mal so sehr wegen des Kerls, aber wenn Roxy zurückkam. Die neue Roxy war zu bedrohlich, um auch nur über sie zu spekulieren, geschweige denn ihr in Fleisch und Blut gegenüberzutreten.

Ich ging auf die Tür zu und sagte sehr locker: »Sag ihr, daß ich da war, okay?«

Er rührte sich nicht von der Stelle. »Was für'n Namen soll ich ihr nennen?«

»Rina. Sag ihr, Rina war da.« Es war dumm, das zu sagen, und ich bereute es sofort. Ich sah Wiedererkennen in seinen leeren Augen aufblitzen, und das gefiel mir gar nicht. Offenbar kannte er sie von heute morgen.

»Ach, ja«, sagte er nur. Er hätte mich wohl gerne dabehalten, aber ich stieß vor.

»Vergiß es nicht«, sagte ich und setzte kurz meine gesamte Kraft ein. Aber während ich den langen Flur entlangschritt, fühlte sich mein Rücken wie eine riesige, verwundbare Fläche an, unübersehbar zum Angriff einladend. Als ich über die Schwelle war und die Stufen runterging, warf ich einen Blick zurück — er stand im Türrahmen wie ein giftiges Insekt und sah mir nach, sein Gesicht ausdruckslos. Ich sah das Messer in seiner Hand aufblitzen. Wenn es nicht so unheimlich gewesen wäre, hätte es etwas Komisches gehabt.

Im hellen Sonnenschein ging ich die Parnell Road runter zu meinem Wagen, aber die niedlichen Kolonialstilboutiquen und die reichen Einkaufsbummlerinnen mit den hungrigen, versteinerten Gesichtern bekamen eine alptraumhafte Färbung. Ihre weichen, weißen Kleider, ihre strahlende Sauberkeit konnten nicht ihre sehnigen Harpyienkörper verstecken, ihre ausgetrocknete Skibräune, und die Tatsache, daß ich ihnen Angst machte. Roxys Zimmer war ausgelaufen, hatte die sonnigen Straßen besudelt, wie Weasels Leiche die Fäulnis dahin zurücktropfen ließ, wo sie entstanden war.

Benommen ging ich die Straße runter. Ich konnte nicht mehr geradeaus denken. Meine kleine Behaglichkeit, die ich mir durch lebenslange Autonomie aufgebaut hatte, schien in sich zusammenzufallen. Ein völlig neues Gefühl des Ausgeliefertseins ließ meine Schulterblätter zucken, während ich ging. Jedesmal wenn ich zur Beruhigung versuchte, meine Aufmerksamkeit auf ein einzelnes Gesicht zu richten, überschlugen sich die Bilder in meinem Kopf. Ein schönes, kaltschnäuziges Mädchen mit einem verwesenden Tier in ihrer Handtasche aus einem Film, den ich mal gesehen hatte, Roxys Gesicht, als sie mir meine letzte Chance gab, die Wehrlosigkeit von Weasels Leiche, das flüsternde Papier an Roxys Wänden.

Es ging mir gegen den Strich, die beschämende Wahrheit erkennen zu müssen, daß es die ganze Zeit Roxy gewesen war. Die schöne Roxy mit ihrer fordernden Liebe und Abhängigkeit, die wie ein gestörtes Kind in meinem Leben herumkratzte. Die von ihren Verbrechen direkt zu mir gekommen war, vielleicht mit Blut an den Händen.

Ich hatte ihr nie ernsthafte Bedeutung zugemessen. Zum Beispiel ihre heftigen Ausbrüche in den letzten Tagen, das hatte ich einfach als Variante der üblichen Show abgetan. Es war ihre Schönheit, die ich schätzte und auf die es mir ankam, und damit hatte es sich. Ich war nicht bereit gewesen, die Anzeichen ihrer gefährlichen geistigen Abwege zu bemerken — sie interessierten mich nur insofern, als sie meinen Bildern diesen Beiklang von Verderbtheit gaben. Aber von alldem abgesehen war auch einfach mein Stolz verletzt. Ich hatte mir immer viel auf meinen straßengeschärften Instinkt eingebildet, ihn als Schlüssel zu meinem Überleben angesehen, und hier stolperte ich durch die Gegend, komplett an der Nase herumgeführt von einer teuflischen kleinen Laus mit Selbstmordtendenzen. Es war klar, daß sie bis zum Hals in dieser Geschichte steckte, aber Hintergründe dabei zu durchschauen überforderte mich im Moment. Mein Verstand hatte einen Kolbenfresser.

Ich wankte in die Seitenstraße, wo ich den Wagen geparkt hatte, da kam urplötzlich aus dem Nichts ein Motorrad herangedonnert und röhrte neben mir auf, so nah, daß ich die Hitze des Motors spürte. Es versengte mir beinahe die Haut, und ich war so angeschlagen, daß ich vor Schreck schrie. Ich fuhr herum, um den Fahrer anzubrüllen, und da saß Moe auf dem Bock, draufgängerisch und verschmitzt, und lachte mich an. Ich war so froh, ihn zu sehen, daß ich mich zusammenreißen mußte, um es nicht allzu sehr zu zeigen.

»Ich hab' dich gesucht«, sagte er.

»Du hast mich fast angekarrt, du Mistkerl«, sagte ich. Meine Lippen waren so steif, daß ich die Worte kaum herauskriegte.

»Kommst du mit in die Kneipe?« fragte er.

»Klar.« Mein Kopf schwamm noch von der Erleichterung, sein freundliches Gesicht vor mir zu sehen.

Er parkte die Maschine und ging die Straße runter auf die Kneipe zu. Ich war so an seinen Aufzug gewöhnt, daß mich die krassen Reaktionen der Allgemeinheit immer überraschten, und selbst in meiner augenblicklichen Abwesenheit konnte mir das nicht entgehen.

Um fair zu sein, mit fremden Augen betrachtet war er zweifellos ein harter Brocken, ein Koloß von einem Mann. Seine von Filz und Maschinenschmiere ganz steifen roten Locken und seine Jeans hatten sich im Laufe seines grimmigen Lebens in etwas verwandelt, was wie abgestorben aussah, selbst die Poren seiner Haut schienen Öl auszuscheiden wie schwarzes Blut. Moe war beladen mit Abzeichen und Machtsymbolen, die eine solche Spannung erzeugten, daß ich immer das Gefühl hatte, mit einem wandelnden Energiefeld unterwegs zu sein. Die Zeichen seines Standes — die Tätowierungen, die Dreckkruste, die lässig um sein Handgelenk gewickelte schmutzige Bandage — sandten Schauer der Angst und auch der Begeisterung durch die Menge. Moe ließ sich nie etwas anmerken, unbewegt hielt er sein Gesicht der heimlichen Aufmerksamkeit entgegen, wie ein Ritter, der durch seine eigene Wucht niedergedrückt und ungelenk wird. Wir sprachen kein Wort, bis wir mit einer Kanne Bier zwischen uns und zwei Gläsern am Tisch saßen.

»Ich dachte mir, daß ich dich irgendwo hier finden würde«, sagte er.

»Woher wußtest du das?« fragte ich in einem plötzlichen Anfall von Paranoia.

»Du wollen Biel?« sagte er mit pseudo-chinesischem Akzent. »Menge Biel fül dich. Du mögen?« Er wedelte obszön mit den Fingern, ich konnte das Maschinenöl auf seiner Haut riechen. Sie war wie die Lederhaut eines exotischen Tiers.

»Ja, warum nicht?« Jetzt, wo ich saß, merkte ich, daß ich zitterte. Es war mit Abstand der schlimmste Tag meines Lebens gewesen, und ich hatte noch nicht mal Rinas Verschwinden verdaut, ganz zu schweigen von dieser neuen Entdeckung. Ich drehte mir eine Zigarette und versuchte mich abzuregen. Moe redete von irgendeinem Deal.

»Da steckt die ganze Kohle, weißt du. Sie schätzen, daß es in den Staaten das dickste Geschäft ist. Du hast praktisch eine Geldpresse im Keller. Du mußt nur für ein paar Jahre einsteigen, ein paar Leute kaufen. Dann packst du es in irgendein legales Geschäft, lehnst dich zurück und läßt die Kohle reinrollen.«

»Oh ja«, sagte ich. Wir saßen und tranken ein Weilchen schweigend.

»Kingi hat mir erzählt, wo du hinwillst. Er hat sich Sorgen gemacht.«

»Oh«, sagte ich.

»Also, was hat sie zu dir gesagt? Roxy?«

»Sie war nicht da. Warst du mal in ihrem Zimmer?«

»Wozu das denn?« fragte Moe und sah mich komisch an.

»Sie hat irgendwie überall diese Zeitungsfetzen hängen. Alles über mich. Sie hat an die zehn Kopien von jeder verdammten Kritik gemacht. Das widerlichste, was ich je gesehen hab'.« Als ich das sagte, zuckte das Bild von Weasels Leiche durch meinen Kopf, und ich schauderte richtiggehend. Ich war wirklich fix und fertig.

»Wozu?« fragte Moe wieder. Offenbar mochte er mir nicht glauben, wollte es aber nicht zeigen.

»Sie ist verrückt. Sie ist total übergeschnappt. Sie versucht, meine Seele zu stehlen. Sie ist hinter mir her«, sagte ich, und dann hielt ich den Mund. Ich fing an wie diese Leute zu klingen, die glauben, daß man ihnen kleine Sender ins Gehirn gepflanzt hat. Es hörte sich einfach nicht gesund an.

Moe sagte: »Bist du okay, Glory? Du drehst mir ja durch. Du zitterst, Mensch.« Er ging zum Tresen, und ich hörte ihn einen doppelten Whisky bestellen. Als er damit zurückkam, sah ich ihm an, daß er irgendeine Entscheidung gefällt hatte.

»Weißt du, ich hab' das von Rina und den ganzen anderen Scheiß gehört. Wenn du den Mund halten kannst, erzähl' ich dir ein paar Sachen.«

In der Hand, die mir das Glas hinhielt, saß der Dreck so tief, daß die Rillen in seiner Haut zu sehen waren, eine dünne schwarze Strichzeichnung.

»Es wird Zeit, daß du Bescheid weißt. Weißt du, Roxy wird sich an dich krallen, bis du kaputtgehst. Das ist ihre Spezialität. Sie klüngelt schon seit Jahren mit den Bullen. Deshalb glauben sie ihr und nicht dir. Sie spielt dieses riskante Spielchen schon sehr lange. Sie fühlt sich als Königin der Straße.«

»Roxy? Eine Informantin?« Das war so schwindelerregend, ich konnte es einfach nicht glauben. Moe hatte sichtlich keinen Spaß an seinem Bericht, daran merkte ich, daß es wahr sein mußte.

»Es ist ihr in die Birne gestiegen. Jetzt denkt das Mädel, sie kann das Wetter beherrschen.«

»Aber wie macht sie es? Sie ist doch dauernd zu.«

»Na, eines macht sie jedenfalls. Sie bumst deinen Ex. Das ist das eine. Und sie hat's hier oben«, sagte er und tippte sich an die Schläfe. »Du kannst sie runtermachen, wie du willst, aber sie hat alles, was sie braucht. Sie sieht gut aus, sie kann reden wie ein Buch und sie ist allen andern immer vier Schritt voraus.«

»Mitch? Aber er sagte, das war früher.«

»Sieht ihm ähnlich. Der Scheißer haßt es, die Wahrheit zu sagen. Könnte seinem Image schaden«, sagte Moe bitter. Offenbar hatte er schon mit Mitch zu tun gehabt.

»Ich hab' doch gewußt, daß er bis zu den Eiern drinhängt«, sagte ich langsam. »Weiß er Bescheid? Daß sie für die Bullen singt?«

»Was glaubst du denn? Ein Wort davon zu irgendwem und sie schlitzt dich auf. Sie weiß, daß Mitch sie mit einem Fingerschnippen abservieren lassen kann, ohne Probleme. Im Moment ist er bloß schwanzgesteuert und kriegt nichts mit. Roxy verarscht ihn. Sie hat ihrer Kusine erzählt, daß sie ihn nicht mal mag, sagt, er kriegt keinen hoch, außer auf die ganz brutale. Aber sie weiß, solange sie mit ihm rummacht, steht ihr alles offen. Er bringt sie mit den ganz dicken Fischen vom Import zusammen, weißt du. Zu Roxy muß man nett sein. Sie ist ein glashartes Dreckstück — sie würde einem persönlich die Eier abschneiden, wenn ihr das Geld bringt.«

»Woher weißt du das alles?«

»Von ihrer Kusine. Wir waren zusammen, bevor sie religiös wurde.«

»Sharon?«

»Ja, Sharon.«

»Roxy hat nie was von Mitch gesagt. Scheiße«, sagte ich. Ich wollte Moe nicht gern auf die Nase binden, wie vollständig Roxy mich geledert hatte. In gewisser Weise nötigte es mir sogar Achtung ab, sie hatte es wirklich spitzenmäßig drauf. Die arme kleine Fixerin und die große Malerin. Sie hatte es so gut gespielt, die Schmeichelei war so subtil gewesen, daß nicht mal ich etwas gemerkt hatte. Ich dachte an die langen Stunden, die sie im Sessel hing und sich von mir malen ließ, die vielen Storys aus ihrem Leben, die sie ununterbrochen produzierte. Es war einfach nicht zu fassen, wieviel Energie sie darin investiert hatte, mich in die Falle zu locken. Und trotzdem war nicht alles völlig erstunken und erlogen, es sei denn, ihr Zimmer war auch Teil der bizarren Lüge. Es war verwirrend, milde ausgedrückt, ungefähr wie in einer modrigen alten Burg herumzustolpern, voller Labyrinthe, die ins Nichts führten, und Geheimgänge, in denen der Boden nachgab. Wir schwiegen beide. Niedergeschlagen trank ich mein Bier. Es gab keinen Grund, Moe nicht zu glauben, aber was er mir erzählte, machte die Sache nur noch schlimmer. Ich hatte es mit Leuten zu tun, die kein Gewissen hatten und kein Bedauern kannten, knallharte Süchtige mit Drogen statt Blut in den Adern.

»Ich weiß nicht, warum verdammt du mir das nicht längst erzählt hast«, sagte ich gereizt. »Sie kommt seit fast einem Jahr zu mir. Hättest mich ruhig warnen können.«

»Du hast mal zu mir gesagt, sie wäre das beste Modell, das du je hattest. Das hast du gesagt. Von was anderem war überhaupt nie die Rede.«

»Red doch keinen Scheiß«, sagte ich. »Ich hätte es dir gesagt. Ich hab' dir auch erzählt, daß Weasel ein Spitzel ist. Freunden mußt du sowas sagen. Du weißt nie, wann sie es brauchen.«

»Du hast so'n verdammt loses Maul, wenn du besoffen bist. Das ist einer der Gründe«, sagte er mit der Leichenbittermiene langen Duldens. »Kannst fragen, wen du willst. Das sagen dir alle — Glory mit der großen Klappe. Und ich sag' dir, wenn du darüber redest, hast du den Salat. Ihre Kumpel sind hohe Tiere. Es gibt sowieso Ärger wegen der Drogentoten, und sie kriegen langsam Schiß. Da ist was schiefgegangen. Wenn's sein muß, schneiden sie jedem die Kehle durch. Die ziehen dir lebendig die Haut ab. Wenn der ganze Scheiß hochgeht, möchte ich nicht in der Nähe sein. Und ich sag' dir noch was, ganz sicher will ich nicht als undichte Stelle bekannt werden.«

So gesehen hörte sich das alles ganz vernünftig an. Ich fragte mich, was genau ich Mitch eigentlich erzählt hatte. Er hatte eine Fahrt von mehreren hundert Meilen gemacht, um die Information zu kriegen. Sie mußte es wert gewesen sein. Ich mußte eine komplette Idiotin, völlig neben der Kappe und naiv wie eine verdammte Beutelratte sein, ihn damit bei mir durchkommen zu lassen.

»Klasse, ganz wie in alten Tagen«, sagte ich. »Ich kann es immer noch nicht fassen. Informantin, Killerin und Irre. Das ist mein Modell. Und du erzählst es mir nicht.«

Langsam wurde ich betrunken, mein leerer Magen und der Streß taten ihren Teil dazu. Über den Tisch sah ich in Moes großes Büffelgesicht.

»Ich tue das nur für dich, Glory. Weil ich nicht einfach zugucken kann, wenn sich so eine Kanaille an dir vergreift. Du bist für uns eine gute Freundin.«

»Tust *was* für mich? Es mir viel zu spät erzählen? Besten Dank für nichts«, sagte ich.

»Jetzt gib nicht mir die Schuld«, sagte er achselzuckend.

»Mach' ich gar nicht«, sagte ich. »Schuld ist kein passender Ausdruck unter den Umständen. Das wäre, wie wenn ich mit dem Wetter hadere.«

»Wie auch immer«, sagte er, »wann hast du Mitch eigentlich

gesprochen? Ich dachte, du hast ihn seit Jahren nicht gesehen.«

»Wir sind zusammen vom Tangi zurückgekommen. Seine Mutter ist gestorben. Nettie. Er ist wohl nur hingefahren, um mir das aus der Nase zu ziehen. Ob Marianne was gesagt hat.«

»Wer ist Marianne?«

»Die Fixerin, die gestorben ist. Der sie eine Überdosis verpaßt haben.«

»Siehste? Mist, ich hab's dir doch gesagt. Die haben dich auf der Abschußliste. Du hältst dich besser bedeckt, Glory.«

»Und ob. Mir ist nur gerade erst klar geworden, daß es Roxy war.«

Es war die typische Spätnachmittagsstimmung in dieser Art von heruntergekommenem Pub, diese Mischung aus Qualm und abgestandenem Bier und naßgeschütteten Teppichen, mit einem rotgesichtigen Barmann, der heimlich säuft. Es war eine von diesen Arbeiterkneipen, die ich in letzter Zeit immer vergebens suchte – die meisten waren in Lachsrosa renoviert, mit Hydrokulturen als Dekoration und Horden von sauberen, zivilisierten Trinkern. Hier fühlte ich mich zu Hause, es erinnerte mich an die alten Tage. Staubkörnchen tanzten in der Luft, 1ZB jaulte die Rennergebnisse durch den Äther, der Geruch nach Bier und Kippen in der Luft, auf dem Boden ausgeblichene, biergetränkte Teppiche. Abgehärtete Säufer mit roten Schnapsnasen, die aussahen wie Karikaturen ihrer selbst, steckten sich mit zitternden Alkoholiker-Fingern ihre Zigaretten an, schon angeschlagen von ihrer Morgenration. Ihre dämmerigen alten Hirne schlitterten auf der Suche nach passenden geselligen Nettigkeiten.

»Ein Bier bitte, Bob. Schöner Nachmittag, was? Gib mir mal eine Schachtel Winfields, sei so gut.« Das war die einzige Macht, die ihnen geblieben war: der lässige Erwerb ihrer persönlichen Gifte, wenn der wöchentlich fällige Rentenscheck kam. Ich fühlte eine Art Zuneigung für sie, diese ausgebrannten

Wracks wie mein Alter oder Weasel. Wenigstens waren sie genau das, wonach sie aussahen.

»Die wirkliche Roxy«, sagte ich. »Tschingderassabum. Hier kommt sie, Leute, jetzt reitet sie in die Arena.«

»Weißt du«, sagte Moe salbungsvoll — er hatte den zweiten oder dritten Krug Bier in Arbeit — »sie ist ganz verrückt nach dir. Sie hat zu mir gesagt, du wärst die Größte.«

»Roxy? Nach mir? Genau das soll ich doch denken. Hat sie mir deswegen vielleicht mein Kind geklaut?« Es war komisch, ich wußte nicht, ob ich lachen oder weinen sollte, als er das sagte. Die Kombination von Whisky und Bier beeinträchtigte meine Reaktion.

»Das macht sie ja so verflucht gerissen«, sagte er. »Sie meint, was sie gerade sagt. Sie weiß gar nicht mehr, was stimmt und was nicht. Aber so überzeugt sie Leute. Ich hab' gehört, daß sie ganz knallharte Typen aufs Kreuz gelegt hat.«

»Wie dich?« fragte ich. Ich war in miesester Ätzlaune.

»Hör mal, ich würd' das Mädel nicht mal mit der Feuerzange anfassen. Als ich sie zum erstenmal sah, wußte ich, die Frau ist Gift. Die zieht dir das Fell über die Ohren.«

Wir hockten in dieser exzessiven alten Kneipe, beide in Gedanken versunken. Ich fühlte das Bier in mich hineinrinnen und mich durchtränken, mein Gewebe wie ein vollgesaugter Schwamm von dem stetigen Rinnsal. Das neue Bild von Roxy — die wohlinformierte, berechnende Unterweltfürstin, die Mitch in der Tasche hatte, und dazu die psychotische Süchtige, die mich zu ihrer Zwangsvorstellung erkoren hatte — war noch zu bestürzend, um damit fertigzuwerden. Bisher hatte ich diese Art wahnhafter Besessenheit nur mit diesen alltagsgeschädigten amerikanischen Spinnern in Verbindung gebracht, über die ich viel gelesen hatte. Der Serienmörder Son of Sam, oder der elende Kriecher, der John Lennon umgebracht hatte — ruhelose Zombies, die ganz plötzlich auf die Gleichgültigkeit ihrer Umgebung reagierten, Männer mit leeren Augen, fertiggemacht vom amerikanischen Traum, sogar zu kaputt, um in der Unterwelt Chancen zu haben. Mit Nylonplüsch bespannte Moteldecken, diese fetten, benzinfressenden amerikanischen Straßenkreuzer, Hamburger in übersäuerte Mägen geschlungen, eine Knarre in der Schublade eines schäbigen Hotelzimmers, gleich neben den Karten von anderer Leute Reisen. Ich wußte alles darüber, schließlich war es vor allem diese Kategorie kranker Gewalt, die mich beim Malen interessierte.

Aber Roxy hatte eigentlich nicht den passenden Hintergrund für diese Art von zombiehafter, überdrehter Fixierung. Sie hatte Stil, sie war nicht von Kniehöhe aufwärts tot wie diese anderen Blindgänger. War es nicht genau deren Durchschnittlichkeit, die sie dazu trieb, die Person umzubringen, die sie liebten? Roxy dagegen war stark und von verblüffender Schönheit, niemand reagierte gleichgültig auf sie. Ihr Selbstzerstörungskurs hatte etwas Großartiges in seiner Selbstsucht und Entschlossenheit, deshalb wäre ich nie darauf gekommen, bei ihr einen toten Kern zu vermuten, den sie aber haben mußte, wenn sie imstande war, ein halbes Kind umzubringen und diese Leichenkammer zu hinterlassen. Und der Gedanke, warum sie wohl ausgerechnet mich zum Kultobjekt ihrer Zerrissenheit machen mußte, war — vorsichtig ausgedrückt — mindestens genauso beunruhigend. Da ging ich friedlich meinem eigenen Kram nach, ausgerüstet mit in jahrelanger harter Arbeit angeeignetem Selbstvertrauen und bemüht, den Schmerz der Vergangenheit zu vergessen, und peng, auf einmal stellte sich heraus, daß diese Teufelin ihr Bestes tat, mein ganzes sorgfältig konstruiertes Fundament in die Luft zu jagen.

Ich war schon gefährlich nah an der Kippe durch diese ständigen Wechselbäder — die dauernde Konfrontation mit meiner Vergangenheit in letzter Zeit sowie das nicht endenwollende Bombardement mit grotesken und unverdaulichen Tatsachen und jetzt dieser neue Schock hatten mich ganz entschieden zermürbt. Bei Moe konnte ich nicht abladen, er steckte zu tief in den Gangritualen von Stil und Macht, er würde solche Gefühle nur als Schwäche sehen. Moe besaß nichts als die Kraft seiner Gegenwart, und die Art, wie er sie nutzte, gab den Ausschlag für sein eigenes Überleben als Anführer. Er konnte es sich nicht leisten, die Maske fallen zu lassen. Ich verstand, daß das in seinem Leben so wichtig war, weil ich bis zu einem gewissen Grad selbst so funktionierte. Er war so weit gegangen, wie er konnte, mit all diesen Fürsorglichkeiten wie mich suchen zu fahren, in diese schäbige Kneipe zu schleifen und besoffen zu machen, ganz zu schweigen von der Tatsache, daß er mir Informationen gegeben hatte, die uns beide umbringen konnten. Es war für uns beide nicht angesagt, dem Runterleiern meiner Ängste zu lauschen.

»Okay, laß uns gehen«, sagte ich. »Ich hab' zu tun.« Ich mußte allein über Roxy nachdenken.

Auf dem Weg nach draußen hob eins der grauen alten Wracks sein Glas und prostete mir zu. »Auf dich, Mädchen. Ja, auf dich, Mädchen. Ich mochte sie schon immer am liebsten gut bepackt. Was zum dran festhalten, hihihi!« Ohne nachzudenken beugte ich mich runter und küßte ihn im Vorbeigehen. Sein kleiner, faltiger Mund und der zahnlose Gaumen fühlten sich wie etwas Verwestes an, der Gestank nach Bier und fauligem Atem war wirklich widerlich. Es war wie ein Kuß von meinem Vater, wenn er besoffen war. Das Gegacker des alten Mannes folgte uns bis auf die Straße.

»Hehehe! Habt ihr gesehen, Jungs? Habt ihr gesehen, was sie gemacht hat?«

»Wozu mußtest du das nun unbedingt machen?« fragte Moe. »Du wirst dir 'ne Krankheit einfangen.« Ich merkte, wie verstimmt er war, aber Alkohol hat oft diese Wirkung auf mich, und manchmal denke ich, daß ich keine anderen Mittel zum Selbstschutz habe.

7

Wir saßen alle zusammen hinterm Haus in der Wintersonne. Rina, Al, Sue, Cash und ich, mit ein paar Flaschen Bier, während auf 1ZM amerikanischer Pop aus der Kiste plärrte. Sie brachten sogar John Denver. Rina wartete ungeduldig auf Bruce Springsteen. Al hatte ihr *Born in the USA* und *River* gekauft, und sie hatte sie so oft gespielt, daß ich seine Stimme noch im Kopf hatte, wenn ich zu malen versuchte. Als schließlich »Glory Days« kam, fuhren wir alle zusammen, weil sie losbrüllte, was ihre Stimmbäder hergaben, und die Kiste bis zum Anschlag aufdrehte. Sie tanzte ihren schwankenden Two-Step in der Sonne. Von nebenan kam sogar Beifall.

»Meine Ma!« schrie sie, »das ist meine Ma! Glory Days!«

»Ich bin doch Glory Day, Rina. Nicht Days«, sagte ich und drehte mir eine Zigarette. Übers Wochenende hatte ich wieder mit Rauchen angefangen, und es war angenehm friedlich, mit meinen Selbstgedrehten und Rina und Al in der Sonne zu sitzen. Ich war fast die ganze Nacht aufgeblieben und hatte an meinen Bildern gearbeitet. Rina hatte ich bei mir im Studio behalten, damit ich ihr entspanntes Atmen in meinem Bett hören konnte. Uns war beiden nicht danach, einander allein zu lassen.

Die ganze Nacht hatte ich überlegt, was jetzt das beste für Rina und mich war. Ich wußte, daß ich das alles nur durchstehen konnte, wenn ich meine gesamte über die Jahre erlernte List und Voraussicht zusammenkratzte. Es war wie ein Test über die Brauchbarkeit meiner Grundsätze, und wenn ich versagte, konnte mir mein ganzes zerbrechliches selbstgebasteltes Alltagsgefüge um die Ohren fliegen. Roxy meinte es ernst, soviel war klar, und solange auch noch Mitch irgendwo im Hintergrund mit drin hing, die Bullen gegen mich waren und meine schwachen Seiten mir Streiche spielten, befand ich mich auf ziemlich unsicherem Boden. Ein Teil meiner

Schwierigkeiten bestand darin, daß es mir nicht gelang, das Gefühl der Unwirklichkeit, der völligen Verlorenheit, loszuwerden. Wie in solchen Träumen, wo du vor einer Gefahr zu fliehen versuchst, aber irgendeine namenlose Macht hält dich fest.

Rina tanzte vor uns, und ich sagte zu Al: »Es ist genauso, als wäre sie einem Virus ausgesetzt gewesen. Sie kann sich nicht wehren, sie kann nicht immer alles abschütteln. Ich meine, was für eine Wirkung hat Roxys Zimmer wohl auf sie gehabt?«

»Ach, Quatsch, Glory, Rina ist Spitze. Die kennt sich aus. Sie kann besser auf sich aufpassen als du.« Er war stellvertretend für Rina gekränkt.

Wir fühlten uns beide noch zerbrechlich nach gestern, wie Treibholz. Wir gingen ungewöhnlich rücksichtsvoll miteinander um, als ob wir uns von einer schweren Krankheit erholten. Sogar mit Sue hatte er nur eine unwesentliche Auseinandersetzung gehabt.

»Also die verfluchte Roxy«, sagte er. Es schien ihn nicht allzusehr zu überraschen. »Himmel, was für Scheißer. 'n kleines Mädchen wie sie so zu behandeln.«

Wir sahen ihr zu, wie sie sich täppisch in der Sonne drehte und verbeugte, ihr dünnes Haar glänzte im Licht, sie bewegte ihre geschwollenen kleinen Hände wie die selbstvergessene Karikatur einer Ballerina. Sie erwartete nichts anderes als Lob und Bewunderung von den Leuten um sie herum. Sie stolzierte und knickste auf ihren dicken roten Beinchen, von ihren Phantasien über Prinzessinnen oder Bruce Springsteen in Anspruch genommen, aus dem Augenwinkel nach mehr Beifall schielend. Sie war wie eine wundervoll groteske kleine Elfe.

Wir sahen ihr schweigend zu und tranken, zufrieden, einfach nur dazusitzen. Brucies nasale Stimme erstarb, und jemand stand an der Pforte und nahm uns die Sonne. Es war Roxy. Sie war leicht schmuddelig und zerknautscht, aber immer noch schön. Ihr rotes Haar leuchtete. Geplättet beobachteten wir ihren Anmarsch, niemand rührte sich.

Rina sah sie als letzte und reagierte sofort. Sie kam zu mir gerannt und kroch unter meinen Rock. Sie flüsterte wild vor sich hin, »Biest, Biest«, und preßte ihre kalte kleine Nase an meinen Schenkel.

»Tagchen«, sagte Roxy. »Wie geht's, wie steht's? Schön in der Sonne?«

Es verschlug uns die Sprache. Ich starrte sie nur ungläubig an. Aus dem Augenwinkel sah ich, wie Cash sich ins Haus verzog. Rina rettete die Situation.

»Tag, Arschkuh«, sagte sie gedämpft unter meinem Rock hervor.

»Manieren«, sagte Roxy. Ihr Mundwinkel zuckte leicht. »Das Gör ist verdammt frech. Du verwöhnst sie, Glory. Nur weil sie ein bißchen unterbelichtet ist, sollte man ihr nicht alles durchgehen lassen.« Sie hockte sich vor uns hin. »Was ist los mit euch Leuten? Was ist los, Glory? Alles in Ordnung?«

Ich sah sie an. Ihre Augen waren leer. Sie schauspielerte nicht. Für einen wilden Augenblick dachte ich, die letzten Tage wären nur eine einzige, lange Halluzination gewesen, nichts passiert und sie wieder mein unberechenbares Modell, gekommen, um mich mit Forderungen und absurden Liebesbeweisen zu bombardieren. Sie kauerte vor uns, ganz ruhig, eine weiche, weiße Hand voller Kaugummiautomatenringe, ihr Körper im Gleichgewicht auf dem Gras, ihr blindes, blaues Starren, ihr zitternder Mund.

»Hast du mal 'ne Tasse Kaffee für 'ne durstige Freundin?« fragte sie. Zum erstenmal lag etwas wie Gereiztheit in ihrer Stimme.

»Nö«, sagte Al schließlich.

»Oh.« Sie sah mich unsicher an. »Glory«, sagte sie und berührte mich mit ihrer weichen Hand. »Ich hab' nachgedacht. Ich möchte dir umsonst Modell stehen. Hab' ich letzte Nacht beschlossen. Ich weiß ja, wie pleite du bist, und ich will dir helfen. Ich weiß, bei meinem Aussehen könnte ich jeden Preis nennen, aber wir sollten zusammenhalten. Dazu sind Freunde ja schließlich da. Ich hab' ja immer gesagt, sie könnte eine Aufpasserin gebrauchen — was, Al? Unsere Glory.« Ihre Stimme war brüchig vor Anspannung.

»Und auf Rina hast du auch nur aufgepaßt — was, Roxy?« fragte Al.

»Ach, das«, sagte sie flach. »Du redest von Rina?« Sie stand auf und fing an sich rückwärts wegzubewegen, ihre großen, leeren Augen auf Al gerichtet. »Du warst schon immer ein smarter kleiner Scheißer, nicht? Hast immer versucht, Glory auf deine Seite zu ziehen. Wie so'n kleines Scheißbaby. Versteckt sich hinter Mamas Röcken. Glaubst du ihm etwa, Glory? Glaubst du dem kleinen Schwanz im Ernst, daß ich sowas machen würde?«

Mir wurde klar, daß sie wirklich geglaubt hatte, wir wüßten von gar nichts. Ich sah in ihre mörderischen Augen und begriff, daß sie so lange so viele Spielchen gespielt hatte und in so viele Masken und Rollen geschlüpft war, bis sie verschwand, endgültig darin verloren. Dann war sie in ihrer Panik durchgedreht, und sämtliche Rollen blitzten kreischend auf und schossen vorbei wie ein zu schnell gespieltes Tonband, ein brabbelnder Sprühregen aus Geräusch und Licht.

Ich sagte: »Aber es ist wahr, nicht? Weasel, Rina, und wer noch alles. Marianne.«

Danach herrschte Stille. Wir saßen angespannt da, fluchtbereit. Das Adrenalin hämmerte in meinen Schläfen. Sogar Rina gab keinen Mucks von sich, ihr Körper lag feucht an meinen Beinen. Roxy war starr, dann wurde ihr Gesicht auf diese beängstigende Art ausdruckslos.

»Ich sehe schon, ich komm' mal wieder vorbei, wenn du bessere Laune hast«, sagte sie schließlich. »Hier gehen wirklich ein paar ganz verschissene Schwingungen ab, das muß ich nicht haben. Ich hab' versucht, deinen kostbaren Weasel zu retten, diesen stinkenden Spitzel. Deinetwegen wollte ich ihn retten — weil ich wußte, wieviel er dir bedeutet hat. Das wollte ich dir neulich abend erzählen, aber du hast ja verflucht nochmal nicht zugehört. Zu sehr mit dir selber beschäftigt. Aber ich komme wieder, wenn Al nicht da ist. Wir können was rauchen und alles klären. Mein Angebot steht noch, Glory. Ich bin kein kleinlicher Mensch.«

Von unter meinem Rock fauchte Rina: »Jedenfalls bist du nicht der Herrscher der Welt.« Es gab ein Schweigen.

Dann sagte ich zu Roxy: »Nur über meine Leiche, Schätzchen« — was, wie ich sofort einsah, ein ziemlich blödsinniger Spruch ist, wenn du eine blutrünstige psychopathische Mörderin vor dir hast. Es war mir rausgerutscht, bevor ich nachdenken konnte. Ihr Auftauchen hatte mich völlig durcheinandergebracht. Keine Zeit, Strategien zu planen. Sie lachte mich an, ehrlich amüsiert.

»Du warst schon immer ’ne witzige Type, Glory Day.« Sie drehte sich um, um zu gehen, diese üble Kanaille, und rannte fast Nigel über den Haufen, der mit grimmiger Miene den Pfad hochgestapft kam. Es war ein Geschenk des Himmels für sie, eine ideale Gelegenheit zur Revanche, und sie nutzte sie blitzschnell.

»Hallo«, zwitscherte sie entzückt und ließ all ihre Armreifen klingeln. »Hallo, Nigel. Wo hast du denn die ganze Zeit gesteckt?« Sie bebte vor Ungeduld, ihren Schlag anzubringen. »Schon das neueste über Glory gehört?«

»Was denn jetzt?« Nigels Gesicht war ein Bild für die Götter. Er sah mich mit tiefem Mißfallen an. Morgens war grundsätzlich nicht seine beste Zeit. Aus irgendeinem Grund flirtete Roxy immer mit ihm, und er reagierte wie eine fauchende Katze.

»Och, Polizei im Haus, Mord, Kidnapping — such’s dir aus. Ich wär’ nicht gern ihr Agent, Schatz.« Sie stand leichtfüßig auf dem Pfad, ihr schöner Körper lehnte sich ihm entgegen, voller Grazie und Wärme und Leben. Das Kidnapping brachte das Faß zum Überlaufen. Ich fegte Rina beiseite, ging zu Roxy hinüber und schlug ihr mit voller Wucht auf den Mund. Ich tat es kaltblütig und bedacht, aber mein Herz raste vor Wut. Sie taumelte, und ich sah einen Schimmer Überraschung in ihren Augen, dann wich sie ein paar Schritte zurück und sah mich ausdruckslos an.

»Verpiß dich, Roxy«, sagte ich. »Ich will dich hier nicht haben.«

Sie ging zur Pforte und sah sich nochmal um. »Ich erwische dich bald mal, Glory.« Ich konnte sehen, daß ihr Mund schon geschwollen war. Es war ein enorm harter Schlag gewesen.

»Ich hab's gesehen, Ma«, sagte Rina und kuschelte sich an mich. »Ich hab' gesehen, wie du ihr den Arsch aufgerissen hast.«

Al sagte: »Das hättst du nicht tun sollen, Glory. Sie wird dich umlegen. Sie ist total von der Rolle, Mann. Sowas hab' ich noch nie gesehen.«

Nigel sagte: »Grandios. Wundervoll, Glory. Nun auch noch eine Schlägerin. Du hättest dein Gesicht sehen sollen.« Aus irgendeinem Grund hatte ihn der Zwischenfall offenbar prickelnd erregt. Ob er auf meiner Seite war oder nur gern sah, wie Frauen sich schlugen, war mir nicht ganz klar. Sofern es nicht unsere Geschäfte betraf, hatte ich es schon lange aufgegeben, seine mentalen Verwirrspiele zu entschlüsseln.

»Privatsache«, sagte ich.

»Na«, sagte er und starrte fasziniert Roxys Gestalt nach, »jedenfalls herrscht am Highway keine Langeweile.« Highway war sein Spitzname für unser Haus.

Ich setzte mich wieder auf die Stufe und bot ihm einen Schluck Bier an. Es war eine automatische Provokation, er reagierte immer mit dem gleichen Ekel. Eigentlich war ich die Spielchen mit ihm leid. Ich brauchte ein bißchen Zeit für mich allein.

»Es ist nicht zu übersehen, daß du lange auf warst. Guck sich einer diese Augenränder an! Nicht gerade gesund, aber ein wunderschönes Violett«, sagte er auf seine penetrante Art.

»Was willst du, Nigel?«

»Ich kam zufällig vorbei«, sagte er, was niemanden überzeugen konnte. »Hast du noch was geschafft?«

»Ja. Hab' die ganze Nacht gearbeitet.« Das erwähnte ich, damit er endlich den Schnabel hielt.

»Haben wir das noch schnell zwischen den Drogendeals eingeschoben? Na, ich werd's sicher wieder als letzter erfahren, nehme ich an. Aber so gehört sich das ja auch.« Aus der falschen Heiterkeit Direktsturz in die bitteren Töne. »Ich meine, es kostet mich ja nur Tausende. Wen kümmert schon der schnöde Mammon, Schätzchen.«

»Mit mir hat das nichts zu tun«, sagte ich sehr sanft und vorsichtig.

»Ich habe so dies und das gehört. Ziemlich ausgefallene Dinge, um es genau zu sagen. Ich bin nicht so abgeschottet, wie du denkst. Du hast nicht das Monopol darauf, mit der Volksseele zu verschmelzen, dir vom Wind Dinge zuflüstern zu lassen, weißt du. Aber eins muß ich dir lassen, du bist selbst unter Malern das verrückteste Stück, das ich je getroffen habe. Auf jeden Fall unter Malerinnen. Schön, wir alle kennen diese rasend kreativen Leute, die sich in der Gesellschaft austoben, ruhmreiche Außenseiter, die verächtliche Blicke für uns Angepaßte haben, aber du gehst zu weit. Warum mußtest du es dir in den Kopf setzen zu malen? Warum keine Gedichte? Wieso immer ich? Warum muß ausgerechnet ich dein Agent sein?«

»Jetzt reicht's mir, Nigel.« Ich wählte meine Worte sorgfältig. »Du redest mit mir, als wäre ich beschränkt. Ich hab' genug Ärger am Hals, ohne daß du mich schikanierst.«

»Ich dachte, du brauchst das für dein Image.« Er sah mich an. »Schon gut, tut mir leid. Ich wollte nur ein bißchen sticheln. Wenn es dich so stört, versuche ich es zu lassen. Wirklich. Es ist eben nicht leicht für einen echten Parnell-Jungen wie mich, mit all dem tobenden Leben auf dem Highway fertigzuwerden. Ich habe noch nie eine erwachsene Frau eine andere schlagen sehen. Außer im Fernsehen.« Wenn Nigel unsicher war, übertrieb er immer.

»Willst du dir die Bilder ansehen?« fragte ich schließlich. Ich hatte kein Interesse an seinen Rechtfertigungen. Andere Sachen waren jetzt wichtiger.

»Nein, nein. Ich hab's eilig. Wir müssen sie natürlich irgendwann hängen. Wenn du so weit bist. Ich ruf' dich auf jeden Fall noch an. Falls du nicht im Knast sitzt.« Er konnte nicht anders, sein Gift saß so dicht unter der Oberfläche, daß es ihn Anstrengung kostete, es unten zu halten, und es kam immer hochgeblubbert, wenn er es am wenigsten gebrauchen konnte.

»Wiedersehen, Nigel«, sagte ich für den Fall, daß er gedachte noch zu bleiben.

»Schon gut, Glory«, sagte er. »Du kannst aufhören, mich mit diesem Monolithengesicht anzusehen. Ich hab' meine eigenen Sorgen, weißt du.« Er zog relativ zufrieden ab. Prompt kam Cash wieder raus und stand an der Tür. Er hatte sich den Bauch vollgeschlagen, während er sich vor Roxy versteckte, und sein Mund glänzte noch fettig. Er zwinkerte mir zu.

»Denk dran, daß wir morgen mit der Band üben. Mach dir über die andere Sache keine Gedanken, okay? Ich kümmer' mich drum.« Dann verzog er sich schnell, bevor ich was sagen konnte.

Rina und ich setzten uns auf die Stufe, aber der Himmel bezog sich und es wurde kühl. Weitere Regenwolken zeigten sich am Horizont, ein winterlicher Tag den Bach runter.

»Was willst du zum Lunch, Küken?« fragte ich.

»Pommes«, sagte Rina. Sie war schon wieder ganz zufrieden. Darin war sie Cash ähnlich, sie überwand die meisten Dinge, wie eine Ente sich Wasser vom Gefieder schüttelt.

»Dann los«, sagte ich. Rina nahm meine Hand und tanzte

und hüpfte und sang den ganzen Weg zum Dairy. Sie hatte großartige Laune. Als wir zurückkamen, fanden wir einen Brief für mich unter die Tür geklemmt. Als ich ihn aufhob, wußte ich, daß er von Roxy war.

Mir ist klargeworden, daß du mich nicht ernst nimmst. Du hast nicht genau genug hingesehen. Nicht so, wie ich mir über dich Gedanken mache. Du, Glory, warst immer eine Mutter für mich — ich sah in dir immer eine Person, die meine Probleme lösen könnte. Ich stellte mir vor, was du sagen würdest, bevor ich etwas sagte, ich versuchte, wie du zu sein. Ich habe versucht zu malen, nicht, daß ich es dir erzählt hätte. Ich wollte eins mit dir werden.

Du bist so alt und geschlechtslos wie ein antikes Monument. Einmal, als ich auf LSD war, hatte ich eine Halluzination von dir als Riesenspinne, haarig, dein Leib geschwollen von deinen Opfern, deinen Männern, deinen Kindern, deiner geheimnisvollen Vergangenheit, und jetzt auch von mir. Du bist von lauter Monstren umgeben, Glory, oder hast du das noch nie gemerkt? Ich träume viel von dir, denke an die Sitzungen, wenn du mich mit solcher Intensität betrachtest, es ist fast wie Sex, du malst und malst mich, als wolltest du mein Fleisch bis auf die Knochen abziehen und dann mit deinen großen braunen Zähnen das Mark herauslutschen. Du warst ideal, bis diese kleinen Sachen dazwischen kamen.

Sogar dann wollte ich dir noch eine Chance geben, aber alles war wie betäubt und ich kann jetzt nur noch mit Haß und Wut an dich denken. *(Irgendwas dick durchgestrichen.)* Weißt du was? Ich brauche Hilfe, Glory, aber ich weiß, daß du sie mir nicht mehr geben kannst, jetzt bist du meine Feindin, die mir mein Leben verweigert, so sehr ich auch versucht habe, das abzuwenden. Ich will über das andere nicht schreiben, über das Mädchen und Weasel und deine schniefende Rina und das alles — ich habe zuviel Respekt dafür — aber ich beobachte dich, und ich habe Angst vor deiner Masse, deiner Gewöhnlichkeit und deinem grauen Teiggesicht. Ich werde mich verteidigen, wenn es nötig ist. Vergiß nie, daß ich dich tief geliebt habe, aber auch ich kann nur ein gewisses Maß verkraften. Ich bin ein Mensch, der leicht vergibt, aber du hast meine Liebe mit Füßen getreten,

— Roxy

Ich hatte nicht gewußt, daß sie poetisch sein konnte, sie hatte deutlich ein Gespür für Traumsprache und eine Ausdrucksfähigkeit, die du bei ihrer Sprechweise nie vermuten würdest. Ihre Handschrift war so klein und eng und gehässig, daß sie schwer zu lesen war. Ich hatte mal einen Gruß von Son of Sam an die Welt gelesen — er lautete: »Seid gegrüßt aus den Spalten in den Gehwegen New Yorks und von den Ameisen, die in den Spalten leben. Seid gegrüßt von New Yorks Gullys, die voll Hundescheiße sind, voll Kotze, schalem Wein, Urin und Blut.« Es war die Art von Sprache, die mich erschreckte und beunruhigte, und Roxys Brief hatte die gleiche leidenschaftliche, schiefe Logik, die lyrische Kraft von Drohung, Flehen und einer Todesvision — es fühlte sich an, als wären die heftigen Worte eine Falle, in die du geraten konntest, ihre Welt, in der es keine Horizonte gab, weder Licht noch Luft, nur einen blinden, eisernen Ablauf, von zufälligen Signalen in Gang gesetzt.

Schwarz auf weiß auf einem zerknitterten Blatt Papier war diese entschiedene Aussage irgendwie schaurig. Es klang echt, ein Bulletin direkt aus ihrem Unterbewußtsein. Alles fand sich darin wieder: das unheimliche, schleichende Verschmelzen zweier Identitäten, das ich in ihrem Zimmer entdeckt hatte, das weißglühende Aufeinandertreffen von Feindschaft und Liebe, die ganze explosive Mischung aus meinen Bildern, meiner Kraft und ihrem Leben.

Wenigstens wußte ich jetzt mehr, das war immerhin etwas. Ich wußte mehr von dem, was wirklich in ihrem Kopf vorging. Die absolute Gewißheit ihrer Überzeugungen erschreckte mich, mir war das Ausmaß nicht klar gewesen. Für sie war ich an allem schuld, ohne jeden Zweifel. Roxy hatte ein Talent dafür, anderen die Verantwortung für das, was sie verpfuschte, aufzudrücken. Und wider alle Vernunft fühlte ich mich durch den Brief und seine schaurigen Einblicke in die Defensive gedrängt. Bei meiner gegenwärtigen Überforderung hatte sie mich genau in meine Zweifel getroffen. Warum gerade ich? Diese uralte Frage erhielt hier eine Schärfe, die mir zu denken gab.

Wie die Dinge lagen, gab es nur einen Verbindungsfaktor in der ganzen wilden Geschichte — mich. Meine Ex-Männer, meine Bekannten, meine Freunde und so weiter. Gespenstisch. Es waren alles meine Leute, und ich schuldete es mir und meinem Stolz, meine Zugehörigkeit nie zu verleugnen, aber all diese Zufälle machten mich ganz kribbelig. Ich hatte mir Roxy als Modell ausgesucht, und sie hatte mich zu ihrer Seelenverwandten erkoren, bevor alles schief ging, da gab es kein Drumherumreden. Und ob es mir paßte oder nicht, ich war es gewesen, die sich in den unordentlichen Ablauf von Mariannes Leben und Tod eingemischt hatte, wie kurzfristig und gutgemeint auch immer. Und ich konnte auch nicht abstreiten, daß ich pathologische menschliche Abgründe malte, und wenn meine Motive noch so einwandfrei waren. Ich hätte mir doch denken können, daß all diese liebevoll arrangierten Tode, Mord auf schimmernden Oberflächen, plus die Verbindung von Geld, Erregung und Schmerz in den Bildern Dynamit waren für ein so leicht beeinflußbares Kind mit seinem von Trips und Heroin geronnenen Verstand. Als die geborene Unruhestifterin, die sie war, hatte sie sie buchstäblich verwirklicht.

Ein Beleg dafür war ihr Benehmen in jener Nacht, als sie zu mir kam, frisch von Weasels Leiche, nur um ein Bild vorzufinden, das ihre wildesten Ängste und Schuldgefühle spiegelte. Das konnte ich alles besser einordnen, seit ich ihr Zimmer gesehen hatte. Aber ich wußte immer noch nicht, wie alles zusammenhing, falls es das tat — oder ob es nur eine Verkettung von bizarren Zufällen war, die durch Roxy kompliziert wurden, oder mich einfach meine alten Sünden einholten.

Ich wußte hingegen, daß ich vorsichtig sein mußte und nicht den Kopf verlieren durfte. Das letzte, was ich mir leisten konnte, war irgendwelche übernatürliche Bedeutung dahinter zu vermuten. Eine Mystifizierung des Ganzen würde mich nur auf gefährliche Abwege führen. Ich hatte ja gesehen, was das Roxy gebracht hatte, ihre Unfähigkeit, in irgendeiner Hinsicht der schlichten Wahrheit ins Auge zu sehen und sich den Unbequemlichkeiten zu stellen, die ebenso wie die letztliche Erleichterung damit einhergingen. Auf Junkieart zog sie es vor, die Wahrheit zu verkleiden und zu entstellen, die Einzelheiten unermüdlich in ihrem wurmstichigen Verstand zu verdrehen, damit jener klare Schmerz ihr nichts anhaben konnte. Zeichen, Vorbedeutungen, geheimnisvolle Übereinstimmungen, Träume, Sterne — das ganze Drum und Dran der Junkiewelt hatte letzten Endes dazu beigetragen, sie auf einer Endlosspirale ins Nichts zu schießen.

Ich ging rein, der Brief brannte mir ein Loch in die Hand. »Sieh dir das bitte mal an«, sagte ich zu Al und gab ihm den Schrieb zu lesen.

Er saß am Küchentisch, stützte den Kopf auf die nackten, schlanken Arme und las langsam, die Stirn vor Konzentration gerunzelt.

»Mit Worten kann sie ja. 'Riesenspinne', Himmel nochmal. 'Leib geschwollen von deinen Opfern'. Was für ein Mist.«

»Es ist wie das Zimmer«, sagte ich. »Sie ist richtig besessen. 'Ich wollte eins mit dir werden'. Wahrscheinlich im Grab, verflucht nochmal. Pfui Deibel.«

»Du bist wirklich ein harter Fall«, sagte Al. »Ich wußte immer, daß sie spinnt. Sie ist völlig irre. Du wolltest ein Modell für 'Senseless Violets', und genau das hast du gekriegt, Baby. Und was für'n Modell.«

»Es war ihr Gesicht«, sagte ich und kam mir sehr töricht vor. »Ich hab' noch nie so ein Gesicht gesehen. Woher sollte ich denn wissen, daß sie eine verfluchte Psychopathin ist?«

»Ich hab' ja nie verstanden, was du an ihr fandest«, sagte er.

Um irgend etwas zu sagen, bemerkte ich: »Gestern warst du gut, Al. Ein echter Freund.«

Wir saßen in kameradschaftlichem Schweigen. Oben hörte ich Rina mit Sue spielen:

»Say say you play me
Come out and play with me
and bring your darling sweet.
Climb up my apple tree
slide down your rainbow
into my candy store.
Forever more more
shut the door!«

Ihre Stimme klang unschuldig und weit weg. Wir hörten verzaubert zu, bis es genauso plötzlich aufhörte, wie es angefangen hatte.

»Das ist das Spiel mit dem Klatschen, das sie in der Schule gelernt hat«, sagte Al gedankenverloren. Nach einer Weile meinte er: »Ist dir klar, daß sie das in einer halben Stunde geschrieben haben muß? Eher weniger?«

»Ach, komm. Das alles?« Bei dem Gedanken wurde mir flau im Magen.

»Sie kam vorbei, du hast ihr eine gelangt, dann kam Nigel, dann bist du mit Rina hoch zum Dairy. Halbe Stunde. Vielleicht ein bißchen drüber.«

»Sie hatte es wahrscheinlich schon fertig, bevor sie heute morgen aufkreuzte«, sagte ich. »Brauchte nur noch einen Vorwand, die Kanaille.« Wir schauderten beide wie zwei Kinder, die sich im Dunkeln gegenseitig Angst machen. Al setzte seine Spiegelbrille wieder auf.

»Schwer zu sagen«, meinte er nüchtern, von dem Gedanken offenbar genauso wenig angetan wie ich. »Sue und ich gehen zu Griff, wegen der Motorradteile. Bis später.«

Ich konnte seine Augen hinter den Spiegelgläsern nicht sehen, aber er schien die Geschichte einigermaßen gut zu verkraften. Es war immer schwer vorherzusagen, wie etwas bei ihm ankam. »Bis dann«, sagte ich.

Mir war danach, etwas Körperliches zu tun, bevor ich ins Studio ging. Ich mußte mal eine Runde saubermachen, mich richtig reinknien, einen Wirbel veranstalten. Das Haus war im Laufe der Zeit fleckig geworden und voller Geheimnisse — ich brauchte plötzlich Ordnung um mich herum, klare Luft, duftige Sauberkeit. Ich ging in die Küche und füllte die Spüle mit heißem Seifenwasser. Ich schrubbte den Herd, kratzte und wischte alle Flecken von den Wänden, ließ mich auf die Knie nieder und scheuerte den Boden mit einer harten Bürste. Ich sang aus voller Kehle und spritzte braunes, seifiges Wasser durch die Gegend.

In solchen Momenten liebe ich den Geruch nach frischgeputzter Küche, nach Ajax, Seifenwasser und meinem eigenen Schweiß, und Bodenreiniger, der wie synthetische Nelken riecht. Langsam nahm der Raum Form an, wurde kompakter, alle Oberflächen bekamen neue, blitzblanke Konturen. Alle Gegenstände wurden ausgeprägter, während ich schuftete wie eine Wilde und den angesammelten Dreck wegschwemmte. Ich nahm mir sogar den Kühlschrank vor. Darin fanden sich drei Flaschen Bier, eine zerquetschte halbe Tomate, ein kleiner, steinharter Kanten Käse und klebrige, rötliche Fleischfasern überall an den Seiten und auf dem Boden. Ich schmiß alles weg und scheuerte, bis mir der Rücken wehtat. Als sogar der Kessel auf dem Herd glänzte, rief ich nach Rina.

Sie kam runter und schnüffelte wie ein kleiner Boxer. »Schick«, sagte sie bewundernd. Wir hatten noch ein paar Kekse, so daß das Ganze an einen Werbespot erinnerte: Mutter und Tochter bei einer Tasse Tee in der blinkenden Küche.

Ich sang »Ajax macht die Küche blank, dadada-dada« für Rina, den Werbespot hatte sie schon als Kleinkind besonders gern, und sie sang »Shamtu Shampoo bringt Spannkraft ins Haar«, das war ein echter Oldie. Das Linoleum glänzte, der Kühlschrank röchelte und rülpste, als läge er in den letzten Zügen, und wir aßen jede drei Kekse.

»Hat Sue dir eine Geschichte vorgelesen?«

»Ja. Ich hab' gesehen, wie sie und Al sich auf den Mund geküßt haben.« Sie schürzte ihre Lippen, der Gedanke faszinierte und begeisterte sie. Plötzlich dachte ich bekümmert, was wird aus ihr werden? Ich hoffte sehr, jemand würde auch ihren Mund küssen wollen, außer Al und mir. Sie saß ganz dicht bei mir, stippte ihre Kekse in den Tee und schnüffelte zufrieden.

Ich fragte sie sehr beiläufig: »Roxy hat dir nicht wehgetan, oder? Als sie dich gestern mitgenommen hat?« Rina sah mich an, ihre grauen Augen verrieten nichts. »Doch. Sie hat mich gekrallt und geschnappt.« Sie schielte mich von der Seite an, ob ich den Witz mitkriegte.

»War alles okay? War sie nett zu dir?«

»Sie hat mir Schokolade gegeben. Sie sagte, 'aber nicht Glory erzählen'. Sie sagte, vielleicht siehst du deine Ma nie wieder.« Ein leichter Schatten legte sich über ihr ernstes Gesicht. »Das stimmt doch nicht, oder?« Es war eigentlich mehr eine mechanische Frage. Sie hatte offenbar nicht ernsthaft erwogen, daß es wahr sein könnte.

»Nein«, sagte ich. »Zum Teufel, nein.«

In der Nacht träumte ich sehr intensiv und sehr bewußt, Feuerwerk schoß mir aus dem Kopf, während ich mich hin und her wälzte. Es war ein geheimnisvoller, verworrener, anstrengender Alptraum, und es kostete mich körperliche Kraft, darin zu bleiben. Jedesmal, wenn Roxy auftauchte, hatte sie solche Macht, daß sie mich dazu trieb, blindlings Rechtfertigungen auszustoßen und mich unter Verbeugungen zurückzuziehen, um ihrer Gegenwart zu entfliehen. Ich ging in die

Knie und schluchzte fast unter dem Ansturm meiner Gefühle. Ich stöhnte und ächzte, ich flehte sie an, aber ich brachte keine Verbindung zustande. Sie war ein lächelnder Engel mit einem Herz aus Stein und blinden, steinernen Augen, gekommen, um mich zu entwurzeln und zu vernichten, aus Gründen, die ich nicht ansatzweise zu erraten vermochte. Im Traum fühlte ich das volle Ausmaß meiner Hilflosigkeit, ich beschwor meine Unschuld, ich stöhnte. Ich wußte, daß nur ich zwischen Rina und dieser lächelnden Bedrohung stand.

Es war meine eigene Beteiligung an dieser Geschichte, die mich nicht losließ. War ich wirklich unschuldig, oder war es eine Strafe für etwas aus meiner Vergangenheit, die Rina jetzt bezahlen mußte? Ich träumte von Weasels verwesendem Körper und seinem Todeszimmer, von den lächelnden Bullen und den Zeitungen, die aus Roxys Zimmerwänden wuchsen. Im Traum wußte ich, daß Roxy uns alle umgebracht hatte. Die kleine Fixerin, mein zweites Ich, schwebte da, ihr Gesicht ganz grün im alptraummäßigen Halbdunkel vom Mainstreet. Am Ende mußte ich mich mit einem wilden Auffahren wachreißen, als ob ein Haufen Dämonen meinen armen alten Körper verließ. Ich war klatschnaß und fühlte mich unförmig, schwerfällig und alt, als ich mich aus dem Bett stemmte. Als ich den dunklen Flur entlangging, sah ich einen warmen Lichtstreifen unter der Küchentür und hörte das Radio leise vor sich hindudeln. Ich war so erleichtert, daß ich fast weinte. Da saß Al und brütete über einer Tasse Bier. Die Tür zu öffnen war, als würde ich einen anderen Traum betreten, alles erstrahlte, und ich war völlig überrascht — ich hatte meine ganz Putzerei völlig vergessen. Meine Träume waren so trübe und blutgetränkt gewesen, ein krasser Gegensatz zu diesem reinen, unschuldigen Raum.

»Hast die Küche toll hingekriegt, Glory«, sagte er ohne aufzusehen.

»Ja. Willst du eine Tasse Tee?« Ich ging rüber und kochte

eine Kanne voll. Das Bier sah so schal aus, daß ich mich fragte, wie lange er hier schon saß.

»Sue will, daß wir ausziehen«, sagte er. »Sie meint, hier ist zuviel los und wir kriegen noch Ärger, bloß weil wir hier wohnen. Sie war ziemlich schockiert, daß du Roxy eine geklebt hast. Sie sagt, dafür kriegt Roxy dich dran. Von Weasel hab ich ihr gar nicht erst erzählt.«

»Oh, sie wird sich ihren Teil denken können«, sagte ich, »sie ist ja nicht blöd.«

»Du magst sie nicht, oder?« fragte Al.

»Ach, sie ist schon in Ordnung.«

Stille, während wir beide verlegen unseren Gedanken nachhingen. Ich wollte etwas sagen, was ihm Mut machte. »Ich kann's ihr nicht übelnehmen. Es ist nicht leicht, mit zwei Emotionsinvaliden wie uns zu leben, und dann noch der ganze Mist mit Roxy obendrauf.«

»Sie ist jung«, sagte Al. »Innerlich, mein' ich. Ich glaube, es ist das erste Mal, daß sie sich so weit auf einen Kerl einläßt. Klar hatte sie einen Haufen Sex und verschiedene Typen, aber ich glaub' nicht, daß sie schon mal mit jemand zusammengezogen ist. Sie ist eben einfach jung.«

»Wirst du es machen?« fragte ich und ließ mich mit der dampfenden Tasse vor mir auf dem Stuhl nieder. Ich hatte ihn noch nie so unglücklich gesehen.

»Weiß nicht.« Er sah mich nicht an.

»Also, ich mach' dir keinen Druck. Ich hab's nicht eilig mit einem neuen Mieter, wenn du dir noch nicht sicher bist.«

»Was ist ein Emotionsinvalide?«

»Jemand, bei dem als Kind die Gefühle verkrüppelt worden sind.«

»Oh«, sagte er. »Heißen Dank.«

»Was hast du Sue denn gesagt?«

»Nichts.« Wir schwiegen. Wir redeten ohnehin nie viel miteinander. Al und ich lebten schon so lange im selben Haus, daß wir mit unseren jeweiligen Stimmungen vertraut waren.

»Ach, weißt du, das ist schon in Ordnung. Du kannst zurückkommen, wenn du deine Meinung änderst. Es sei denn, du entscheidest, daß es für immer ist.«

Als ich das gesagt hatte und die Worte zwischen uns in der Luft hingen, tat es plötzlich furchtbar weh. Meine Träume über Roxy hatten mir die Gefahr schmerzhaft bewußt gemacht, in der ich steckte. Ich hatte das Gefühl, wenn er wirklich ging, wäre das ein schlechtes Zeichen.

»Wir haben uns sowieso wieder gestritten«, sagte Al. »Also weiß ich nicht, was sie jetzt denkt.«

»Na, das ist ja nichts Neues«, konnte ich mir nicht verkneifen.

»Was ist mit dem Geld?« fragte er. Er hörte sich nicht erleichtert, bloß resigniert an. Das machte mich traurig für ihn. Er nahm sogar eine Tasse Tee an.

»Ach, Nigel meint, die Ausstellung wird ganz gut was bringen. Das hilft mir dann schon weiter.«

Allmählich wurde mir wohler, ich kam plötzlich zur Ruhe. Dieses Spätnachtsgefühl, die seltsame nächtliche Helligkeit der Küche, ich im Bademantel, all das erinnerte mich daran, wie ich einmal Nettie besucht hatte, als ich schwanger war. Der Geruch nach Toast und Linoleum in ihrem kleinen Haus, das gleiche tiefe Gefühl von Frieden in einem Kriegsgebiet. Die Vertrautheit von zwei Menschen wie ein gemütlicher Kokon in der Nacht, die leichte Kälte der Luft, die Wärme von den Heizstäben brennend an meinen Beinen. Als hätten wir für unsere träge, schlaftrunkene Unterhaltung unsere Körper tiefschlafend im warmen Bett gelassen, als verständigten wir uns in Zeichensprache, aus unseren tiefsten, bestgehüteten Geheimstellen heraus. Die Wörter wurden wie Steno für etwas tiefer Liegendes — nicht artikulierbare, ungeformte Schwingungen von Liebe und Verzweiflung und Verstehen konnten frei fließen, ohne von der Nüchternheit des Tageslichts überfallen zu werden.

»Ich mache mir auch Sorgen. Wegen Roxy. Ich träume dauernd von ihr. Und von Weasels Leiche. Und Marianne.«

»Ich weiß«, sagte Al und hob seinen glänzenden Schädel, um mich anzusehen. »Ich hab' eine Scheißangst vor Roxy. Das Miststück könnte uns abmurksen.«

»Ich kann den Bullen nichts erzählen, weil sie mir nicht glauben würden. Und Roxy ist so hinüber, daß sie mich umbringen kann und sich immer noch für die Jungfrau Maria hält.«

»Ich schätze, Roxy hat sie beide erledigt. Sie hat einiges zu verlieren, deswegen versucht sie jetzt, dich in die Scheiße zu ziehen.«

»Sie und Mitch«, sagte ich. Es war eine Erleichterung für uns beide, daß es ausgesprochen wurde. »Ich hab' mehr Angst um Rina als um mich«, sagte ich. »Und als um die Eröffnung.« Wir rückten beide ein bißchen auf den knarrenden alten Küchenstühlen hin und her.

»Ich werd' noch nicht weggehen«, sagte Al. »Ich sage Sue, daß ich später ausziehe. Das schaffst du nicht allein. Nur, weil sie eifersüchtig ist. Sie frißt sich jetzt schon in meine Eingeweide.«

Ich war völlig baff. »Was für ein Vergleich! Eingeweide!«

Er sah mich mit seinen schattigen Augen an. »Dieses eine Bild von dir. Das mit der Kleinfamilie, weißt du? Das erinnert mich an sie.«

»Manchmal glaube ich, ich hab' einen schlechten Einfluß auf dich«, sagte ich nur.

Er drehte die Tasse in seinen großen, zartgliedrigen Händen und sah wieder zu mir hoch. »Wie wär's heute nacht, Glory?« fragte er, seine Augen auf meinem Gesicht. Eigentlich hätte ich mir denken können, daß das jetzt kommen würde. Oberflächlich betrachtet war dieses Kapitel seltsam und befremdlich, ich in meiner Plumpheit und dagegen seine makellose Schönheit, aber sowie wir im Bett lagen, war alles genau richtig. Es war schöner, sauberer Sex — Al war genießerisch und liebevoll und überraschend zärtlich. Ich lag in seinen Armen wie eine alte Königin, die sich von Kopf bis Fuß verwöhnen läßt. Es war ein bißchen ehrfurchterweckend, so viel Schönheit Haut an Haut und ganz für mich allein zu haben — und er sah immer so jung und erhitzt und enthusiastisch aus. Aber jetzt, wo es Sue gab, mochte ich nicht das Drama in Kauf nehmen, falls sie davon Wind kriegte. Als ich älter wurde, hatte ich gelernt, daß es wichtiger war, mit anderen Frauen in Frieden zu leben, als einen Gelegenheitsfick mitzunehmen. Andere Frauen auszustechen war als Teenie meine Spezialität gewesen, aber jetzt fand ich keinen Geschmack mehr daran. Al war der Typ Mann, den ich verpaßt hatte, als ich jung und voller Leben war und auf die große Liebe wartete. Jetzt war es zu spät — ich nahm das alles nicht mehr ernst genug. Ich war zu ausgelastet mit meiner Arbeit, meiner Singerei und meinem Alltag, um leidenschaftliche Gefühle für einen Mann aufzubringen. Besonders für einen Freund wie Al.

Im Laufe der Jahre mit meinem Vater, meinen Ehemännern und Liebhabern war etwas in mir einfach heruntergebrannt. Ich wollte mich jetzt um andere Sachen kümmern, ich war schon seit Jahren überzeugt, daß das Leben leichter war ohne Männer und ihre Ansprüche, ohne das kleine Lächeln auf ihren Gesichtern, wenn sie wieder mal was wollten. Mir war nicht ganz klar, wie es kam, daß Al so scharf darauf war, aber so war es und wir hatten es nie groß diskutiert. Es passierte eben manchmal. Oft machte er mir einen Tee, saß auf der Bettkante, während ich trank, und wir sprachen über dies und das. Dann gingen wir einfach zum Alltag über, was ich sehr angenehm fand — es schien gar keine Spuren zu hinterlassen. Es war einfach locker, schätze ich, und es ließ ein gutes Gefühl zurück.

In dieser Nacht war es die ideale Anregung, Sue hin, Sue her. Ich wäre von selbst gar nicht auf die Idee gekommen, so wie ich den Kopf voll hatte mit Sorgen, aber mir war sofort klar, daß ein bißchen Sex mit ihm gegen die Alpträume Wunder wirken würde.

»Ich trink' bloß noch aus«, sagte ich und verspürte eine ungewohnte Zärtlichkeit für ihn. Er stand an der Tür und wartete.

»Du hast dich verändert, Glory«, sagte er. »Ich hab' dich noch nie so neben der Kappe gesehen wie in den letzten Tagen.«

Das gefiel mir gar nicht, denn gerade jetzt mußte ich die Nerven behalten, in guter Form sein und mir den Rücken freihalten. Der Traum über Roxy brachte schmerzhafte Erinnerungen daran hoch, wie ich als Kind den einen oder anderen besoffenen Elternteil angefleht hatte, mich nicht zu schlagen. Ich hatte gedacht, völlige Hilflosigkeit wäre ein Zustand, den ich für immer hinter mir gelassen hatte. Aber der Traum zeigte, daß es mir jederzeit ins Gesicht springen konnte, wenn meine Wachsamkeit nachließ. Für mich war es eine Notwendigkeit, die Kontrolle zu behalten.

»Nicht dir und Rina gegenüber«, sagte ich nur und ließ es dabei. Ich wollte meine Furcht nicht beschreien, nicht mal laut äußern, sie fühlte sich zu explosiv an. Außerdem spürte ich, wie mein Körper sich auf Sex einstellte, warm und weich wurde, und ich wollte nicht mehr reden oder denken oder mir über irgendwas Sorgen machen. Ich war sowieso schon ganz stumpf davon.

Wir gingen ins Bett, sanft und taktvoll wie ein langverheiratetes Ehepaar. Es war schön, seinen starken, liebevollen Körper um mich herum und in mir zu fühlen. Ich roch seinen sauberen Schweiß, als er sich anstrengte. Sein Drängen verwunderte mich — er flüsterte sogar: »Ist 'ne ganze Weile her, Glory«, und seine junge Haut fühlte sich auf meiner wie Seide an. Als er einschlief, sein ganzer langer, starker Körper an meinen Rücken gekuschelt, beruhigte und wärmte mich sein gleichmäßiger junger Atem an meinem Ohr, und ich konnte traumlos schlafen.

8

Ich wachte früh davon auf, daß Elstern vor dem Fenster lärmten. Ein Pärchen nistete schon lange auf dem Niemandsland die Straße hoch. Ihre schrillen und rauhen musikalischen Stimmen erinnerten mich immer an Kuhweiden, an die Unschuld eines Morgens auf dem Land.

Ich lag da und betrachtete die Bilder, die rings an den Wänden lehnten, musterte meine Kinder. Das mit dem Tod — die Frau auf dem Linoleum — war immer noch mein Liebling. Es hatte so eine Unvermitteltheit, die ich mochte, es ließ den Tod irgendwie läppisch aussehen, fast freundlich. Kein Wunder, daß Roxy so extrem reagiert hatte. Es erinnerte an Weasels Leiche. Alle Bilder wirkten bedrohlich, krank, wie sie schweigend im grauen Morgenlicht standen. Um sie herum verstreut waren Aschenbecher, Gläser, Lappen, Farbe, leere Tassen, das Tabakpäckchen, ein Paar Unterhosen von Rinas Puppe und Bonbonpapier, es sah aus wie Opfergaben. Der scharfe, klare Geruch von Terpentin und Farbe und Leinwand hing im Raum.

Ich lag eine Weile still, dachte über das Malen und über Roxy nach und schaute Al an, der wie ein Hund zusammengerollt auf der anderen Seite des Betts lag, noch unerreichbar für die Welt. Manchmal konntest du seinen großen, kahlen Schädel fast vergessen, aber heute morgen stach er fast schmerzhaft gegen meine roten Kissen ab.

Als ich aus dem Bett sprang, rührte er sich und schob seine Lippen vor wie ein Baby. Ich zog meinen Maloverall an, ein Riesending, das wie ein salzgetränktes Segel knatterte. »Al, los, wach auf!« Ich wollte anfangen zu arbeiten.

Er wachte immer entspannt auf, es dauerte ein paar Minuten, bis die Paranoia sich wie eine Gewitterwolke über sein Gesicht breitete und dann der üblichen, leicht verschlagenen Miene Platz machte.

»Ich hab' von dir geträumt, Glory«, sagte er und streckte

sich wie ein junger Gott. »Scheiße!« Er sprang aus dem Bett. »Sie kommt heute morgen ganz früh!«

»Wenn die Katze aus dem Haus ist, tanzen die Mäuse«, sagte ich abwesend, mein Kopf war schon bei meiner Arbeit. Meine Mutter hatte das so oft zu mir gesagt, daß es automatisch kam wie ein Kniescheibenreflex. Der lange Schlaf hatte mich erfrischt und mit Energie gefüllt, und die befriedigendste Aussicht war jetzt, einfach nur zu malen.

»Du und ich waren in einem Boot. Eins von diesen kleinen Dinghies.« Er zog sich an, nervös und rasch. Ich habe schon immer gern Männern beim Hosen hochziehen zugesehen. Sie sehen dabei ernst und ein bißchen traurig aus, weil sie ihre Rüstung jetzt wieder anlegen. »Willst du einen Tee?« fragte er.

»Beeil dich lieber. Sie macht dir die Hölle heiß, wenn sie merkt, daß du hier warst.«

Es war auch Zeit, Rina zu wecken. Sie brauchte immer lange zum Anziehen. Heute war ihr erster Schultag nach den Ferien, und ich wollte sie hinbringen.

»Bis später, Glory«, sagte Al und schlüpfte hinaus. Er hatte auch zu tun.

Als wir schließlich auf der Piste waren, Rina und ich, war es immer noch früh am Morgen. Sie trug eins der Kleider, die ihre Großmutter für sie gemacht hatte, es hatte Rüschen an den Ärmeln und saß irgendwie merkwürdig an ihren Hüften.

Wir kamen an Gruppen von hochgewachsenen samoanischen Männern vorbei, die in Overalls und Arbeitsstiefeln auf den Werksbus zum Schlachthaus warteten. Sie standen leicht schwankend da, noch halb im Schlaf, ihre großen Körper in den lockeren Arbeitsklamotten entspannt. Ihre schläfrigen Gesichter sahen in der grauen angelsächsischen Straße exotisch aus. Dieses frühmorgendliche Winterlicht war für mich einzigartig in seiner Reinheit — vertraulich berührte es die Haare der Menschen, machte die harten Kanten der Häuser, Straßen und glänzenden Autos sanfter. Die Menschen erschienen freundlicher, ihre Körper größer und weicher in diesem Leuchten.

Wir nahmen uns Zeit, Rina und ich, genossen die Frische, gingen sogar zum Dairy und kauften für jede von uns einen Schokoriegel. Die Holzregale im Laden waren ziemlich kahl, es sah aus wie in einem Tante-Emma-Laden auf irgendeiner pazifischen Insel. Drei dicke Frauen saßen auf einer Bank und unterhielten sich in ihren sanften, flötenden Stimmen auf Samoanisch, und als wir reinkamen, lächelten sie meine Rina liebevoll an. Auf der Theke lag eine unschuldige Mischung von Waren, wie sie typisch für jeden Dorfladen ist: Geschirrspülmittel, samoanische Zeitungen, Yamswurzeln und ein paar Zitronen.

Wir gingen weiter die Straße hoch und bissen unbekümmert in unsere Schokoriegel. Rina hatte darauf bestanden, eine Madonnaschleife in ihren dünnen Haaren zu tragen, und die tanzte wie ein wildgewordener Schmetterling über ihrem fröhlichen Morgengesicht.

»Miss Benson ist echt sauer auf mich«, erzählte sie. Sie imitierte die rollenden Augen und gedehnte Sprechweise aus den amerikanischen Kindersendungen haargenau. »Sie sagt: ‘Rina, hör auf zu reden’«, sagte Rina und stapfte drauflos, daß ihre Schleife hüpfte.

»Sie wird sicher öfter sauer, wenn all die Kinder dauernd am Schnattern sind«, sagte ich.

»Oh, nein«, sagte Rina ganz schockiert, »ich bin doch ihr Liebling, und Tracey auch, und Moana auch. Wir sind ihre Lieblinge. Wir dürfen *alles*«, und sie rollte wieder mit den Augen.

»Teacher's pet, I wanna be Teacher's pet«, sang ich, und dann sangen wir es ein Weilchen zusammen. Ich hielt ihre trockene, kleine harte Hand. »Geh nirgends ohne mich hin, ja, Rina? Ich komme und hol' dich ab, oder Al.«

»Okay«, sagte Rina gewichtig. Sie wußte, es war mir ernst. Als ich sie am Schultor umarmte, fragte sie: »Kommen sie, um mich zu holen, haha?« und sah mich schelmisch an. Sie war immer schnell mit einem Witz dabei, meine Rina. Sie mochte dieses Lied »Sie kommen, um mich zu holen, ha-ha, sie kommen und nehmen mich mit.« Meine Mutter hielt sich immer mit beiden Händen die Ohren zu, wenn sie es hörte.

Plötzlich kam mir der Gedanke, reinzugehen und mit Rinas Lehrerin zu reden. Rina würde sich nie an eine Ermahnung erinnern — das einzige, was sie behielt, waren Songtexte. Es war ein Gradmesser meiner Angst, daß ich diesem Ort überhaupt nahe kam. Es war ein großes Zugeständnis an die Notwendigkeit, ein paar Vorsichtsmaßnahmen zu treffen.

Wir gingen zum Klassenraum, die Schulgerüche drehten mir den Magen um. Dieser muffige, leblose Institutionsmief nach Kreide und Gummi und Klamotten. Das einzige, was dem nahe kam, war der Laden der Heilsarmee im Einkaufszentrum.

Die Lehrerin war so adrett und putzig und aufgeweckt. Sie wirkte wie ein kleiner, gut gepflegter Singvogel. Sie setzte eine sehr berufsmäßige Miene auf, und zu spät fiel mir mein Overall und mein sonstiges Äußeres ein. Ich wollte Rina nicht blamieren, aber sie führte mich voller Genugtuung zu ihrer Miss Benson.

»Das ist meine Ma«, sagte sie furchtbar stolz.

Ich sagte: »Hallo, Miss Benson. Rina gefällt die Schule sehr.« Ich fühlte mich schrecklich linkisch. Es war wie wieder ein Kind zu sein. Die Bilder an den Wänden, die ganze Geschäftigkeit und Betulichkeit dieser Miss Benson war wie eine harte Lektion für mich, wie eine Strafpredigt. Rina schlenderte zu ihrem Platz, ich hörte sie ganz versunken »Teacher's pet« vor sich hin singen.

»Ich bin gekommen, weil ich eine Bitte wegen Rina habe«, fing ich an.

»Ja?« sagte sie knapp. Sie konnte es kaum erwarten, mich loszuwerden und alles im Kollegium zu erzählen. Sie war eine freundliche junge Frau, aber mein unförmiger farbverschmierter Overall und sonstiges Äußeres verstieß sichtlich gegen ihren Geschmack. Ich hatte mir die Haare noch nicht gekämmt, und meine Haut war noch zerknautscht und roch nach Al.

»Könnten Sie sich vergewissern, daß Rina von niemand anders als mir abgeholt wird? Oder von einem jungen Mann namens Al? Er hat eine Glatze«, fügte ich hilfreich hinzu.

»Sicher, sicher. Ja«, sagte Miss Benson und preßte ihre Lippen zusammen, bemüht, keine Gefühlsregung zu zeigen. Sie fingerte an ihrem Satz Filzstifte herum. Alle hatten noch ihre Kappen, fiel mir auf.

»Ich würd's nicht extra erwähnen, aber es ist wichtig«, sagte ich unbeholfen.

»In Ordnung. Danke, Mrs. Day.«

Ich warf Rina zum Abschied einen Kuß zu und ging dankbar nach draußen.

Es war eine uralte Reaktion, die unbehagliche Scheu der Arbeiterklasse vor der Macht und Selbstzufriedenheit der Schule, vor den furchteinflößenden Zauberkräften der Lehrer, die in Herrscherpose durch die Gefilde angestrengten Fleißes schlendern, und vor den ordentlich aufgereihten Autos auf dem Parkplatz, dem so gepflegten Spielplatz neben dem Rasen. Sie hatten alles so unter Kontrolle, die Welt gehörte ihnen, war in ihren Karten und Mappen festgehalten und aufgeteilt, während ich, fadenscheinig und irgendwie unterlegen, keinen Anteil daran besaß. Einmal hatte ich als Kind aus dem Klassenfenster geguckt und meine Eltern schnell vorbeigehen sehen, mit beschämten Gesichtern, sie sahen weder nach links noch nach rechts. Sie wirkten schäbig, Objekte der Verachtung — der Direktor hatte sie vorgeladen.

Mein Bruder Roach hatte alle Fenster im Musiksaal eingeschlagen und war jetzt, wie ich wußte, dort eingesperrt. Sie waren gekommen, um vor dem Direktor Kotau zu machen, in das Klagelied über Roachs Bösartigkeit einzustimmen und sich seinetwegen erniedrigen zu lassen.

Ich sah meine überlebensgroßen, furchteinflößenden Eltern, all ihrer Macht und ihres Nimbus beraubt, und ich begriff, daß es für uns keine Hoffnung gab. Ohne Zögern hatten sie Roach geopfert, und das würden sie mit jedem von uns tun, wenn sie vor der Wahl standen. Ich verabscheute Schulen, seit ich meine Eltern auf diese Weise ihre Macht verlieren sah.

Etwas zerstreut ging ich nach Hause, in Gedanken schon halb bei dem Bild, an dem ich heute arbeiten wollte. Es schien mir ein entschiedener Schritt, Rinas Lehrerin zu warnen, und ich fühlte mich besser. Der schöne Morgen war in einen von Aucklands typischen launischen, undefinierbaren Tagen übergegangen, blauer Himmel wechselte sich mit grauem ab, kalter Wind mit Sonne. Ich gierte danach, den ganzen Tag im Studio zu bleiben, die Eindrücke der letzten Tage auszuschwitzen, mich wieder in Kontrolle zu malen.

Als ich nach Hause kam, war die Küche voll mit Essensgerüchen. Al stand am Herd und briet in einer dicken Qualmwolke ein paar Eier, Sue saß am Tisch und las die *Truth*, während Cash neugierig über ihrer Schulter hing.

»Hallo, Glory«, er sah hoch. »Also, ich kann dir sagen, der alte Bob wird nicht begeistert sein. Ganz zu schweigen von der Geschäftsführung im Mainstreet.«

Ich setzte mich hin. »Krieg' ich ein paar Eier mit Schinken, Al?«

Sie zeigten mir mit Genuß die Zeitung. Eine Riesenstory mit fetter Balkenüberschrift — »Geheimnis um toten Junkie«. Es stand alles drin, in saftig-pikantem, hohlem Journalistisch — bekannter Nachtclub, Vater ein prominenter Geschäftsmann aus der Christenpartei, polizeiliche Nachforschungen haben zur Befragung der bekannten Malerin und Sängerin Glory Day geführt. Es besteht Grund zu der Annahme, daß sie das Mädchen kannte und ferner in einen weiteren verdächtigen Todesfall verwickelt ist, der einen bekannten Heroindealer betrifft, und so weiter. Sie hatten sogar ein verwaschenes Foto von mir dabei, ein alter, reprofähiger Schnappschuß von der Ankündigung für ein Blueskonzert vor drei Jahren.

Ich sah massig und grell und gefährlich aus. — Ideal für die Story.

»Was willst du jetzt machen?« Cash war richtiggehend aufgekratzt. Anscheinend hatte er aus der Sache seine eigenen Schlüsse gezogen und fühlte sich völlig sicher.

»Was kann ich schon machen?« sagte ich und schmiß die Zeitung hin.

Al sagte: »Du brauchst'n Anwalt, Glory. Ruf Sarah an. Die schwärzen dich öffentlich an, verstehst du? Sie sagen praktisch, daß du es getan hast, Kleines.«

Er war besorgt um mich, aber er wollte es vor Sue nicht so zeigen.

»Also, wenn es mich betreffen würde, ich würd' alles tun, um meinen Namen reinzuwaschen«, sagte Sue mit ihrer bissigen dünnen Stimme. Sie sah geschafft aus und strotzte vor mühsam zurückgehaltenem Groll heute morgen. Ihr T-Shirt hatte riesige, zackig herausgeschnittene Löcher, durch die ihre weiche Haut zu sehen war. Sie schien nie zu frieren, sie saß da wie eine kleine ausgetrocknete Eidechse und beobachtete Al, ihr Gesicht zerfurcht von den Ärgernissen des Morgens. Cash verschlang sie automatisch mit den Augen, mitten in der ganzen Aufregung. Allein schon der Geruch weiblichen Fleischs genügte, um ihn aus der Fassung zu bringen. Es fehlte nicht viel, daß er buchstäblich hektisch an ihr schnüffelte. Inzwischen wartete er gierig aufs Frühstück, obwohl ihn natürlich kein Mensch eingeladen hatte.

»Was kannst du denn nun tun?« stocherte er weiter.

Ich überlegte fieberhaft, daß es nur so rauchte. Dieser kalte, kleine Artikel war erschreckend. Ich fühlte mich gefährlich entblößt, schon halb gekreuzigt von seiner Einseitigkeit. Es schien verrückt, daß die *Truth* sowas brachte, die Story war hart an der Grenze zur Verleumdung. Wer immer ihre Quelle war, mußte exzellente Referenzen gehabt und ausgesprochen selbstsicher geklungen haben. Die Bullen wären nicht soweit gegangen, es sei denn, es war die halbgare Idee zu einer Falle, und wenn es Roxy gewesen war, dann mußte sie dem Reporter ihre allerbesten Manieren aufgetischt haben. Ich dachte an ihr schönes Gesicht und ihre Ausstrahlung, keine Frage, sie wäre durchaus imstande, einem Kerl die Hosen vom Hintern zu hexen. Sie hatte wahrscheinlich erzählt, daß sie V-Frau oder sowas war und in fürchterlicher Gefahr steckte. Ich konnte ihr tapferes Lächeln und den flehenden Blick förmlich vor mir sehen. Glory Day, die Spinne in ihrem Netz, die auf ihre Opfer lauert und ihnen den tödlichen weißen Schnee vertickt.

Bis das Telefon klingelte, war mir der Grad meiner Wut noch gar nicht so richtig klargeworden. Es war Nigel. Er hatte den Artikel gesehen und wollte die Wahrheit wissen, er sei schließlich mein Agent, er hätte gedacht, wir wären Freunde, die Eröffnung könnten wir jetzt ja wohl vergessen und so weiter. Sein Gejammer gab mir den Rest.

»Ich hab' damit nichts zu tun!« brüllte ich in den Hörer. »Danke für deine selbstlose Freundschaft, mein Alter.« Ich parodierte ihn gehässig: »Ist ja wundervoll, wie du an mich *glaubst*, Nigel. Der schnöde Mammon hat dir also tatsächlich nicht alles bedeutet, Nigel. Ich weiß dein Vertrauen wirklich zu schätzen.«

Er wußte einfach nie, wann er es gut sein lassen sollte. Er maulte weiter wegen der Ausstellungseröffnung herum.

Sehr leise sagte ich: »Nigel, du kannst dir deine Eröffnung in den Arsch schieben«, und legte auf. Es war ein billiger Treffer, aber ich zitterte einfach vor Wut. Es mußte jedenfalls einschüchternd geklungen haben, denn in der Küche war es ganz still geworden. Al stellte vorsichtig einen Teller vor mich hin, als müßte er ein Raubtier füttern. Ich aß schweigend, mein Magen war mit der Überproduktion von Säure beschäftigt und mein Gesicht vor Angst und Wut verzerrt, während ich die heiße Masse hinunterschlang. Es war wie in alten Zeiten. Das Telefon klingelte wieder.

»Sag ihm, er kann mich mal«, knurrte ich durch einen Mund voll warmen, weichen Eis hindurch.

»Es ist Sarah«, sagte Al. Er hörte sich erleichtert an. Er wußte, daß ich so nur war, wenn mich etwas völlig überforderte.

»Kannst du sofort zu mir kommen, Glory? Hast du die Zeitung —«

»Ich wollte dich eben anrufen. Ja, ich hab's gerade gesehen. Wann?«

»Es wäre gut, wenn du ganz schnell kämst«, sagte sie nur. »Wenn du kannst. Du hättest dich mit mir in Verbindung setzen sollen, bevor das passierte.« Sie sagte es sehr sanft, um meine Gefühle nicht zu verletzen.

Ich ging zurück in die Küche und fühlte mich leichter. Cash sprach gerade. »Aber du weißt doch, wie sie ist. Ich hab's ihr gesagt, aber sie wollte nicht hören«, sagte er zu einer geringschätzigen Sue. Er brach verwirrt ab, als ich reinkam.

»Kannst du Rina von der Schule abholen? Ich bin wahrscheinlich vorher zurück, aber falls nicht?«

Al sagte: »Klar. Ich bin den ganzen Tag hier, Kumpel.«

Sue schoß hoch, der Stuhl scharrte laut übers Linoleum.

»Mann, Scheiße, Al. Dann häng' ich hier nicht weiter rum. Du hast gesagt, du fährst mit mir zu dem Möbelladen.« Sie sah mich schuldbewußt an. Selbst Sue fürchtete sich manchmal ein bißchen vor mir. Sie konnte nicht wissen, daß Al mir schon von seinem Auszug erzählt hatte.

Cash mischte sich ein. »Wonach suchst du, Sue? Ich hab'n Freund, der hat'n ganzen Keller voller Möbel. Der verschenkt sie praktisch. Was hältst du davon, wenn wir rüberfahren? Wir können uns mal umsehen, ist bestimmt was dabei, das du brauchen kannst. Ist gutes Zeug, ich hab's selbst gesehen. Matratzen, Wohnzimmer, Küchenschränke, alles da.«

Al sagte: »Ja, warum nicht, Sue? Es dürfte alles heiße Ware sein, aber was soll's — was, Cash? Wir wissen doch alle Bescheid über deine Freunde«, schnarrte er. »Oder haste's selber rangeschafft? Na?«

Al war manchmal gefährlich gedankenlos, dann sagte er solche Sachen einfach aus heiterem Himmel. Wir wußten alle, daß ein drittklassiger Musiker nicht viel verdiente, und daß Cash mit Hehlerei ein bißchen nebenbei verdiente. Und mit Kurierarbeit, wie ich kürzlich herausgefunden hatte, aber niemand hätte im Traum daran gedacht, das laut zu sagen. Das war eine böse Verletzung der Etikette. Al hatte Schwein, daß es sich nur um Cash handelte, eines Tages würde ihn noch jemand wegen sowas umlegen. Er kriegte es gar nicht mit, wenn er zu weit ging. Kein Gefühl für gesellschaftliche Feinheiten.

»Heh, komm schon, wovon redest du überhaupt? Komm, Al, was glaubst du denn, mit wem du sprichst?« Cash wußte nicht, wie er sich verhalten sollte. Er schoß kleine Blicke auf Sue ab und schlang sein Frühstück runter, als hätte er Angst, wir würden es ihm wegnehmen. Wie ein verflixtes Hundevieh. Dann blinzelte er hektisch und sah abwechselnd Al und Sue mit Glubschaugen an. Er war tief gekränkt.

»Also, willst du?« sagte Al zu Sue. Sie waren mitten in einem von ihren wirren kleinen Stellungskriegen. Mit Cash hatte das nichts mehr zu tun.

»Ja, vielleicht mach' ich das«, sagte sie sehr nachdrücklich. Es kam mir vor wie ein Spiel mit Rasierklingen. Al hatte mir erzählt, daß Sue einmal aus Versehen eine Freundin aufgeschlitzt hatte. Als ich jetzt ihr knochiges kleines Gesicht betrachtete, dachte ich, daß ihr das leichtfallen konnte. Jemandem ein Messer durchs Fleisch zu ziehen erfordert erheblich mehr Kraft und Kaltblütigkeit, als sich die meisten Leute vorstellen. Ich stand auf.

»Übertreibt es nicht, ihr beiden«, sagte ich, »und wischt nachher das Blut auf.« Sie hörten mich kaum.

»Kannst du mich mitnehmen?« fragte Cash. Er hatte seinen verletzter-Stolz-Racheakt in den Wind geschrieben. Er erkannte einen Machtkampf, wenn er ihn sah, und er wußte, daß er jetzt doch nicht zu ihnen durchdringen würde. Aber er war noch voller Grimm. Ich brachte ihn dazu, den Wagen anzuschieben, während ich versuchte, den Motor in Gang zu kriegen. Heute morgen kam er wieder besonders schwer, außerdem schob Cash schon wie irrsinnig, bevor ich überhaupt den Gang drin hatte. Um ein Haar wären wir in Nebenans Veranda gelandet. Ihre Schäferhunde fingen an zu bellen und zu knurren. Es waren halbverwilderte Biester mit harten, wütenden Augen, die rings ums Haus angekettet waren. Nebenans gaben ihnen absichtlich nicht genug zu fressen, damit sie wild blieben. Cash machte sich fast in die Hosen. Der kleine Spinner sprang mit einem Satz ins Auto, kaum daß ich es angekriegt hatte.

»Hast du die verfluchten Bestien gesehen? Die waren hinter mir her. Hast du die Viecher heulen hören? Gottverdammte Wölfe sind das!«

Schweigend fuhren wir übers Gras auf die Straße. Aus dem Augenwinkel sah ich Kingi nonchalant auf die Veranda schlendern und die Reifenspuren mustern. Aus Höflichkeit sah er uns nicht nach.

»Ich weiß nicht, wie du neben solchen Leuten wohnen kannst. Das sind doch Killer. Man braucht sie sich nur anzugucken.« Cash war wirklich sehr gereizt.

»Wo willst du hin?« fragte ich.

»Symond Street reicht. Kommst du heute abend zur Probe?«

Ich antwortete nicht. Ich hatte ihn und alle anderen so dermaßen satt. An die verflixte Band hatte ich seit letzten Freitag nicht mal gedacht. Ich wollte nichts als endlich meine Bilder fertigmalen, und der Gedanke an noch eine Fahrt in die Stadt machte mich ganz fuchtig.

Das Auto spielte auch wieder verrückt, jedesmal, wenn ich den Gang wechselte, schrapte was am Motor. Ich hatte wahrscheinlich mit der Wahnsinnsfahrt gestern die Kupplung weggeschmort.

Wir fuhren eine ganze Weile schweigend, aber er war noch nicht entmutigt.

»Kommst du also?« Er hielt sich am Türgriff fest, wenn ich zu schnell in die Kurven ging, blieb aber sonst gelassen.

»Hier. Steig aus, ja? Ich hab' vergessen, daß ich noch was abholen muß«, sagte ich und hielt unvermittelt an der Ampel in der Hobson Street.

»Ach, das ist ganz gut«, sagte er und riß sich zusammen, »ich muß hier sowieso was besorgen.« Cash war nie lange beleidigt. Beschimpfungen prallten einfach von seiner zähen Haut ab. »Nimm's dir nicht so zu Herzen.«

»Keine Spur, Cash«, log ich. Er winkte mir schelmisch zu und tauchte in die Menge. Ein paarmal drehte er sich noch um, um zu sehen, ob ich ihn beobachtete.

Es war eine Erleichterung, in Sarahs Büro zu kommen. Sie saß mitten zwischen ihren Akten und Büchern und sah aus wie das freundliche kleine Mädchen aus einem Märchen. An einer Wand hing der altvertraute gerahmte Slogan, den ich immer mit Bewunderung las: »Eine große Gruppe Menschen muß ums Überleben kämpfen, um die wenigen Reichen zu ernähren, die sie immer für ihr Geschenk verachten werden«, und auch ihre makellosen Topfpflanzen standen alle noch. Am liebsten hätte ich mich an ihre Schulter gelehnt und geweint.

Wir gingen gleich runter in das Café im Erdgeschoß des Bürohauses. Es hieß Räuberkeller oder so ähnlich und katapultierte dich direkt in die Flowerpower-Szene der guten alten Sechziger zurück, komplett mit Jute an den Wänden und *Lovin' Spoonful*-Postern. Die Leute, die es betrieben, waren gealterte Hippies mit freundlichen, sanften Gesichtern und dem Geruch von Patschuli an ihren Klamotten. Wir gingen immer hierher.

»Es ist einfach gemütlich und bequem«, sagte Sarah, setzte sich und sah sich mit heiterer Selbstzufriedenheit um. Sie hatte mir Vollkornmuffins gekauft, die ich nicht ausstehen kann. Aber sie ist eine der wenigen Personen, deren Gefühle ich wirklich nicht verletzen möchte, also versuchte ich mir die ganze klebrig-gesunde Schweinerei direkt in den Schlund zu stopfen, möglichst ohne etwas davon zu schmecken.

»Glory, du siehst nicht gut aus.«

»Mir geht's auch nicht gut«, sagte ich.

»Also, was ist los? Al hat mir irgendwas erzählt, aber du weißt ja, wie er am Telefon ist. Gebrumm und bedeutungsschwere Stille und ab und zu ein schweres Atmen. Und dann diese Frau, Grace. Ich habe mich auf der Wache kurz mit ihr unterhalten. Sie hat mir so phantastische Sachen erzählt, daß ich überhaupt nichts mehr verstehe.«

An Grace wollte ich jetzt auf keinen Fall denken. Mein Gewissen war rabenschwarz. Wußte der Henker, was sie nach dem *Truth*-Artikel denken würde.

»Es ist wohl eine phantastische Geschichte«, sagte ich trübsinnig. »Ich weiß selber nicht genau, was eigentlich los ist, außer daß eine Verrückte es darauf anlegt, mir Angst zu machen, mein Leben zu verpfuschen und mich zu ermorden.«

Es gab ein Schweigen. Ich konnte sehen, daß Sarah beunruhigt, um nicht zu sagen vom Donner gerührt war und es um meinetwillen zu verstecken versuchte. Sie hatte sich immer als meine Beschützerin gesehen, als gute Fee, die mit einem Wedeln ihres Zauberstabes die harte Realität auslöscht, damit ich nicht beim Malen gestört werde. Sie war wie eine Renaissancemäzenin, sie glaubte unbeirrt an meine Arbeit. Jemanden wie sie hatte es in meinem Leben vorher nie gegeben, und manchmal war es eine große Versuchung, mich einfach dieser tröstlichen Bequemlichkeit zu überlassen. Besonders, wenn die Dinge mir so auf den Leib rückten wie jetzt. Aber ich konnte nun mal nicht auf Abhängigkeit, wie angebracht und schützend sie auch sein mochte — ich fühlte mich einfach unwohl damit. Außerdem wußte ich instinktiv, daß ich meine Reflexe wachhalten mußte, sonst würde ich untergehen. Sarah, so rein ihre Beweggründe auch waren, konnte mich aus purer Freundlichkeit im falschen Moment einlullen. Trotzdem war ich dankbar und schlürfte ihr gefährliches

Mitgefühl in vollen Zügen. Ihre Naivität gab mir oft das Gefühl, auf kindische Weise derb und anstößig zu sein.

»Ich denke, wir sollten mit einer offiziellen Erklärung anfangen. Einfach alles schwarz auf weiß niederlegen. Willst du mit ins Büro kommen und es aufs Diktaphon sprechen?« Unbewußt war sie in den Ton verfallen, in dem sie sonst mit Rina sprach. Ich erkannte ihn sofort wieder.

Ich sagte: »Ja, wenn das nützt. Ich will auch rechtlich vorgehen.«

»Rechtlich vorgehen?«

»Gegen *Truth*, sie sollen dafür bezahlen!« sagte ich wild.

»Ja, ich denke, das ist wichtig.« Sie machte eine Pause. »Ich frage mich, woher sie die Story haben. Da hat doch jemand ganze Arbeit geleistet.«

»Von Roxy, daher«, sagte ich und erstickte fast am letzten trockenen Vollkornschluckversuch, »und wahrscheinlich steckt Mitch mit drin. Oder die Bullen. Könnte jeder von denen sein.«

»Möchtest du noch Kuchen?« fragte sie ganz förmlich, als säßen wir beim Tee in einem englischen Garten.

»Nein danke, Sarah«, sagte ich. Mir war noch ganz schlecht, weil ich das Zeug runtergezwungen hatte.

»War sie eine Freundin von dir, diese Roxy?« fragte Sarah feinfühlig und sah mich dabei nicht an. Sie war in der Vergangenheit für verschiedene meiner Freunde tätig geworden, einschließlich Cash, aber sie wollte taktvoll sein.

»Ja. Sie will eins mit mir werden, im Grab.«

»Es wäre mir, glaube ich, lieber, du würdest keine Witze machen«, sagte sie. Ihr Gesicht war richtig blaß geworden. »Das hört sich ganz furchtbar an.«

»Ist es auch. Wir sind schon völlig fertig.«

»Wir?«

»Al und ich. Sie hat eine Macke in bezug auf mich, sie hat mir für meine Serie Modell gestanden, und irgendwann ist sie der Idee verfallen, daß sie ich ist. Ich bin in ihrem Kopf gelandet. Die ganze Sache, die Bilder und das alles, hat sie irgendwie ins Schleudern gebracht.«

»In ihrem Kopf gelandet?«

»Hör zu. Ich weiß nur, daß sie völlig wahnsinnig ist. Ich bin kein Seelenklempner. Das Heroin hat ihr das Gehirn zerfranst, vielleicht denkt sie, ich bin für ihr Scheißleben verantwortlich, woher soll ich das denn wissen. Seit dies alles passiert ist, tut sie, als hätte ich völlig versagt. Sie ist krank im Kopf.«

»Habt ihr euch gestritten oder sowas?«

»Es ist reine Bösartigkeit, aus heiterem Himmel. Ich habe durchaus ein paar Feinde, aber sie gehörte nie dazu. Launisch und auch mal keifig, ja, aber definitiv eine Freundin, ein richtiger Fan von mir. Bis vor ein paar Tagen.«

»Himmel«, sagte Sarah überwältigt. »Das ist schwer zu glauben.«

»Du müßtest mal ihr Zimmer sehen.«

»Das verstehe ich nicht. Warum bist du denn zu ihr gegangen?«

»Ich wußte gar nicht, daß sie da haust. Ich wollte rausfinden, wer Rina gekidnappt hatte.«

»Rina? Was? Wann war das denn?« Ihr helles Gesicht war jetzt sehr ernst. »Mein Gott, Glory, du mußt verrückt sein, mir nicht gleich Bescheid zu sagen. Warum in aller Welt hast du mich nicht angerufen?« So scharf hatte sie noch nie mit mir gesprochen.

»Es sah nicht so schlimm aus. Bis das mit Rina passierte, dachte ich, ich hätte alles unter Kontrolle. Und jetzt dieser *Truth*-Artikel.« Seit unserem letzten Gespräch hatte ich überhaupt nicht mehr daran gedacht, Sarah anzurufen. Ich wußte nicht mal mehr genau, an welchem Tag Rina verschwunden war.

»Ich setze mich mit der Polizei in Verbindung«, sagte sie. »Das alles hört sich an, als ob dir jemand etwas anhängt.«

Ich saß da und ließ mich vom Kaffee wärmen. Immerhin

unternahm ich endlich etwas Offizielles, obwohl ich mich beim Anblick von Sarahs verletzlichem Gesicht fragte, wieviel Erfolg ich damit haben würde. Allein darüber zu sprechen, zeigte mir erneut, was für ein bizarres Verwirrspiel das Ganze war.

»Laß mich eben meinen Tee austrinken«, sagte sie, »dann gehen wir nach oben und setzen die Erklärung auf. Ich entwerfe auch gleich einen Brief an die Rechtsabteilung von *Truth*. Wir verschwenden nur Zeit, wenn wir hier rumhängen.«

Ich liebe es, wenn sie versucht, vulgär zu sprechen. Ihr Slang klingt immer so, daß du die korrekt gesetzten Kommata mithören kannst. An der Reglosigkeit, mit der sie auf ihrem Stuhl saß, merkte ich, daß ihr Verstand summte wie ein Computer bei der Arbeit.

»Wie ist es mit Zeugen? Hat dich jemand gesehen? Ich will dir was sagen, Grace hat eine Vorstrafenliste so lang wie mein Arm. Soweit es die Polizei betrifft, ist sie keine zuverlässige Zeugin.«

»Grace ist in Ordnung«, sagte ich.

»Gibt es nicht noch jemand anderen?«

»Doch. Patrick.« Jetzt erst wurde mir klar, daß ich es noch nicht geschafft hatte, mit Patrick zu reden. Offenbar ging er mir aus dem Weg. Nicht mal der *Truth*-Artikel hatte ihn hervorgelockt. »Patrick«, wiederholte ich. »Erinnerst du dich an diesen schwungvollen Remuera-Bengel? Den Kunststudenten? Schaltet schnell, der Patrick. Er hat den Bullen nichts gesagt — ich schätze, Roxy hat ihm Angst gemacht.« Irgendwie fühlte ich mich aufgemuntert. Mit Sarah zu reden, hatte auf geheimnisvolle Weise die Waagschalen wieder verschoben — ihre Mittelklasse-Zuversicht hatte mich angesteckt, jedenfalls für den Augenblick.

»Ich weiß wirklich nicht, wie du das alles schaffst, Glory. Und dabei noch versuchst, deine Bilder fertigzustellen. Davor kann ich nur den Hut ziehen«, sagte sie und trank auf ihre zierliche Weise den letzten Schluck Tee.

»War gar nicht so einfach«, sagte ich, und mein Kaffee ging in riesigen, lauten Schlucken runter. Kein Zweifel, all das Mitgefühl stieg mir bereits zu Kopf. Ich war kurz davor, mich treiben zu lassen. Um die Flut aufzuhalten, sagte ich förmlich: »Laß uns lieber gehen. Ich muß auch zurück.«

Als ich später die Autobahn zur Mount-Wellington-Abfahrt runterfuhr, hing der Geschmack des Kuchens immer noch wie Spinnweben an meinem Gaumen und klebte an den Zähnen. Ich fühlte mich leichter und war ein bißchen ruhiger, was Roxy anging. Das machte wohl Sarahs beruhigender Einfluß. Es mochte trügerisch sein, aber ich wollte mir jetzt einfach eine Zeitlang nicht mehr den Kopf darüber zerbrechen. Statt dessen dachte ich über die Farbe der Vorhänge in meinem Bild nach — ich wollte, daß sie am Fenster wie Bandagen aussahen. Ich legte schon mal all die verschiedenen Grautöne fest und sang den ganzen Weg nach Hause. Meine ganz private Probe.

9

Das warme Wetter hatte sie alle rausgelockt, sie lagen auf dem Gras hinterm Haus und tranken friedlich vor sich hin. Ihre Massigkeit, verstärkt durch den ganzen Plunder, den sie immer am Leib trugen, ließ sie aussehen wie eine Herde von Büffeln, die sich in der Sonne wälzen, groß und zottig und gefährlich. Einer der Jüngeren saß auf einem Ast im Grapefruitbaum und starrte in die Blätter. Seine nackten Füße waren gerunzelt wie bei einem Baby. Die Haufen von leeren Bierdosen und der Geruch nach Dope verrieten mir deutlich, daß wir Zahltag hatten. Rina war auch da, ein kleiner Farbfleck in der Mitte, sie lehnte sich vertrauensvoll an Al und machte ein ernstes Gesicht.

»Herrje, Glory, deine Kupplung hört sich aber fertig an. Muß wohl passiert sein, als du mit dem Witzbold über den Rasen geeiert bist«, sagte Kingi, gesprächig vom Bier. Alle schmunzelten versteckt.

»Ja, ich weiß«, sagte ich, »das war Cash in seiner üblichen Form.«

»Du hast so viele Anrufe gekriegt, daß ich mich nach hier draußen verziehen mußte«, sagte Al.

»Wer alles?« fragte ich. Ich setzte mich ins Gras und nahm einen Schluck von seinem Bier. Ein schöner Tag, fast schon heiß. In der Luft lag der typische Stadtgeruch von Benzin und Zwiebelblumen.

»Nigel. Dreimal, zum Henker. Und irgendein Arsch, der denkt, daß du seine Tochter umgebracht hast. Und Sarah. Und Grace. Und eine Zeitungsmieze.«

»Leg den Hörer daneben«, sagte ich und nahm noch einen Schluck. Es lag natürlich an dem *Truth*-Artikel. Ich fühlte mich verfolgt, gehetzt. »Machst du das? Ich geh' ins Studio und arbeite. Ich will niemanden sehen.« Ich hob Rina hoch und drückte sie an mich. Ich fühlte mich, als würde ich gleich in einer Flutwelle ertrinken. »Hallihallo«, sagte ich. Sie hatte einen großen Klecks Marmelade über die ganze Wange verschmiert, und ihre Schleife baumelte nur noch an einem Faden, wie ein totes Insekt. Ich zog sie aus ihrem Haar.

»Wo warst du?« fragte sie.

»Bei Sarah. Wie war es in der Schule?« Ich wollte es nicht wissen.

Rina zappelte in meinen Armen, ihr Körper war weich und roch nach Gras und Marmelade. »Al hat mich abgeholt«, verkündete sie. »Er hat gesagt: 'Geh bloß mit keiner Roxy mit, geh bloß mit keiner Roxy mit'.« Sie imitierte ihn feierlich, es gab ein kurzes Schweigen. »Also Jason, der hat mich gehauen und geschubst und gehauen.«

»Das hast du ihm doch nicht durchgehen lassen?« fragte Moe betroffen.

»Nö. Ich hab' ihn in'n Bauch getreten.« Sie schwiegen beide. Offensichtlich hatte ich hier ein Gespräch unterbrochen.

»Sue meint, sie hätte heute morgen gesehen, daß Roxy sich hier rumdrückte. Bei der Werkstatt«, sagte Al und sah mich an.

»Was hat sie gemacht?« Ich konnte ihr Gesicht vor mir sehen, wie sie das Haus beobachtete.

»Nichts.«

»Als nächstes schmeißt sie wahrscheinlich Brandbomben, verdammt«, sagte ich und fing ernsthaft zu trinken an. Bei dem Gedanken, daß sie in der Nähe sein könnte, wurde mir schwindelig. Jetzt war mir nicht mehr nach arbeiten. In der warmen Sonne hier bei den Jungs war ich sicherer als in meinem Studio. »Wer war das, der denkt, ich hab' seine Tochter umgebracht?«

»Ich hab' die Bullen gerufen«, sagte Al.

»Du hast was?«

»Ich will hier keine verdammte Irre rumhängen haben. Die fragen mich: 'Wollen Sie Anzeige erstatten?' Ich sagte, noch nicht. Das ist nur zu Ihrer Information.«

»Ich hab' sie gesehen. Ganz sicher«, sagte Moe. »Sie war da drüben bei den alten Karren. Im Gras.«

Ich sagte nichts. Al merkte, daß ich sauer war. Die Bullen warteten doch nur drauf, daß ich eine falsche Bewegung machte. Ich konnte nichts tun als ruhig bleiben, mich von ihrem Wirkungskreis fernhalten und darauf hoffen, daß Roxy sich selbst ein Bein stellte. Es war eine jämmerliche Strategie, aber ich war noch zu sehr in meinen Grundfesten erschüttert für unbescheidenere Vorhaben. Jetzt dachten sie bestimmt, daß ich Al vorgeschoben hatte, was für sie nur ein weiterer Schuldbeweis war. Alles entwickelte sich zu Roxys Vorteil, Tatsachen hin oder her. Sie vertrauten ihr, sie konnte ihnen erzählen, was sie wollte. Wenn Moe auch nur halbwegs richtig lag, wußten sie aus Erfahrung, daß sie ihnen wertvolle Informationen zutrug. Und da saß ich wie eine geborene Zielscheibe,

Ex-Frau des einen Toten, als letzte mit dem Mädchen zusammen gesehen, ständig am Klüngeln mit sogenannten kriminellen Verbindungen, und zu allem Überfluß mit dieser netten, liebevoll besorgten Freundin, der es wehtat, ihre schwere Pflicht zu erfüllen und die Wahrheit über mich zu sagen. Roxy war eine gute Schauspielerin, man mußte schon ein Schwein, ein unsensibler Miesling sein, um ihr nicht zu glauben. Daß Al die Bullen angerufen hatte, beschnitt einmal mehr meine Bewegungsfreiheit, wieder ein Zug, der meine Kontrolle über die Situation unterminierte. Bildlich gesprochen saß ich in einem Auto ohne Gänge und raste eine steile Straße runter — ich konnte nur noch beten, daß ich knapp mit dem Leben davonkommen würde, und versuchen, nicht auf die Stimmen in meinem Kopf zu hören.

»Was hat Sarah gesagt?« fragte Al. Er ließ sich vor seinen Freunden nicht von mir die Hölle heißmachen.

»Sie hat eine Erklärung aufgesetzt«, sagte ich kurz. »Sie verklagt *Truth* für mich. Zusätzlich will sie nochmal mit den Bullen reden.«

Jetzt, wo ich mich außerhalb der Wirkung von Sarahs verführerischer Zuversicht befand, wurde mir klar, daß selbst sie mit all ihrer Kompetenz bei den Bullen nur als irgendeine junge Anwältin mit Sozialtick bekannt war, die sich früher oder später ans Geldverdienen machen würde. In der Zwischenzeit nahmen sie sie wahrscheinlich nicht besonders ernst. Sie hatte zu viele Verlierer vertreten.

Ich streckte mich lang im feuchten Gras aus und sah an den verwitterten alten Brettern unseres Hauses hoch. Es sah aus, als könnte ich nichts weiter tun als im Gras liegen und mich zudröhnen. Sogar die Vorstellung, zu arbeiten, war auf einmal jenseits des Machbaren — der Energieschub hatte sich einfach erschöpft. Ich fühlte mich jetzt schon etwas weggetreten.

Moe reichte einen Joint rum. Er lag ausgestreckt neben mir und sah aus wie ein Pirat mit seinen verfilzten roten Haaren, die weiße Haut seiner stämmigen Arme schimmerte durch roten Flaum. Es war wie ein Augenblick eines Traums, das leise Gemurmel der Jungs untereinander, unsere beiden alten Häuser, die über uns aufragten, der heulende Verkehr. Ich sah Rina auf dem Rücken liegen, ihr Kopf ruhte auf Als Bauch. Sie zupfte mit verträumtem Blick an einem Grashalm.

Als das Dope anschlug, fing ich an sanft zu driften. Moes Haus sah aus wie eine Parodie der unschuldigen, weißgetünchten Farmhäuser, die mitten in der Walachei herumstehen. Erst bei genauerem Hinsehen war zu erkennen, daß die Veranda sich unter dem Gewicht einer schon etwas trockenen Girlande von Passionsfruchtranken gefährlich nach einer Seite neigte, die Wände klaffende Löcher hatten und die Fenster mit rohen Brettern vernagelt waren. Irgendwer hatte ein Gesicht über die ganze Wand gemalt, mit Henkelohren und knallroten Wangen – es hatte die rohe Eindrücklichkeit eines volkstümlichen Dämons, ein Bildnis der Bosheit. Unsere Häuser sahen aus, als fühlten sie sich wohl dabei, gemeinsam weiter in den Boden zu rutschen. Schon seit Jahren waren wir hier angesiedelt, am Rande des Niemandslands, mit nichts als Fabriken und Autobahn wohin das Auge blickte. An diesem Nachmittag aber wirkte das alles zum erstenmal nicht vertraut auf mich.

»Hast du mit ihr gesprochen?« fragte ich Moe.

»Mit wem?«

»Roxy. Als du sie gesehen hast.«

»Nö«, sagte er.

»Warum nicht? Du hättest sie fragen sollen, was sie sucht.«

»Ich doch nicht«, sagte Moe. »Das ist deine Angelegenheit.« Er rollte sich träge auf den Rücken.

»Du schienst aber doch einiges darüber zu wissen«, sagte ich.

Er kratzte grob mit seinem langen Zehennagel nach mir, damit ich den Mund hielt. Die Jungs sollten nicht mitkriegen, daß er etwas erzählt hatte. Manche Gangchefs kamen durch

Grausamkeit und Gewaltanwendung zu ihrer Position, andere erreichten sie, weil die Jungs sich bei ihnen sicher fühlten. Zu denen gehörte Moe, das brachte mit sich, daß das Gleichgewicht der Kräfte sorgfältig gewahrt werden mußte. Er brauchte Respekt, er mußte entscheiden, was für die Jungs gut oder schlecht war.

»Gib mal was zu rauchen rüber«, sagte er zu einem von ihnen.

»Gutes Zeug, dieses Dope«, sagte Al. »Ist es Coromandel?«

»Nee«, sagte Moe. Er war noch verärgert über das, was er als Vertrauensbruch ansah, aber ich war schon zu faul vom Dope, um es wieder in Ordnung zu bringen.

Immerhin machte ich einen Versuch, die Situation zu retten. »Ich meine, du schienst einiges darüber zu wissen, daß sie hier war.« Ich bekam einen Lachanfall. Es war einfach idiotisch schwach. Sogar Moe mußte widerstrebend grinsen.

Wir lagen im Gras herum, faul und kameradschaftlich. Die Jungs hatten sowieso eine schlaffe Phase, fast alle von ihnen gingen stempeln, und bei schlechtem Wetter hockten sie meist im Haus, sahen fern oder hingen nur rum. Es war eine kleine Abwechslung für sie, mit uns zusammen zu sein.

»Worüber lachst du denn?« fragte Al, wie üblich paranoid bis auf die Knochen.

»Über euch«, sagte ich. »Ihr seid wie ein Haufen verflixte Dinosaurier. Ihr seid auch schon fast ausgestorben.«

»Oh je, Glory fängt wieder an zu spinnen«, sagte Rina angeödet, was mich noch mehr zum Lachen brachte.

»Denk dran, was ich dir gesagt hab'«, sagte Moe streng. »Neulich in der Kneipe, du weißt schon.«

Das Dope legte mein Denkvermögen lahm, und ich hatte keinen Schimmer, was er genau meinte. Es erwischte mich wie ein weicher Stoß in den Magen. Ich rollte mich auf die andere Seite, hoffnungslos stoned. In unangenehmen Phasen eines Doperauschs passierte es mir manchmal, daß mein Hirn auf Hochtouren schaltete, aber gleichzeitig an irgendeiner

Rille hängenblieb, es spulte sich auf, schneller und schneller, ohne irgendwo hin zu können. So ähnlich fühlte es sich jetzt an. Es war die allgemeine Überlastung. Ich lag ganz still da und versuchte, es in den Griff zu kriegen, da hörte ich ganz in der Nähe etwas rascheln. Ich hob das Kinn. Da, direkt vor meiner Nase, war ein Paar glänzender Lederschuhe, vielleicht dreißig Zentimeter entfernt. Ich dachte sofort, die Blauen sind da. Ein höherer Beamter. Sie waren also schließlich gekommen, um mich zu holen. Mir war kalt, aber ich war bereit.

Ich hob mein Kinn noch etwas höher, und da stand er, ein kleiner Mann, der auf mich heruntersah.

»Entschuldigung, sind Sie Glory Day?«

Lässig setzte ich mich auf. Niemand sonst regte sich.

»Ja, ist sie«, sagte Rina. »Haben Sie was dagegen?«

Ringsum gab es eine leichte Unruhe aus wortlosem Vergnügen, wie sich eine Wasseroberfläche kräuselt. Ich hatte das Gefühl, daß es so schlimm jetzt nicht mehr werden konnte.

»Kann ich Sie für einen Moment sprechen?« fragte er mich. Dabei vermied er es, jemanden anzusehen.

»Sicher«, sagte ich. Ich sah jetzt, daß er kein Bulle war. Er hielt sich nicht bedeckt genug. Er stand einfach da, wie ein Schlafwandler. Sein teurer Anzug wirkte eine Spur zu groß für ihn.

»Sie kannten meine Tochter Marianne?«

Endlich verstand ich. Ich war so langsam.

»Ja. Sie sind ihr Vater?« Ich war erleichtert, nun bekam ich endlich die Chance, alles zu erklären, ihn zu beruhigen, die ganze Geschichte aus der Welt zu schaffen.

»Ich habe den Artikel in der *Truth* gelesen.« Seine sanfte Stimme ließ auf einen milden kleinen Mann schließen, aber er hatte den leeren Blick eines Menschen mit unverrückbaren Ansichten über das Leben. Sonst halte ich immer Distanz zu solchen Leuten, und ich hätte an seiner Steifheit merken sollen, daß er mich nicht mochte, aber ich war viel zu euphorisch.

Ich winkte ihm zu, sich zu setzen, klopfte auf das Gras neben mir wie eine Gestörte, was ich zeitweilig wohl auch war.

»Trinken Sie doch ein Glas Bier mit. Ich finde, es war sehr tapfer von Ihnen herzukommen«, sagte ich. Ich wollte ihm helfen sich zu entspannen. Eine unwillkürliche Bewegung durchlief die Gruppe der Jungs. Sie waren wie ein sprungbereites Rudel Hirsche, das jeden Moment im Wald verschwinden würde, halb fasziniert, halb verschreckt. Sie hatten sonst nie Kontakt zu solchen Leuten, und sie waren wie gebannt. Er setzte sich neben mich.

»Ich trinke nicht«, sagte er.

»Ich habe sie nicht richtig gekannt«, sagte ich. »Ich hab' sie nur im Mainstreet getroffen. Sie hatte schon eine Überdosis in sich, und ich hab' sie zusammen mit jemand anders ins Krankenhaus gebracht. Zur Notaufnahme. Wir wollten sie retten.«

»So war das also?« Seine Stimme war so leise, daß ich mich vorbeugen mußte, um ihn zu verstehen.

»Ja«, sagte ich. »So ist es gewesen. Es tut mir leid. Sie war so ein hübsches Mädchen. Ich wollte ihr helfen. Sie war wie ich in ihrem Alter.«

Dieses offene Geständnis war so ungewöhnlich für mich, daß es mich selbst überraschte. Die Erleichterung, daß ich jemandem wie Mariannes Vater davon erzählen konnte, machte mich unvorsichtig.

Rückblickend betrachtet war es albern und provozierend, sowas zu sagen. So belastet von Trauer und Wut und Selbstgerechtigkeit, wie er war, seine schlimmsten Vermutungen durch unseren Anblick auf dem Rasen noch bestätigt, mußte es das Faß zum Überlaufen bringen.

Er stand wieder auf. Sein Gesicht schwoll an und wurde dunkelrot, als ob sämtliche unterdrückten Gefühle auf einen Schlag an die Oberfläche drangen. Er hatte sogar Tränen in den Augen.

»Ich muß mir das nicht anhören! Wie kann gottloser Abschaum wie Sie es wagen, auch nur über meine Tochter zu reden?« spie er mich an.

»Was?« Einen Moment lang war ich baff. Ich hatte wirklich gedacht, daß er mir glaubte und genauso erleichtert war wie ich, daß er endlich die Wahrheit erfuhr. In meinem benebelten Zustand war der plötzliche haßerfüllte Wechsel seines Gesichtsausdrucks wie eine Halluzination, eine beängstigende, unerklärliche Verwandlung.

»Aber ich war's doch nicht«, sagte ich kindisch.

»Warum spuckt er?« fragte Rina. Sie wollte es wirklich wissen, es war kein Spruch.

Ich merkte, wie in meinem Bauch Gelächter aufstieg und sich ausbreitete. Es war ein großartiges, hilfloses Gefühl — wie damals, wenn ich als Kind ins Bett machte und spürte, wie der warme Urin sich langsam unter meinem Rücken ausbreitete. Ich kämpfte es nieder, der Mann hatte schließlich ein Recht auf seine Würde und seine Trauer, trotz aller bescheuerten Ansichten, und ich wollte zumindest Mariannes wegen respektvoll sein.

An der Hausecke gab es irgendeine Bewegung, aber ich war so langsam vom Dope und von meinem Kampf mit dem Lachen, daß ich nicht mitkriegte, woher sie kam. Die Augenblicke dehnten sich, hingen wie Fäden über dem Gras, und ich wälzte mich hindurch wie ein riesiger Wal. Ein Motorengeräusch tief unter mir hörte sich an, als ob jemand unter Wasser Blasen machte. Dann stieg es plötzlich meilenweit auf, war direkt neben mir und verschwand wieder. Mein Körper fühlte sich riesig und sehr bequem an, ich hatte gar keine Lust mehr, mit ihm zu reden. Um die Hausecke kam eine vertraute Stimme.

»Will der mir dreißig Dollar abknöpfen! Von Newton bis Mount Wellington. So ein Schwanz.«

Auf hohen Hacken über den Rasen gestapft kam, eine Parfümwolke im Kielwasser und mächtig in Schale geworfen,

Grace. Sie sah sehr wütend aus. Voller Zuneigung betrachtete ich ihr Gesicht, ich war so froh, sie zu sehen.

Sie blieb wie angewurzelt stehen und nahm die Situation in sich auf.

»Na, und wer sind nun *Sie,* wenn ich fragen darf?« Ein giftiges Schnurren. Ich dachte zuerst, sie redete mit mir, bis mir zu meinem Entzücken klar wurde, daß sie Mariannes Vater meinte. Mir gefiel die Art, wie sie sich voller Energie in die neue Situation warf. Grace kannte keine schwachen Nerven. Sie war eigentlich hier, um mich in der Luft zu zerreißen, aber sie wußte genau, wo sie stand. Mr. Lucas sah sie an, als käme sie aus einem Alptraum.

»Er denkt, ich hätte seine Tochter ermordet«, half ich aus. Ich fühlte, wie hysterisches Gelächter sich zu meiner Kehle hinaufrobbte.

»Ach, du lieber Himmel. Sind Sie ihr Vater? Sie armes Geschöpf.«

Grace war umwerfend. Sie brachte es als einzige von allen Anwesenden fertig, die Situation einfach wie selbstverständlich zu betrachten. Sie war voller Mitleid. Sie schien gar nicht zu merken, welche Antipathie sie in ihm erweckte. Es machte mir klar, daß ihre Hilfe in der bewußten Nacht mit Marianne auch kein Zufall gewesen war. Ihr taten Leute, denen es schlecht ging, einfach leid. Das war alles. Sie war hergekommen, um mir die Hölle heiß zu machen, soweit sie wußte, wurde sie meinetwegen der Beihilfe zum Totschlag oder schlimmerem bezichtigt, und nun schwankte sie auf ihren hohen Hacken durchs feuchte Gras, tätschelte seinen Arm und hatte ihren ganzen Grimm schon vergessen. Sie sagte sich, daß er vor Trauer fast zusammenbrach, und wollte ihn wirklich trösten.

Sehr sanft sagte sie: »Glory und ich haben wirklich unser Bestes für das kleine Ding getan. Wir haben versucht, sie zu retten, aber sie war schon zu weit hinüber.«

Die beiden wirkten wie zwei Charaktere in einem Stück,

wir wußten zwar nicht genau, warum sie diese Dinge sagten, aber es war wunderschön anzusehen.

Ich lag da, verzaubert von den kleinen göttlichen Erleuchtungen im Leben, diesen elektrisierenden Augenblicken, wenn das Riesenrad des Daseins anhielt und in perfekter Balance so still stand, daß ich das Universum summen hören konnte. Diese Augenblicke waren unendlich und voller Licht, und ich sah Grace und mich im Licht der Liebe des flüssigen Erdkerns baden. Während ich sie ansah, bewegten sich die kleinen Spiegel in ihrem langen, glitzernden Rock, fingen das Licht ein wie große Glassterne und warfen ihr Flimmern auf meine Netzhaut. Ich sah ihnen gebannt zu, sie wurden wie Diamanten über den Rasen geschüttet. Das Dope schillerte in meinem Gehirn, es zerrte mich in alle Richtungen auf einmal, und ich lag da wie in Eis gebadet. Es schien, daß Grace mit dem kleinen Mann meilenweit über den Rasen ging — Zeit und Distanz hingen als glänzende Fäden in der Luft. Entzückt sah ich, wie sie ihm folgte, dann wanderten sie aus dem Bild und ich legte mich zurück und schloß die Augen.

Seltsamerweise war Moe wieder zurück und lag neben mir, als wär' er nie weg gewesen. Ich fragte ihn: »Hast du irgendwas in das Dope getan?«

»Das möchtste wohl gern wissen«, sagte er, immer noch schroff. Das bizarre Spektakel vor uns hatte alle so fasziniert, sogar die Gangetikette war nebensächlich geworden. Sonst waren sie mehr für die etwas härteren Formen der Selbstdarstellung — zerschlagene Flaschen in weiches Fleisch gerammt, Schlägereien auf Kneipenparkplätzen nach der Sperrstunde, bösartige Prügeleien und heimliches Aufschlitzen in der Dunkelheit. Macho-Stürme im Wasserglas. Trotzdem war ihre Sensibilität weniger konventionellen Dramen gegenüber noch nicht abgestumpft, nicht mal durchs viele Fernsehen. Sie wußten die subtilere Variante von Licht und Schatten durchaus zu schätzen — es herrschte ein allgemeines respektvolles Schweigen, nachdem das seltsame Paar hinter dem

Haus verschwunden war. Auch die Tatsache, daß alle noch da waren, bewies ihr Interesse. Al lag im Gras und kicherte in sich hinein, ganz, ganz leise, wie ein Kind — anscheinend konnte er nicht mehr aufhören. Rinas Kopf hüpfte auf seinem Bauch auf und ab, es schien ihn nicht zu stören. Sie zupfte immer noch mit ihren dicken, kleinen Fingern unbeholfen an dem Grashalm herum. Sie sah völlig zufrieden aus, was der kleine Mann gesagt hatte, war einfach an ihr vorbeigegangen. Aber nach einer Weile fragte sie: »Warum lachst du die ganze Zeit, Al?«

»Oh, bloß deine Mutter. Sie ist so eine verrückte Nudel. Mit ihr zu leben ist besser als Kino. Und sie nennt Roxy irre.«

Ich schenkte ihm ein breites, glitzerndes, bescheidenes Lächeln. Ich war sicher, meine Augen waren voller Licht und Funken und spiegelten die Sonne in großen Strahlenbündeln.

»Na, was meinst du?« fragte ich. »Bin ich es gewesen oder nicht?«

Einen solchen Rausch hatte ich bisher noch nie erlebt, abgesehen von H. Dies war Moes Vorstellung davon, mich aufzuheitern, und bis zu einem gewissen Punkt war ich ihm sogar dankbar. Wie sich gezeigt hatte, half es sogar beim Umgang mit diesem Mordvater, aber ich konnte mich nicht mehr erinnern, was aus Grace geworden war.

Als ich im Studio aufwachte, herrschte Kälte und Sechsuhrstimmung. Der Himmel war trübe, und ich hatte einen widerlichen Geschmack im Mund. Benommen stand ich auf, ich konnte mich nicht erinnern, wie ich ins Bett gekommen war. Der Berufsverkehr schüttelte das Haus durch, und draußen konnte ich schemenhaft die Männer von der Werkstatt im Halbdunkeln arbeiten sehen. Sie wirkten wie zwei Trolle, wie sie da mit den Türen knarrten und auf irgendwelche Sachen im Gras einhämmerten. Niemand war da, das Haus war still und trist. Ich hatte absolut nichts im Kopf, wie ein schlimmer Kater.

Ich fand meine Rina in der Küche, sie aß trockene Weetabix

und krümelte dabei das meiste auf den Boden. Sie sah klein und hilflos aus, wie sie da im Halbdunkel raschelte und kaute. Als sie mir ihr Gesicht zudrehte, war es wolkenlos wie ein Sommertag. Kein Vorwurf, nur Freude und Erleichterung, daß ich wach war.

Ich umarmte sie, ihr kleiner Körper fühlte sich völlig durchgekühlt an.

»Komm her, Rina«, sagte ich, »komm her« und drückte sie ganz fest an mich. Dieses Bündel kleiner Knochen war mir genauso vertraut wie meine eigenen. »Wie lange hab' ich geschlafen?«

»Stunden und Stunden«, sagte sie, wieder ganz entspannt, weil ich zurück war und das Kommando übernehmen konnte. »Kann ich die Würste im Kühlschrank zum Abendessen haben?«

Ich wollte alle Schatten verbannen und die Küche mit Licht und Wärme und dem würzigen Geruch von bratenden Würsten füllen. Dieser kleine Mäuseschatten im Dunkeln hatte mich tief getroffen. Ich wußte nur zu gut, wie das war — ein Kind allein in einem dunklen, kalten Haus. Ich war vom Dope noch immer so sentimental, daß ich den Gedanken kaum ertragen konnte. Ich setzte sie auf die Arbeitsfläche, damit sie mir beim Kochen zusehen konnte. Wir machten das Radio an, und es plärrte fröhlich vor sich hin.

»Du warst witzig«, sagte sie und krauste ihre Nase bei der Erinnerung. »Du hast dauernd gelacht und Nigel veräppelt.«

»Nigel?« Ich hörte vor Schreck auf, Kartoffeln zu schälen. Eine Erinnerung zupfte mich am Ärmel wie ein langvergessener Traum.

»Du hast immer zu Grace gesagt«, sie machte es nach, »wärm ihn, wärm ihn mit deiner Liebe.« Rina rollte die Augen und schob die Lippen vor. »Al und ich, wir haben uns verzogen. Er sagte, Glory ist durchgeknallt, laß uns lieber abhauen.« Sie sah mich unschuldig an, um zu sehen, ob ich es auch lustig fand.

Ihn mit ihrer Liebe wärmen? Ich jagte mir fast den Kartoffelschäler in den Finger.

»Das hab' ich gesagt? Teufel, Rina, spinnst du auch nicht? Was haben Moe und die andern gemacht?«

»Die haben gelacht«, sagte Rina träumerisch. »Moe hat sich dauernd aufs Bein gehauen und gelacht und gelacht.«

»Ist der kleine Mann weggegangen?«

»Weiß nicht«, sie hatte das Interesse verloren. »Ich hab' Hunger.«

Ich gab ihr ein Butterbrot. »Danach gibt es aber nichts mehr, wir essen gleich.« Wir waren beide zurück in unseren vertrauten Rollen, und sie fühlte sich sicher. Der Geruch von bratenden Würsten schlich durchs Haus wie ein Versprechen, und bald hörte ich auch, wie sich in Als Zimmer etwas rührte. Als er reinkam, hatte er ein so breites Grinsen auf dem Gesicht, daß ich mitten in der Bewegung zur Salzsäule erstarrte.

»So hab' ich dich noch nie gesehen«, sagte er. »Nie.« Er setzte sich an den Tisch, nahm gedankenverloren Rinas trockenen kleinen Fuß in die Hand und streichelte ihn. »Du bist ja eiskalt, Rina. Geh um Gottes willen und zieh dir was an die Füße.« Er saß da und lächelte in sich hinein und zog es in die Länge. Ich piekste die Würstchen und wartete.

»Willst du es nicht wissen?« hielt er es schießlich nicht mehr aus. Einen Willenskampf mit Al gewann ich immer — er war einfach zu nett, um lange durchzuhalten.

»Ach, komm. Rina hat mir das Schlimmste schon erzählt.«

»Du warst eine richtig schmalzige alte Kuh«, sagte er andächtig. »Wir sind alle fast erstickt, am Ende sogar Nigel. Du hast immerzu gesagt, wie schön Grace ist. Ungefähr zehnmal hast du gesagt, sie hätte ein reines Herz. Sie war ein echter Schatz. Sagte, so rein nun auch wieder nicht, Schätzchen, und versuchte, dich dazu zu kriegen, daß du dich wieder hinsetzt. Du hast die ganze Zeit so blöd gelächelt. Du wolltest, daß Nigel von ihr lernt. Am Ende ist Nigel abgehauen, bloß damit du endlich aufhörst. Du warst echt völlig hinüber.

Deine Augen rollten rum, und du hast gegrinst wie eine Bekloppte.«

Es war so ziemlich die längste Ansprache, die er je gehalten hatte, die ganze Geschichte mußte ihm gewaltigen Spaß gemacht haben.

»Willst du ein Würstchen?« Ich wollte nicht darüber reden. Es hörte sich entsetzlich daneben an, ganz zu schweigen von der Blamage vor Moe und seinen Jungs.

»Ja. Von Nigel soll ich dir ausrichten, er trägt dir nichts nach. Er weiß, daß du im Streß bist.«

»Wie verdammt großzügig von ihm«, sagte ich. Wir setzten uns alle und aßen die Würstchen und Kartoffelbrei und Salat.

»Wir haben noch Eis im Gefrierfach«, sagte Al.

»Ich hab' auch deinen Schlüpfer gesehen«, sagte Rina beiläufig mit vollem Mund.

»Ja. Du lagst im Gras.« Al brach unvermittelt in einen seiner manischen Lachanfälle aus. »Es war so dermaßen komisch. Moe und die Jungs haben sich bepißt. Sie mögen Nigel nicht. Du wolltest, daß sie Händchen halten. Du hast sogar seine verdammte Hand genommen und auf ihre gelegt. Und dabei ganz schlau aus der Wäsche geguckt. Es war einfach toll, Glory, ganz wahnsinnig.«

»War Grace okay?« fragte ich beschämt.

»Oh, sie fand es ziemlich übel. Aber sie wußte, wie sie sich verhalten mußte. Sie ist ein echter Profi. Ist mit der ganzen Sache viel cooler umgegangen als Nigel. Aber genervt war sie doch.«

»Was ist ein Brofi?« fragte Rina.

»Jemand, der einen Haufen Kohle für fast nichts kriegt«, sagte ich gehässig. »Willst du noch was nach?«

Dann aßen wir schweigend. Wir waren alle hungrig, und das machte das einfache Essen doppelt so gut. Ich war immer noch ziemlich angeschlagen und hatte ein distanziert-schwebendes Gefühl, als ob ich tagelang nicht geschlafen hätte.

Nach dem Essen las ich Rina eine Geschichte vor. Es war ein Buch aus der Leihbücherei über böse Hexen, die ein kleines Mädchen in ihre Höhle locken und sie da für sich arbeiten lassen. Ich merkte, daß es Rina Angst machte. Sie fragte unverbindlich: »Leben solche Hexen bei uns?«

»Nein, sowas gibt es in Neuseeland nicht«, sagte ich. »Die leben woanders.«

»Wo?« fragte sie schnell.

»Ganz weit weg. Auf der anderen Seite der Erde.«

»Du bist eine verdammte Hexe, Glory«, sagte Al. Er wusch gerade ab und machte sich sehr gut an der Spüle.

»Nein, ist sie nicht.« Rina war ganz durcheinander bei dem Gedanken. Sie kuschelte sich tiefer in meinen Schoß und sah mich aus blanken Augen an.

»Sie ist eine gute Hexe, Rina. Es gibt gute und böse Hexen. Eigentlich sind nur ganz wenige Hexen richtig böse. Normalerweise sind es bloß Frauen, die gern alleine leben wollen.«

»Ist Roxy eine böse Hexe?« fragte Rina, und in der Küche war es plötzlich still.

»Nein«, sagte ich. »Sie ist nur nicht ganz richtig hier oben«, und klopfte sanft an Rinas kleinen Schädel, als ob ich an eine Tür klopfte.

»Das haben die Mädchen gesagt«, sagte Rina, jetzt ganz beruhigt wegen der Hexen.

»Was haben sie gesagt?«

»Sie sagen zu mir — du bist nicht ganz richtig da oben. Hier oben.« Sie imitierte mich ungeschickt und berührte ihren Kopf mit den Knöcheln.

»Wer hat das gesagt? Ich schlag' ihnen den verdammten Schädel ein«, sagte Al, der für sie gekränkt war. Er sammelte gerade die fettigen Überreste von Kartoffelstücken und Salatblättern aus dem Ausguß. »Du hast mehr da oben als eine von den Ziegen. Laß dir bloß keinen Scheiß erzählen.«

»Nö«, sagte Rina und puhlte in der Nase.

»Und das kleine Mädchen tötete die Hexen und lief nach Hause. Ende«, sagte ich, plötzlich sehr müde.

Rina guckte mißtrauisch, sagte aber nichts, das war ihre Art. Sie stand auf und ging raus, und nach einer Weile hörte ich Bruce Springsteen durch ihr Zimmer donnern.

»Sie kriegt die Kassette noch kaputt.« Ich machte Tee, während Al den Rest aufräumte, und dann setzten wir uns an den Tisch.

»Du mußt wegen der Gören in der Schule aufpassen, Glory. Rina ist die einzige, die anders ist. Ich glaube, die ärgern sie. Sie hat so ein weiches Herz.«

»Sie muß doch irgendwo zur Schule gehen. Die Lehrer sind in Ordnung. Sie mögen sie.«

»Ja, das ist schon okay. Du mußt nur ein bißchen aufpassen, denke ich.«

»Weißt du, was sie gestern gesagt hat? Sie findet, du bist genauso hübsch wie Prinz Charles.«

»Prinz Charles? Das Kind ist ein harter Fall.« Al war sichtlich hingerissen. Er trank seinen Tee. Rina war für ihn eine nie versiegende Quelle von Überraschungen.

Ich sagte: »Hast du Geld? Die Stromrechnung ist gekommen.«

»Ich hol' morgen mein Stempelgeld. Und die Nachzahlung. Die Wochen, als sie nicht gezahlt haben. Sie mußten. War'n Fehler. Könnten ein paar hundert Dollar sein. Dann sind wir für ein paar Wochen raus.«

»Ich hoffe, daß ich alle Bilder verkaufe.«

»Wieviel verdient eigentlich Nigel? Weißt du, was er gesagt hat? Er will, daß der Künstler bei der Eröffnung den Alk bezahlt. Geizig, was? Der Kerl verdient sich an dir eine goldene Nase — kann er doch den Alk bezahlen. Das würde ihm gar nichts schaden, dem Wichser. Ganz so pleite kann er nicht sein, schließlich fährt er einen verdammten BMW. Er ist einer von der Sorte, die dir immer erzählen, sie hätten es gerade nicht klein.«

»Ich weiß«, sagte ich. Ich war von seiner Heftigkeit überrascht, anscheinend hatte ihn das schon lange gefuchst.

»Na, Moe und ich bringen jedenfalls ein paar Liter mit. So ein Scheißtyp.«

Das mußten sie abgesprochen haben, als ich stoned und monströs durch die Gegend purzelte. Die groteske Glory mit dem Zeitlupenverstand, die die arme Grace nicht in Ruhe ließ und ihre Tochter in Verlegenheit brachte.

»Danke, Al«, sagte ich. Das war ein Fehler. Al haßte es, für irgend etwas Dank zu kriegen. Es brachte ihn aus dem Tritt, und mit seiner paranoiden Sensibilität merkte er, daß ich von seinem unbeholfenen Angebot gerührt war. Er stand abrupt auf, sein Schädel glühte dunkelrot.

»Schön, ich geh' mal eben in den Schuppen.« Brummel, brummel.

Ich saß am Tisch, trank meinen Tee und rauchte eine Selbstgedrehte. Die Mahlzeit und der Tee hatten mich wieder relativ nüchtern gemacht, zum erstenmal seit Tagen fühlte ich mich auch körperlich ruhiger. Während ich die zweite Tasse trank und an die Wand starrte, sagte ich mir, daß ich jedenfalls wußte, wo der Feind steckte. Ich wußte, wer sie war, wenn ich auch nicht begriff, warum sie mich umbringen wollte. Ich beschloß, den ganzen nächsten Tag zu arbeiten, das war das Konstruktivste, was ich im Moment tun konnte.

Allein schon ruhig am Küchentisch zu sitzen und den Gedanken der Hilflosigkeit auszuhalten, erforderte enorme Anstrengung. Ich versuchte, Gelassenheit aufzubringen, und als das Telefon klingelte, schoß so ein Adrenalinstoß durch meinen Körper, daß es mir Angst machte. Es war Sarah, sie platzte fast vor Aufregung. Sie hatte Erkundigungen eingezogen, seit ich heute morgen weggefahren war, und was sie erzählte, entsprach meinen schlimmsten Befürchtungen. Sie hatte sogar mit Patrick gesprochen, der eine Höllenangst hatte und nur sagte, er wolle in die Sache nicht hineingezogen werden. Keine von uns würdigte das eines Kommentars, es war ein zweitrangiges Ärgernis. Sarah hatte sich vor allem darauf konzentriert, so viel wie möglich über Marianne herauszufinden. Obwohl ihre Hauptquelle die nicht gerade zuvorkommenden Bullen waren, hatte sie eine Menge erfahren.

Anscheinend war Marianne neu in der Drogenszene gewesen. Sie fing an, als vor sechs Monaten zum erstenmal Selbstgebackenes auf den Markt kam. Sie war eins von den Kids, die sofort abhängig wurden, mehr aus Gründen der Dramatik oder des szenegebundenen Glamours, das Heroin war dabei nur Mittel zum Zweck. Aber sie hatte sehr schnell einen Riesenbedarf entwickelt. Sie ließ sich mit den großen Dealern ein, machte kleinere Kurierjobs und schlief mit ihnen, um an ihre fünfhundert Kohlen pro Woche zu kommen. Sie war noch frisch und schön, es war leicht zu verstehen, daß die Dealer bereit waren, noch ein Weilchen dafür zu zahlen, zumindest, bis ihre Haut kaputtging.

Die Polizei erzählte Sarah, daß Weasel all das bei seinem letzten Treffen mit ihnen erwähnt hatte, wahrscheinlich um sich selbst zu schützen. Er wurde bereits so schwach im Kopf, daß seine Nützlichkeit als Polizeispitzel fast vorbei war, er brachte ihnen keine verläßlichen Informationen mehr. Sein Status in der Drogenwelt war zu der Zeit auch schon gleich Null — niemand erzählte ihm noch was. Die Bullen vermuteten aber, daß er noch dealte, und darum hing Marianne auch um ihn herum wie die Biene um den Honigtopf. Weasel hatte sogar ein bißchen über sie herumgesülzt — wie traurig es wäre, daß ein so junges Ding aus so guter Familie so schnell abstürzte — er hatte anscheinend den Moralischen herausgekehrt. Aber die Bullen wußten aus einer anderen Quelle, daß er sie zum Sex zwang, wenn sie billiges H haben wollte. Sie mußte ziemlich verzweifelt gewesen sein, um sich mit einem kaputten alten Wrack wie ihm einzulassen. Offenbar hatte sie keine Ahnung von ihrem Marktwert und ließ sich die ganze Zeit von allen Seiten abledern.

Ich sagte wenig, obwohl ich Sarah für die Information sehr

dankbar war. Mit ihrem üblichen Taktgefühl hörte sie auf, als sie an meiner Stimme hörte, daß ich genug hatte. Wir sagten uns als gute alte Freundinnen sorgsam Gutenacht – beide zu verstört, um weiter in Einzelheiten zu gehen.

Es war offensichtlich, daß Marianne bei Weasel gewesen sein mußte, als Roxy und Mitch aufkreuzten. Sie hatten wohl rausgefunden, daß Weasel Informationen über sie weitergab, und machten ihm spät nachts einen kleinen Besuch. Ohne Zweifel bewegte sich Roxy wie auf Eiern, um ihre eigene Spitzeltätigkeit vor Mitch zu verbergen, aber eine haarige Situation wie diese war ja genau nach ihrem Geschmack. Marianne war dann nur ein weiteres Problem, mit dem sie fertig werden mußte. Sie hatten wohl kaum mit einer Zeugin gerechnet, das war klar. Ich konnte sie mir gut vorstellen, wie sie in das furchtbare Zimmer eindrangen und auf den kläglichen Anblick von Marianne stießen, die vor Weasel kniete, den Kopf über seinem Schwanz gebeugt. So wie ich die beiden kannte, hatten sie ihn sich sofort gnadenlos vorgenommen. Weasel war sicher gleich in sich zusammengefallen, hatte versucht, irgendwas auszuhandeln, gejammert, ihnen Marianne als Abfindung angeboten. Mitch war schon immer auf wimmernde junge Mädchen abgefahren, die Luft im Zimmer mußte zum Schneiden dick vor Sex und Tod und seinem Erregungsschweiß gewesen sein. Und Roxy, aufgepeitscht von ihrer Macht in dieser Situation, war wahrscheinlich mit ihren Verhörmethoden zu weit gegangen. Und dann, als Weasel schon zusammengeklappt war, konnte nur sie so schnell gewesen sein, ihm mit dem goldenen Schuß den Rest zu geben. Das Päckchen H, das für Marianne nach geleistetem Dienst auf dem Tisch bereitlag, dürfte ihr die Inspiration geliefert haben.

Seit ich Roxys Zimmer gesehen hatte, hatte ich diese Szene jede Nacht vor dem Einschlafen vor mir gesehen und darüber gegrübelt. Sogar vorher schon, während ich an meinen Bildern malte, war dieses Szenario in meinem Kopf abgelaufen, unerbittlich, wie ein ekelhaftes Video. Sarah hatte nur meine schlimmsten Vermutungen bestätigt.

Die vier, die sich in diesem dunklen Zimmer belauerten, Weasels Gejammer, sein dreckiger, pathetischer Tod, Roxy, die Mariannes Arm nahm und sie fragte, ob sie auch einen Schuß wollte, Marianne, zu Tode geängstigt, immer noch halb nackt und wie Wachs in ihren Händen, Roxys und Mitchs monströse Schatten über der Leiche, dann Mariannes weißer, weicher Arm, der wie eine Blume im Dunkeln leuchtete und auf Roxys Nadel wartete, Marianne zwischen ängstlicher Unterwürfigkeit und Gier auf die Droge. Alle vor Angst geschüttelt, Tod um sie herum, Roxys schwerer Atem animalisch, Weasels schlaffer Körper zu ihren Füßen.

Der erstickende Geruch im Raum, das Gedrängel der drei im Dunkeln, ihr Erregungs- und Angstschweiß. Ich nahm an, daß Marianne es irgendwie schaffte abzuhauen, rausschlüpfte, während Roxy und Mitch sich in der Finsternis flüsternd berieten. Und dann war Roxy hinter ihr her, schnell wie eine Tigerin, jagte ihre stolpernde, flauschige kleine Beute durch die Straßen. Die K. Road hoch, die Queen Street runter — Marianne hatte nie eine wirkliche Chance gehabt. Sie war nur eine schon angeschlagene kleine Maus, die sich noch vor der Katze wegschleppte.

Und dann hatte Roxy einen ihrer genialen Momente, ihr scharfer Instinkt für Sekundenbruchteilsentscheidungen zahlte sich wieder einmal aus. Zum Teil inspiriert durch ihre Besessenheit von mir, zum Teil nach einem halbausgegorenen Plan, spontan gefaßt, als sie beobachtete, wie Marianne am Mainstreet vorbeitorkelte. Sie erinnerte sich, daß ich dort sang, und führte die herumtappende, taumelnde, schon sterbende Marianne ins Mainstreet, und nur Shorty in seinem Versteck war Zeuge, als sie ihr die Passage hochhalf und sie heim zu Mutter brachte.

10

Sehr viel später, als ich eine Weile an den Bildern gearbeitet und versucht hatte, mich zu entspannen, gab ich es auf und saß einfach mit einem Glas Wein im Studio. Mein Kopf war zu voll mit der Geschichte von Mariannes Leben und Tod, um ernsthaft nachdenken zu können. Statt dessen kam das leere Gesicht ihres Vaters immer wieder hoch wie ein Comic. Seine gehässige Wut, Graces Freundlichkeit, sein verkrampfter kleiner Körper, diese Bilder gaben mir eine Vorstellung davon, was in seiner Tochter vorgegangen sein konnte. Ich konnte nachvollziehen, daß Marianne ziemlich extrem sein mußte, um angesichts seiner Verworrenheit überhaupt lebensfähig zu bleiben.

Der *Truth*-Artikel hatte sich so vollkommen mit seiner allgemeinen Sicht der Welt gedeckt, daß er mich nur sehr ungern wieder aus seinen Klauen lassen würde, mein Verhalten hatte seine Vorurteile noch bestärkt. Es war anzunehmen, daß er seine Tochter mit der gleichen Voreingenommenheit behandelt hatte. Der Ton, den dieser Mann anschlug, erklärte den Grad der Verzweiflung, die sie getrieben hatte, und auch die Kindlichkeit, die sie bis zu ihrem Tod nicht aus ihrem Repertoire gekriegt hatte.

Ich saß da, niedergedrückt von all diesem Wissen — und mit all der trügerischen Klarheit, die das Spät-in-die-Nacht-Brüten und Reste von Dope und Alkohol im System mit sich bringen, sah ich plötzlich einen Ausweg. Ich hatte eine Idee von magischer Einfachheit. Ich würde zu Mariannes Eltern gehen. Nichts lag näher als das. Die Vorstellung von Roxy in Weasels Zimmer war zu mächtig, um passiv zu bleiben, ich mußte einfach etwas tun. Ich würde ihnen erzählen, was wirklich passiert war, und ihrem Vater den Wind aus den Segeln nehmen. Ich konnte sie über Roxy aufklären und damit seine ganze Zerstörungswut von mir weg auf Roxy lenken. Dann wäre zumindest ein Fanatiker weniger hinter mir her, sagte ich mir sehr vernünftig. Es würde mir außerdem helfen, Mariannes Geist ruhigzustellen, wenn ich ihre Schritte zurückverfolgte und verstand, was sie bewegt hatte. Ein freundlicher Besuch würde eine Menge Probleme auf einen Schlag lösen. Das war die halb betrunkene Denkweise von einer, die mit dem Rücken zur Wand stand, und das war mir sogar irgendwie klar, aber mein alter Trieb zu handeln war stärker, und ich nicht nüchtern genug, ihn ernsthaft in Frage zu stellen.

Ich zog meinen Second-hand-Pelzmantel an, schlug die Adresse im Telefonbuch nach und ging aus dem Haus. Zehn Minuten, nachdem mir der Gedanke gekommen war, saß ich im Wagen und arbeitete mich die Autobahn entlang, nun wieder hellwach. Die Kälte kurz vor Morgengrauen biß in mein Gesicht, und die Rock-Sendung von Radio Hauraki unterstützte mein falsches Gefühl, auf dem richtigen Weg zu sein.

Als ich ankam, hatten sich natürlich doch ernsthafte Zweifel in mir breit gemacht. Und als ich das Haus sah, eine von diesen für Epsom typischen monströsen, alten, zweistöckigen Villen, makellos in Schuß, machte ich beinahe kehrt und fuhr zurück. Die Wirklichkeit war enorm einschüchternd. Der Garten war so zurechtgestutzt, daß er kaum noch lebte. Der schnurgerade Plattenweg leuchtete weiß durch die Schatten und war so sauber, daß man davon essen konnte. Aber ich ging weiter, auch wenn mich inzwischen nur noch mein Stolz vorantrieb.

Die Haustür wiederum war tröstlich häßlich, als hätten sie zwischendurch eine Zeitlang vergessen, wer sie sein sollten. Pseudo-Eichenholztäfelung, eine antike englische Lampe in handgeschmiedeten Haltern und ein blitzblanker Messingtürklopfer. In meinem überreizten Zustand wartete ich halb darauf, daß auch noch Schnee fiel. Erst als ich geklopft hatte, kam mir der Gedanke, daß es vielleicht ein bißchen zu spät war, solche Leute zu besuchen.

Drinnen regte sich nichts, der große finstere Grabstein von einem Haus schlief weiter und sah abschreckend aus. Ich klopfte nochmal laut und wartete. Mir fiel ein kleines, weißes Rechteck auf, das in einem Halter an der Tür saß. Es war einer von diesen vorgedruckten Abreißblöcken für Notizen. Als ich mich vorbeugte, konnte ich die gedruckte Überschrift lesen: »Falls wir nicht zu Hause sind, wenn Sie kommen, lassen Sie uns eine Nachricht da. Es würde uns leid tun, Sie zu verpassen.« Aus irgendeinem Grund gab es daneben das Bild einer Frau mit Lockenwicklern. Neben dem Block steckte sogar ein kleiner, spitzer Bleistift in einer Plastikhalterung. Er sah aus, als wäre er noch nie benutzt worden. Ich wollte gerade irgendwas Tröstliches schreiben, aber bevor ich den Bleistift rausziehen konnte, ging hinter den Milchglasscheiben das Flurlicht an.

»Wer ist da?« rief eine zittrige Frauenstimme. »Wer ist da?«

Ich sagte: »Hallo, Mrs. Lucas. Keine Sorge, es ist alles in Ordnung. Ich bin eine Freundin von Marianne. Ich wollte bloß mit Ihnen reden.«

Es war lange still.

»Es ist sehr spät. Kommen Sie morgen wieder. Vater ist nicht da.« Die Stimme klang so ängstlich und niedergedrückt und voller Tränen, daß ich sie sehen wollte, und wenn es nur für eine Minute war.

»Bitte! Lassen Sie die Kette vor und sehen Sie mich nur an, wenn Sie Angst haben. Es ist wichtig.«

Noch eine lange Stille, dann das Geräusch der Kette und die Tür wurde sehr langsam geöffnet. Ich konnte nur ein Auge und die harte Linie einer Wange sehen, als sie rauslugte, dann öffnete sich die Tür unerwartet bis zum Anschlag gegen die Kette. Mariannes Mutter, unverwechselbar, mit den gleichen großen Augen — das einzig Sanfte in einem Gesicht, das so trocken und eingefallen aussah, als wäre es fleischlos.

»Wer sind Sie?« fragte sie und hielt die Tür weiterhin zuknallbereit.

»Ich bin Glory Day. Ich bin gekommen, weil ich Ihnen erzählen wollte, wie Ihre Tochter gestorben ist.«

Es war lächerlich, mitten in der Nacht so ein Gespräch anzufangen, aber ich konnte jetzt nicht mehr zurück.

»Sie sind die aus *Truth*«, sagte sie. »Sie sind die, die ihr die Drogen gegeben hat. Wie können Sie es wagen, hier herzukommen?« Die Tür knallte mir vor der Nase zu, und ich hörte sie auf der anderen Seite schluchzen.

Ich hob verzweifelt meine Stimme, damit sie mich hörte. »Mrs. Lucas, ich habe versucht, Ihrer Tochter das Leben zu retten. Ich kannte sie vorher überhaupt nicht. Ich wollte Ihnen doch nur sagen, daß sie nicht ganz allein war, als sie starb.« Es kam einfach so raus, und es war das, was ich ihr schon die ganze Zeit sagen wollte, aber jetzt, wo ich hier war, in den trüben Tiefen von Epsom, schien es völlig irrelevant. Diese Frau war mit anderen Dingen beschäftigt, ihr sowas zu sagen, war unerheblich im Vergleich zu ihrer Trauer, Scham und ihrer Angst vor der Welt. Der ganze Ausflug war ein Schuß in den Ofen. Mir wurde nur klar, daß ich auf einem anderen Planeten lebte als diese Leute, und daß ich offensichtlich anfing, ernsthafte Fehlentscheidungen zu treffen.

Sie schrie mich an, ihre Stimme durch die Tür gedämpft, hysterisch vor Feindseligkeit: »Erzählen Sie das der Polizei, erzählen Sie das der Polizei! Ich hoffe, die sperren Sie ein und werfen den Schlüssel weg!«

Mitgerissen von ihrer Kühnheit und ihrer Trauer, hatte ihre Stimme die vornehme Schüchternheit verloren, es war jetzt ein scharfes Keifen, das für mich vertraut nach Straße klang. Diese Töne kannte ich, es fühlte sich mehr wie zu Hause an. Offenbar hatte sie sich genau wie ich in der Welt hochgearbeitet.

»Sie werden irgendwann rausfinden, daß es stimmt, Mrs. Lucas«, sagte ich. »Ich mache Ihnen keinen Vorwurf, daß Sie mir nicht trauen, aber Sie werden feststellen, daß ich es nicht war.«

»Verschwinden Sie«, rief sie, »verschwinden Sie, oder ich hol' die Polizei!« Sie war wohl die Sorte Frau, die innerhalb ihrer vier Wände ein intensives Leben führte, das sie mit aller Kraft gegen die Außenwelt abschirmte, jederzeit die Form wahrte und versuchte, die normalen Unruhemomente im Familienalltag durch reine Willenskraft zu unterdrücken.

Es war schwer, sich vorzustellen, daß ein Kind wie Marianne in dieses Mausoleum gepaßt haben sollte. Was für ein Leben mußte sie geführt haben mit einem Vater, der zwischen Gott und seinen sehr weltlichen Versuchungen hin- und herpendelte, und einer dadurch völlig neurotischen Mutter, die die Luft mit aufgesetzter Vornehmheit verpestete. Es war alles so ein Totalschaden, ich mochte gar nicht weggehen, ohne es irgendwie wiedergutzumachen.

»Gute Nacht, Mrs. Lucas. Tut mir sehr leid, daß ich Sie geweckt habe. Ich hoffe, Sie erinnern sich an das, was ich gesagt habe.«

Sie lachte, sie war halb verrückt durch die ganze Belastung.

»Mich geweckt? Ich schlafe nie.«

Ich ging mit schwerem Herzen den Pfad runter, voller Gewissensbisse. Als ich wegfuhr, ernüchtert und wieder ganz klar im Kopf, verfluchte ich mich für meine Schnapsidee. Dieses eingefrorene Haus mit seinem Garten war schlimmer, als ich es mir vorgestellt hatte, und obendrein hatte ich Mrs. Lucas für nichts und wieder nichts aufgestört. Sie hätte mich nie angehört, selbst wenn sie mir geglaubt hätte. Leute wie ich paßten einfach nicht in ihr Weltbild. Ich erinnerte sie zu stark an gewisse Dinge, außerdem mußte sie zusehen, daß sie an ihren Vorurteilen festhielt. Und wie sollte mir überhaupt jemand glauben?

Als ich nach Hause fuhr, suchte mein Kopf Abstand von der Qual dieser Geschichte, es war reiner Selbstschutz. Ich dachte an ein Bild von Robin White, das ich immer sehr gemocht hatte. Es zeigte ihre Mutter, die vor einem Vorstadthaus stand. Der Grundton war sehr ernst, aber es war voller

Licht und mit so viel achtsamer Liebe gemalt, daß es mich neidisch machte.

Das Lucas-Haus bettelte geradezu danach, auch gemalt zu werden — es wäre weiß und proper, aber zugleich so voller Bedrohlichkeit, daß die Schwingungen es fast von der Leinwand schleuderten.

Als ich mich am nächsten Morgen schließlich ins Bewußtsein kämpfte, hatte ich ein saures Gefühl im Magen, als ob sich die ganze Unruhe in meinem Blut über Nacht dort abgesetzt hatte. Alles tat mir weh, meine Augen fühlten sich wie Steine an, ich mußte die ganze Nacht mit Dämonen gekämpft haben oder über felsigen Boden durch Dickicht gehetzt sein. Mein Herz hämmerte noch von nächtlichen Strapazen, aber es war auch keine Erleichterung, die Augen zu öffnen. Es war alles da, meine Bilder um mich herum, mein schlafendes Kind, der Raum, in dem ich arbeitete und schlief, aber auch diese sorgsam bedachte Erlesenheit, die Wunder meines Lebens, konnte mir nicht die gewohnte Sicherheit geben.

Alles um mich herum war an diesem Morgen mit Beklemmung und Angst durchtränkt, jedes einzelne Element meiner Umgebung wie ein Stromstoß durchs Herz — es gab nichts Neutrales, worauf die Augen ausruhen konnten. Manchmal, früher, wenn ich mich mal wieder selbst zerfetzte oder zuviel Dope intus hatte, hatte ich diese Art Angstzustände erlebt, und als ich ein Kind war, bestand das ganze Leben daraus, also war es mir nicht neu. Ich hatte schnell gelernt, daß diese wirren Ängste eine Bedeutung hatten, nämlich, daß es keine Sicherheit für mich gab, es war eine deutliche Warnung vor neuen Gefahren.

Ich lag still zwischen den zerwühlten Decken, starrte an die Wand und versuchte nachzudenken. Ausnahmsweise wollte ich nicht mal aufstehen, meine großen alten Knochen fühlten sich unter den Laken klobig an, schon müde unter der Last der Gefahren eines neuen Tags. Das Unterhemd, das ich anhatte, stellte meinen einzigen Trost dar. Es war voll mit meinem Geruch und den Falten meines Körpers wie eine zweite Haut. Während ich dalag und ins Leere starrte, dachte ich an mein Stofftier, das ich immer mit mir herumgeschleppt hatte, als ich klein war. Manchmal strich ich mit meinen Knöcheln so leicht darüber, daß ich spüren konnte, wie die weichen Enden der Gewebefädchen sich sanft gegen meine Haut drückten, eine köstliche Liebkosung. Ich hatte meine Nase hineingesteckt, es berochen und gestreichelt, bis es auseinanderfiel — mein magischer Talisman gegen alles Schreckliche um mich herum. Ich hatte seit Jahren nicht mehr daran gedacht.

Natürlich war es Roxy, die mich so zermürbte. Ein schlechtes Zeichen, daß ich alte Kindheitszauber ausgraben mußte, um sie auf Abstand zu halten, aber vermutlich mußte ich alles nehmen, was ich kriegen konnte. An sie zu denken war ein ähnlich entnervender Spaß wie wenn ich versuchte, eine Fleischfaser aus meinem Backenzahn zu pulen. Sie blieb, wo sie war, steckte fest, faulte außerhalb meiner Reichweite vor sich hin, eingenistet in meinen intimsten Winkeln, und ich lag da, ein riesiges, altes Baby, stieß Angstschübe aus wie Rauchringe, und mir blieb nichts, als trostsuchend an meinen eigenen Klamotten zu schnüffeln.

Nicht nur das, ich erlaubte auch einer geradezu klassischen Paranoiavorstellung, langsam aber sicher von mir Besitz zu ergreifen — daß nämlich im Grunde ich all dies ins Rollen gebracht und Roxy auf fatale Weise beeinflußt hatte, daß ich sie durch die Kraft meiner Persönlichkeit, meiner Bilder, meiner Vergangenheit zum Wirbeln gebracht hatte. Das erinnerte mich unheilvoll an einen Mann, den ich gekannt hatte, der glaubte, er könne das Wetter kontrollieren, und mich ein paarmal so verrückt anlächelte, wenn die Sonne schien. Er war so ausgeflippt, daß ich einen Bogen um ihn machte. Und nun schlingerte ich bedenklich auf einen ähnlichen Zustand zu. Ich kannte meine Grenzen, ich wußte, ich konnte hier nicht liegenbleiben und mich weiter da reinrutschen lassen, sonst war ich verloren, also nahm ich meinen ganzen Willen zusammen und stemmte mich aus dem Bett. Was lag an? Zum einen schnarchte Rina neben mir selig vor sich hin. Als nächstes war ein Bad angesagt, um den Angstschweiß loszuwerden, und dann vielleicht ein Bier. Ich sagte mir, daß ich einen Schritt nach dem anderen machen mußte, meine Nerven waren zu zerfranst, um weitere Reizung auszuhalten. Ich ging ins Bad, um das Wasser einzulassen, und als ich zurückkam, war Rina wach und starrte träge an die Zimmerdecke.

»Willst du auch baden?« fragte ich sie, aber sie krauste die Nase, nein. Ich wußte, daß die letzte Zeit sie auch überfordert hatte, und manchmal dachte ich, ihr langsames kleines Gehirn wurde bombardiert, bis es wie eine Kraterlandschaft auf dem Mond war. Ich fragte mich, was für seltsame, träge Bilder ihr wohl durch den Kopf gingen, wenn sie so dalag und ins Leere starrte — ich gab ihr einen Kuß.

»Schlaf weiter, Rinie«, sagte ich, »vergiß für heute mal die Schule.«

Das Bad war genau richtig, das Wasser kroch mir seidenweich über die Haut wie ein warmer Segen. Ich lag da und versuchte, meinen Kopf einfach leer zu machen, betrachtete die großen weißen Inseln meines Körpers, der Hügel meines Bauches schimmerte wundervoll. Es klopfte an der Haustür. Ich brauchte nur den Kopf zu drehen und konnte durch die Milchglasscheiben beider Türen schon sehen, daß es Nigel war. Er trug eine Sonnenbrille — kein gutes Zeichen.

»Komme gleich!« brüllte ich, aber Rina hatte bereits aufgemacht. Bevor ich mich in Bewegung setzen konnte, hatte sie ihn schon ins Badezimmer geführt. Beide sahen für eine Sekunde auf mich runter, Rina liebevoll, Nigel völlig entgeistert. Die weiblichen Gerüche, der überwältigende Nebel aus Wasser und klebriger Soße, mein Walkörper und die weibliche Behaarung, die auf dem leicht bräunlichen Wasser schwamm, müssen für den armen Mann eine furchtbare Offenbarung gewesen sein. Ich erwischte nur einen kurzen

Blick auf sein kreideweißes, entsetztes Gesicht, dann verschwand es blitzartig aus meinem Sichtfeld. Ich seifte mich genießerisch ab, aus irgendeinem Grund hatte sich meine Stimmung leicht gehoben. Ich ließ mir Zeit, denn vermutlich war er sowieso im Flur ohnmächtig geworden. Nigel war der Typ, für den menschliche Nacktheit in Bilder gehörte.

»Ich komme schon!« schrie ich, um der Höflichkeit genüge zu tun, und zog mich unter Riesengeplätscher hoch. Kein Laut von draußen. Das einzige, was ich zum Anziehen finden konnte, war Als halb unter die Wanne gestopfter Bademantel. Er war ein bißchen stinkig und eingestaubt, aber ich spritzte Rasierwasser darüber, etwas anderes konnte ich nicht finden. Mir gefiel sogar mein Gesicht im Spiegel — ich hatte Farbe, ein leicht fiebriges Glühen, und meine Augen waren lebendig. Wahrscheinlich alles Adrenalin.

Nigel saß draußen auf der Veranda, Rina neben ihm. Sie hielt ihm gerade irgendeinen gesalzenen Vortrag. Vermutlich über die Schule. Er hatte sich mit geschlossenen Augen zurückgelehnt, offenbar um Rinas Blick auszuweichen. Die starrte gespannt in sein Gesicht. Sie hatte ihre Haare oben auf dem Kopf zu einem Pinsel gebunden und war in ein uraltes Kleid von mir gewickelt, das wegen der Pailletten ihre Lieblingsverkleidung war. Manchmal konnte ich Nigels Gedanken lesen — jetzt zum Beispiel fragte er sich gerade dramatisch: 'Ist es das wirklich wert?' Er öffnete die Augen, sah mich und machte sie wieder zu.

»Himmel, du hast mich vielleicht erschreckt. Ich dachte, ich sehe eine gigantische Nacktschnecke. Du warst so weiß.« Er schüttelte sich aufgewühlt.

Ich ließ mich neben ihm im blassen Sonnenschein nieder, aus meinen Haaren tropfte es angenehm auf meine warmen, nackten Schultern. Ich steckte mir eine Selbstgedrehte an, bereit, ihm eine halbe Stunde zu geben. Neben ihm standen ein paar Flaschen Steinlager auf der Veranda.

»Wem gehören die?«

»Unterbrech mich nicht. Ich erzähl' Nigel was«, sagte Rina.

»Ich hab' sie mitgebracht. Frag mich nicht warum, Glory. Gestern ist mir eine erstaunliche Erscheinung begegnet. Das werd' ich mein Lebtag nicht vergessen. Du, völlig weggetreten von irgendeinem scheußlichen Zeug, du hast dich im Dreck gesuhlt und — bitte entschuldige den Ausdruck — ekelerregend aufgeführt, und eine Nutte, die du in einem Massagesalon oder weiß ich wo aufgelesen hast. Ich meine, Himmel, Glory, da kann man sich ja was einfangen, wenn man nur Luft holt. Dann hast du mir die fast körperlich aufgedrängt. Aus unerfindlichen Gründen warst du triefend naß und völlig geisteskrank. Es war, wie von einem riesigen, tropfenden Nilpferd empfangen zu werden. Und das vor all diesen Kerlen. Ein Alptraum. Noch nicht mal in meiner ganzen, dreckigen Bekanntschaft mit dir habe ich je eine derartige Zerreißprobe durchlitten. Ich weiß nicht mal, warum ich dir das überhaupt erzähle. Du kannst dich wahrscheinlich nicht einmal erinnern, oder? Oder?« Er war entschlossen, darauf herumzureiten. Noch eine wilde Glory-Story, die er seinen Freunden erzählen konnte? Bei Nigel war das schwer zu sagen, er war immer so theatralisch, aber ich hatte den Verdacht, daß ihm das alles heimlich Vergnügen machte.

»Ach, spar dir doch den Quatsch, Nigel. Ohne mich würdest du doch eingehen vor Langeweile. Ich bin deine Trumpfkarte — die einzige, die Schwung in deinen geschützten, braven kleinen Oberklasse-Alltag bringt. Du hast doch eh die Nase voll von deinen großkotzigen Abendessen und Parties.«

»So viele Klischees, Glory. Und so früh am Morgen. Was für eine schablonenhafte Vorstellung von meinem Leben. Na ja, was will man von einem verdammten Sozialkrüppel auch anderes erwarten? Ich hätte mir ja denken können, daß ich keine Entschuldigung kriege.«

»Schon gut. Es tut mir leid«, sagte ich.

Wir tranken von dem Bier. Nach einer Weile fragte er: »Ist Al hier?«

»Keine Ahnung. Ich hab' ihn noch nicht gesehen.«

»Frag nicht nach Al. Das geht dich gar nichts an, Mr. Nigel«, sagte Rina. Das kam so aus heiterem Himmel, daß sogar Nigel schmunzeln mußte.

»Na gut, Glory. Schluß mit den Höflichkeiten. Ich habe einen Anruf bekommen. Von deinem kleinen Freund.«

»Von welchem kleinen Freund?« Ich hatte so viele.

»Der Mann, der gestern so charmant war. Der Kerl mit der kleinen Fixerin. Der Vater von der kleinen Fixerin. Du weißt schon.«

»Ach, der. Nicht der schon wieder. Himmel nochmal. Wie hat er dich gefunden?«

»Kein Problem. Er brauchte nur ein paar Kunsthändler anzurufen.«

»Okay, was wollte er?«

»Er wollte, daß ich die Ausstellung abblase. Er sagte, du wärst eine bekannte Drogendealerin und eine Mörderin. Er sagte, es sei unmoralisch und eine Schande, daß ich deine schmutzige Kunst noch unterstütze. Er sagte, er würde sich mit seinen engen Freunden, den Hauseigentümern, in Verbindung setzen und mir den Vertrag für die Galerie kündigen lassen. Er hat dich als Königin der Unterwelt mit direkten Verbindungen zur Hölle beschrieben. War da sonst noch was?« Er gab vor nachzudenken, um es ordentlich in die Länge zu ziehen. »Ach ja, er sagte, er habe stündlichen Kontakt mit der Polizei, und es sei nur noch eine Frage der Zeit, bis sie losschlagen und den ganzen Sumpf von Tunten und Junkies ausheben, mit dem du dich umgibst.«

»Mehr nicht?«

»Mach keine Witze, Glory. Das ist schon lange kein Witz mehr.«

»Ich kann nichts gegen ihn machen. Ich muß mir über einen Haufen andere Sachen den Kopf zerbrechen.«

»Tja, du ziehst sowas eindeutig an, meine Liebe. Das ist deine verfluchte Aura. Es scheint, daß du jeden einzelnen Fall von schwerer Psychopathie in Auckland magnetisch anziehst. Wenn sogar dein Agent schon Drohanrufe kriegt, würde ich das als Sturmangriff bezeichnen.«

»Das sieht dir ähnlich«, sagte ich knapp. Mir brannte fast die Sicherung durch. »Und, bist du zu Kreuze gekrochen?«

»Nein. Ich habe nur gesagt, ich würde die Polizei über das verständigen, was ich als Erpressungsversuch betrachten muß.«

»Du hast was?« Wider Willen war ich beeindruckt.

»Ich habe auch die Cops angerufen«, sagte Nigel geschmeichelt. »Sie haben zwar kurzen Prozeß mit mir gemacht, aber zumindest geht der Anruf in die Akten — als Beweis, falls es soweit kommen sollte. Ich bin nicht so schnell kleinzukriegen, Glory. Und im Gegensatz zu dir sichere ich mich ab.«

»Nerv mich nicht, Nigel«, sagte ich. Das Bier schmeckte mir sehr gut. Es schien schon Ewigkeiten her zu sein, daß ich das letztemal eins getrunken hatte.

»Hör mir mal zu. Ich bin nicht der widerstandsfähige Typ. Ich bin kein Gangmitglied und auch kein Gauner, der sich mit einem Blutschwur zur Loyalität verpflichtet hat, oder was sie sonst für altmodische Rituale pflegen. Ich hab' noch nie durch dick und dünn zu jemandem gehalten, und du bist die letzte, für die ich eine Ausnahme machen würde. Ich stehe nicht auf die sture, schwerfällige Treue der Arbeiterklasse. Also, raus damit. Kannst du meine Frage beantworten, ohne in einen von deinen animalischen Wutanfällen auszubrechen? Bist du es gewesen?«

»Seh' ich aus wie ein Mörder? Wie eine Mörderin?«

»Ja«, sagte er. »In dieser verflixten Badewanne hast du ausgesehen, als ob du jemanden unzerkaut verschlucken könntest.«

Ein Weilchen herrschte Stille. Wir sammelten uns beide für die nächste Runde. Es war ein ungewöhnlich warmer Morgen für die Jahreszeit. Das Gras war so lang, daß sogar Tausendschönchen darauf wuchsen — eine richtige Wildwiese voller

Iris und Zwiebelblumen und Paspalum. Al war auf der Veranda von Nebenans und versuchte die Hunde zu füttern, während sie um ihn herum schnappten und knurrten. Der Verkehrslärm baute sich zum Sturm auf, der Neun-Uhr-Andrang war in vollem Schwung.

»Tatsächlich glaube ich eigentlich nicht, daß du es getan hast«, sagte Nigel. »Du hast viele üble Fehler, Glory, aber ein paar Dinge sind dir immer noch heilig. Ich weiß, daß du eine Frau von unumstößlicher Integrität bist.«

Ich grunzte nur. Diese Unterhaltung war die übliche delikate Mischung aus Beleidigung und Schmeichelei, und ich hatte schon genug anderes im Kopf.

»Schön, aber wer will dir dann etwas anhängen?« fragte er.

»Roxy. Der ich eine gelangt habe, als du zu einem deiner zahllosen Besuche auftauchen mußtest.«

»Oh, charmant! Zahllos also? Du bildest dir doch nicht ein, diese zahllosen Besuche, wie du sie nennst, wären ein Vergnügen, Glory. Ich weiß nie, was mir als nächstes ins Gesicht springt. Es ist wie — ein Spaziergang durch die Abfallgrube im Schlachthof.« Nigel war immer gleich beleidigt. Das war eine seiner besonders anstrengenden Eigenschaften.

»Abfallgrube?«

»Nur ein Bild. Ein Bild«, er konnte es sich nicht verkneifen. »Du weißt schon, erdverbunden, natürlich, und fürchterlich abstoßend.« Wir schwiegen eine Weile.

»Also, was willst du? Ich muß arbeiten. Das mit Mr. Lucas kann ich nicht ändern, er ist einfach ein Verrückter. Nichts als ein durchgedrehter Vater.«

»Na gut, Glory. Ich bin der letzte, der dich von der Arbeit abhalten will. Roxy also, ja? Eine wundervoll giftige Lady.«

Ich war überrascht. Ich hätte gedacht, daß er sowas gar nicht mitkriegte, er war immer so damit beschäftigt, allen eins auszuwischen, von daher hatte ich angenommen, seine unmittelbare Umgebung wäre für ihn ein verschlossenes Buch. Auf jeden Fall hatte ich das alles gründlich satt, ich wollte nichts als mich einschließen und arbeiten. Ich brauchte mindestens ein paar durchgeschuftete Stunden, um den Rücken einigermaßen frei zu haben und zum Verarbeiten zu kommen. Netties Tod zum Beispiel lag mir immer noch unverdaut auf der Seele, und ich hatte nicht mal Zeit, an sie zu denken. Ich sah zu, wie Rina verträumt abzog und sich ins hohe Gras verdrückte, ihr kleiner Pferdeschwanz hüpfte auf und ab.

Ein Taxi hielt unten an der Straße. Grace stieg aus und stritt sich wie immer mit dem Fahrer.

»Oh Gott«, sagte Nigel. »Ist sie das wieder? Wer ist sie überhaupt?«

Grace kam den Pfad hoch. Sie schob ihr Kinn in mein Gesicht. Ich sah die Stoppeln auf ihrer großporigen Haut und ihre großen, rotgeränderten, tieftraurigen Augen. Ihre Zähne waren braun, sie sah kaputt aus, als hielte nur eine Farbschicht sie noch zusammen, und müde von all dem Streß. Sogar ihr Kleid unter dem falschen Leopardenmantel war schmutzig. Ihr gelblicher Nagellack hatte Risse.

»Also, bist du heute stoned, Glory?« Sie ignorierte Nigels Anwesenheit. »Nein? Okay. Erzähl mir, was los ist, Glory. Ich hab' dich angerufen und bin vorbeigekommen, und du redest nicht mal mit mir.« Sie stand mit den Händen auf den Hüften vor mir, ihre Haare glänzten in der Sonne. »Ich hab' die *Truth* gelesen. Sogar meine Kumpel gucken mich schräg an.«

»Ich war es nicht«, sagte ich ruhig zum zweitenmal in einer Stunde. »Und du auch nicht.«

Sie wollte sich nicht mal hinsetzen.

»Oh, ich weiß, daß ich es nicht war, Schätzchen. Keine Sorge. Da kann ich mir ganz sicher sein. Das ist nicht das Problem. Ich würd' aber gern von dir hören, was eigentlich los ist, ich laß mich nämlich nicht gern verarschen.«

»Jemand will mir was anhängen. Roxy. Ich hab's dir schon am Telefon gesagt. Du hast sie noch nicht kennengelernt. Sie ist ein Junkie. Sie hat Rina gekidnappt, die Bullen vertrauen ihr, sie hat es auf mich abgesehen. Sie ist besessen.«

»Ich wußte es«, sagte sie. »Trixie hat's mir auch gesagt. Sie sagte, du wärst eine verdammte Irre. Ich und meine große Klappe. Warum hab' ich mich da bloß reinziehen lassen? Du platzt in mein Leben mit deinen hundertvierzig Kilo und einem Gesicht wie die Rückseite von einem Bus, und mit einem toten Mädchen an deine Titten gepreßt — du hast mich bis zum Hals in diese Geschichte voller Drogen und Überdosen reingezogen — sie haben mich geschlagen und mich verhaftet, und du läßt mich allein in der Scheiße sitzen und haust ab auf irgendeine Vergnügungsfahrt. Sieh dich doch mal an. Hockst da in der Sonne auf dem Hügel, schwatzt mit deinem Freund, als gäbe es keine verfluchten Probleme auf der Welt. Ganz zu schweigen davon, daß du mir den kleinen Scheißer da aufdrängen wolltest. Er sieht aus, als müßte er die ganze Nacht reden, um ihn hochzukriegen. Und von Geld war natürlich auch nicht die Rede.« Einen Moment lang sah sie mit echter Verachtung zu Nigel rüber, aber sie richtete ihre Aufmerksamkeit sofort wieder auf mich. »Natürlich erklärst du auch nichts. Und dir gestern zu begegnen, war der reinste Horrorfilm. Ich trau' dir nicht, Glory. Für meinen Geschmack fährst du zu sehr auf Machos ab. Als Frau. Und ich weiß, wenn mir irgendein Arschloch was von mysteriösen Feinden erzählt, die ihr was anhängen wollen, ist es Zeit zu verduften. Und zwar schleunigst. Das ist die letzte Zuflucht jedes Irren. Und stoned bist du ein Monster. Ein richtiges verdammtes Monster. Weißt du, mir kommen langsam Zweifel bei der ganzen Sache. Du hast mich da wahrscheinlich reingezogen, um *mich* anzuschwärzen. Schleifst dieses Kind die Queen Street hoch. Ich bin so verdammt gutgläubig — das war schon immer mein Problem. Du würdest nicht mal deiner sterbenden Großmutter aufs Klo helfen, und wegen irgend so einer Junkietorte würdst du keinen Finger heben.«

Sie hatte völlig die Nerven verloren, und mir fiel nichts ein, was ich sagen konnte. Ihre Wut und ihre Angst waren überwältigend, du konntest sie geradezu riechen.

Nigel sagte: »Ich bin übrigens Nigel. Falls es die Damen interessiert.«

Wir drehten uns beide um und starrten ihn an.

»Ich weiß, Süßer«, sagte Grace beleidigend, »du hast mich im Wagen mitgenommen und vor mir selbst gerettet.«

Nigel stand auf. Jetzt war er ernsthaft gekränkt. Er konnte es nicht leiden, wenn man über Sex sprach, er hatte eine behütete Kindheit.

»Bleib bitte in Kontakt, Glory. Wir haben noch genau zwei Tage«, sagte er streng und stelzte davon. Er hatte was Komisches, wenn er so auf dem hohen Roß saß. Ich war froh, daß er ging. Sein Eifer und seine Verdrießlichkeit zogen mich runter. Er erinnerte mich an einen Foxterrier, der kläffend um einen Wolf springt — er hatte nicht die geringste Ahnung, wie weit er den verschwommenen Schatten vor sich provozieren durfte.

Das Problem mit Grace war, daß ich von Anfang an alles falsch angepackt hatte. Ich hätte am nächsten Tag nicht zur ihr fahren sollen. Ich hätte mich Freitagnacht wahrscheinlich nicht von ihr mitnehmen lassen sollen. Ich war wie ein Tornado in ihr Leben eingebrochen. Grace wollte ein friedliches Leben. Sie hatte zwar ihren eigenen Dunstkreis, mit ein bißchen Dope, ein bißchen Alk, ein bißchen Klatsch, aber sie hielt sich sehr für sich. Auch wenn die meisten von den Mädels, mit denen sie zusammenarbeitete, regelmäßig Drogen nahmen, wollte sie selbst das nicht. Vielleicht mal ein bißchen Erholungskoks, ihren Morgenjoint, aber nicht mehr. In der Art, wie sie ihr Leben organisiert hatte, lag eine weltmüde, vernünftige Intelligenz. Und mehr noch — so, wie sie Mariannes Vater gemanagt hatte, war es klar, daß sie eine erstklassige Hure war, es mußte fast eine Berufung sein. Entgegen aller Wahrscheinlichkeit war es ihr gelungen, sich eine Nische zu schaffen. Durch mein Eindringen in ihr Leben hatte ich das empfindliche Gleichgewicht gestört, ihre sorgfältig konstruierten Überlebensstrategien gefährdet.

Ich sagte: »Es tut mir leid, Grace. Ich wollte nie, daß du so tief darin verwickelt wirst. Es ist einfach passiert.«

»Es tut dir leid? Das bringt's nicht. Davon kann ich keine verdammten Rechnungen bezahlen. Taxis, Anwälte. Und nicht nur das. Im Pub fangen sie schon an, hinter meinem Rücken zu reden. Ein paar glauben einfach nicht, daß alles großes, großes Pech gewesen sein soll. Komisch, was? Die Bullen auch nicht. Und ich fang' langsam an, dasselbe über dich zu denken. Guck dir die ganzen Zufälle an — du kanntest die Kleine, du kanntest den anderen Junkie, den sie ausgepustet haben. Wen kennst du eigentlich nicht? Dann erfahr' ich, Mitch Nathan ist dein Ex. Dieser Kübel voll Scheiße. Foltert Leute, um Informationen zu kriegen, und hat dabei mehr im Sinn als seine verdammte Pflicht. Er steht auf blutbespritzte Hotelzimmer und schlägt weggetretenen Pennern mit dem Softballschläger die Köpfe ein. Du weißt davon? Feine Sache. Aber am Tag danach gehst du mit ihm auf eine kleine Reise. Dein Tantchen ist gestorben? So siehst du aus, fährst in fünf Stunden vierhundert Kilometer für irgendeine alte Kuia. Die Hälfte von diesen Gangstern ist mal mit dir verheiratet gewesen. Ich meine, ich hab' dir und der Kleinen verdammt nochmal nur geholfen, weil ich dachte, du wärst 'ne Lesbe. Das war der einzige Grund. Und dabei bist du hetero wie sonstwas und auch noch kriminell.«

Sie war so weit, daß sie ihre Enttäuschungen für meine böse Absicht nahm, sie stand da, wehklagte förmlich, ihre Knie zitterten von der Nervenanspannung. Ich wußte, ich hatte sie beleidigt, sie unabsichtlich völlig überfahren, und sie war demgegenüber hilflos — trotz ihrer starken Persönlichkeit. Sie war genauso gefangen wie ich. Sie glaubte jetzt halb, sie hätte mich durchschaut, und das schlimmste war, daß wir uns zu Anfang wirklich gemocht hatten. Ich hoffte inständig, sie benutzte ihre ganze Wut dazu, ihren Kopf über Wasser zu halten, und wußte ganz tief drinnen, daß ich unschuldig war. Es war fast, als hätte Roxy auch mit ihr geredet — aber in diese paranoide Richtung wollte ich gar nicht weiterdenken.

»Wir sitzen im selben Boot«, sagte ich. »Ich hab' dir nichts verheimlicht. Wenn wir anfangen, uns zu streiten, sitzen wir erst richtig in der Scheiße.«

»In welcher Scheiße«, sagte sie sehr sanft.

»Roxy ist komplett verrückt. Sie könnte uns beide umbringen, wenn sie sich das in den Kopf setzt.« Es war eine Erleichterung, das auszusprechen.

»Oh, tausend Dank, Glory. Das ist wirklich sehr beruhigend, hört sich ganz wundervoll an. Und warum zum Teufel würde ein Junkie eine alte Queen wie mich aus der Welt schaffen wollen?«

»Du bist eine Zeugin«, sagte ich. »Die mag sie nicht besonders.« Mitch wagte ich nicht zu erwähnen nach allem, was sie über ihn gesagt hatte.

Ich war ziemlich ratlos. In dem Versuch, etwas Nettes zu tun, platzte ich heraus: »Komm ins Studio, Grace, ich zeig' dir meine Arbeit.« Es war nicht unbedingt passend, aber es war das einzige Friedensangebot, das mir einfiel. Grace schien es nicht weiter seltsam zu finden.

»Was für Arbeit? Oh, richtig. Du bist Malerin. Das hat mir der Knirps ja erzählt. Sagt der, ist dir klar, daß diese Kreatur dort auf dem Rasen einer von Neuseelands aufregendsten Malern ist?« Sie traf seinen Tonfall genau.

»Willst du die Bilder sehen?«

Die kleine Erleichterung, die mir mein Morgenbad gebracht hatte, war weggeschwemmt, und ich mußte mich wohl oder übel wieder stellen. Tod und Gewalt und Ungewißheit, wohin ich auch sah. Es gab keine Sicherheit mehr. Das war die Wirklichkeit, und Graces Gefühle waren unter diesen Umständen sehr verständlich. Ich dachte, wenn sie die Bilder sah, würde sie vielleicht alles besser verstehen. Aber natürlich konnte das auch nur in eine weitere Sackgasse führen. Es war niemals genau vorherzusagen, wie Leute auf meine Bilder reagieren würden. Jedenfalls war es alles, was mir nun zu tun blieb.

Sie war nicht besänftigt. »Ich komme und seh' sie mir an, wenn du das Taxi bezahlst. Du schuldest mir einen Haufen Kohle, Glory Day. Einen ganzen Berg.« Immerhin hatte sie zugestimmt, wobei ich sie schon gut genug kannte, um zu wissen, daß Verzeihen in ihrer Natur lag, also dazu brauchte es nicht viel. Als wir aufstanden, fiel mir der Tretchikoff an ihrer Wand ein, aber jetzt war es zu spät.

Wir gingen in würdevollem Schweigen über die Wiese, Rina folgte uns verträumt, ihr freundliches, kleines Gesicht ganz konzentriert auf die Rolle, die sie gerade spielte. Wahrscheinlich war sie eine Prinzessin, ich erkannte ein paar der Anzeichen. Sie hatte Grace und mich völlig ausgeschlossen, ich wußte, daß sie nichts mehr aufnehmen konnte. Die Studiotür stand schon offen, und plötzlich erfaßte mich eine Welle von Panik. Als Rina und ich vor einer Stunde gingen, hatten wir sie zugemacht.

»Wer war hier drin?« schrie ich. Wir standen auf der Schwelle und einmal mehr sah ich auf die Ruinen meines Lebens. Das Studio lag da wie ein ausgeweidetes Tier. Das Fenster hatte einen Riesensprung, irgendwas, das wie Matsch aussah, war über die Wände geschmiert, alle meine Bilder lagen Gesicht nach unten auf dem Boden, Farbe aus meinen Töpfen war über jeden Gegenstand gekippt, mein Bett sah aus, als ob jemand es in zwei Teile gehackt hätte, Decken und Laken waren zerrissen und voller Flecke. In der Luft lag soviel Bösartigkeit, daß es uns fast erschlug. Wir konnten uns alle drei vor Entsetzen nicht bewegen.

»Wer hat das gemacht?« fragte Rina verängstigt. Sie kam so nahe wie möglich an mich ran, und ich berührte sanft ihren Kopf. Danach blieb sie stumm. Sie wollte nicht mehr sprechen.

»Al!« brüllte ich. Wir zuckten alle zusammen. Von einem zertrümmerten Bücherregal tropfte immer noch alle paar Sekunden Farbe.

»Al! Ruf die Bullen!«

Er kam aus dem Schuppen, wo er gerade das Hundefutter wegpackte, dann stand er wie angewurzelt da, völlig bestürzt.

»Dafür kauf' ich sie mir«, sagte ich im Gesprächston.

Er bückte sich, um ein Bild aufzuheben. Es war mein Lieblingsbild, das von der Frau auf dem Linoleum. Das, von dem sie dachte, es wäre sie. Dicke Klumpen blauer Farbe klebten auf der Leinwand — nur noch die zarten, nackten Füße waren in der einen Ecke zu sehen.

»Faß nichts an. Ruf sie an. Sag ihnen, sie sollen sofort herkommen. Ich hab' das jetzt wirklich tödlich satt.«

Al ging. Ich setzte mich neben der Tür ins Gras und lehnte meinen Kopf an die Wand. Ich konnte nicht reden. Ich fühlte mich, als ob jemand mich in eine Kalkgrube geworfen hätte, in der überall um mich herum halbzersetzte Körper lagen.

Grace gab mir wortlos das Bier. Ich trank, ich schmeckte nichts. Rina setzte sich neben mich und streichelte mich sanft. Wir saßen stumm in der Wärme des Tages, während der Schock um mich brandete wie eine flimmernde Hitzewelle.

»Was für ein irres Luder ist das denn?« Grace war fast ehrfürchtig, so viel Feindseligkeit auf einmal hatte sie aus ihrer eigenen Wut geschüttelt. Sie hob ein eingetretenes Bücherregal auf und setzte damit geistesabwesend eine Lawine von Staub und zerbrochenem Zeug in Bewegung. »Was hast du ihr bloß getan?«

»Sie hat ihr nichts getan, gar nichts«, sagte Al, der gerade aus dem Haus zurückkam. »Laß die Finger davon«, ergänzte er mit einer Kopfbewegung auf das Regal, »die Bullen kommen. Die finden noch deine Fingerabdrücke.«

Sie ließ es fallen, als hätte sie sich verbrannt, und es krachte ihr vor die Füße.

»Vergiß es, Herzchen. Ich hab' die ganze Zeit mit Glory geredet, ich hätt's gar nicht tun können.«

»Bei diesen Schweinen würd' ich mich auf nix verlassen«, sagte er grimmig.

»'s hätte genausogut dein Schädel sein können«, sagte sie, immer noch ganz fassungslos. Sie sah zu mir rüber. »Sie hat eindeutig was gegen dich, Schätzchen.« Wir waren alle still. »Hey, guck mal. Dein ganzes Dope. Extra für die Bullen, damit sie dich gleich wegen Drogenbesitz drankriegen und dann in aller Ruhe schmoren lassen können. Du brauchst ja 'ne verdammte Grundausbildung.«

»Wie kommt es, daß du nichts gehört hast?« fragte ich Al in sorgsam beiläufigem Ton.

»Was weiß ich? Die Hunde haben gebellt, das weiß ich. Sie muß doch 'n Höllenlärm gemacht haben, bei all dem Einschlagen und Zertöppern.«

»Man fragt sich, wie sie das so schnell geschafft hat. Sie muß da durchgefegt sein wie der Blitz. Wie ein verdammter Kampfroboter«, sagte Grace. All die wilden Vorwürfe, mit denen sie gekommen war, schienen erloschen zu sein, was ein positiver Punkt war. Immerhin einer.

Ich drehte einen Joint aus dem kleinen Silberpapierpäckchen, das Grace mir gegeben hatte. Es beschäftigte meine zitternden Hände — ich konnte meine Bilder nicht ansehen, und zu sprechen wagte ich auch nicht. Wir waren alle wie gelähmt von dieser Heimtücke.

Die Bullen kamen wie aufs Stichwort, als wir den Joint gerade zu Ende geraucht hatten, was mir nur unwesentlich geholfen hatte, mich für sie ausreichend zu wappnen. Es machte mich nervös, ständig mit Bullen zu reden, es war das zweitemal innerhalb von vier Tagen oder so. Gemessen daran, wie allergisch ich normalerweise auf sie reagierte, war das ein Rekord.

»Mrs. Day?« Jung, mit roten Haaren und kindlichen Sommersprossen. Er war leise wie ein Geist über den Rasen gekommen. Der andere schwieg und hielt sich im Hintergrund.

»Ja.«

»Ist irgendwas Wertvolles zerstört worden?« fragte er freundlich. Anscheinend wußte er noch nichts über mich.

»Bilder. Ich hab's mir noch nicht genauer angesehen, vielleicht an die zwanzigtausend Dollar.«

Er pfiff durch die Zähne. »Ganz schön Geld in der Kunst, was? Versichert?«

»Ich glaube.« Ich war nicht sicher. Wie ich Nigel kannte, hatte er vermutlich dafür gesorgt. In dieser Art von Details war er gut. Wir standen im langen Gras. Ich vermied es, meinen zerstörten Raum anzusehen. Zwischendurch hatte ich ab und an ihren Gesichtsausdruck vor Augen, wie sie es tat.

Die Bullen krochen herum, es kam mir wie Stunden vor, nahmen Fingerabdrücke, suchten nach Hinweisen und sortierten durch den Schutthaufen. Endlich standen sie auf und staubten sich ab.

»Wir finden raus, wer das getan hat. Da sind überall Fingerabdrücke. Ist sonst noch irgendwelcher Schaden entstanden?« Der Rothaarige übernahm all das Reden.

Al sagte unvermittelt: »Schaden an Leib und Seele, persönlicher Schaden. Diese Lady hier hat Monate an diesen Bildern gearbeitet. Alles futsch.« Ich war überrascht. Der Bulle sah ihn an, offensichtlich ein bißchen überfordert.

»Ich hab' das vor ein paar Minuten angefaßt«, sagte Grace und deutete mit dem Fuß auf das Regal, »also sind da meine Fingerabdrücke drauf.«

Ich sah, daß ihre hochhackigen Sandalen ganz billige aus Plastik waren, auf die aber Glitzer und kleine bunte Federn geklebt waren. Offenbar hatte sie das selbst gemacht. Die Cops bemerkten es auch.

»Gut, wir werden drauf achten«, sagte der eine und sah zur Seite. Der andere gab sich Mühe nicht zu lächeln und machte sich eine Notiz wegen der Fingerabdrücke. Ich konnte sehen, daß beide gern wieder weg wollten. Wir vier waren offenbar ein anderes Kaliber, als ihnen lieb war.

»Ich meine, natürlich liebe ich Besuch von euch, Jungs, keine Frage«, sagte Grace, »aber zur Zeit paßt es mir nicht so gut.«

»Könnte ich noch Ihre Aussage haben, Mrs. Day?« fragte der Rothaarige. »Wollen Sie das irgendwo machen, wo wir ungestört sind?«

»Nein, sie wissen alle Bescheid«, sagte ich. »Ihr Name ist Roxy Williamson. Ihre Adresse ist Brighton Road, Parnell. Sie hat schon meine Tochter entführt, und sie schikaniert mich und unsere ganze Wohngemeinschaft. Sie ist eine von euch. Sie ist ein Junkie und Polizeispitzel.«

Er sah mich ungläubig an. »Und Ihr voller Name?«

»Glory Day.«

Es gab ein Schweigen, und er klappte sein Notizbuch zu. Wir konnten förmlich sehen, wie sein Gehirn sich überschlug. Er hatte offenbar irgend etwas vermasselt.

»Wenn Ihre Aussage zutrifft«, sagte er förmlich und betonte jedes Wort, »und das ist ein großes Wenn, dann haben Sie es hier mit einer Person zu tun, deren Verstand gestört ist. Ich würde Ihnen raten, Sicherheitsvorkehrungen für Ihre Tochter und sich zu treffen. Und, äh, für alle andern, die davon betroffen sein könnten.«

»Wenn es noch mehr Tote gibt«, sagte ich, »wem wollen Sie es dann in die Schuhe schieben?« Ich konnte einfach nicht anders.

»Ich habe keine Informationen über den Fall, auf den Sie anspielen«, sagte er nüchtern und wandte sich zum Gehen. Der andere war schon zum Wagen unterwegs.

Ich sagte: »Steh' ich noch unter Verdacht wegen dem Tod des Mädchens oder nicht? Die Cops waren mindestens zwei Tage nicht mehr hier. Sicher würden nicht mal sie davon ausgehen, daß ich mein eigenes Haus in Trümmer lege.«

Ich wollte noch mehr sagen, aber Al stieß mir heftig seinen Ellbogen in den Rücken. Er war meine Wortgefechte mit den Bullen leid. Er wollte einfach, daß ich die Klappe hielt. Al verfügte über gewisse Strategien, die ich respektierte, also gab ich nach. Es gab sowieso andere und dringendere Probleme.

Die Bullen stapften durch den Garten davon, und ihr

Wagen fuhr mit ohrenbetäubendem Quietschen an, als ob sie nicht schnell genug wegkommen könnten.

Moe und Kingi kamen rüber, sowie das Auto abfuhr. Sie überquerten den Grasstreifen zwischen den beiden Häusern immer, als ob es die verdammte Berliner Mauer wäre.

»Wieder Ärger, Glory?« fragte Moe, der seine Verblüffung kaum verbarg. Immerhin war er taktvoll genug, die Geschichte von gestern nicht zu erwähnen. Das mußte ich ihm lassen. Er sagte: »Oh, Scheiße! Wer war das denn? Roxy?« Es haute ihn sichtlich aus seiner coolen Fassade.

Wir standen alle da und sahen uns die Bescherung an. Die einzige Person, die sich bewegte, war Rina. Sie arbeitete wie ein kleiner Maulesel, zog an den Bildern und wuchtete sie durch die Gegend. Sie reihte sie alle nebeneinander auf dem Rasen auf, schweigend und mit höchster Konzentration. Ihr Pferdeschwanz war ganz grau vor Staub, und sie hatte das Gesicht voller Flecken. Die Bilder lagen auf dem Gras und sahen dreckig und zerbeult aus. Das war so ein herzzerreißender Anblick, daß mir große Tränen das Gesicht runterrollten. In dem Moment war mir das ganz egal, aber hinterher stellte ich fest, daß es alle anderen völlig erschütterte. Außer Rina hatte mich noch nie jemand weinen sehen. Sie standen mit eingefrorenem, verlegenen Lächeln auf den Gesichtern da, während ich schluchzte.

»Ich geh' sie suchen. Scheiße.« Ich ging auf die Knie und berührte eins der Bilder. Alle versuchten, meine Tränen zu ignorieren.

»Schön, aber ich komm' verdammt nochmal nicht mit«, sagte Al. »Ich hab' genug.« Er war überfordert und richtig böse auf mich. Meine Tränen hatten ihm den Rest gegeben. Der gute Al hatte selbst an einfachen Tagen eine zerbrechliche Seele, jeder Kontakt mit der Außenwelt hinterließ blaue Flecken darauf, und er war voller versteckter Empfindlichkeiten. Die beängstigende Zerstörungsorgie, vor deren Spuren wir standen, hatte einen Tic in seiner Wange in Gang gesetzt, das war ein Zeichen, daß er dem Zusammenbruch nah war. Wenn schon meine Haut zuckte und sich unter diesem Druck verkrampfte, wie mußte es Al erst gehen. Er war doch schon unter friedlichen Umständen kaum belastbar. Bullen, die ganze Ungewißheit, Sue, und jetzt noch dies, das alles war zuviel. Seine Augen waren wild und rot von geplatzten Äderchen. Er war außerdem der einzige Mensch, der wirklich wußte, wieviel die Bilder wirklich für mich bedeuteten, deshalb versuchte er um meinetwillen, seine Panik unter Kontrolle zu halten.

»Ich komm' nicht mit«, sagte er wieder, diesmal ruhiger. Seit wir Weasels Leiche gefunden hatten, war er höchstens zweimal aus dem Haus gegangen.

»Schon gut«, sagte Moe. »Ich komm' mit. Diese Kanaille. Ich hab's dir gesagt, oder nicht? Ich hab' noch nie so ein giftsprühendes Aas gesehen. Das mit deinen Bildern hätte sie nicht machen sollen.« Er wollte handeln, irgendwas tun. Es juckte ihn vor Langeweile. Ich saß da und sah Rinas geduldiger Arbeit zu und versuchte, meinen Kopf der neuen Situation anzupassen.

»Mensch, du machst das echt gut«, sagte Al zu ihr, als Wiedergutmachung. »Paß auf die scharfen Glasstückchen auf, ja?«

Als sie anfing, sie liebevoll einzeln abzuwischen, sahen ein paar von den Bildern nicht mehr ganz so schlimm aus. Roxys manischer Wirbelsturm hatte dies und jenes ausgespart. Durch die Geschwindigkeit der Zerstörung waren ein paar Sachen unberührt geblieben — wie manchmal in den Nachrichten über amerikanische Tornados ein paar Häuser unzerstört zwischen Meilen von Schutt stehen. Das Auge des Hurrikans. Sie hatte offenbar nicht die Zeit gehabt, allem ihre volle Aufmerksamkeit zuzuwenden oder sich an jedem Bild auszutoben. Ihr Wahnsinn hatte ihr so schon die Kraft von drei Leuten gegeben. Sie war ein großes Risiko eingegangen, aber die Mächte, die sie trieben, mußten das Bewußtsein davon ausgelöscht haben. Meine schlimmste Befürchtung war, daß sie das alles mit völlig leerem Gesichtsausdruck gemacht hatte.

Grace berührte eins der Bilder vorsichtig mit ihrer federgeschmückten Sandale.

»Also, sie sind ganz bestimmt nicht mein Fall, deine Bilder. Ich meine, ich kann verstehen, warum die arme Frau übergeschnappt ist. Sieh dir das hier an. Ich krieg' davon ein ganz komisches Gefühl. Guck mal, wie ihr da das ganze Zeug aus dem Mund tropft, um Gottes willen. Meine Kunden sagen immer, *ich* hätte einen kranken Kopf. Die sollten dich mal treffen, Schätzchen. Du würdest ihnen aber warm runtergehen. Wenn du mich so gemalt hättest, würde ich dir auch an die Kehle wollen.«

»Dafür kriege ich Roxy«, sagte ich zu niemand im besonderen. Es gab keinerlei Zweifel, daß sie sich vor allem die tote Frau auf dem Linoleum vorgeknöpft hatte. Farbkleckse zogen sich über die gesamte Leinwand, als hätte sie minutenlang davorgestanden und es bearbeitet. Anscheinend war das der Mittelpunkt ihrer Aufmerksamkeit gewesen. »Kommst du?« fragte ich Moe. Ich zog den Bademantel aus und stieg in ein farbverschmiertes Kleid, das ich unter den Trümmern hervorfischte. Rina reichte mir, ohne mich anzusehen, mein altes Jackett. Es war, als würde ich zu einer Hinrichtung gehen.

Ich stieg in den Wagen, ohne was zu sagen, ich konnte nicht sprechen.

»Fahr du, Moe.« Er ließ den Wagen an, und wir fuhren in absoluter Stille die Straße runter auf die Autobahn. Moe sagte aus Respekt nichts, und ich sah nur aus dem Fenster und fühlte das Blut in meinen Schläfen pulsieren. Ich versuchte, meine Wut und Energie zu konservieren, aus Sorge, ich würde sonst zu demoralisiert werden, um viel auszurichten.

Vor Roxys Haus saßen wir eine Minute lang nur still da. Dann sagte ich: »Warte lieber draußen. Ich schreie, wenn ich dich brauche. Es ist besser, wenn ich erstmal allein reingehe.

Komm nach, wenn ich in zehn Minuten oder so nicht wieder da bin.«

Wieder diesen Alptraumflur runter — es war ein altes, freundliches Haus, das sicher seit den Sechzigern Generationen von unschuldigen Studenten beherbergt hatte, die hier die Revolution planten und kifften, bevor die Androiden der Achtziger kamen. In der Luft hing immer noch dieser metallisch-tote Geruch. Leise schob ich mich bis zu ihrer Tür, diesmal war sie geschlossen. Ich legte mein Ohr gegen das Holz. Drinnen war nichts zu hören, es fühlte sich leer an, wie eine verlassene Höhle. Ich drückte auf die Klinke, aber es war abgeschlossen.

»So«, sagte ich ganz leise zu mir selbst, »möchte wissen, wo sie steckt.« Ich sah mich vorsichtig um, dann lehnte ich mich schwer gegen das Schloß. Die Tür gab einfach nach, weich wie ein Seufzen. Noch nie hatte ich eine Atmosphäre so stark in einem Zimmer gefühlt. Es war der Pesthauch des Wahnsinns, der mich ansprang. Es war wie die Höhle eines Raubtiers, wo dieser durchdringend bittere Gestank und die drohende Gefahr plötzlicher Rückkehr so dick in der Luft hängen, daß du es förmlich schmecken kannst.

Nichts hatte sich verändert und niemand war da, nur das Papier, das durch den Luftzug der sich öffnenden Tür wieder wisperte. Plötzlich fühlte ich mich meiner Verfolgerin, meiner wahnsinnigen Richterin, körperlich sehr nahe. Seit Tagen hatte ich nur noch an sie gedacht und mit ihr gekämpft und vor ihr Angst gehabt, und dieser zweite Besuch hier nahm der ganzen Sache die Unwirklichkeit.

Hinter mir knipste jemand das Licht an. Ich fuhr so hart zusammen, daß der Schreck in meinen Ohren gellte wie dieser irre, hohe Schrei in *Psycho* an der Stelle, wo sie endlich die alte Frau zeigen und der Verrückte die Treppe runtergerast kommt. Ich fuhr herum und zog das gezackte Glasstück raus, das ich in meiner Jackentasche hatte.

»Zur Hölle«, sagte Moe erschüttert und sah sich um. »Das ist ja alles über dich!«

Die Erleichterung war so groß, daß mein Mund ganz trocken wurde. Ich stand da und rang nach Fassung.

»Das waren keine zehn Minuten«, sagte ich, als ich meine Stimme wieder hatte.

Er hörte mir nicht zu. Er stand versteinert vor dem Anblick des Zimmers, völlig überwältigt. Schließlich sagte er: »Sie schreibt hier, du wärst die größte Malerin der Welt. 'Sie könnte mir ruhig was davon abgeben. Man muß nur sehen, wie sie mich malt.' Wovon was abgeben? Puh! Durchgeknallt, das kannst du aber laut sagen! Himmelarsch.«

Wir wurden beide unwiderstehlich von den Wänden und den Botschaften angezogen, die sie da hinterlassen hatte. Diesmal fielen mir verschiedene Einzelheiten auf — eine Kopie von dem Brief, den sie mir geschrieben hatte, steckte an der Decke. Auf eine Kritik hatte sie geschrieben: »Auf den Kerl sollte Glory aufpassen. Er hat —«, aber das letzte Wort konnte ich nicht lesen, es sah aus wie »Stil«. Wir lasen weiter, Moe in fassungslosem Entsetzen. Dann fühlte ich plötzlich einen Luftzug, und die Tür ging weiter auf. Wir drehten uns beide um, und da stand wieder der lange, dünne Typ. Es war eine Wiederholung des letzten Mals, er sah ganz genauso aus.

»Was macht ihr hier?« Er hatte noch immer dieses ausdruckslose Gesicht.

Moe stand da, kaute auf seiner Lippe und schätzte ihn ab. Im Vergleich sah seine ehrenhaft-alptraumartige Gangaufmachung zur Abwechslung beinahe gesund aus.

»Wo ist sie?« fragte er nach einer kurzen Stille.

»Bist du einer von diesen Kopfjägern?« fragte der seltsame Junge im selben Ton. Ein wandelnder Zombie.

»Wo ist sie?« Moe benutzte jetzt seine gequetschte Stimme. Ein schlechtes Zeichen. Er mochte es nicht, wenn jemand direkte Fragen stellte, schon gar nicht ein so offensichtlich Verrückter. Obwohl er sich wahrscheinlich geschmeichelt fühlte, daß jemand ihn für einen Kopfjäger hielt.

»Bist du einer?« Moe ging auf ihn zu. Mit der Leichtigkeit

langer Übung zog der Junge das Messer, das ich bei meinem letzten Besuch gesehen hatte. Von seinem Gesicht war nicht abzulesen, ob er gelangweilt war oder Angst hatte. Er hielt einfach das Messer in der Hand.

»Ich weiß nicht, wo sie ist«, sagte er sehr trotzig. »Ich bin doch nicht ihr Aufpasser, oder? Sie wird schön sauer sein, daß ihr die Tür aufgebrochen habt.«

Moe sagte: »Ich geb' dir noch eine Chance, Arschgesicht. Los, sag's mir.« Ich wußte, daß er immer ein Messer bei sich hatte. Ich machte mir jetzt ernstlich Sorgen. Moe brauchte nur nach dem Weg zu fragen, und schon steckte er in einer Schlägerei. Jetzt mußte er bald anfangen, ihn zu verprügeln, das waren die Regeln. Typisch von ihm, mich in diese Art Zwickmühle zu bringen. Zum Glück traf der Junge die richtige Entscheidung.

»Manchmal arbeitet sie in dem Café oben in der K. Road. Da könnte sie sein.« Er verzog sich rückwärts aus dem Zimmer, wahrscheinlich um irgendwen zu warnen.

»Erzähl lieber keinem was«, sagte ich mit meiner sanftesten Stimme, »wir würden wissen, daß du es warst.« Ich war alt genug, um seine Mutter zu sein.

Nachdem er weg war, mußte sogar Moe schmunzeln. »In diesem Haus haben ja wohl alle 'n Knall.« Von oben knackte etwas, und instinktiv waren wir beide sofort an der Tür. Wir gingen sehr schnell den Flur lang, aber nichts rührte sich.

Als wir im Wagen saßen, steckte Moe sich erstmal einen Joint an. Selbst er spürte die Anspannung.

»Sowas hab' ich noch nie gesehn. War mir überhaupt nicht klar, daß sie so verrückt ist. Sie sieht aus wie ein Filmstar, sogar wenn sie total zugedröhnt ist. Es ist wirklich nicht zu glauben. Sie hat mit all diesen harten Gangstern zu tun, und bei den Scheißern mußt du echt deinen Kopf zusammenhalten. Ich frag' mich, ob sie die zu sich nach Hause einlädt.« Er nahm einen Zug. »Ich dachte, du kriegst Paranoia, Glory«, sagte er, als er den Motor anließ. »Ich dachte, du drehst jetzt selber ab.«

Wir fuhren die K. Road rauf und parkten direkt vor dem Pub.

Er fragte mich: »Willst du sie dir immer noch greifen? Roxy?«

Wir sahen sie sofort, als wir ins Fenster guckten. Sie saß mit zwei Typen am Tisch, und sie sah so schön aus, daß ich stehenblieb. Ihr Haar umfloß sie wie eine rote Wolke, sie lachte und erzählte und gestikulierte mit ihrer Zigarette. Sie hatte noch überall Farbe an den Händen. Sie trug einen langen rosa Rock und eine weiche, weite, weiße Bluse — sie strahlte so eine Unschuld aus, Wiesenblumen im Haar und ein Gesicht wie der frühe Morgen, sanft und leuchtend.

Für den Bruchteil einer Sekunde war ich von Zweifeln gelähmt. Es schien unglaublich, daß diese wunderschöne Vision zu derartig aggressiver Grausamkeit fähig sein sollte. Es war nur eine einzige Sekunde, und Moe stand ja auch neben mir, aber es genügte für ein wildes Tier wie Roxy, deren sämtliche Instinkte auf Alarmbereitschaft standen. Ihr Gesicht fror ein, sie drehte sich mit einer so häßlichen Grimasse zu uns um, daß es uns fast umwarf, und dann sprang sie mit einer Halbdrehung und einem kurzen Schwung ihres Rocks über den Tisch und verschwand nach hinten. Es hatte nicht mal Zweck, ihr nachzujagen. Roxy war unwahrscheinlich behende, sogar wenn sie bis zu den Ohren zugedröhnt war, bewegte sie sich so schnell, daß du es gar nicht mitbekamst. Und tatsächlich hatte kaum jemand den Vorfall überhaupt bemerkt — die Hälfte der Leute dachte wahrscheinlich, sie hätten sich nur eingebildet, daß eine schöne Frau an ihnen vorbei zur Hintertür geschossen war. Uns hingegen sahen sie, uns abgerissene Vogelscheuchen, häßlich vor Verlegenheit.

»Freundin von euch?« fragte Moe. Wir hatten uns zu den beiden Männern an den Tisch gesetzt. Sie hatten beide fleischige Priestergesichter — Männer mit gereizter Haut und dick geschwollenen Knöcheln, zorniges Fleisch drängte sich gegen zu enge Kleidung. Sie mochten es nicht, daß wir ihnen so nahe kamen. Mit ihren roten, wütenden Gesichtern hätten sie Zwillinge sein können, obwohl der eine wesentlich älter war. Hier, in diesem anderen Umfeld, erkannte ich sie zuerst nicht.

»Hast dir'n neuen Partner an Land gezogen, was?« sagte der eine und nickte Moe zu. »Mit sicherem Griff. Na, bist ja selbst nicht gerade ein Ölgemälde.« Sie bogen sich vor Lachen.

»Jetzt erkenne ich Sie«, sagte ich. »Sie sind der Kerl, der mich abgeholt hat.« Es war erst ein paar Tage her, aber mir kam es wie Jahre vor.

»Paß bloß auf«, sagte er immer noch grinsend. Er wandte sich an seinen Kollegen. »Meinst du, wir sollen sie mitnehmen?«

»Nee. Später«, sagte der andere und rührte sorgfältig seinen Kaffee um. Sie waren beide sprungbereit.

»Ihr habt ja ein paar schön kaputte Spitzel«, sagte ich. »Die führen euch direkt in die Latrine, wenn ihr nicht aufpaßt.«

»Deine Freundin Roxy? Ach komm, Glory. Sie ist ein tolles Mädchen. Sie lobt dich immer in den Himmel. Will nur dein Bestes.«

»Ich wollte sowieso mit euch sprechen. Ich krieg' euch dran für Freiheitsberaubung. Schikane. Und noch ein paar andere Sachen. Mit den Beweisen, die ich habe, könnt ihr euch nur noch schuldig bekennen.« Ich war leichtsinnig vor Frustration.

»Eher beiß' ich mich in den Hintern«, sagte er uninteressiert und trank seinen Kaffee. Ihre Körper waren so mit Spannung geladen, daß ich sogar auf die Entfernung ihre Muskeln zittern spürte.

»Dann kriegst du AIDS«, sagte ich, den Spruch borgte ich mir aus Graces Repertoire.

Er sprang auf, die falsche Freundlichkeit verschwunden, sein brutales Gesicht hart vor Wut. Sein Kumpel hielt ihn zurück. Er war ein echter Freund, kein Judas. Er sagte leise, drängend, als wüßte er, daß der Typ selbst in der Öffentlichkeit nur begrenzt zurechnungsfähig war: »Laß gut sein. Es ist es nicht wert, die sind doch nur Abschaum. Wir holen sie uns später.« Er drehte sich fast verschwörerhaft zu uns um. »Bißchen unglücklicher Moment. Haut jetzt ab. Los.«

Als ich mit Moe die Straße runterging, sagte ich: »Wir sind vielleicht zwei Nieten.«

»Was ist heute? Freitag? Dann müßtest du heute abend singen«, sagte Moe. Er wollte nicht drüber reden. Er würde sich an ihnen rächen müssen. Aber das brachte uns irgendwie auf die gleiche Stufe, und in meinem zerbrechlichen Zustand empfand ich das wie ein Geschenk.

»Ich muß auch auf diese Ausstellungseröffnung«, sagte ich. Ich war sowieso noch nicht bereit, nach Hause zu fahren. Ich wollte mit Patrick reden, obwohl ich das Moe nicht erzählte. Er wäre sofort drauflosgestürmt, aber ich wollte es lieber auf meine Weise versuchen.

II

Schließlich überredete ich Moe, mich zu der kleinen Galerie in einer Nebenstraße der Queen Street zu fahren.

Es war eine knisternde Nacht, alles war unterwegs, riesige verbeulte Maschinen mit abgesägten Auspuffen röhrten die Hauptstraße rauf und runter, Autofahrer auf der Suche nach einem Abenteuer hingen aus ihren Wagenfenstern, während ihnen das Sperma fast zu den Ohren rauskam. Neuseelands Mamas und Papas, mit ihren Sprößlingen unterwegs, von Zukunftsängsten gefoltert, schreckten vor der bedrohlichen Schärfe des nächtlichen Stadtlebens zurück, aus reiner Liebe zu ihren Kindern hatten sie sich unter Leute gemischt, die sie lieber nie gesehen hätten. Es war ihnen anzusehen, daß ihnen

Überfälle in Parkhäusern, alle möglichen ansteckenden Krankheiten und gewaltsamer Tod durch die Köpfe geisterten.

In der Luft lag so ein Drängen, daß es förmlich zu riechen war — Babys, die geboren werden wollten, Leute zum Verlieben, eine Blutlache auf dem Gehweg vor dem Pub, glitzernde sexuelle Versprechungen, laute Rockmusik, die jeden rationalen Gedanken vertrieb. Alles war so schäbig und funkelnd und lebendig, daß wir einen Moment stehenblieben, um zuzusehen.

Moe sagte: »Verdammt gut was los heute abend. Die Mädchen hier sind klasse.« In stillschweigender Übereinkunft wurde Roxy nicht erwähnt.

»Na, ich muß weiter«, sagte ich.

Er wollte Patricks Ausstellungseröffnung nicht sehen.

»Nee. Ist das dieser kleine Patrick? Nee, laß man. Ich geh' vielleicht einen Kumpel besuchen. Draußen in Sandringham. Bist du nachher im Mainstreet?«

»Ja«, sagte ich. Sehr enthusiastisch sah ich dem nicht entgegen.

»Vielleicht komm' ich hin.«

»Du hast meinen Wagen, Kumpel. Du tauchst besser auf.«

»Schon okay«, sagte er, nicht weiter beleidigt. Seit vorhin gingen wir bedacht und respektvoller als sonst miteinander um.

In die Galerie kommen war wie eine andere Welt betreten. Queen Street war dagegen rauh und fadenscheinig. Hier glitten anmutige junge Leute in luftig-leichter weißer Kleidung durch den Raum, im klaren Licht sahen sie wie Elfen aus. Es war kein Ort, wo ich mich hätte wohlfühlen können, und kaum war ich drin, wollte ich wieder weg. Es gab Kunststudenten, glamouröse Musiker, Managertypen, lauter solche Leute, überzeugt von ihrer selbstgewählten Berufung und darauf aus, ihre Karrieren durch ein bißchen Geplauder am richtigen Platz weiter voranzutreiben, in sowas war ich nie gut gewesen. Sie alle waren auf eine wundervoll dekadente Weise schön, ihre erlesene Haut, Münder und Frisuren zeugten von einer Art Selbstgewißheit, die mir völlig abging. Sie waren leutselig und auf dem Weg nach oben, und die Luft war voller Projekte, die mit mir nichts zu tun hatten.

Meine eigenen Pläne waren ziemlich verschwommen — ich wollte ein paar schnelle Drinks, ein paar Worte mit Patrick und dann weiter ins Mainstreet — aber als ich reinkam, sah ich, daß es so einfach nicht laufen würde. Vor allem war Patrick nicht da. Er hatte mich wahrscheinlich gesehen und das Weite gesucht. Daß er mich hatte hängenlassen, war im Vergleich mit den andern Katastrophen in meinem Leben eher unerheblich, insofern übertrieb er jetzt etwas. Ich wußte, daß er jung und ängstlich war, und nahm ihm die Geschichte nicht weiter krumm. Es überraschte mich, daß er selbst es offenbar so ernstnahm.

So lehnte ich mich eben an die Wand, trank etwas und wartete, daß er zurückkam. Für eine Erstausstellung sah alles ganz vielversprechend aus, ein paar Bilder hatten sogar schon rote Klebepunkte. Diese cremefarbenen Galeriewände saugten die Lebendigkeit aus den besten Bildern, und seine waren da keine Ausnahme, aber man konnte auf Anhieb sehen, daß sie gut waren. Es erboste mich sehr, all die Bilder so strahlend und gepflegt an der Wand hängen zu sehen, wo meine eigenen zu Hause in einem Trümmerhaufen aus Mord und Totschlag lagen. Aber darauf ließ ich mich jetzt besser nicht weiter ein, es lohnte einfach nicht. Ich hatte genug Ärger am Hals, auch ohne hier noch eine Szene hinzulegen. Außerdem mußte ich meine Energie für den Ernstfall aufheben.

Die Galerie wurde von irgendeiner losen Studentenkooperative betrieben, und ihre schwachen Stellen waren zu sehen. Zum einen hatten sie ein Riesenfressen aufgefahren, und überall standen Teller mit Hühnerbeinen und Schinkenknochen und dem üblichen französischen Stangenbrot herum. Sie hatten auch den Fehler gemacht, zuviel Wein auszuschenken — die Geschäftsseite schien ihr schwacher Punkt zu sein.

Erfolgreiche Galerien schenkten Wein nur per Glas aus, und dazu gab es Cracker mit ein bißchen Petersilie drauf. Außerdem lag hier eine Erwartung in der Luft, die in erstklassigen Galerien nie spürbar wäre. Die Leute hier hofften igendwie halb auf ein Wunder. Der Stil, die Erwartung, das alles erinnerte mich an die allererste Vernissage, zu der ich je gegangen war. Oben in der Uptown Gallery, eine Ausstellung mit dem Titel »Städtische Wucherungen« oder so ähnlich.

Als ich hinging, war ich kolossal gespannt, als stünde etwas ungeheuer Wichtiges bevor, aber natürlich war überhaupt nichts los. Die Bilder waren ein Gretchen-Albrecht-Abklatsch, aber viel schwächer. Sie waren halbabstrakt, ohne Stil oder Überzeugung, mausetot. Ich war damals schon höllisch eingebildet und sehr ungeduldig, wenn ich schlechte Arbeit sah, und die Bilder erbosten mich von Anfang an. Obendrein hängte sich ein älterer Kerl an mich, sobald ich den Raum betreten hatte.

Er gehörte zu der Sorte, die hofft, daß alles über sie festgehalten und aufgeschrieben wird, und er spielte dauernd seinen unsichtbaren Biographen was vor. Er erwartete zuversichtlich, daß zukünftige Generationen sich an seinen brillanten Witz und seine prachtvolle Sexualität erinnern würden. Er war in der Henry-Miller-Phase steckengeblieben, wo Frauen vor seinem Starkstromintellekt und seiner steifschwänzigen Anmache einfach in die Knie gehen mußten. Er hatte seine Nummer schon so oft abgespult, daß seine Augen ganz müde waren. Er redete ein paar Minuten mit mir und beäugte mich wie ein Köter ein Stück Fleisch, legte herablassend seinen Arm um mich und sagte sowas wie »Du bist was Besonderes. Ich erkenne das«, brachte seine Lippen ganz dicht an mein Ohr, so daß ich einen schlechtriechenden Seufzer und seine Bartstoppeln fühlen konnte, und flüsterte dramatisch: »Weißt du, kleines Mädchen, ich komme wie ein Güterzug.«

Später fand ich raus, daß er Schriftsteller und bekannt für seine Blödheit war. In der Situation selbst schlug mir der

Gedanke an seinen quabbeligen Körper, aufgedunsen von Wein und möchtegern-literarischen Bemühungen, einfach auf den Magen. Ich gebe zu, daß mein Leben seine schrägen Kapitel hat, aber mit solchem Kram mußte ich mich nie abgeben.

Instinktiv wußte ich, daß dieser Typ nur etwas Drastisches verstehen würde, also kippte ich ihm mein volles Glas Wein ins Gesicht. Er triefte, fing aber an, den Wein abzulecken, und zog eine Show ab, »Mmm, mmm, köstlich«, aber dann verzog er sich gedemütigt, und ich war in der Aucklander Kunstwelt als die Frau eingeführt, die Wein über Leon geschüttet hatte. Die meisten Leute fanden das prima, und auf Partys sprachen mich Frauen an, die sich ärgerten, daß ihnen das nicht selbst eingefallen war. Das war zu den unbedarften Zeiten, als viele Frauen noch ihre Funktion darin sahen, gepeinigten Dichtern auf Knien zu dienen. Für mich war diese Lebensauffassung ziemlich neu, vorsichtig formuliert. Aber Frauen fingen auch damals schon an, sich für andere Lesarten zu interessieren.

Auf Patricks Eröffnung herrschte ein anderer Ton. Die Leute waren weniger auf Wirkung bedacht, sie hatten ihre verschiedenen Fähigkeiten klar vor Augen, und wenn sie wie Güterzüge kamen, war das ihre Privatsache. Nicht mal die Schüchternsten hatten es nötig, sich auf so traurige Art zu beweisen. Sie schienen alle härter und realitätsbewußter, und so wie sie aussahen, lag ihnen ohnehin mehr an Geld als an Sex.

»Sind Sie Glory Day?« Ein junger Typ mit sanftem rotem Mund kam auf mich zu. Er war sehr hübsch, mit blasser Haut, ein bißchen wie Al. »Ich wollte Ihnen nur sagen, daß ich Ihre Bilder liebe.« Er stotterte leicht und war unübersehbar tödlich verlegen, aber dabei entschlossen sich durchzubeißen und alles zu sagen, auch wenn es für uns beide eine Qual bedeutete.

»Danke.« Es folgte ein furchtbar peinlicher Augenblick. Wir standen beide wie angewurzelt, der Junge starrte auf sein zitterndes Weinglas, auf seinem Gesicht klebte ein schreckliches, schiefes Lächeln. »Danke«, sagte ich nochmal. Ich hatte Patrick entdeckt und konnte mich auf den Jungen nicht mehr konzentrieren. Schließlich sagte ich: »Entschuldigen Sie mich.« Ich wollte hier raus. Ich ging zu Patrick und schnappte mir mit festem Griff seine Hand, bevor er sich rühren konnte.

»Wie läuft's, Patrick?«

Er lächelte mich an. Seit ich ihn das letztemal gesehen hatte, hatte er sich sein Haar zum Teil blau gefärbt, Schweiß stand in Perlen auf seinem weißgeschminkten Gesicht. Es ließ ihn unheilvoll aussehen, wie einen Straßenkämpfer vor der Schlacht.

»Hallo, Glory«, sagte er. »Ein Freund von mir möchte dich kennenlernen.« Sekunden später waren wir von seinen Freunden umringt. Später wurde mir klar, daß das nicht als Bedrohung gemeint war, sie hatten nur alle schon die ganze Zeit auf diese Chance gewartet. Aber paranoid und halb betrunken, wie ich war, kam ich mir vor wie in einer Gruppe schnappender Welpen. Sie waren bereit mich zu zerfleischen, mit mir zu spielen, zeigten mir ihre scharfen Milchzähne und schwänzelten um mich herum. Sie verlangten ein Schauspiel. Ihre Augen sahen gutgelaunt in die Welt, sie waren gutgefütterte, gepflegte Babys und warteten nur darauf, ihr rechtmäßiges Erbe anzutreten — ein Leben in Reichtum, Wohlbehagen und mit einem achtbaren Ruf. Die Atmosphäre der gehobenen Viertel Remuera und Epsom hing in ihren Designerklamotten. Sie spielten nur dekadent. Sie zeigten, daß das bloß zeitweilig war, durch eine bestimmte, scharfe Autorität in ihrem Ton und durch die Art, wie ihr Lächeln verschwand, sobald sie ein Geschäft in der Tasche hatten. Aber trotz allem hatte ich ihre Bewunderung. Ich war eindeutig echt.

Ich konnte in dem Wortsalat nichts verstehen. Als ich das sagte, lachten alle einschmeichelnd. Meine Stimme hörte sich selbst in meinen eigenen Ohren lallend an. Um mich herum gepflegte Haut, Jugend und die unglaubliche Intensität ihrer Aufmerksamkeit. Und Patrick, der sich mit einer Mischung von Furcht und Triumph auf dem Gesicht langsam zurückzog. Ich schnappte mir wieder seinen Arm. »Ich hab' keine Zeit.« Ich stieß ihn aus der Gruppe, während die anderen fasziniert zusahen. Ein kleiner Spinner kam sogar einen Schritt vorwärts und fragte: »Heh, was machen Sie da?«, aber wurde schnell zur Ruhe gebracht. Ich war wohl furchteinflößender als ich dachte. Ich schob Patrick an die Wand.

»Renn nicht dauernd weg, Patrick«, sagte ich, »ich hab' nicht die Zeit dafür.«

»Tut mir leid«, sagte er. »Diese Roxy kam vorbei. Sie hat mir Panik gemacht, sagte, wenn ich für dich den Zeugen mache, erzählt sie meinen Eltern dies und das. Außerdem wußte ich, du hast den andern Zeugen. Den Transsexuellen.«

»Die Kleine ist tot«, sagte ich ganz ruhig zu ihm.

Um uns wurde es still. Die Luft war steif vor Neugier, auch wenn es niemand merken lassen wollte. Das Gemurmel setzte wieder ein, aber tiefer, gedämpft, bereit, sich nichts entgehen zu lassen. Wie ein Haufen verdammter Schmeißfliegen. Glory Day, Angebot der Woche, bekannt wie ein bunter Hund, verdächtigt, weiß der Teufel was getan zu haben. Was für ein Coup für Patrick, mein Auftauchen.

»Bitte«, er befeuchtete seine Lippen wie der Held in einer Seifenoper. Er wollte nicht, daß seine kostbare Erstausstellung den Bach runter ging. »Hör zu, Glory, ich schwöre, wenn es hart auf hart kommt, sag' ich für dich aus. Ich weiß, daß du unschuldig bist. Ich laß' dich doch nicht im Stich. Ich hab's ihr halt versprochen, und als die Bullen anriefen, hatte ich zuviel Schiß, um was zu sagen.«

»Das wird ein bißchen spät. Die denken immer noch, ich war's. Hilfst du mir, bevor es vor Gericht geht?«

Seine weiche Hand fühlte sich wie Wackelpudding an, als ich sie gegen die Wand quetschte.

»Natürlich«, sagte er gehetzt.

Ich hatte mich schon gefragt, ob Patrick mich vielleicht auf Marianne angesetzt hatte. Normalerweise war ich nicht so paranoid, aber durch Roxy hatte ich einiges abgekriegt. Jetzt, wo ich mit ihm sprach, wußte ich sofort, daß das Unsinn war. Er war zu gewitzt, um sich in üble Geschichten reinziehen zu lassen, und Leute wie Mitch waren weit unter seinem Niveau. Sie hatten seine Gefährlichkeit als gegnerischer Zeuge erkannt, das war alles, und sie hatten ihn vor mir zu fassen gekriegt. Da er nur seine eigenen Interessen im Auge hatte, gab es für ihn keinen Grund, Widerstand zu leisten. Aber so ein leichtherziger Seitenwechsel machte mich doch stutzig. Nicht, daß ich mir große Sorgen machte, Sarah würde ihn einfach unter Strafandrohung vorladen. Aber ich wollte nicht, daß er sich einbildete, er hätte sich elegant aus der Affäre gezogen. Es war einfach eine Frage des Stolzes für mich.

»Tut mir leid«, sagte er. »Das war mir nicht klar. Natürlich mach' ich das.«

Er erinnerte mich an Cash, so unverwüstlich, optimistisch, auf dem Weg nach oben. Aber er kam aus einer ganz anderen Ecke als Cash. Seine Leute hatten Generationen erfolgreicher Geschäftsleute hervorgebracht, Opportunisten, Säulen der Gesellschaft, die einen Dollar so schnell verdienten, daß es wie gedichtet klang. Es lag ihm im Blut, Leute auszunehmen, das gefühlsmäßige Wissen, wann er zu lächeln, wann seine Macht zurückzuhalten und wann er jemand die Kehle zuzudrücken hatte. Jedoch ohne Cashs Vulgarität, bei ihm lief alles glatt und geschmeidig. Seine Instinkte waren so fein gestimmt, daß sie ihn auch unter Druck nicht im Stich ließen.

In seinen Augen konnte ich lesen, daß er sicher war, sich irgendwie wieder in meine Gunst schlängeln zu können. Es war ihm wichtig genug, um dafür durch eine kleine Büßerphase zu gehen, aber im Grunde sah er kein längerfristiges Hindernis. Dinge, die man wollte, nahm man sich eben, und auch Betrug war keinen zweiten Blick wert, wenn er einmal beschlossen war. Es lag nicht in Patricks Natur zuzulassen, daß ihm etwas verweigert wurde.

»Ich wollte dir nur sagen, daß ich mich persönlich um dich

kümmern werde, wenn du vor Gericht lügst«, sagte ich. Um seine Haut zu retten, konnte er auf seine Art genauso gefährlich werden wie Roxy.

»Willst du mir drohen?« fragte er, aber seine Stimme zitterte dabei. Es war nicht nach meinem Geschmack, ihm Angst zu machen, aber er sollte wissen, daß es sich nicht lohnte.

»Du weißt schon, was ich meine.« Ich tätschelte ihm ganz sanft den Arm. »Mitch und die anderen gehen für dieses Ding ganz gewiß in den Bau, aber ich werde noch hier sein. Halt dich besser an mich.«

»Ich weiß nicht, was du meinst«, sagte er mit großen Augen. Allmählich wurde ich unwirsch. Wenn er nicht mit dieser Unschuld-aus-der-Oberklasse-Nummer aufhörte, würde ich ihm noch eine feuern. Nicht zum erstenmal retteten ihn nur seine Bilder. Ich ging einfach weg, ohne noch was zu sagen. Meine Beine prickelten wie tausend Stecknadeln von der Spannung. Der verflixte Moe war natürlich nirgends zu sehen, und ich wollte nur noch raus hier. Der blasse Junge stand in einer Ecke und tat, als sähe er sich ein Bild an. Ich war betrunken genug, zu ihm rüberzugehen.

»Kannst du mich vielleicht mitnehmen?« Ich wollte ins Mainstreet, weg von hier und von Patrick. Es kam mir vor wie ein Heimathafen im Vergleich zu hier.

Der blasse Junge sagte: »Ja, ja, klar. Wo wollen — wo willst du denn hin? Willst du jetzt gleich los?« Er kam nicht gut damit klar, es tat mir schon leid, daß ich gefragt hatte.

»Eine Frau versucht mich umzubringen«, sagte ich, um es ihm leichter zu machen. Er sah sich in heller Panik um. Er hatte sehr gute Manieren, das mußte ich ihm lassen. »Himmel, sie ist doch nicht hier.« Allmählich verlor ich auch mit ihm die Geduld. Entweder bewunderte er mich genug, um mich zu fahren, oder er ließ es bleiben.

»Also, dann los«, sagte er schließlich und nahm sich zusammen. Der arme kleine Mann war vermutlich keine zwanzig. Ich mußte ziemlich furchteinflößend auf ihn wirken.

Wahrscheinlich fragte er sich im stillen, ob das Ganze eine sexuelle Anmache sein sollte.

Draußen hatte es angefangen zu nieseln, die Ausgelassenheit von vorhin war verschwunden. Die Dinge sahen häßlicher aus, es war dunkler, die Menschen wirkten bedrohlicher. Ein Hauch von Gewalt lag plötzlich über allem, ein durchdringender, metallischer Ton hing in der Luft, während auf der Straße die Autos vorüberschossen, und ein paar Teenager schnüffelten ganz offen Kleber vor McDonald's. Der Wagen stand am Ende der Gasse, und ich sah, daß ich mich an den richtigen Mann gewandt hatte. Es war ein Mercedes.

»Der ist ja schick«, sagte ich, als ich mich reinwuchtete.

»Ich — ich hab' ihn mir geliehen.« Er war sichtlich verlegen über diese Demonstration von Reichtum.

»Oberes Ende von Queen Street«, sagte ich, und er zuckte bei meinem Ton zusammen. Ich nehme an, ich hatte wie mit einem Taxifahrer gesprochen.

»Diese Frau hat gerade eine Arbeit von mir zerstört. Die Bilder sind ruiniert«, sagte ich, um es ihm zu erklären. Er war so angemessen entsetzt, daß es das einfach wert war.

»Oh, Gott. Hast du die Polizei gerufen?«

Ich sah ihn von der Seite an. Auf seiner Unterlippe glänzte etwas Feuchtigkeit, sein Profil war von einer schmerzhaften Reinheit. Der Wagen schnurrte über die Straße.

»Ja. Ich arbeite an einer Ausstellung, die *Senseless Violets* heißt. Es ist eine Fortsetzung der letzten Serie, aber viel dichter. Ich benutze Emaille statt Öl. Morde. Eine Serie über Mord. Über Gewalt im allgemeinen.« Der Suff hatte meine Zunge in einem Maß gelockert, daß es mich irgendwie selbst schockierte.

»Hat diese Frau an dem Thema Anstoß genommen?« fragte er. Er war wirklich süß.

»Nein. Das glaube ich kaum. Sie war das Modell. Sie ist geisteskrank. Ein Fall von zwanghafter Identifikation.«

»Wirklich?«

»Sie macht mit allem möglichen Scheiß rum — Mord, Drogen, Schwerverbrecher und so.«

»Ich find' den Titel toll«, sagte er.

Ich gab an, wurde immer größer, überschwenglich. Plötzlich wollte ich am liebsten die ganze Nacht mit ihm reden, seinen harmlosen Antworten zuhören und mit ihrer Hilfe meinen Kopf klären, bevor ich im Mainstreet singen mußte. Es gefiel mir auch, in diesem Wagen zu sitzen. Im Vergleich zu den Kisten, die ich normalerweise fuhr, war er eine Pyramide der Stille. Der Sitz fühlte sich wie Seide an, die Fenster waren leicht getönt, so daß die Welt draußen mit ihren schmutzigen Straßen bedeutungslos erschien, nicht wert, einen Gedanken an sie zu verschwenden. Wir summten in einer duftenden, abgeschlossenen Kapsel dahin.

Diese Fahrt im Halbdunkel an der Seite des Jungen, der mich so offen bewunderte, brachte mich dazu, mir auszumalen, wie es wäre, eine von seinen Frauen zu sein — mit all dieser Sanftheit, voller Genüsse, für den Meister geschmückt, die Welt durch getönte Fenster zu betrachten und wie ein Zierfisch an schlanken Topfpflanzen entlang durch leise, gedämpfte Musik und den Plastikgeruch des Käfigs zu schwimmen.

»Sie ist ganz und gar irre«, sagte ich.

»Und was unternimmt die Polizei?« fragte er mit scharf gefurchter Stirn.

»Ich bin doch eine der Verdächtigen. Weil ich die Kleine ins Krankenhaus gebracht hab'.« Ich wurde ein bißchen ungeduldig, er folgte mir nicht schnell genug.

»Oh«, sagte er, es klang ängstlich. Er sah mich nicht mehr an, aber er fuhr schneller. »Was für eine Kleine?« fragte er, um mich zu beruhigen.

»Eine Fixerin, die im Mainstreet eine Überdosis genommen hatte. Ein halbes Kind noch. Wir haben sie zur Notaufnahme gebracht, und die Bullen dachten, wir hätten ihr die Dosis verpaßt. Oder sie wurden dazu gebracht, das zu denken.« Als der große Wagen sanft an den Straßenrand glitt, sah ich das Mainstreet in der Dunkelheit liegen.

»Danke fürs Herbringen.« Unter den Umständen gab es nicht viel mehr zu sagen. Als ich schon im Eingang stand, sah ich aus dem Augenwinkel den Mercedes wild aus der Lücke schießen und in den fließenden Verkehr hechten. Bevor er ganz verschwand, erhaschte ich noch einen Blick auf ein verschwommenes, weißes Gesicht. Ich gestattete mir ein heimliches, trunkenes Lächeln, bevor ich mich zusammenriß. Wieder ein zahlkräftiger Fan den Bach runter. Aber als ich die verliesartige Passage mit den zerrissenen alten Postern und dem durchweichten Teppichboden entlangging, war mir nicht mehr nach Lachen. Ich war auf einmal ganz fertig. Hier roch es regelrecht nach Marianne und ihrem Tod.

Ich wußte, Mariannes Ende hatte etwas in mir berührt, das ich seit Jahren nicht gefühlt hatte. Ich wußte auch, daß es was damit zu tun hatte, mein eigenes Leben nochmal vor mir zu sehen, und daß ich auch einfach gerührt gewesen war. Es hatte wohl was mit einem ungeliebten Kind zu tun, mit der Angst vor einem verstümmelungswütigen Vater, mit der unkontrollierbaren Panik eines Kindes, das niemandem trauen kann – Panik, die du nie mehr loswirst, sondern die dir immer direkt hinter den Augen sitzt und das Licht wegfrißt. Ich wußte, sie war wie ich früher, sie hatte das gleiche betäubte Desinteresse an ihrer eigenen Sicherheit, dieselbe verzweifelte Kindlichkeit unter schäbiger Tünche. Wir waren Schwestern unter der Oberfläche. Diese Nähe und der Kummer darüber hatten mich unvorbereitet getroffen. Mit Nettie war es anders gewesen, ihr Tod war aus ihrem Leben gewachsen wie die Nacht aus dem Tag. Sie hatte ihr Leben vollständig gelebt, und dann war es zu Ende. Mariannes dagegen wurde abgeschnitten, bevor sie die Augen offen hatte. Ihr Tod war wie eine Warnung, eine stille Mahnung.

Ich hatte sie nur in ihren letzten paar Stunden gekannt, aber die verschiedenen Stationen ihres Lebens und auch ihres

Sterbens waren mir vertraut – ihr Haus, das Gesicht ihrer Mutter in der Tür, ihr Vater über mir auf der Wiese, ihr sterbender Körper beim Schleppgang die Straße hoch. Schlüsselszenen eines jämmerlichen Lebens, das einzige, was blieb.

Aber am schlimmsten setzte mir zu, was ich mir nur vorstellte. Das Bild, wie ihre gräßlichen letzten Begleiter das Heroin in ihren Arm pumpten. Es war meine alte Angst, daß ich irgendwie schuld sein könnte – meine Verbindung zu denen, die sie mit Drogen abfüllten und dann krepieren ließen, war so eng, daß es sich einfach nicht nach Zufall anfühlte.

Roxys Brief, in dem sie mich als Spinne bezeichnete, hatte sich in meinem Kopf festgesetzt, und in schlimmen Momenten schien es wahr zu sein. Wenn ich es zuließ, konnte ich mich sehen, emsige, emsige Spinne, riesig an der Decke, zersetzte meine Opfer mit dem Gift, das ich ein Leben lang angesammelt hatte, folgte dabei nur einem insektenhaften Instinkt, eine Todesbotin ohne Bedauern. Ich wußte, ich mußte das wiedergutmachen, Marianne war immer noch da und wartete darauf, daß ich sie rächte und freigab.

Ich hatte keine Ahnung, was ich wirklich tun konnte, aber ich steckte wohl oder übel in der Sache drin, und rein gefühlsmäßig wollte ich Vergeltung. Dabei wurde mir bewußt, daß seit der Nacht, in der sie starb, nichts mehr geklärt worden war, alles hing in der Schwebe. Sogar die Bullen hatten fürs erste eine Lusche gezogen.

Shorty kam wie eine Rakete aus seinem Verschlag, als ich auf halbem Weg durch die Passage war. Er hatte mich gegen die Wand taumeln sehen. Er sprang auf und nieder, seine knochige kleine Hand zog an meinem Arm, sein Atem war whiskysauer und in seiner Empörung schleuderte er mir Speichelspritzer ins Gesicht. Er brüllte mir ins Ohr.

»Ich muß dir was sagen, Glory!« Dann brach er in einen so fürchterlichen Hustenanfall aus, daß sein Gesicht aussah, als hätte jemand es mit Preßluft aufgepumpt. Es schien fast unglaublich, daß menschliche Lungen so einen Krampf überstehen konnten. Ich hatte das Gefühl, anstandshalber warten zu müssen, bis er sich erholt hatte.

»Sie war's«, krächzte er mit scharlachrotem Gesicht. »Schätze, sie war's, deine Freundin. Weißt doch, deine Freundin, die große Schöne, weißt doch, die mit den roten Haaren? Die. Hängt immer hier rum und wartet auf dich. Hab' sie gesehn. Sie hat die Kleine hergebracht — weißt doch, als du gesungen hast — brachte sie her, und ich schwör' dir auf die verdammte Bibel, Glory, sie brachte sie hier hoch und brabbelte die ganze Zeit vor sich hin. Kam die verdammte Passage hier lang und war weiß wie 'n Gespenst. Schüttelte dauernd den Kopf. Sie hat mir den Schreck meines Lebens eingejagt. Hab' natürlich nix sagen wollen, als ihr dann zusammen rausgekommen seid. Sie war wie eine Spinne mit einer Fliege, ehrlich. Ich hab's allen erzählt, ich hab' keine Angst, die Wahrheit zu sagen. Ich hab's Dave erzählt, ich hab's Bob erzählt. Hab' gesagt, ich kann das für Glory bezeugen, kein Thema. Widerlich, dich so in die Scheiße zu ziehen. Du bist 'ne rauhe alte Haut, Glory, keiner ist so blöd, das abzustreiten, aber du bist nich' so'n Gesocks wie die Schnepfe. Deine Freundin. Roxy, nicht? Dreckiges Gesocks. Hab' sie schon vorher gesehn. Na, und was passiert, Glory? Mit der Kleinen, die du ins Krankenhaus gebracht hast? Tot, was? Weißt du, ich hab's in der Zeitung gesehn. Der Boss war stinkig, aber wir wußten, das muß jemand anders gemacht haben. Drogen? Nicht unsre Glory, sag' ich zu ihm. Du warst oben am Singen. Ich sag' zu Dave, das ist keine Mörderin. Du hast nix laufen mit Drogen und so'm Scheiß, sag ich zu Dave. Du machst deine Bilder und hast dein Kleines zu versorgen. Das ist alles, sag' ich. Das ist keine Mörderin. Hab' ich ihnen gesagt.« Er fing wieder entsetzlich zu husten an. »Setz dich hin, Schätzchen«, keuchte er zwischen den Krämpfen. »Siehst geschafft aus. Bob ist noch gar nicht da. Komm, setz dich her. Hier, nimm das.« Er zwang mir etwas Whisky auf, machte Aufhebens, zitterig und alt wie er war. Es war schwer zu sagen, ob er wirklich gesehen hatte, wie Roxy Marianne hergebracht hatte. Es hörte sich fürchterlich wahr an.

»Ich weiß nicht, was du denkst, Glory, hast deinen eigenen Kopf, soviel ist sicher. Aber ich auch.«

»Willst du aussagen?« fragte ich. Fragen konnte ich ja mal, obwohl ich aus Erfahrung wußte, wie schwer er festzunageln war.

»Sicher, sicher. Gern, gern. Muß mir natürlich freinehmen, ist immer so 'ne kitzlige Sache. Er ist so mies, der alte Bastard, würde seine Großmutter verkaufen. Weißt du, was ich meine? Er weiß, woran er mit mir ist — brauch' mich bloß schief angucken, dann kriegt er eins drauf, verstehst du? Aber bei ihm weißt du nie, ist ein launischer Scheißer. Einen Tag kriecht er dir den Arsch rauf, nächsten Tag weiß er von nix. Behandelt einen wie Scheißhauspapier. Weißt du, was ich meine? Muß an meinen Job denken.« Er machte eine majestätische Pause. »Na und denn, Glory, denn sind da noch die Bullen. Mit denen will ich nix zu tun haben. Hatte zu meiner Zeit bißchen Ärger mit Polypen. In meiner Lage kann ich gar nich' vorsichtig genug sein. Verstehst du?«

»Klar, Shorty.« Eine Vorladung tat es auch, solange er in der Zwischenzeit nicht zuviel redete. Shorty hatte eine Neigung zu Klatsch und Gewalt, das war die Welt, die er kannte — und diese Geschichte jetzt konnte ihm leicht zu Kopf steigen, es war so lange her, daß er dem Zentrum irgendeines Geschehens auch nur nahe gekommen war.

»Mußt nämlich aufpassen mit diesen Scheißkerlen. Guck dir den Arthur-Allan-Thomas-Fall an. Hab' immer vermutet, daß der Mann unschuldig war. Schwager von meinem Kumpel hatte damals den Wäschereivertrag und so für Parry draußen. Er hat so'n bißchen rumgehört, und die Gangs wußten lange vor den Bullen Bescheid, das kann ich dir sagen. Weißte, wenn die Bullen einen Schuldigen wollen, dann holen sie sich einen. Ich sag' zu Dave, irgendwer will sie anscheißen.

Bullen oder die andern, da will dich wer reinlegen. Mußt höllisch aufpassen, Glory. War dein Ex-Mann, oder? Kann's mir schwer vorstellen, du verheiratet und 'n Mann, Glory. Hörte sich aber übel an. War richtig von dir, da abzuhauen, mit der Kleinen in dem Zustand und alles. Kannst nicht vorsichtig genug sein. Weißt du, die sind alle neidisch. Wenn ich nur denke, stehst so oft in der Zeitung wegen deiner Bilder, ganz toll mit Foto und so. Und jetzt das.« Er schüttelte überwältigt den Kopf.

Ich sagte: »Sei sehr vorsichtig, Shorty. Die mögen keine Zeugen. Geh nicht rum und quatsch darüber, okay?«

»Nee«, sagte er. »Was glaubst'n?« Seine Augen waren so gerissen wie die einer alten Krähe. »Halt' mich da raus, bis ich was sagen muß. Du weißt schon.«

»Ich sag's dir bloß. Du bist ernsthaft in Gefahr, wenn du was gesehen hast.«

Er legte schlau seinen Finger an die Nase. Das hatte ich noch nie jemanden machen sehen.

»Ich kann auf mich aufpassen. Wenn wer was von mir will, kriegt er 'ne Ladung Knöchel in die Fresse und 'n Tritt in den Arsch, bevor er weiß, was los ist. He, he, he. Richtig gut das Fundament hoch. Als ich unten bei Taupo am Band gearbeitet hab' und so'n paar Ärsche, das waren Dallies, mir eins überbraten wollten, weißt du, ich war da gerade Champion, hatte Woody Fellowes in Napier 1949 besiegt —«

»Ich weiß, Shorty, ich weiß. Wer ist Dave?« sagte ich, um das Thema zu wechseln. Er war so daran gewöhnt, unterbrochen zu werden, daß es ihm nicht viel ausmachte.

»'n Kumpel, mein Kumpel. Lebt mit mir im selben Zimmer. Schläft am Tag. Da in der Pension die Straße hoch. Nachts kommt er manchmal runter, leistet mir 'n bißchen Gesellschaft. Hast ihn schon gesehn. So'n alter Knacker mit grauen Haaren. Nicht wie ich. He, he, he.« Er nahm einen großen Schluck Whisky.

»Ja, wahrscheinlich kenn' ich ihn. Kann ihn im Moment

nicht unterbringen«, sagte ich. Ich nahm selbst noch einen Schluck. Es war guter Stoff und prickelte angenehm in meinem Magen.

Bob schob seinen Kopf durch den Türspalt und stand uns im Licht. Wir sahen beide überrascht hoch.

»Tagchen. Wen haben wir denn hier? Die Königin der Unterwelt?« Er warf Shorty einen kurzen, prüfenden Blick zu. »Hör jetzt auf, ja, Shorty. Ich kann den verdammten Schnaps schon von der Tür hier riechen. Du fliegst sonst noch raus. Kannst einer von den Pennern werden, die in der Queen Street im Abfall wühlen, wenn du nicht vorsichtig bist.« Er zwinkerte mir zu.

»Klar, Alter«, sagte Shorty nervös. Seine alten Hände zitterten, als er versuchte, die Flasche zu verstecken. Ich drückte ihn kurz. Seine dünnen Knochen fühlten sich an wie ein Bündel Zweige, er war zu erschreckt, um irgendwie darauf zu reagieren.

»Danke, Shorty«, sagte ich. »Wir sprechen später noch mal drüber.«

Bob sah mich an, als wollte er sagen 'Gott, du bist ganz schön gesunken, meine Liebe, wenn du ernsthaft mit ihm zu tun hast'. Er war einer von diesen Privatschule-Typen, die wegen irgendeiner unkontrollierbaren Leidenschaft abgerutscht sind, die nicht mal von sehr gut gestellten Eltern vertuscht werden konnte. In Bobs Fall waren es kleine Jungs und Kokain.

Er hatte mir mal erzählt, daß er Geschäft mit Vergnügen verbinden und den ersten vernünftigen Massagesalon für junge Schwule einrichten würde, aber das war wohl mehr Wunschdenken. Bob schien immer obenauf zu schwimmen, als ob das Leben alles für ihn persönlich arrangiert hätte. Das war wohl von seinem Elite-College hängengeblieben. Wenn ich mit ihm sprach, sah ich immer einen geheimnisvollen Strom von Geld und Status und Macht vor mir, der sich wie ein Fluß über seinem Kopf dahinbewegte. Es war, als ob ihm das alles per Zapfhahn zur Verfügung stand. Wir gemeinen Erdlinge würden auch nicht einen Tropfen davon abkriegen.

»Würdest du mal mit ins Büro kommen?« Ich folgte ihm in den Raum, der unter der Treppe untergebracht war. Mehr ein Besenschrank als ein Büro. Shorty behauptete, er hätte gesehen, wie Bob es hier mit einem kleinen Musiker trieb, aber das war wahrscheinlich eine von seinen Halluzinationen.

»Und nenn mich nicht so«, sagte ich.

»War doch nur Spaß, einfach Spaß. Hätte ich doch nicht gesagt, wenn ich das wirklich denken würde, oder? Bin ich vielleicht grün hinter den Ohren? Ich hab' mich umgehört. Seltsamerweise haben deine Aktivitäten die Einnahmen heute abend erhöht.«

Er lehnte sich zurück und packte die Füße auf den Tisch. Mir kam der Verdacht, daß er mich aus irgendeinem obskuren Grund beeindrucken wollte.

»Na los, was willst du?«

»Nun, Glory, ich weiß, daß du hier eine ganze Weile gesungen hast. Immer mal wieder.« Er machte eine Pause, aber ich sagte nichts. »Du hast dir die falsche Band ausgesucht. Ich sag' nicht, es sei deine Schuld. Aber deine Band ist am Ende, das ist es. Kein Mensch will sie sehen. Ich weiß, es ist eine miese Auftrittszeit, aber darum geben wir sie ja neuen Bands. Gibt ihnen die Chance, was aus sich zu machen oder zu verrecken. Deine verreckt. Ihr investiert einfach nicht genug Arbeit. Das letztemal waren solche Löcher in eurem Gig, da hätte man einen Bulldozer durchfahren können.«

»Was steht im Vertrag?« Er schob mir schweigend das Papier zu. »Okay«, sagte ich. Er hatte offenbar schon alles durchgeplant. Es stimmte, wir arbeiteten nicht. Bob kannte sein Geschäft, und er bekam den Mangel an echtem Engagement mit. Mit Cashs kriminellen Aktivitäten und meinen Problemen mit den Bullen war die Musik einfach nicht mehr wichtig genug gewesen. Mein Herzblut steckte jedenfalls nicht drin, und obwohl ich nur ab und zu sang, setzten die Leute in erster

Linie auf meinen Beitrag. Es gab nichts mehr dazu zu sagen, also stand ich auf und ging. Shorty versteckte sich immer noch in seinem Verschlag.

Ich ging die Treppe rauf, ziemlich betrunken vom Whisky. Es war schon spät, aber die Tische waren dicht besetzt. Die großen, trägen Ventilatoren webten den Zigarettenqualm in blauen Fäden zu den Scheinwerfern hoch. Die Leute tanzten und tranken und unterhielten sich, und einige winkten mir zu, voller Neugier. Glory Day, die Drogenkönigin, was. Die Erinnerung an Marianne durchfuhr mich wieder, als ich mich an dem Tisch vorbeischob, wo sie gesessen hatte.

Eine Frauenband spielte und fing sich die übliche halbherzige Schimpfkanonade von den Zuschauern ein, aber sie waren gut. Ich stand ein Weilchen da und hörte ihnen zu. Sie schrieben ihre eigenen Texte — sie hatten ernste, coole Gesichter und Streichholzhaarschnitte, trugen funkelnde Klamotten und weißes Make-up wie Pierrots. Sie sahen standfest und intelligent aus, ihre Musik war schön, großstadtkrank, ein bißchen wie Grace Jones, aber fast wehmütig. Ich hatte noch nie von ihnen gehört, aber ich erkannte ein paar Frauen aus dem Gluepot und ähnlichen Schuppen. Sie waren Grey-Lynn-Guerilleras*.

Es machte mich auf einmal ganz nostalgisch, wieder hier zu sein. Ich hatte hier über die Jahre immer wieder mit verschiedenen Bands und unter verschiedenen Managern gesungen, um ein bißchen nebenbei zu verdienen und weil es Spaß machte. Angetrunken wie ich war erschien es mir mit einemmal als schöne, fast geheiligte Sache, für andere zu singen. Irgendwo hatte ich mal gehört, daß Rockmusik ernsthaft als Religion eingestuft wurde, wegen all der Rituale, dem Wirbel und der Liebe, und irgendwie hielt ich es für die beste Art von

* Grey Lynn ist ein Szene-Stadtteil in Auckland, hier leben besonders viele Lesben und Schwule.

Religion, die ich kannte. Musik, Schauspiel und sexueller Schmerz, die Freigabe der Liebe.

Es war genau das richtige für mich, da raufzusteigen und alles aus mir heraus zu schmettern, nach den gekrümmten Malexzessen und diesem Gefühl, allein in einem Schrank zu sitzen und zu wichsen, das von tagelanger einsamer Kopfarbeit kommt. Es war eine saubere Sache — du brauchtest dich nur da oben hinzustellen, 'Hier bin ich' zu sagen und mit Singen anzufangen. Eine ganz schlichte Darbietung, oder schillernd und schräg, wie du lustig bist. Und heute nacht kam noch Marianne dazu, der Wunsch, ihren Tod bedeutungsvoll zu machen, nicht einfach als einen weiteren Drogentod abzuhaken. Ich ging hinter die Bühne, wo die Band auf den kaputten Plastikstühlen herumsaß und lange Gesichter machte.

»Du bist die Täterin«, sagte Simon als Begrüßung. »Überhaupt keine Frage. Steht in der Zeitung und alles.«

»Ach, komm. Mach sie jetzt nicht so an. Sie hat schon so genug um die Ohren«, sagte Cash in so heuchlerischem Ton, daß wir alle lachen mußten.

»Vor zwei Minuten hast du ganz was anderes gesagt, Cash-Baby«, sagte Jeff.

Ich setzte mich hin und baute einen Joint. Die Luft war schon ganz dick von dem feinen, muffigen Geruch. Also alles genau wie ich es mir gedacht hatte. In der letzten Zeit war ich nicht mehr zu den Proben gekommen. Roxy, die Ausstellung und meine anderen Probleme hatten uns als Band das Genick gebrochen. Die Geschichte mit dem Mord zog wahrscheinlich nur widerliche Typen an.

»Ich hab' euch gesagt, daß ich nur gelegentlich arbeiten kann«, sagte ich.

»Ja, sicher, hast du, Glory, hast du«, sagte Ross hastig.

»Du kommst nicht mal zu den Proben«, sagte Jeff ärgerlich, als er den Joint nahm. »Was war Mittwochabend los? Du hast gleich zwei verdammte Proben verpaßt.«

Ich versuchte mich zu erinnern, aber es war unmöglich. »Tut mir leid«, sagte ich.

Simon starrte mich ungläubig an. Sie waren alle so vor den Kopf gestoßen, daß eine Weile niemand was sagte.

»Wir müssen drüber reden«, sagte ich. Mir war klar, daß ich zu weit gegangen war.

»Ach, was soll's«, sagte Simon. »Jedenfalls hast du dich entschuldigt. Ich meine, das ist doch schon was.« Dann unglückliche Stille. »Die Sache muß ja ziemlich schlecht aussehen«, sagte er nach einer Weile. »Bist du okay? Was steckt denn dahinter?«

»Was meinst du, Simon?« fragte ich scharf.

»Hör zu, ich hab' einfach angenommen, du warst es nicht. Dann kommt Cash und erzählt mir allen möglichen Mist. Ich will's jetzt einfach mal wissen. Wir sind doch schließlich Freunde, oder was?«

»Ist eine lange Geschichte«, sagte ich. »Cash weiß viel mehr darüber als ich.«

»Das ist eine Lüge, Glory.« Cash war furchtbar aufgebracht. »Du erzählst mir doch rein gar nichts.«

Die Band draußen war mit ihrem Auftritt fertig und packte unter dem üblichen dünnen Späte-Nacht-Applaus, ein paar Pfiffen und dem Beifallsgeschrei der echten Fans ihren Kram zusammen. Sie kamen nach hinten.

»Beschissenes Publikum«, sagte die eine von ihnen. Es roch nach Parfüm und Schweiß. Sie sahen wie eine streunende Herde aus, als sie ihr Zeug rausschleppten. Jeff gab einer von ihnen den Joint, und sie nahm ihn ganz gedankenverloren.

»Seid ihr armen Schweine als nächste dran? Die würden heut nacht gern jemand massakrieren. Schätze, die sind alle deinetwegen hier. Du hattest ganz gute Werbung«, und nickte zu mir rüber.

»Paß bloß auf«, sagte Cash. Er war mal wieder erwischt worden und wollte jetzt Punkte schinden.

Sie hatte es gar nicht beleidigend gemeint. »Paß doch selber auf, du Arschloch. Ich meine, die wollen einen echten Hammer sehen. Das ist alles. Sie haben von dir gelesen.« Sie sprach direkt mit mir. Sie war zynisch, aber nicht besonders neugierig.

Draußen wurde es unruhig, wie eine wilde Bestie, die auf ihre Fleischbrocken wartet, noch brav, aber schon mit erwartungsvollem Knurren. Ich fragte mich, was Bob heute abend an Eintritt genommen hatte. Der Rausschmeißer war überdurchschnittlich viel unterwegs. Ich konnte ihn hier und dort in seinem leisen, drohenden Ton mit Leuten reden hören.

»Wen nennst du hier Arschloch?« fragte Cash halbherzig.

Die Frauen schleppten ihre Sachen aus dem Hintereingang, sie beachteten ihn nicht. Es war eine lange Nacht für sie gewesen.

Als wir rauskamen, waren die Zuschauer ganz still, nur eine Masse weißer Gesichter um die Tische herum. Ich spürte eine Menge Interesse an mir, nicht freundlich. Bei dieser Stille war es nicht wirklich abzuschätzen, auf welche Seite sie sich schlagen würden. Die Musikerin hatte aber recht gehabt, sie waren für eine Horrorshow gekommen, das unruhige Rascheln der wartenden Körper war bedrohlich. Sie beobachteten mich und warteten auf ein Zeichen. Zum Glück war ich betrunken und bekifft, und während die Band ihre Sachen aufbaute, tat ich wahrscheinlich das Beste, was ich unter diesen schwierigen Umständen machen konnte. Ich schnappte mir das Mikro und brüllte hinein. »Yeah, was geht hier ab, ihr Flaschen? Los, kommt! Na kommt schon!« Meine Stimme war heiser und aufgeputscht. »Na los, kommt her und seht euch den Killer an. Ich bin Glory Day, und ich werd' euch alle kriegen!«

Ich hatte es nicht so geplant und ich wußte, daß es geschmacklos und unverzeihlich für mich war, aber ich konnte es einfach nicht ertragen, wie sie sich heimlich an meinem Anblick aufgeilten. Ich wollte es wenigstens ans Licht bringen. Es gab vereinzelte Zurufe und eine leicht verzögerte, beifällige Reaktion.

»Hast du's getan, Glory?« Ein blechstimmiger Punk gleich in der ersten Reihe, ein echtes Kind der Apokalypse mit lila Haar und einem Mondgesicht. Anscheinend war er nur deshalb hier, er wollte, daß ich ja sagte, er hungerte nach Helden, der arme kleine Idiot.

»Nein, Kumpel. Tut mir leid«, schrie ich zurück. Von der Menge kam ein lautes Geheul entzückter Anerkennung, und von da an gehörten sie uns. Endlich, nach all der Zeit, Emotion pur. Es schien Jahre her, daß ich hier gesungen hatte, während die Kleine vor mir starb. Seit einer Woche hatte ich alles wie blind aufgestaut, war mir über meine Gefühle gar nicht wirklich klar gewesen. Ich brauchte es, meinen Schmerz endlich herauszulassen, ich stampfte und donnerte über die Bühne wie ein Möchtegern-Rockstar. Laute und grelle Töne, um mein Herz zu öffnen. Ich wollte die Erinnerung rausreißen und blutend ins Licht halten, sie zum erstenmal messerscharf vor Augen haben. Ich wollte direkt an Marianne singen, sie um Vergebung bitten und sie loslassen.

Wieder hier zu sein, hatte eine Schockwelle von Reaktionen in mir ausgelöst, ich heulte, stand betrunken auf der Bühne, wischte mir mit meinen dicken Händen die Tränen weg. Meine Kehle zersprang fast unter der Intensität der Gefühle, die Band hinter mir begleitete mich, überrascht, aber mehr als willig. Ich fühlte, wie die Verkrampfung in meinem Rückgrat sich löste, hochstieg und verschwand, während ich sang. In dieser Nacht war ich betrunken, bedrückt und ohne jedes Interesse hinter die Bühne gekommen, und gerade diese Lustlosigkeit hatte etwas Wunderbares in meiner Kehle geöffnet.

Es war mit Abstand der beste Auftritt, den wir je hatten. Ich war verschmiert und verklebt gewesen, von dem ewigen Abspulen in meinem Kopf wie mit Schlamm überzogen, und das Gejubel der Musikfans, meine Kumpel von der Band und meine Tränen waren wie ein befreiender Sturzbach. Wir sangen uns gemeinsam die Seele aus dem Leib, völlig selbstvergessen, und als ich mit dem Auftritt durch war, war ich in Schweiß gebadet, hatte Tränen in den Augen, meine Kehle war fast weggeschmort und ich jubelte. Das war das orgiastische Ausgebranntsein nach einem Spitzenauftritt.

Wir waren alle zu geschafft, um zusammenhängend zu reden. Wir vier schubsten uns begeistert durchs Zimmer, tranken und reichten einen Joint rum und glühten nur langsam aus. Wir blieben noch lange da, und als die Zuschauer alle weg waren, nahmen wir die Flasche mit auf die Bühne und saßen zusammen im Halbdunkel. Jemand hatte schon die Ventilatoren und die meisten Lampen ausgestellt, und die Dunkelheit war klebrig und ungesund wie in einer Grabkammer.

»Sie sind total auf uns abgefahren«, krähte Cash immer wieder. »Bob wird stinkig sein. Der wird nur noch sauer sein. Jetzt kann er auf Händen und Knien ankommen.«

»Scheiß auf Bob. Wir können woanders hin«, sagte Jeff. »Wir waren absolute Spitzenklasse.«

»Glory, du warst so stark«, sagte Cash. »Du warst wahnsinnig stark, Mann!«

Wir saßen zufrieden in der Dunkelheit, der Whisky wanderte wie ein Talisman von einer Hand zur anderen. Er reaktivierte die anderen Drinks, die ich tagsüber getrunken hatte, das Bier mit Moe, den Wein, den Whisky, und die Erinnerung an die Ruinen meines Studios, und das Dope — und vor mir blitzten wundervolle, fast halluzinationsartige Bilder auf.

Ich dachte an Marianne und Rina und an meine neue Idee, die großen Drachen, die ich machen wollte. Richtig monströse, mit so phantastisch verzierten Schwänzen, daß sie wie Bäume oder Fiestas oder Haufen von Frühlingsblumen auf ihrem Weg in den blauen Himmel aussehen würden. So streng und stilisiert wie chinesische Drachen, mit reichem, dekadentem Gefieder, raubvogelgleich. Wilde Drachen, groß genug, daß sich ein Kind daran klammern und davonfliegen konnte.

12

Al wartete in der Küche auf mich, als ich schließlich zu Hause eintrudelte. Ich kann mich nicht erinnern, wann Moe im Mainstreet auftauchte, aber er war mit mir im Wagen, als ich nach Hause fuhr. Er stiftete mich dauernd an, über rote Ampeln zu fahren und den Wagen auf 120 hochzuheizen — nicht, daß ich viel Ermunterung gebraucht hätte. Ich vollbrachte reine Wunder mit der alten Karre. Ich wußte, daß es ihm peinlich war, in einem alten Holden zu fahren. Sogar morgens um vier, wo kein Mensch ihn sah. Es beleidigte seine Gangehre und seine Macho-Instinkte, obwohl es ansonsten die reinste Ludenkutsche war, bloß voller Rost und mit hängendem Auspuff. Er erzählte dauernd, was für ein Schrotthaufen es doch sei, bis ich sagte: »Schön, dann verpiß dich doch, Moe. Kannst ja laufen«, was er nicht weiter übelnahm.

Er versuchte mich doch tatsächlich zu überreden, ihn zu bumsen. Er war so besoffen, daß er die ganze Zeit *What's love got to do with it?* vor sich hingurrte, seine liebste Tina Turner-Nummer. Dabei kniff er die Augen zusammen wie James Brown und lehnte sich an mich wie ein großer Hund. Eigentlich war er kein gewalttätiger Säufer, aber sein Kumpel Kingi hatte mir erzählt, daß er einmal durchgedreht war und jemandem eine zerbrochene Bierflasche ins Gesicht geschoben hatte. Das vergaß ich nicht und behielt es immer im Hinterkopf. Wie alle Machos konnte er ein fabelhafter Kumpel sein und zugleich mit jedem außerhalb des magischen Zirkels ein reißendes Raubtier. Weil Kingi mir das so beiläufig erzählt hatte, fragte ich mich, ob solche Sachen wirklich so selten vorkamen. Aber Kingi beeilte sich zu sagen, daß Moe normalerweise ein vernünftiger Mann und ein guter Anführer war und für einen Pakeha eine Menge Mana hatte. Im Moment hatte ich genug auf der Platte und brauchte nicht auch noch Moes feuchtwarme Anträge. Schließlich mußte ich ihn doch noch rausschmeißen, als ich schon halb in der Einfahrt war.

»Langsam wirst du 'ne richtige Suffbirne«, sagte Al. Er war wegen irgendwas ärgerlich auf mich.

»Was ist los mit dir?« fragte ich müde. »Hat Sue dich rangenommen?«

»Rina hat dauernd gefragt, wo du bist. Du bist weggefahren, um Roxy zu suchen, und dann haben wir nichts mehr gehört. Wir dachten, du liegst mit aufgeschlitzter Kehle in irgendeiner Toilette.«

»Oh Gott.« Ich setzte mich hin und hielt mir den Kopf. »Ich dachte, ich hätte sie angerufen. Wie geht es ihr?«

»Hast du sie gefunden? Roxy?«

»Nein«, sagte ich. »Die Kanaille ist mir durch die Lappen gegangen. Ich war noch im Mainstreet.«

»Die Bullen waren auch wieder hier. Ach, geh ins Bett, Glory. Hau ab. Du bist völlig hinüber. Ich erzähl's dir morgen früh.«

Ich sagte: »Al, du bist ein echter Kumpel gewesen. Das wollte ich dir nur sagen.«

Al ignorierte mich und stampfte aus der Küche, und ich muß wohl im Stuhl eingeschlafen sein. Als ich mit einem mächtigen Zucken aufwachte, lief der Ofen immer noch auf höchster Stufe und mein Mund war ausgetrocknet wie bei einem Brandopfer. Das Erwachen war ein Alptraum, ich fühlte mich so krank und erschöpft und vergiftet. Ich schwankte in den grauen Morgen hinaus, um mir die Welt anzusehen, solange ich dafür einigermaßen gewappnet war, mit meinem noch vom Suff anästhesierten Kopf.

Fliegen summten um den Trümmerhaufen, als wäre darunter eine Leiche versteckt. Die zerhackten und zerbrochenen Gegenstände schienen sich tiefer in den Boden eingegraben zu haben. Aber meine Bilder lagen im langen Gras im Schatten des Kerosinbaums. Sie mußten sie alle wieder rausgeholt haben. Rina war da, im grünen Sommerkleid, die Haare im Pferdeschwanz, und lief geschäftig rum, und Sarah in Shorts, mit den berauschendsten weißen Beinen, die ich je gesehen hatte, bürstete mit einer Haarbürste an den Bildern herum. Grace war auch da, sie saß unter dem Grapefruitbaum. Al versuchte die Farbe von meiner Linoleumfrau ausgerechnet mit Swarfegabeize abzubekommen. Riesige grüne Reinigerflecken fraßen sich in die rote Farbe, die Roxy benutzt hatte. Es sah aus wie Wackelpeter, der auf einem Kindergeburtstagskuchen in den Teig schmilzt. Al wirkte aufrichtig zufrieden mit sich, während er das Bild im Licht wendete und drehte. Er summte sogar vor sich hin. Diese letzte Freveltat konnte ich nicht mehr verkraften. Das Bild war sowieso ruiniert, aber der Anblick von Swarfegabeize da drauf war so ekelhaft, daß mir eine Welle Übelkeit hochkam. Ich gab nach und kotzte ins Gras, bis mein Magen sich leergekrampft hatte.

Rina kam und nahm mich in die Arme. Wir umarmten uns ungeschickt, und ihr vertrauter Hündchengeruch beruhigte mich.

»Puh! Du stinkst aus dem Hals!« Sie schnüffelte und kitzelte mich. »Du warst in der Kneipe«, raunte sie und preßte ihre kleinen rauhen Wangen liebevoll in mein Gesicht.

»Was war denn los? Hast du sie gesehen oder was?« fragte Al. Ich brachte es nicht übers Herz, ihm zu sagen, daß es der Swarfega gewesen war. Er haßte es, Leute kotzen zu sehen. Als ich anfing zu würgen, war er sofort reingegangen. Jetzt saß er mit blassem Gesicht auf der Stufe und sah mich voller Ekel an. »Puh«, sagte er. »Das stinkt. Kannst du nicht Wasser holen gehen oder was? Wir wollen schließlich hier draußen noch arbeiten.«

»Ich weiß was«, sagte ich. »Hol mal'n Spaten.«

Rina holte einen Spaten, und ich grub ein Loch und schüttete Erde über das Erbrochene. Die Fliegen verschwanden wie durch Zauberei. Ich schaufelte immer weiter und genoß den sauberen Geruch der Erde. Ich merkte, daß ich in den letzten paar Wochen ordentlich zugenommen haben mußte. Ich arbeitete selten körperlich, und jetzt war mir, als ob an meinen Körper Riesenhaufen Fett in Bewegung gesetzt würden — sie schaukelten, hingen mir von den Armen und Beinen runter und hatten sich um meinen Nacken herum festgesetzt. Die andern sahen mir fasziniert zu.

»Was war denn los?« wiederholte Al. Ich keuchte und häufte immer mehr Erde auf. »Das reicht«, sagte er ungeduldig. »Soviel war's auch wieder nicht.«

»Moe hat mir recht gegeben«, sagte ich und warf den Spaten weg. Ich legte mich keuchend hin und schloß die Augen gegen das Licht. »Roxy leidet tatsächlich an zwanghafter Identifikation.«

»Was ist das?« fragte Rina, setzte sich neben mich und tätschelte mir zärtlich den Bauch.

»Irgendwie denkt sie, sie wäre ich«, sagte ich.

»Himmel«, sagte Grace mit Gefühl. »Ich hätte gedacht, sie würde ihrem Schöpfer danken, daß sie es nicht ist.«

»Was machst du eigentlich hier, Grace?« fragte ich. Dann fiel mir auf, was für eine taktlose Frage das war. Wahrscheinlich war es hier mitten im Epizentrum sicherer für sie als zu Hause oder auf der Straße.

»Na, du bist mit dem Wagen auf deine kleine Expedition abgehauen, Schätzchen, und ich dachte, dann kann ich auch die Nacht über hierbleiben. Also hab' ich auf eurer Couch geschlafen. Die ganze Nacht hab' ich von Vampiren geträumt. Ganz furchtbar. Ich bin so erschossen, daß ich all diesen guten Samaritern nur noch zugucken kann.«

Ich setzte mich auf und zog Rina auf meinen Schoß.

Al sagte: »Und, willst du nicht wissen, was mit den Bildern ist? Mh?«

»Klar will ich. Wollte gerade fragen.« Ich konnte schon sehen, daß sie in Ordnung waren.

»Sie sind okay. Völlig in Ordnung. Ich schätze mal, dies ist das einzige, das sie ernsthaft beschädigt hat.« Er hielt es hoch, sehr zufrieden mit sich. Es war vermutlich endgültig ruiniert, aber er sah so aufgeregt und hübsch aus, daß ich ihn einfach gern haben mußte. Es war in letzter Zeit nicht leicht gewesen, mit mir zu leben. Er hatte sich offenbar auch entschlossen, meine gestrige Sauforgie zu ignorieren, was mich sehr erleichterte.

Sarah sagte: »Es tat mir so leid, als ich davon hörte. Aber es hat Spaß gemacht, sie wieder in Ordnung zu bringen. Ein sehr konstruktiver Samstagmorgen.«

»Um Gottes willen«, sagte ich erschrocken. »Ist wirklich schon Samstag?«

»Ja«, sagte Sarah. Ich tat ihr offensichtlich leid.

»Dann ist heute abend die Eröffnung«, sagte ich. »Himmel, Arsch und Zwirn. Ich hab' zwei Bilder zu wenig, und Nigel wird nun damit leben müssen. Er wird stocksauer sein. Er wird ohne Punkt und Komma von Absagen und Reinfall reden.« Ich war schon ganz erschöpft, wenn ich nur an seine gewählte kleine Stimme dachte.

»Und, das wußten wir doch längst«, sagte Rina befriedigt.

»Habt ihr ihm was erzählt?« fragte ich. »Hiervon, meine ich?«

»Wird er bald genug rausfinden«, meinte Al. »Er kommt gegen Mittag mit dem Bus. Er ist schon sauer, daß es mit dem Aufhängen erst so spät losgehen soll.«

»Was habt ihr ihm gesagt?«

»Ich hab' bloß gesagt, du warst auf einer Sauftour«, sagte er und wippte auf den Hacken, während er sein Werk betrachtete. »Ganz gut, wenn man bedenkt.«

Ich konnte mich kaum dazu bringen, hinzusehen. Dabei hatte er sogar recht. Der Körper der Leiche, das Linoleum, der Aufbau des Bildes waren intakt. Aber die unheilvollen Swarfegawirbel darüber gaben ihm einen ungesunden rötlichen Schimmer, wie der Einband von einem Taschenbuch aus der roten Reihe. Die Macht und die Weichheit des Bildes waren wie durch Zauberei vollständig verschwunden, was übrigblieb, war fast lachhaft. Roxys Triumph. Ich mochte es Al nicht sagen, er hatte so viel Mühe hineingesteckt, aber es war hoffnungslos. Monatelange Arbeit endgültig den Bach runter, Roxys Fluch hing darüber.

»Vielleicht können wir es mit Ermäßigung verkaufen«, sagte Sarah ernsthaft. »Wenn diese Geschichte bekannt wird, bekommt es historischen Wert. Es ist immerhin eine sagenhafte Story. Vielleicht wird es noch die beste Investition von allen.«

»Ich werde ein paar Drachen machen«, sagte ich halb zu mir selbst.

Ich fing damit an, die kaputten Sachen auf den Rasen zu schleppen und die unbeschädigten auszusortieren, Bücher, die Staffelei und Pinsel rauszusuchen. Viel war nicht zu retten. Rina kam und half mir.

»Wo warst du gestern? Du hast mir kein Stück erzählt«, sagte sie.

»Erst war ich hinter Roxy her, und dann auf Patricks Eröffnung — erinnerst du dich an Patrick? Und dann hab' ich gearbeitet.«

»Gefällt's dir hier?« fragte sie und bewegte ihren Kopf im Kreis. Das schloß den verwilderten Garten, den Trümmerhaufen, das Haus, die Autobahn und Moes runtergekommenes Schloß nebenan mit ein.

»Jau«, ich zog ein aufgeschlitztes Kissen raus. Die kleinen Federn flogen hoch und schwebten über den Rasen.

Al ging ins Haus und holte uns ein paar Bier. »Gegen den Kater«, sagte er und setzte sich neben mich. Wir saßen alle zusammen im Gras und betrachteten das Morgenwerk.

»Tja, Schätzchen, deine Bilder sind gerettet«, sagte Grace, »die Welt kann wieder aufatmen.« Rina hatte eine ihrer überwältigenden Schwärmereien für Grace entwickelt. Sie schnüffelte und grub an ihr herum und machte sie halb wahnsinnig.

»Sie kennt keine Gnade«, sagte Grace und stupste Rinas Kopf ziemlich heftig mit dem Ellenbogen von ihrer Schulter. »Würd' mir ja nicht so viel ausmachen, wenn sie nicht all diese Schnüre von Rotz an sich runterhängen hätte. Kriegt sie nicht genug Liebe, um Gottes willen? Irgendwie ist das mit meinem Selbstverständnis nicht zu vereinbaren. Mein Leben ist schon hart genug, ohne daß sie ständig auf mir rumkriecht.«

»Sie mag deine Titten«, sagte Al. Er sah so relaxed aus, daß ich schon dachte, Sue hätte ihn endgültig verlassen. Ich fragte ihn, wo sie war.

»Sie kommt später«, sagte er. Ich hatte halb gehofft, daß es vorbei war, damit die Stimmung nicht immer so angespannt war, wenn sie hier herumstrich. Außerdem wollte ich, daß er dablieb. Nicht, daß ich das je zugegeben hätte.

Rina sagte es für mich. »Ich mag Sue nicht«, sagte sie und legte ihr Köpfchen wieder an Grace.

»Was ist denn das Problem?« fragte Grace und entzog sich ihr. »Mag sie auch nicht abgeleckt werden?«

»Sie meckert immer mit mir rum und mit Al auch. Sie ist ein nörgeliges Arschloch.«

Al sagte: »Hör auf damit, Rina, oder es gibt'n Satz heiße Ohren. Zeig mal'n bißchen Respekt. Sie ist meine Freundin. Vielleicht heiraten wir sogar.« Er wurde rot, als wir uns alle zu ihm umdrehten und ihn anstarrten.

»Heiraten?« Ich konnte die Verblüffung nicht aus meiner Stimme halten.

»Sie glaubt, sie ist schwanger.« Es folgte eine kurze Stille. Sogar Sarahs freundliches und höfliches Gesicht, wie immer in berufliche Sorgenfalten gelegt, wurde plötzlich ganz leer.

»Herzlichen Glückwunsch, Schätzchen«, sagte Grace, mal wieder am schnellsten. »Kann ich Brautjungfer sein?«

»Wir wollen nur zum Standesamt«, sagte Al ganz ernsthaft.

»Na, hat sie nicht ein Mordsschwein, einen Brocken wie dich zu erwischen«, sagte Grace mit offener Bewunderung. »Aber daß du mir nicht vergißt — wenn's ein paar kleine Probleme im Ehebett gibt, komm zu Gracie für die beste Therapie der Stadt. Umsonst nennen sie mich nicht Miss Ecstasy aus Te Kuiti.«

Der Gedanke an Al im Ehebett war uns allen so peinlich, daß niemand ein Wort sagte. Ich fragte mich, warum er es mir vor all den Leuten erzählt hatte, und so nebenbei. Er machte ein einfältiges Gesicht und sah schüchtern aus. Er saß da und knibbelte an seinen Nägeln, die Sonnenbrille versteckte sein Gesicht. Ich bemerkte, daß seine Haare wieder wuchsen.

»Du läßt deine Haare wachsen?« fragte ich nach einer diskreten Pause.

»Sue mag mich nicht kahl.«

Ihre Beziehung mußte in den letzten Tagen den totalen Aufschwung erlebt haben. Ich war so oft weg und auch sonst so beschäftigt gewesen, daß ich nicht einmal an ihn gedacht hatte. Der Gedanke an Al als Vater war so seltsam, daß wir eine ganze Weile darüber brüteten. Um fair zu sein, er hatte sich mit Rina schon mehr als bewiesen.

Ich sagte förmlich: »Tut mir leid, daß du gehst.« Ich wälzte meinen riesigen Rumpf hinüber und nahm mir noch ein Bier. Ich war traurig, alles tat mir weh, leer und verbraucht von den Ereignissen in meinem Leben. »Du wirst mir fehlen.«

»Du mir auch«, sagte er schnell. Die Atmosphäre geradezu hysterischer Verlegenheit wurde noch dichter. Sogar Rina war ganz still.

»Na, der eine kommt, der andere geht.« Ich dachte nur einfach laut, während ich an meinem Bier nippte. Banalitäten fielen mir als erstes ein, wenn um mich herum alles einstürzte, es war noch der bequemste Weg, den Irrsinn abzuschmettern. Meine Mutter hatte in Streßzeiten immer solche verbalen Rituale benutzt, und zum erstenmal konnte ich das gut verstehen. Das Leben war so schwer, daß du nach jedem trostversprechenden Strohhalm schnapptest. Al weg, ja? Lohnt nicht, über verschüttete Milch zu weinen. Sowas kommt in den besten Familien vor. Alles mit einer Prise Salz nehmen. Morgen ist auch noch ein Tag, davon geht die Welt nicht unter. Das ließ sich endlos fortführen. Daß Al ging, war wie ein Todesurteil – für mich würde es keinen Platz mehr in ihrer luftdicht versiegelten Beziehung geben. Wie würde das Leben ohne ihn sein? Ich haßte es, eine enge Bindung an irgendwen zuzugeben. Das war das Schlimmste daran. Ich war nur auf wenige Sachen in meinem Leben stolz, und mich gefühlsmäßig an jemanden gehängt zu haben, gehörte bestimmt nicht dazu. Aber so war es, ich konnte es nicht leugnen. Nettie, Marianne, Weasel, die Band und jetzt dies. Al ein lohnabhängiger Vater, eingefroren im ständigen Kampf mit seiner kalten Sue, eingefangen und für mich verloren — für immer aus unserem freien und lockeren Leben verschwunden.

Rina brach in herzzerreißendes Schluchzen aus. Sie weinte so heftig, daß sie fast komisch wirkte. Ihr großer Mund verzog sich und bebte, die Tränen flossen so schnell, daß binnen Sekunden ihr ganzes rotes, speckiges kleines Gesicht überströmt war. Die keuchenden, erstickten Töne klangen fast wie Lachen, riefen nach irgendwas. Ich rutschte rüber, um sie zu umarmen, und sie stieß mich weg.

»Warum läßt du ihn weggehen? Ich will, daß Al bleibt. Hau du doch ab.« Sie lag auf dem Rücken und trommelte mit ihren Fersen auf die Erde. Das war ein gesalzener Windstärke-zehn-Anfall, und sie war so laut, daß Moe ans Fenster kam. Sogar aus dieser Entfernung sah er schlimm aus. Aufgedunsen, sein Gesicht unter den Tätowierungen blaß und erschöpft und das Haar völlig verfilzt.

»Sag ihr, sie soll's Maul halten, ja? Sie hat mich geweckt mit dem Scheiß.« Er knallte das Fenster zu. Rina weinte weiter, und wir saßen da und sahen ihr zu, was anderes konnten wir nicht tun.

Al sagte: »Ich komm' dich besuchen, Rina. Ich komm' und besuch' dich, ja?« Er streichelte sie mit Nachdruck. »Wein nicht, Kumpel, komm schon. Nicht weinen.«

»Ich will, daß du bleibst«, schluchzte Rina. »Ich will, daß du bleibst. Ich hasse Sue. Ich will, daß du bleibst.«

»Ich hab' hier gern gelebt«, sagte Al und sah mich flehend an. Er war fix und fertig, solche Szenen trieben ihn leicht für eine Woche hinter verschlossene Türen. Aber ich konnte im

Augenblick nichts für Rina tun. Sie war furchtbar tief getroffen. Al war seit zwei Jahren da, seit sie acht war, und wir hatten uns wohl über ihre Liebe zu ihm nie weiter Gedanken gemacht, sie eben als gegeben hingenommen.

Grace sagte: »Willst du vielleicht ein paar Bonbons? Würde dich das beruhigen?« Aber Rina wollte niemanden ansehen.

Cash und der Rest der Band kamen so leise über den Rasen, daß wir sie nicht hörten. Sie sahen absolut zufrieden aus. Nur daß niemand hier in der Stimmung war, ihr Vergnügen zu teilen.

»Was ist denn mit ihr?« fragte Cash.

»Al heiratet«, sagte ich.

»Heiratet? Al? Wen denn? Das Küken mit den blonden Haaren? Sue?« Seine Überraschung war fast komisch. Er erholte sich aber mit seiner gewohnten Geschmeidigkeit. »Na, herzlichen Glückwunsch, Alter. Wann soll's denn sein?«

»Du Sau«, sagte Al zu mir. »Brauchst es nicht auch noch öffentlich rumzutratschen.« Er stand auf und stapfte davon. Es war seine Art, sich aus der Affäre zu ziehen.

Rina weinte immer noch ins Gras, aber der erste furchtbare Sturm war vorbei. Cash hatte sowieso andere Sachen im Kopf.

»Guck dir das an!« sagte er. Er schwenkte die Zeitung. »Da ist eine Kritik drin. Auf der Szene-Seite.«

»Wovon?« fragte ich, in Gedanken noch bei Al.

»Von uns! Von dir! Hör dir das an: 'Glory Day zeigte gestern nacht im Mainstreet ihren kraftvollen bluesigen Gesangsstil in absoluter Spitzenform. Begleitband *Starlites* hielt voll mit und zeigte einen Glanz und eine Reife, die ihr in der letzten Zeit ein bißchen gefehlt hat. Mit ihrer knisternden Version von Marianne Faithfuls Klassiker *Broken English* hat Day ein für allemal jegliche Zweifel an ihrem Talent zum Verstummen gebracht.'«

»Na ja«, ich lehnte mich im Gras zurück, »ganz gut. Wenn Bob weiter herumstänkert, können wir woanders Gigs kriegen.«

»Mensch, Mädchen, mit so einer Kritik steht uns die ganze verdammte Welt offen. Ich hab'n Freund, der den Manager im Gluepot kennt. Die machen diese Bluesnächte, für die Schickeria und so, *nouveaux riches.* Sie zahlen ein Vermögen. Dieser Pub hat die besten Gagen in ganz Auckland. Da strömt der Zaster nur so. Jetzt geben wir den Ton an.«

»Ach, hör auf mit deinem Größenwahn«, sagte Jeff. »Du überschlägst dich immer gleich.«

»Verstehst du, was ich meine«, sagte Cash und nahm überhaupt keine Notiz von Jeff. Dieses eine Mal sprang er nicht auf Provokationen an, die imaginären Geldströme rissen ihn mit sich. »Der Typ schreibt nicht oft solche Kritiken, ich lese die Dinger nämlich.«

»Wußte gar nicht, daß du das kannst«, bemerkte Jeff, aber seine Beleidigungen waren eher halbherzig. Sie waren alle ungewöhnlich guter Laune, sogar Simon. Sie saßen im Gras und bedienten sich an Als Bier, und ich hatte nicht das Herz, ihnen zu sagen, daß sie sich verziehen sollten. Ich konnte mich nicht auf sie konzentrieren.

»Gut, ruf deinen Freund an«, sagte ich. »Ich brauch' das Geld, wenn Al jetzt auszieht.«

»Meint er es ernst?« fragte Cash mit einer Kopfbewegung zu der Tür, die Al gerade zugeknallt hatte.

»Weiß nicht. Hab' gerade zum erstenmal davon gehört.«

»Gott«, sagte Cash, der jetzt erst die Trümmer bemerkte. »Wieso liegen denn alle deine Bilder in der Sonne rum?«

»Wer war das?« fragte Simon. Der Garten hier war immer so eine Müllhalde, daß es ihnen erst nicht aufgefallen war.

»Roxy«, sagte ich. Ich war furchtbar müde.

»Gott, nicht schon wieder«, sagte Cash. »Sind sie noch heil?«

»Das da nicht«, sagte Grace und berührte es mit ihrem Zeh. »Gott sei Dank.«

»Himmel«, sagte Cash, »der möchte ich nicht im Dunkeln begegnen.«

Jeff fragte mich: »Warum macht sie das? Hast du ihr was getan?«

»Nein. Ehrenwort, Jeff«, sagte ich.

»Schwer zu glauben. Warum sollte sie sowas machen?«

»Wer weiß?« sagte ich. Ich wollte nicht, daß er weiter darauf herumhackte.

»Irgendwas mußt du doch gemacht haben«, sagte er. Der Kerl wußte noch nie, wann er besser den Mund hielt.

»Können wir mit irgendwas helfen?« fragte Simon schnell. Er hatte den Ausdruck in meinem Gesicht gesehen.

Sarah mischte sich ein. »Hört mal, Jungs, warum gönnt ihr ihr nicht ein bißchen Ruhe? Dieser Morgen hat es in sich gehabt. Sie hat heute abend ihre Eröffnung, und sie hat nichts als Ärger. Ich weiß dein freundliches Angebot zu schätzen, Simon, und Glory ganz bestimmt auch, aber vergeßt es im Augenblick. Wir machen das selbst, und bis der Bus kommt, sind wir fertig.«

»Okay, dann ist ja gut«, sagte Cash. »Wir wollten sowieso gleich los. Wir müssen auch noch ein paar Dinge erledigen.«

»Was denn?« fragte Jeff. »Was für Dinge, Cash?«

»Geschäfte«, sagte er. »In Sachen Band.« Er zog eine scheußliche Grimasse. Das letzte was er wollte war, sich jetzt mit mir zu verkrachen.

»Ich weiß nicht, wovon du redest«, sagte Jeff. »Du hast gesagt, wir wollten alle zusammen in die Kneipe. Und Glory sitzt hier mit all ihren Sachen in Klump. Wir könnten ihr helfen. Dazu sind Freunde da, Cash, falls du das nicht wissen solltest. Du hast kein Wort von Geschäften gesagt, als wir rübergekommen sind.«

»Kannst du nicht mal für eine verdammte Minute dein großes, blödes Maul halten?« brüllte Cash. »Tut mir leid, Glory.«

Ihr Streit war der letzte Tropfen im berühmten Faß.

»Ich will von euch keine Hilfe, Jeff!« schrie ich ihn an. »Ich will einfach verdammt nochmal nicht! Warum haut ihr nicht einfach ab?« Mir war bewußt, daß Sarah hinter meinem Rücken bedeutungsvolle Grimassen schnitt.

»Okay, okay«, sagte Jeff beleidigt. »Wollte ja nur helfen.« Sie standen alle auf.

Cash sagte glatt zu mir: »Bis später, Glory. Ich werd' versuchen, heut abend zu kommen. Jedenfalls viel Glück, Mann!« Sie trotteten davon. Sie sahen mehr nach einer Gruppe Zirkusarbeiter als nach einer Band aus, sie hatten diese Schäbigkeit der Leute am Rande der Gesellschaft.

Immer noch sehr gereizt sagte ich zu niemand im besonderen: »Cash hört sich immer wie Neil Young an, wenn er Mann sagt. Als ob ein verdammtes Schaf bäht.«

»Na, jedenfalls hört er sich nicht wie ein giftiger Wutnickel an«, sagte Grace gemütlich und streckte sich auf dem Rücken aus. »Er hat dir nur Glück gewünscht, du feuerspeiendes dickes Ding, du.«

»Ich will sein Glück nicht«, sagte ich. »Ich trau' ihm nicht weiter, als ich ihn werfen kann.«

Mir ging es dreckig und Sarah wußte das, Gott segne sie. Sie kam zu mir rüber. Sie sah so sauber und normal aus, daß allein ihr Anblick mir schon gut tat. Ihre nackten Beine hatten eine Haut wie Milch.

»Nach dem Gespräch gestern abend dachte ich, ich hätte dich nicht anrufen sollen«, sagte sie. »Mir wurde erst hinterher klar, daß du schon genug auf dem Buckel hattest.«

»Oh nein«, sagte ich, »darüber mußte ich schon Bescheid wissen.«

Irgendwas an der Art, wie sie das sagte, sprach dafür, daß sie von meinem Besuch bei Mariannes Eltern gehört hatte. Aber mit ihrem üblichen Taktgefühl ging sie nicht weiter darauf ein.

»Ich habe den Cops inzwischen deine Aussage gegeben, und ich nehme an, jetzt müssen wir abwarten. Aber sei vorsichtig, Glory, ich weiß nicht, was sie als nächstes vorhaben. Bitte, ruf mich an, wenn etwas passiert«, sagte sie. »Und viel Glück für die Eröffnung.« Sie gab mir eine kleine geprägte Karte, auf der 'Viel Glück' stand. Drinnen hatte sie in ihrer gebildeten Handschrift geschrieben: 'Für eine brillante Malerin, viel Glück für die Eröffnung, deine ergebene Freundin Sarah'.

»Danke, Sarah. Und danke, daß du so beim Aufräumen geholfen hast.«

»Nun, ich denke, die ganze Affäre ist aus dem Rahmen gelaufen. Ich finde es empörend, daß du kurz vor deiner Eröffnung so etwas durchmachen mußt. Es war das wenigste, was ich für dich tun konnte, Glory. Und sei bitte wirklich vorsichtig. Dies ist ein richtiges Schlangennest.«

»Wir müssen unbedingt drüber reden. Gleich, wenn die Eröffnung gelaufen ist.« Meine Stimme klang sogar in meinen eigenen Ohren blechern, als ob die Erschöpfung ihr die menschliche Klangfarbe geraubt hätte.

»Nun geh und leg dich schlafen. Ich weiß nicht, wie du das alles durchgestanden hast.« Sie klopfte mir sanft auf den Arm. Es war das allererste Mal, daß sie mich anfaßte. Sie mit ihrer Privatschulreserve und ich mit meiner Gefängniskühle waren diesbezüglich ein zugeknöpftes Paar. Die Botschaft kam auch richtig an, aber ich konnte nicht angemessen darauf reagieren, mein Gehirn war schon wieder so langsam. Sie verstand, wie immer.

»Hör zu, Glory. Ich habe das Bett im Studio hergerichtet. Zumindest übergangsweise. Ich habe die Bruchstellen mit Steinen und Regalbrettern abgestützt. Warum legst du dich nicht ein bißchen hin? Du hast heute abend die Eröffnung, du mußt dich ausruhen. Weißt du, wann Nigel kommt?« fragte sie und drehte sich zu Grace um.

Die Haustür krachte plötzlich auf, Al stürzte raus, riß Rina hoch und rannte wieder hinein. Es ging so schnell, daß wir kein Wort rauskriegten. Rina wirkte nicht überrascht, das arme Würmchen.

»Armer Al«, sagte ich geistesabwesend. Ich verlor eindeutig die Kontrolle über mich. Ich wollte nur noch schlafen, meine kurze Phase der Euphorie war in völlige Erschöpfung übergegangen.

»Komm schon, Glory, Liebes«, sagte Sarah. Sie führte mich zum Studio und ließ mich dann allein. Seit Roxy alles auseinandergenommen hatte, war ich nicht mehr hineingegangen. Im Augenblick allerdings, in meinem Zustand, störte mich nicht mal der Gedanke, all die Zerstörung wieder sehen zu müssen. Solange es dort ein Bett gab, sollte mich alles andere nicht kümmern. Aber der Raum war völlig verwandelt, es war ein absolutes Wunder. Fast alles war wieder zusammengebaut oder saubergemacht und die Schäden verkleidet worden. Der Raum trug Sarahs kühle Handschrift — zum erstenmal hingen sogar Gardinen an den Fenstern. Auf dem Regal stand ein Weckglas mit Zwiebelblumen und Gänseblümchen, das ich versehentlich runterstieß, als ich auf dem Bett zusammenbrach.

Später, wie vom Grund eines Brunnens, hörte ich Stimmen, Bewegungen, Lärm und Auseinandersetzungen, aber das ging alles vorbei. Es mußte sehr viel später gewesen sein, draußen war es schon fast dunkel und ich war mitten in einem komplizierten Traum, als ich sie hörte.

»Ich hab' dich vor dem Café gesehn. Warum bist du nicht reingekommen?«

Ich schlief, fest wie ein Stein, aber als ich die vertraute Stimme hörte, schoß ich fast durch die Decke. Ich war sofort wach, Alarmsignale überfluteten mein Gehirn, und da war sie. Sie saß kerzengrade am Bettende, ihre großen Augen waren weit offen und starrten mich an. Sie hatte ein Messer in der Hand. Sie war völlig reglos und so blaß, sie hätte tot sein können. Ich hätte fast geschrien — sie sah so schrecklich aus. Groggy wie ich war, beugte ich mich vor und drehte ihr wie in Zeitlupe das Messer aus der Hand. Da war so wenig Widerstand, als würde ich einer Leiche etwas abnehmen. Das Messer lag mir schwer in der Hand, die scharfe Klinge blitzte und schimmerte. Es in der Hand zu halten, half mir auf den

Boden der Realität zurück. Jetzt war mir, als hätte ich schon die ganze Zeit sowas erwartet.

»Verdammt nochmal«, sagte sie, »das ist wie im Horrorfilm. Eine Tonne Blubber kommt aus der Dunkelheit auf mich zu.« Über das Messer schien sie sich weiter keine Gedanken zu machen. Das schwache Licht vom Fenster zeigte, daß ihr Gesicht vor Erschöpfung eingefallen war.

Wieder sagte sie: »Warum bist du nicht reingekommen?« Ich konnte sie riechen. Sie stank wie ein Iltis, der tierische Geruch stieg in Wellen von ihrem Körper und den Klamotten auf.

»Was willst du nun?« fragte ich, kämpfte mich in eine sitzende Position und strengte mich an, mein Gehirn für diesen Notfall klarzukriegen. Ich mußte jetzt die Antennen ganz weit ausfahren, durfte mir nichts entgehen lassen, mußte notfalls in Sekundenschnelle reagieren. Ich machte eine vorsichtige Bewegung.

Sie sagte schnell: »Ich mußte das Bild doch übermalen, oder?« Sie brauchte offenbar dringend einen Schuß, das sah ich ihrem zusammengefallenen Gesicht an. Roxy, das schwarze Loch, das alles um sich herum einsaugte, während es mit einer Million Meilen pro Stunde durch den zeitlosen Raum schoß.

»Welches Bild?« fragte ich im Konversationston.

»Die tote Frau. Auf dem Linoleum. Das war meine Küche. Das waren meine Füße.«

»Das warst du nicht«, sagte ich. »Hör schon auf, Roxy. Ich hab' dich schon eine ganze Weile nicht mehr gemalt. Das weißt du.« Es war, als ob ich mit einem kranken Kind sprach, das ich durch den Rhythmus meiner Stimme, durch meine Ausstrahlung tiefer Gelassenheit beruhigen wollte.

»Ach ja? Du hältst mich für'n Trottel, was? Hast du ja schon immer«, fügte sie flüsternd hinzu. Ich mußte mich anstrengen, sie zu verstehen. Ich mußte unbedingt alles hören, was sie sagte.

»Glaub, was du willst. Du warst es nicht. Hast du es deswegen gemacht?« fragte ich. Ich konnte nicht anders, auch wenn es eindeutig Gefahrenzone war.

Sie sagte: »Gib mir mal 'ne Zigarette. Ich hatte irrsinnig viel zu tun heute, ich bin total geschafft.«

»Man sieht's dir an«, sagte ich. Endlich fühlte ich mich ihr gewachsen. Gegen Schatten kämpfen lag mir nicht, und ich hatte Roxy zu etwas Übermenschlichem aufgebaut. Sie wie eine Krähe auf meinem Bettende hocken zu sehen, machte mir klar, daß sie auch Schwächen hatte. Ich hingegen hatte Rina, und ich hatte meine dicke Haut, die in vielen schweren Jahren noch gehärtet worden war. Ich besaß die grausame Beständigkeit eines Atom-U-Boots — während Roxy, gekrümmt und verzweifelt, wie ein Kamikazepilot war, der gerade in die brennende See abstürzte.

»Sieht man?« Sie strich mit einer zitternden Hand ihr Haar zurück. »Es gibt noch ein, zwei Sachen, die ich klären muß. Dein Mitch zum Beispiel ist ein verdammter Scheißkerl. Ein richtiger Scheißkerl. Ich hab' ihm klar gesagt, ich bin eine Freundin von dir. Ich bin fast du geworden, hab' ich ihm gesagt, so nah sind wir uns, und ich glaub', er ist eifersüchtig.«

»Bist ich geworden?« fragte ich. Das Messer fühlte sich so tröstlich an, ich hätte es küssen können.

»Wenn du Rattengift frißt, wirst du 'ne Ratte«, sagte sie und sah mich an. »Das ist Grundlagenwissen. Ich hab's in der Schule gelernt. Du bist so feist, Glory, aber du bist lebendig. Du sprühst Funken und lehnst dich zurück, um sie anzusehen. Wenn du malst, schaue ich deine Hände an, und sie sind aufgedunsen und sommersprossig. So aufgedunsen. Aber du hast andere Gaben. Die Leute sehen dich an, hören dir zu, für sie bist du Gott. Darum wollte ich, daß du dich deiner Verantwortung stellst.«

»Was?« fragte ich verblüfft.

»Weasel. Ich rede von Weasel. Er lebte im Dreck, und du bist durch die Gegend geschwirrt wie eine Bienenkönigin. Es ist nicht deine Schuld. Aber Glory, er hat dich als Mutter angesehen, weißt du das? Er hat's nie erwähnt, aber ich hab' immer gesagt, wart's ab, sie kommt schon zurück. Ich hab' ihm gesagt, wie nah wir uns sind, wie Schwestern, und daß ich dich zu allem kriegen könnte. Ich hab' ihm erklärt, daß du ein bißchen Wirklichkeit brauchst, daß du in einer Traumwelt lebst.«

»So?« Sie machte mir Angst mit der Art, wie sie sprach. Ihre Worte waren aufgeladen mit Bedeutung — es war, als ob du dein Todesurteil in einer fremden Sprache verlesen bekommst.

»Mit mir ist es das gleiche. Du kannst mich nicht einfach aufsaugen und dann ausspucken. Du kannst nicht so in mich eindringen und selbst nichts dabei fühlen.«

»In Ordnung«, sagte ich. »Ich wünschte, ich hätte diese Bilder nie angefangen. Das ist die Wahrheit. Ich wünschte, ich hätte dich nie gefragt. Es war ein Fehler. Aber ich werde nicht verbrennen, nur weil du das so willst. Ich weiß, was passiert, wenn ich eine Starkstromleitung anfasse, ich bin doch nicht blöd.«

»Was machst du denn«, höhnte sie, »wenn du eine Starkstromleitung anfaßt? Nein, sag's nicht, ich kann dich direkt vor mir sehen! Ganz der beschissene Erzengel Gabriel, die Flammen schießen an deinem Speckrücken runter, und nicht ein Haar wird versengt. Unberührbar bis zuletzt.« Ihre Stimme rollte sich in der Dunkelheit ein wie eine Sprungfeder und schoß in die dunklen Ecken. »Was glaubst du eigentlich, wie ich mich fühle, wenn du mich plötzlich einfach stehenläßt?«

»Ich hab' dich nie eingeladen, mit mir zu kommen. Du hast dir das ganz allein eingebrockt. Dabei hab' ich dich nie auch nur besonders gemocht.«

Es gab eine Stille, und dann hörte ich zu meinem Entsetzen ein leises Weinen.

»Wie kannst du sowas sagen? Du lügst«, flüsterte sie. Tränen rollten ihre Wangen hinunter. »Du warst das Beste in meinem ganzen Leben.«

»Ich versuche nur ehrlich zu sein«, sagte ich, erschrocken, weil sie weinte.

»Du kannst mich nicht in der Kälte stehen lassen. Ich hab' dir mein ganzes Leben gegeben. Ich weiß, was zwischen uns war, auch wenn du's nicht zugeben willst.« Sie schluchzte unkontrolliert, und ich fühlte, wie der alte Schmerz in meiner Brust aufstieg.

»Roxy, warum vergißt du mich nicht einfach? Ich bin Malerin. Ich hab' ein paar gute Freunde und ein Kind. Für mich ist das alles, was zählt. Das sind die guten Sachen in meinem Leben, die hab' ich mir allein gesucht. Der Rest ist Überleben.«

Es war ein schmerzhaftes Eingeständnis und für meinen Geschmack zu dicht am Kern meines persönlichen Selbstverständnisses, aber ihre Tränen hatten mich erschüttert. Sie ließen mich die andere Roxy sehen, nicht die aufgeputzte, schillernde, heroingetriebene Irre, sondern ein kummervolles Kind, das vom Tag seiner Geburt an gelogen hatte.

»Aber was wird aus mir?« fragte sie.

»Ich weiß es nicht«, sagte ich. Sie saß auf dem Bett, plötzlich ganz still. Es war fast friedlich. Es schien nichts mehr zu sagen zu geben. Es war so ruhig im Zimmer, daß wir beide gleichzeitig hörten, wie jemand den Flur heraufkam. Roxy beugte sich so weit vor, daß ich ihren Atem auf meiner Wange fühlte, und zupfte das Messer aus meiner Hand.

Sie flüsterte: »Ich hab' die Eröffnung nicht vergessen, Glory. Viel Glück.« Und dann war sie weg, durch die Gartentür ins Dunkle gesprungen, bevor ich mich rühren konnte. Das Licht ging an.

»Mach's aus«, krächzte ich. Ich fühlte mich, als ob ein tonnenschwerer Druck von meinem Herzen genommen war. Ich zitterte unter der Nachwirkung.

»Himmel, dieser Raum stinkt wie ein Schlachthof. Wir haben wohl schlecht geträumt, was?« Grace lehnte wie ein Engel im Türrahmen. »Bist du bereit für die Sehnsucht deines Lebens, Schätzchen?«

13

Als wir schließlich loszogen, war Rina die einzige, die in aller Unschuld einfach nur aufgeregt war. Grace war in einem Taxi abgerauscht, und so saßen am Ende nur wir drei im Wagen. Al war sehr schweigsam und finster. Als ich ihn fragte, wo seine Verlobte war, machte er Anstalten wieder auszusteigen. Ich sah ihm an, daß er überhaupt nicht geschlafen hatte, und er war unrasiert. Als Konzession an die Eröffnung hatte er seine beste weiße Jacke angezogen, aber der Rücken war voller Motorradöl, wo er auf dem Teppich gelegen hatte. Das spärliche Haar, das aus seinem Schädel wuchs, ließ ihn krank aussehen. Er starrte nach vorn, sein Gesicht so gequält und angespannt, daß ich dachte, ein Joint wäre jetzt das richtige, um uns beide zu beruhigen.

»Verdammt, hör jetzt auf, Glory, oder ich komm' nicht mit. Ich geh' nur hin, um dir moralische Unterstützung zu geben, also halt dich zurück.«

»Du bist doch der, der unbedingt heiraten will.« Ich zuckte die Achseln und ließ den Wagen an. Er und Rina saßen auf dem Rücksitz. Sie hielt seine Hand und lächelte vor sich hin. Sie war stolzgeschwellt über ihre Aufmachung. Sie hatte sich verkleidet, mit einem schreiend pinkfarbenen Fetzen, den sie aus der Kostümkiste gegraben haben mußte, und sie hatte ihren gesamten Schmuck an. Ihre schmale, kleine Brust glitzerte und funkelte, sie hatte zwei Schleifen im glänzenden Haar und sich sogar noch etwas Glitzerpuder draufgekippt. Al kam gar nicht drüber weg, wie schön sie aussah, aber ich dachte heimlich, daß es ein bißchen übertrieben war — nicht, daß ich es je laut gesagt hätte.

Auf dem Weg waren wir alle ziemlich still. Al brütete offensichtlich über Sue, und ich war seekrank, meine Nerven zerfranst wegen der Ausstellung, meiner bisher größten, ganz zu schweigen von meiner überladenen Unterhaltung mit Roxy.

Ich war nicht auf die Massen gefaßt, die durch den Raum wallten, als wir durch die Tür kamen. Die Galerie war von Wand zu Wand voller Leute, ich hatte sie noch nie so vollgestopft gesehen. Wir quetschten uns gerade noch rein, und dann standen wir da, verblüfft und verwirrt. Unsere Ausstaffierung war angesichts dieses prunkvollen Aufgebots bloß eine mitleiderregende Gebärde. Sie wirkten alle so überzeugt von sich.

Die Bilder siechten an den makellos weißen Wänden, faulten auf diese nichtssagende Menge herab. Das ganze Mischmasch von Aucklands Crème de la crème — die Sorte von Leuten, die Verbindungen hatte und ein Leben führte, das so über jeden Tadel erhaben war, daß sie selbst Kunstwerke darstellten. Sie waren keine Idioten, das war aus hundert Meter Entfernung zu erkennen. Ihre Gehirne surrten wie Computer, der Raum vibrierte von der Gewißheit einer brandheißen Sache. Sie mochten die Bilder. Die Luft war voller Anerkennung, verhaltenem Beifall, jeder wußte, die Bilder trafen den Punkt — sie waren so richtig, daß es für alle ein Vergnügen war, hier zu sein und sie zu mögen.

Um uns wogte ein gieriges Stimmengemurmel, und ich bemerkte, daß Al und Rina sich auch unbehaglich fühlten. Das Klingen echter Gläser, die Tische mit Paté und Crackern, der Geruch nach gutem Teppich und Parfüm schien mit ihnen und mir überhaupt nichts zu tun zu haben. Unter normalen Umständen wären wir in so einer Versammlung keine Minute geduldet worden. Wir stachen heraus wie Schweißfüße in löcherigen Socken.

Ich sagte zu Al: »Du mußt nicht hierbleiben.«

Er sah mich finster an. »Hör mal, wenn nicht mal deine Freunde kommen können.« Ich ging und holte ihm einen Wein, während er an die Tür gelehnt wartete, beklommen, und Rinas Hand hielt. Das stimmte natürlich. Ich wollte sie dahaben — sie waren mein Talisman gegen diese glitzernden Leute, die mein Blut wollten, sie waren ein Zeichen, daß ich woanders herkam. Die Art, wie ich mein Leben lebte, war kein bloßes Getue, es war die Frucht von Jahren mühseliger Arbeit, eine bewußte Entscheidung von dem Tag an, als meine Bilder anfingen, sich zu verkaufen. Ich hatte immer instinktiv gewußt, wo meine Kraft herkam, und wenn ich das verleugnete, dann würde ich diese Quelle versiegen lassen. Das vergaß ich nie. So war es für mich eine Erleichterung, daß ich in diesem, dem größten Augenblick meiner bisherigen Karriere den Angstschweiß riechen konnte, der von meinem Gespräch mit Roxy noch an mir klebte, und daß Al und Rina und meine Freunde da waren. Als ob ich wieder reingewaschen war im Blut des Lammes, sozusagen, und mir selbst eindeutig bewies, daß ich immer noch überzeugend war.

Ich hatte die Prüfung mit fliegenden Fahnen bestanden. Sogar der kurze Anblick von Shorty, schon betrunken, bekleidet mit irgendeinem karierten Sportjackett und etwas, das wie eine fleckige Melone aussah, war ein Fest, auch wenn ich nicht so weit gehen wollte, seine Aufmerksamkeit auf mich zu lenken.

»Was meinst du, wann Moe und die anderen auftauchen? Sie meinten, sie würden gleich nach der Kneipe herkommen«, fragte mich Al.

Ich konnte diese unglaubliche Menschenmenge einfach nicht fassen, ich fühlte eine Panikwelle, während das Dope mit meiner Paranoia kämpfte. Sie sahen sich die Bilder wirklich an, sie betrachteten sie eingehend, das allein war eine umwerfende Tatsache, weil bei den meisten Eröffnungen die Leute in eleganten kleinen Grüppchen rumstanden, hämisch lachten, die Arbeiten ignorierten und Wein tranken. Es war klassisch paranoides Gelände für eine widerspenstige, in Gesellschaft ungehobelte Malerin wie mich. An den meisten Bildern klebte schon ein roter Punkt.

Sie alle an den Wänden zu sehen, machte mir schlagartig wieder klar, wie seltsam und heftig die Bilder eigentlich waren. Es verblüffte mich, daß diese beherrschten, gepflegten

Leute solche Krankheit ernsthaft zuließen, daß so zügellos wucherndes Siechtum keinen Widerspruch hervorrief. Es war schwer an der Tatsache vorbeizusehen, daß all die dunklen Kämpfe meines Lebens da hineingeblutet waren, mit einem Messer eingeritzt, ausgepreßt aus meinem eigenen Leiden und persönlichsten Sein. Es war, als ob meine eigene Haut und Knochen an die Wände genagelt wären, und gulp, die Leute schluckten sie einfach unzerkaut runter, Knochen und alles, guckten, lächelten, soffen, quietschvergnügt, voller Wonne.

Das soll nicht heißen, daß mir all diese so respektvollen Geldis und Kapis nicht wie Butter runtergingen. Als Kind stellte ich mir immer vor, solche Leute würden in Glastürmen hoch über mir leben. Die Räume in diesen Türmen funkelten vor Licht, haufenweise leuchtenden Blumen und weißen Teppichen, und die Menschen trugen Kleider von märchenhafter Zartheit. Ihr Fleisch schimmerte von dem guten Essen, das sie gerade verspeist hatten. Sie sahen mit einem gleichgültigen Lächeln auf uns herab — sie waren da oben unter dem Auge Gottes, sie waren größer und weißer als wir, und strahlten vom heiligen Licht des Geldes. Als ich den Film *Metropolis* sah und dieses persönliche Phantasiebild übersetzt in Schwarz und Weiß direkt vor mir, war es eine Invasion, eine Trickaufnahme direkt ins Herz meiner Kindheit.

Und hier waren sie alle wieder leibhaftig, weideten sich an meinen Phantasien, saugten sie auf. Ich hatte schon immer den Verdacht gehabt, daß solche Geldsäcke andere, tiefere Wurzeln brauchten, um sich zu nähren. Aus unserem schäbigen Leben, in Brennöfen, die jene nie versengten, schmiedeten Leute wie ich die Artefakte, die sie als ihr Eigentum betrachteten, in Kunstgalerien und Museen einbalsamierten, sicher weggeschlossen zu ihrem exklusiven Ergötzen. Die Schöpfungen von Außenseitern wie mir waren für die Reichen die Nahrung, ohne die alle Schönheit, die ganze Extravaganz ihres Lebens welken und sterben müßte. Sie wuchsen durch den Schmutz in unseren Leben, ihre Blätter bekamen erst durch unseren Gestank ihren Glanz. Es geschah direkt vor meinen Augen, es troff förmlich von den Wänden herab. Aber ich fühlte mich nicht überlegen oder so, weit davon entfernt. Diese Leute dort waren wie Tiger. Ich konnte es auf fast keiner Ebene mit ihnen aufnehmen.

»Und, meinst du, sie kommen noch?« fragte Al ungeduldig. Er hatte entschieden den Boden unter den Füßen verloren und wollte moralische Unterstützung. Ich hatte nicht mal die Zeit zu antworten, weil Nigel auf mich zugefegt kam. Alle Segel gesetzt, in einem makellos geschnittenen grauen Anzug. Er war aufgeregt wie ein kleiner Junge — lächelte alle an, rieb sich die Hände, und sein frischgewaschenes Haar schimmerte im Licht. Ich wünschte ihm, daß alles glatt ging — es war so ein großes Ding für ihn. Es war auch für mich sehr wichtig, aber Nigel schien es als den absoluten Durchbruch aufzufassen. Es machte mich nervös, ihn so voller Hoffnung zu sehen.

»Ah, ich sehe, dein Gefolge ist auch hier«, sagte er. »Glory, ich möchte dir jemand vorstellen. Komm mit, das —«

Ich sagte zu Al: »Bis gleich. Wir bleiben nicht lange. Alles klar bei dir, Rina?«

Sie nickte, völlig sprachlos. Ich hatte ihr eine ganze Packung Kekse gegeben, und sie stand da und schob sich einen nach dem andern in den Mund, braune Krümel im Gesicht und überall auf ihrem juwelenbesetzten Kleid verteilt. Sie war völlig darin vertieft, einfach zu beobachten.

Nigel flüsterte mir zu: »Sie sind begeistert, absolut begeistert. Es ist ein Volltreffer. Im Namen des Allmächtigen, warum mußtest du ausgerechnet das anziehen? Du siehst aus wie eine New Yorker Pennerin.«

»Jedenfalls seh' ich nicht aus wie ein Börsenmakler aus den Sechzigern, der sich beim Vorstand einschleimen will.« Seine Gemeinheit machte mich sofort bissig, obwohl mir eigentlich gar nicht nach Streit zumute war. Wir waren schon ein hitziges Pärchen. Für einen Augenblick war er sprachlos, mein

Vergleich mußte irgendeine schmerzhafte Erinnerung hochgebracht haben.

»Ein Börsenmakler?« Insgeheim hatte er einen gewissen Respekt vor meiner Meinung. Aber Nigel zog sich nie lange selbst in Zweifel. Gesicht und Stimme erholten sich, und er knipste sein Lächeln an. Der Empfänger war ein großer, älterer Mann, der in Designer-Bluejeans und weiße Jeansjacke gequetscht war und sich breit lächelnd zu uns durchdrängte.

»Glory, das ist Bob Newman. Genau der Mann, den du brauchst. Er ist der Galerieagent aus Sidney. Er hat mir gerade erzählt, wie fasziniert er von deinen Arbeiten ist.« Nigel lächelte so angestrengt, daß der Speichel an seinen Zähnen knallte.

»Und ob ich das bin, Glory. Darf ich Sie Glory nennen? Diese Bilder sind wirklich bemerkenswert. Bemerkenswert.« Er fügte hinzu, mehr zu sich selbst: »Man kann schon sehen, daß die Leute absolut hin und weg davon sind.« Ein schneller, lüsterner und kalkulierender blauer Blick über die Menge und zurück zu mir. Ein spiegelglatter Mann mit einem kleinen Taschenrechner im Kopf. Er erstickte fast an seinen Vokalen.

»Danke«, sagte ich und kippte den Wein runter.

Am Eingang gab es leichte Unruhe, und aus dem Augenwinkel sah ich Nebenans nacheinander aufmarschieren. Sie sahen aus, als seien sie zu einem Begräbnis gekommen. Sie waren verlegen, hatten die Augen auf den Fußboden geheftet und versuchten, ihr Unbehagen zu verbergen. Sie waren alle da. Das war riesig nett von ihnen. Ich verlor den Faden von dem, was Bob sagte. Gangabzeichen und alles, sie waren in voller Montur. Ich war gerührt.

»Mein Gott«, sagte der Mann namens Bob unwillkürlich, als er meinem Blick folgte.

»Ihre Nachbarn«, sagte Nigel und sah mich hassend an.

»Ach? Sehen aus, als wär' mit ihnen nicht gut Kirschen essen.« Er lachte nervös. »Na, jedenfalls, das ist das Angebot.

Ich kenne ein paar Maler in Sidney, die Gott weiß was geben würden, um in Ihren Schuhen zu stecken. Wir gewähren etwas kleinere Tantiemen, aber wir reden hier schließlich über einen riesigen Markt und einen Pool von großen Talenten —« Er seufzte und schob mit seinen Händen diese Armeen von geifernden Malern zurück. Es sah aus, als fehlten sogar ihm die Worte für einen Vergleich mit Auckland — zu abwegig.

Der Joint, den ich im Wagen geraucht hatte, schlug endlich an. Es dauerte immer eine Weile bei mir, aber dann hob ich ab. Seine Stimme verschwand jetzt dauernd, als ob jemand die Lautstärke hoch und runter drehte. Ich verpaßte einen Teil, dann dröhnte seine Stimme wieder laut.

»Ja, natürlich. Hoffnungslos, in dieser Menge vernünftig diskutieren zu wollen. Hätten Sie wohl Lust, mich zum Lunch zu treffen, um alles durchzusprechen? Nigel? Können wir uns eben auf einen Tag einigen?«

Plötzlich hörte ich Rina weinen, daher sagte ich rasch: »Können Sie mich anrufen? Nigel kennt sonst die Einzelheiten. Ich muß weg.« Ich nickte Nigel zu. Ich wollte nicht unhöflich sein, wo er mir so viel Geld anbot, aber seine ganze Art machte mir Rückenschmerzen. Ich wußte es schon, als er zu uns rüberkam und zu reden anfing. Es hatte mich alle Anstrengung gekostet, halbwegs höflich zu bleiben. Er nahm sich solche süßstoffgetränkten Frechheiten heraus, daß ich mit den Zähnen knirschte. Er gab mir das Gefühl, daß ich etwas Unausgesprochenem zustimmen sollte, als gäbe es ein geheimes Einverständnis zwischen uns. Er wollte, daß ich lachend zustimmte, daß der Raum voller Trottel war und nur er und ich wirklich verstanden, was hinter der ganzen Scharade steckte. Kohle, Mäuse, weißt schon, was ich meine? Als ich mich mühsam losmachte und durch die Menge schob, hörte ich Nigel lachen, auf diese falsche Art, die er hatte, wenn er jemanden beeindrucken wollte.

»Exzentrisch. Enorm exzentrisch, aber reizend«, sagte er.

Bob sah mir verblüfft, kalkulierend und nachdenklich nach. »Nun, jedenfalls weiß ich jetzt, was Sie mit ihrem Umfang meinten.« Es war offensichtlich, daß sie schon zu einer Art Einverständnis gekommen waren. Wahrscheinlich hatte Nigel mich mit Haut und Haaren und Fußnägeln verkauft. Diese Geschäfte waren Männersache, sagte ihr leicht verächtlicher Gesichtsausdruck. Darum würde ich mich später kümmern.

Rina, das Seelchen, weinte, weil ihr jemand auf den Zeh getreten war und ihn gequetscht hatte. Keks- und Tränenspuren hatten sich als Paste auf ihrem Gesicht verteilt, ihre Haarschleifen standen ab wie Rattenschwänze. Al versuchte sie zu trösten, Moe und die Jungs hielten sich dicht zusammen. Ich bemerkte, daß sich um die Gruppe ein kreisförmiger Raum gebildet hatte, die Leute hielten Sicherheitsabstand — es gab jede Menge beiläufiges Starren, Halblächeln, gefährliche Zeichen der Anerkennung von Leuten, die sich ihrer Schwäche nicht bewußt waren. Die Jungs bildeten eine große, bedrohliche, schmutzige Enklave. Moe hatte offenbar beschlossen, bis zum Ende durchzuhalten, teils aus Loyalität und teils, weil ihn die ganze Szenerie faszinierte. Er war gefesselt. Es erinnerte an zwei rivalisierende Banden von Schuljungs, die sich anstarren. Die Gang hatte eine Unmenge von Plastikfäßchen mit Wein mitgebracht und gab sie grimmig weiter. Sie hatten sie auf einem Tisch gestapelt, ein paar der Jungs tranken direkt aus den kleinen Gummihähnen.

Moe sagte: »Tagchen, Glory. Was sollen denn die ganzen roten Kleber?«

»Das sind die, die sie verkauft hat«, sagte Al. »Sie hat heute nacht verdammte Tausende gemacht, Alter. Tausende.« Er hatte sich offenbar auch auf den Wein gestürzt, sein Blick hatte diese rotgeränderte Lässigkeit, und seine Laune war deutlich besser. Moe und die Jungs waren ohnehin schon ziemlich betrunken, und einige wurden langsam unruhig. Sie waren nur Moe zuliebe gekommen und hatten keinen sonderlichen Spaß daran. All die Aufmerksamkeit gefiel ihnen nicht.

»Na, läuft ja prima«, sagte er. »Dieser Wein ist gut, gar nicht schlecht für aus'm Fäßchen.« Er war sehr förmlich. In der Gruppe herrschte eine gewisse Verlegenheit, wir standen herum und scharrten mit den Füßen. Niemand von uns war daran gewöhnt, gesellschaftliche Nettigkeiten abzulassen. Ich behielt Rina im Arm, auch nachdem sie zu weinen aufgehört hatte. Sie zappelte, weil sie runter wollte, und schließlich mußte ich sie gehen lassen.

Al sagte bewundernd: »Guck sie dir an. Sie kommt klar. Sie redet wie eine verdammte Erwachsene mit denen.«

Wir sahen ihr zu, wie sie sich ihren Weg durch den Wald Erwachsener bahnte, ihr kleiner Kopf wippte wie ein Vogel, während sie sich zwischen den Beinen durcharbeitete. Jemand berührte mich am Arm. Es war Patrick, unverdrossen bis ins Letzte.

»Glory, herzlichen Glückwunsch. Weißt du, daß sie alle verkauft sind? Einfach jeder ist hier — auf Schritt und Tritt sehe ich jemand berühmten. Tolle Show, Glory. Gott segne dich.«

»Was?« sagte ich verblüfft, aber schon kam ein anderer mir flüchtig bekannter Maler und wollte gratulieren. Ich wunderte mich kurz, ob Patrick nach seinem einmaligen Zusammenstoß mit der Unterwelt zu Gott gefunden hatte. Aber bevor ich ihn fragen konnte, wurde er wieder vom Sumpf der Gratulanten verschluckt. Moe und Al waren vor dem Ansturm der Menge zurückgewichen, und ich war von Fremden umringt.

Eine Kamera blitzte direkt in meine Augen, und durch den Schleier sah ich kurz Grace und Rina, die wie Prinzessinnen vorbeistolzierten. Sie sahen sehr elegant aus. Ich versuchte, mich zu ihnen durchzukämpfen, aber die Menge schloß sich um mich herum. Die beiden gingen weiter, und ich verlor sie aus den Augen, bevor ich auch nur ein paar Schritte tun konnte.

Teil des Problems war natürlich mein Umfang, meine Ausdehnung verursachte Löcher in der Menge, in denen ich gefangen war. Ich hatte allmählich Platzangst hier. Als letzten Ausweg versuchte ich einfach jeden Augenkontakt zu vermeiden, ich bekam langsam das furchtbare Gefühl, daß jede einzelne Person vorhatte, mir was ganz Tiefes und Bedeutungsvolles zu sagen. Schließlich zwang ich mich, einfach stehenzubleiben, mich zu entspannen, den Rest Wein auszutrinken und den Kopf möglichst tief einzuziehen. Ich versuchte einen Weg zu finden, mit dem geringstmöglichen Aufsehen hier rauszukommen. Aber der Raum schien jetzt noch vollgestopfter zu sein als beim Reinkommen.

Etwas entfernt entdeckte ich noch eine vertraute Gestalt. Die Frau drehte sich leicht, und mit klopfendem Herzen sah ich, daß es Roxy war. Natürlich. Die Eröffnung. Himmel. In der letzten halben Stunde war es mir nicht in den Kopf gekommen, aber sie hatte mich natürlich gewarnt und alles. Sie war auf der Flucht, aber ich konnte sehen, daß sie beabsichtigte, mit fliegenden Fahnen unterzugehen. Ich hatte noch nie eine Heroinsüchtige gesehen, die so aktiv war, es schien wie ein Stimulans auf sie zu wirken. Sie hatte sich wunderschön zurechtgemacht — das war nicht mehr die von Gespenstern gejagte Frau, die vor ein paar Stunden wie eine Krähe auf meinem Bett gehockt hatte. Sie war strahlend schön in einem durchsichtigen Dreißiger-Jahre-Kleid. Offensichtlich hatte sie sich irgendwo einen Schuß besorgt und es zeitlich ideal abgepaßt. Es war, als hätte sie eine andere Haut übergestreift, wäre in eine andere Psyche geschlüpft. Sie redete lebhaft mit irgendwem, scheinbar heiter und gelassen und allen anderen gegenüber gleichgültig. Ihr Haar stand wie flammendes Gold um ihren Kopf, sie bot ein so schönes Bild, daß sogar ich, mit all meinem stillen Wissen, einfach nur dastehen und blinzeln konnte. Sie war eine heroische Vision, von den Toten zurückgekehrt für eine weitere Heimsuchung. Ich hatte gedacht, daß die Geschichte zwischen uns langsam vorbei war, das Feuer mußte sich doch endlich ausgebrannt haben. Aber heit und ihre Besessenheit reichten offensichtlich bi Ewigkeit. Ich hatte Angst, als ich sie da stehen sah. wußte ich, daß ich um jeden Preis hier raus mußte.

Als ich mich umdrehte, um ihr auszuweichen, stand Mitch mit dem Rücken zu mir. Er hatte mich noch gar nicht bemerkt, so sehr war er damit beschäftigt, sie zu beobachten. Natürlich hatte er mit seiner Haifischschläue geahnt, daß sie nicht wegbleiben würde, also war er selbst hergekommen, um ein Wörtchen mit ihr zu reden. Ich konnte sehen, daß es sich um äußerst dringende Geschäfte handelte. Daß die beiden sich auf meiner Eröffnung gegenseitig belauerten, machte mich wütend. Ich lehnte mich vor und sagte sehr leise in sein Ohr: »Erledige das draußen. Nicht hier.«

Er zuckte zusammen und wirbelte so schnell herum, daß ich merkte, er hatte den Kopf voll mit irgend etwas Wichtigem.

»Na, Mitch, lange nicht gesehen. Und jetzt gleich zweimal in einer Woche«, sagte ich immer noch sehr leise.

»Hallo, Glory.« Er fühlte sich so ertappt, daß er mich tatsächlich anlächelte, bevor seine Augen wieder hart wurden.

»Hast Probleme, ja? Brauchst du Hilfe?« fragte ich, eiskalt vor Wut, ihn hier zu sehen.

»Wovon redest du?« Er sah aus, als würde er mir gleich an die Kehle springen.

»Hast mit Roxy zu tun, was? Weißt wohl nicht, daß sie Leute verhext. Besonders Bullen.«

Ihn überlief tatsächlich ein Schauder. »Ich weiß nicht, wovon du sprichst.«

»Sei lieber vorsichtig«, sagte ich. »Sonst erwischt sie dich zuerst.«

»Du hast vielleicht Freunde«, zischte er, aber er sah ernstlich verstört aus. Er mochte die Richtung nicht, die das Gespräch nahm. Sein Stiernacken war vorgeschoben, um der Gefahr zu begegnen.

»Erzähl mir keinen Scheiß, Mitch. Kein Interesse. Ich hab' ür Spitzel nie was übrig gehabt.«

In einem Sekundenbruchteil war er direkt vor mir, schob sein Gesicht in meins. Sein Atem stank, die Poren seiner schmutzigen Haut sahen aus wie Krater und glänzten vor Schweiß.

»Wer hat dir das erzählt?« Sein Stimme war heiser vor Spannung.

»Du hast es als letzter erfahren«, sagte ich mit Bedacht. »Sie treibt das Spiel doch schon seit Jahren. Früher warst du nicht so leicht reinzulegen.«

»Das' doch Quatsch«, sagte er und stolperte über die Worte. Er wußte, er war erledigt. »Ich sag' dir, warum. Roxy hat Verbindungen, von denen du nur träumst. Die größten Namen im Geschäft. Sie könnt' sich's gar nicht leisten, kapierst du? Die können sie mit einem Fingerschnippen abservieren.«

Mir war klar, daß er Gerüchte gehört hatte. Darum war er zur Eröffnung gekommen. Aber er wollte seinen Verdacht nicht bestätigt haben, ganz besonders nicht von mir.

»Nee. Sie hat dich verarscht. Die Bullen wissen alles. Sie warten nur noch auf eine Gelegenheit.«

Er wollte es nicht hören. Er versuchte immer noch, sich selbst vom Gegenteil zu überzeugen. Leute drängten sich um uns herum, der Lärm war ohrenbetäubend, aber wir standen wie in einer unsichtbaren Luftblase, beide völlig konzentriert. Wir hatten jede Menge Haß loszuwerden und nicht viel Zeit.

»Ich geb' dir ein Beispiel. Sie hat ein paar Leuten einen Tip gegeben. Ich will keine Namen nennen. In Avondale. Sie hat eine Kusine oder so was, die da in der Bank arbeitet. Ich meine, sie hat nicht selbst mitgemacht, aber sie hat was abgekriegt. Du willst mir doch nicht erzählen, daß sie so leichtverdiente Kohle einfach sausen läßt? Es würd' sich nicht lohnen. Das weiß sie. Die würden sie umlegen.«

»Sie ist ein Spitzel«, sagte ich und ging weg. Ich wollte ihm so richtig den Boden unter den Füßen wegziehen.

»Kannst du es beweisen?« In seiner Verzweiflung griff er sogar nach mir. »Du willst bloß Ärger machen. Das ist doch wieder so'n beschissenes Spielchen von dir, oder? Ich hab' nicht vergessen, wie du meinen Boss angerufen hast. Das hab' ich mir gemerkt. Du und Nettie, ihr habt mir immer Knüppel zwischen die Beine geworfen.«

»Deine Glückssträhne ist vorbei«, sagte ich kalt. »Du hast es mit einer völlig Irren zu tun. Sie wollte ihre Beute nach Hause zu Mammi bringen. Dich hat sie nur als Schutz gebraucht, und jetzt hast du ausgedient, das ist alles.«

»Mich verarscht keiner«, sagte er.

»Ich möcht nicht für alles in der Welt in deiner Haut stecken. Wenn sie dich nicht erwischt und die Bullen auch nicht, dann mach' ich es. Das bin ich dir für Marianne schuldig.«

»Du? Du hast doch gar nicht den Mut für sowas«, sagte er ganz sanft. »Ich schieb' dir dieses verdammte Messer in die Kehle, bis es auf der anderen Seite wieder rauskommt.«

»Da müßtest du aber sehr schnell sein«, flüsterte ich zurück und ging ganz nah an ihn ran. »Aber du weißt alles über Mut, ja? Muß eine Menge Mut gebraucht haben, eine Vierzehnjährige zu vergewaltigen und umzubringen. Stark. Wahnsinnig mutig.« Das mit der Vergewaltigung war geraten, aber ich konnte sehen, ich hatte ins Schwarze getroffen.

»Was quatscht du da?« Sein Gesicht war zu Stein geworden, und ich konnte seinen Haß geradezu schmecken. Er gierte danach, mich zu töten.

»Weißt du schon, Baby. Du weißt schon«, sagte ich.

Meine Aufmerksamkeit wurde einen Augenblick abgelenkt, weil mich jemand am Arm zog. In der Sekunde, in der ich wegguckte, tauchte Mitch in der Menge unter. Ich sagte zu dem Typ, einem Maler, den ich flüchtig kannte: »Siehst du nicht, daß ich mich unterhalte?«

»Entschuldige, Glory. Ich dachte nur, du solltest besser Bescheid wissen. Da sind ein paar Verrückte vor der Galerie. Sie demonstrieren gegen dich.«

Das Adrenalin in meinen Adern brachte mich wie durch Zauberhand ans Fenster. Mitch war sofort vergessen. Tatsächlich, da draußen standen sie und warteten auf mich.

Es war eine kleine Gruppe, nur drei oder vier. Alle trugen lockere Sportklamotten und ihre durch die Straßenbeleuchtung farblos wirkenden Gesichter waren mörderisch erfüllt von der Glorie ihrer Sache. Sie sahen aus wie Roboter, unaufhaltbar. Roxy hätte sich bei ihnen zu Hause gefühlt. Schon sammelten sich Leute, um zu gucken und die professionell gedruckten Plakate zu lesen. Sogar aus dem zweiten Stock konnte ich die strengen Botschaften lesen, die sie für mich hatten. 'Der Tod ist der Sünde Sold' und 'Todesstrafe für Drogenhändler'.

Sie waren offenbar Fundamentalisten, völlig in Anspruch genommen von den Sünden anderer, minderer Wesen — sie hatten das gutgekleidete, selbstgerechte Aussehen von Auserwählten. Das war keine schmuddelige, aufrechte Bande von Desperados, die das Weltgewissen wachrütteln wollten. Hinter dieser Aktion steckte Geld und schicke PR und die absolute Überzeugung der Rechtschaffenen.

Ich hatte keinen Zweifel, daß Mariannes Vater das Gehirn und die Brieftasche hinter diesen sorgfältig hergestellten Schildern war. Wahrscheinlich versteckte er sich irgendwo, um die Operation zu leiten, oder wartete sogar hier in der Galerie, diskret unter die Leute gemischt. Auf der Straße protestieren paßte nicht zu ihm. Er war auf Gottes Mission, dieser Typ, und nichts würde ihn aufhalten. Wenn ich jetzt so daran dachte, sah er sogar ein bißchen aus wie ein alternder John Belushi.

Ich fühlte, wie meine Rückenschmerzen mir in den Kopf stiegen, während ich stand wie angenagelt und auf meine Verfolger runterstarrte. Sie wollten meinen Tod, ihre Poster machten da gar keine Umschweife. Schwierig zu sagen, wie ich auf solch respektable Blutlust reagieren sollte.

Während ich noch runtersah, tauchte ein Wagen vom Fernsehen auf. Ich kriegte die wilde Idee, Moe auf sie anzusetzen, auch wenn mein Ruf dann völlig zum Teufel war. Die Vorstellung, daß diese Leute von der Creme der Streetgangs eine aufs Maul kriegen würden, hatte ungeheuren Reiz. Es war, als ob Nigel vom anderen Ende des Raumes meine Gedanken gelesen hätte. Er materialisierte plötzlich hinter mir und atmete mir schwer ins Ohr. Er mußte sich sogar von Bob losgerissen haben. Er benahm sich, als müßte er ein Pferd beruhigen.

»Tu's nicht, Glory. Am besten erfahren es deine Freunde gar nicht. Es ist schon schlimm genug, ohne daß sich dieser Abschaum da einmischt.« Er war weiß vor Wut, wie kurz vor einem Herzanfall – ob meinetwegen oder wegen der Demonstranten, war nicht ganz klar. Mit sichtbarer Anstrengung versuchte er sich zusammenzureißen. »Sie gehen auch wieder weg«, sagte er mir ins Ohr. Es klang mehr wie ein Gebet.

Die Menge in der Galerie hatte das Drama schon gewittert, und es gab einen allgemeinen Ansturm auf die Fenster. Unten auf der Straße interviewte ein Fernsehmensch einen der Christen. Es war, als sähe man einer stummen Show hinter Glas zu. Wir beide beobachteten scharf die Szene, immer noch völlig ungläubig.

Plötzlich tauchte vor der Gruppe eine kleine, grelle, clownartige Gestalt auf. Es war meine Rina. Sekunden später rannte Grace auf hohen Hacken und in einem scharlachroten hautengen Kleid hinter ihr her. Sie gestikulierten, schnitten Grimassen wie ein Paar Affen und machten obszöne Gesten. Einer der Christen fing an Grace zu schubsen. Ich brüllte auf: »Verdammte Scheiße! Das geht zu weit, damit kommen sie mir nicht durch. Die sind wohl verrückt geworden!« Mit aller Kraft warf ich mich gegen das verklemmte Fenster. Es sah aus, als hätte es seit Jahren niemand mehr geöffnet. Der Lärm von unten flutete herein, als ich es mit einem Ruck aufriß. Ich schrie zu ihnen runter, aber bei all dem Aufstand hörten sie mich nicht. Verzweifelt dachte ich daran, auf den Vorsprung mit dem Blumenkasten zu klettern und sie von da aus zu beschimpfen. Jedenfalls würde es schneller gehen als die Treppe runterzurennen — durch die Wand von Leuten zu kommen, würde mich wertvolle Minuten kosten. Bestimmt würde mein Anblick, eine riesige Gestalt, die unbeholfen auf dem kleinen, schmalen Vorsprung herumhüpfte und flatterte wie ein Vogel aus einem Alptraum, sofortige Aufmerksamkeit auf sich ziehen. Ich zog meinen Rock hoch und fühlte, wie eine Hand meinen Arm festhielt. Natürlich Nigel.

»Du kletterst da nicht rauf, oder ich erwürge dich«, sagte er, sehr zurückhaltend für seine Verhältnisse.

»Nimm deine Hände weg«, sagte ich leise.

Auf seinem Gesicht lag ein Ausdruck manischer Entschlossenheit, als er versuchte, mich wegzuziehen. Er war furchterregend vollgepumpt mit Adrenalin, er wollte um jeden Preis den Deckel auf dem ganzen überkochenden Ding halten. Auch wenn das hieß, daß er mich bewußtlos schlagen mußte. Es hätte ein sehr häßlicher Kampf werden können, weil ich selbst völlig außer mir war. Aber die Situation draußen eskalierte und ließ uns wie durch Zauberei mitten in der Bewegung erstarren. Wir hörten die plötzlichen Schreie und ließen einander voller Panik los. Ich rannte ans Fenster.

Unten fing die Menge an, hin und her zu schwanken, wie bei Rugbyspielen, wenn eine Schlägerei losgeht. Die weißen Banner verschwanden mit verblüffender Schnelligkeit. Es waren Moe und ein paar Kumpel, ich konnte ihre dunklen Gangabzeichen und Jacken gegen die helle Kleidung der Demonstranten erkennen. Sie mußten die Situation minutenschnell erfaßt haben und wie ein Guerillakommando hinausgestürmt sein.

Ein Fernsehscheinwerfer beschrieb einen Bogen in der Luft und kippte. Funken sprühten und ein Chor von Stimmen schrie, als er auf den Boden knallte und die ganze Szene ins Dunkel tauchte. Irgend jemand, wahrscheinlich einer der Demonstranten, jaulte kurz in ein Megaphon, bevor der Ton plötzlich abgeschnitten wurde.

»Danke, Glory«, sagte Nigel. Er hörte sich fast resigniert an. »Das war natürlich eine Meisterleistung.« Er war so ruhig, daß es mich kalt überlief.

Ich sagte: »Gib nicht mir die Schuld. Sprich mich am besten überhaupt nicht an«, und ging mit großer Würde zur Tür. Sie traten alle respektvoll für mich zurück. Ich fühlte mich wie eine Königin, die durch die Menge schreitet.

In dem Moment, wo ich oben an die Treppe kam, platzte unten ein Haufen Leute herein und drängte sich die Stufen hoch auf mich zu. Sie sahen aus, als würden sie vor den Bullen wegrennen — ein paar unschuldige Zuschauer durch den Druck mitgeschwemmt. Sie waren alle dabei, Moe und seine beiden Kumpel, die Demonstranten, Zuschauer und Fernsehleute — und alle drängten sich in die Galerie, wurden durch die Leute hinter ihnen weiter in den Raum geschoben. Sie stritten und boxten sich gegenseitig wie eine Horde Schulkinder. Als sie sich reinzwängten, wurden die Leute drinnen gegeneinander und gegen die Wände gequetscht, ein kochender See von Körpern.

Vor meinen Augen brach überall Gerangel los. Es war nicht klar, wer wen bekämpfte, aber anscheinend war es nicht nur Moes Gang gegen die Demonstranten. Etliche alte und neue Rechnungen lagen in der Luft, jede kleine Auseinandersetzung löste eine Kettenreaktion aus. Eine unmißverständliche Note von Wahnsinn lag über dem Ganzen. Es war die erste Schlägerei in einer Galerie, die ich je erlebt hatte, und unter anderen Umständen hätte es mir vielleicht Spaß gemacht. Aber im Moment wollte ich nur Rina da rausholen. In jeder Ecke des Raums schlugen Leute aufeinander ein, Gläser zerbrachen, Beschimpfungen flogen durch die Luft, ab und zu war ein Panikschrei zu hören. Ein paar Bilder wurden von der Wand gefegt und erschreckte Kunstliebhaber kauerten in Ecken, während irgendwelche Geschosse durch die Gegend zischten. Die Masse bewegte sich für eine Sekunde zur Seite, und ich konnte Cash und Jeff sehen, die am anderen Ende des Raums hinter einem Tisch standen und immer noch tranken. Sie schienen sich doch tatsächlich zu streiten. Während ich ihnen noch ungläubig zusah, flog etwas, das wie eine volle Gallonenflasche Wein aussah, durch die Luft und knallte hinter ihnen in einer Explosion von Glas und Rotwein an die Wand. Ihre Überlebensreflexe waren unglaublich schnell, sie waren beide unterm Tisch, bevor das Ding die Wand erreichte. Simon war nirgends zu sehen. Bevor ich meine entsetzten Augen abwenden konnte, hatte sich die Menge wieder bewegt und zusammengeballt, und sie waren nicht mehr zu sehen.

Ich dachte, ich sah Mitch irgendwo bewußtlos daliegen, aber das Ganze war so unwirklich, ich konnte Tatsache und Einbildung kaum noch auseinanderhalten. Al tauchte plötzlich neben mir auf, sein komisch stacheliger Kopf blutete.

»Eins von den Schweinen hat mir sein Schild übern Kopf gezogen«, sagte er zu mir. Es war wie ein Traum.

»Wo ist Rina?« Er zuckte nur die Achseln. Später dachte ich, daß er wahrscheinlich eine Gehirnerschütterung hatte oder sowas, er benahm sich so seltsam.

Er sagte: »Sue ist hier irgendwo. Sie sucht mich. Und dich. Sie ist höllisch in Fahrt, Mann. Irgendein Scheißer hat ihr von uns erzählt. Sie denkt, ich bin pervers.«

»Pervers?« wiederholte ich benommen, und er verschwand wieder, gerade als ein riesiger bärtiger Maler so heftig gegen mich prallte, daß ich gegen den Tisch fiel und keine Luft mehr bekam.

»Die nennen sich Christen, diese heuchlerischen Schweine! Ich krieg' den Kerl und wenn es das letzte ist, was ich tue!« schrie er. Er war entweder besoffen oder verrückt, er boxte mit seinen großen sommersprossigen Fäusten durch die Luft, als ob er jemanden erschlagen wollte.

Ich versuchte immer wieder, durch die Menge zu kommen, um Rina zu suchen. Jemand brüllte mir so laut ins Ohr, daß mein Kopf dröhnte. Ich hatte eine Heidenangst um sie. Sie war so klein in dieser Masse von Verrückten — sie konnte leicht niedergetrampelt werden. Sie konnte auch nicht schnell genug denken, um sich zu schützen, allein der Lärm war schon genug, um sie vor Entsetzen zu lähmen.

Es war nur noch eine Frage der Zeit, bis die Bullen kamen, und ich mußte schleunigst hier raus, aber ohne sie konnte ich nicht weg. Ich schob mich rücksichtslos durch die um sich schlagenden Leiber und rief nach ihr. Die Jungs und Moe waren plötzlich verschwunden, innerhalb weniger Minuten. Das war typische Gangarbeit — blitzartig zuschlagen, dann rasch weg, bevor die Bullen auftauchten. Die Trottel, die dann noch dasaßen, konnten sehen, wie sie mit den Folgen klarkamen.

Sie waren Experten, sie konnten eine Kneipe in schlappen sechzig Sekunden aufmischen und sich so schnell wieder verdrücken, daß du dich fragtest, ob du geträumt hattest. Jemand rannte in mich rein und warf mich hart gegen die Wand, meine Seite wurde beim Aufprall gequetscht und schmerzte. Ich fing wieder an nach Rina zu rufen.

»Hat jemand ein Kind gesehen? Rina!« brüllte ich so laut, daß es sogar über dem Lärm der Menge zu hören war. Es gab verwirrtes Stimmengemurmel, und plötzlich stand Roxy vor mir — ihre Pupillen erweitert, die Augen blind und verrückt. Sie hatte meine Stimme gehört und war wie ein Pfeil auf mich zugeschossen. Bevor ich mich rühren oder irgendwie reagieren konnte, sah ich das Glitzern des Messers und sie stach es mir tief in die Seite.

Wir fielen gegeneinander, und ich bekam das Messer zu fassen und heraus. Unter riesiger Anstrengung, im Zeitlupentempo, trieb ich es tief in ihre Schulter. Es gab ein knirschendes Geräusch, als würde ein altes Eisentor langsam geöffnet. Sie taumelte gegen mich, ihre Augen wurden so riesig, als würden sie ihr gleich aus dem Kopf platzen. Sie seufzte und schnappte nach Luft und blutete und fiel wie eine Puppe vor mir zusammen. Ich fühlte meine eigene Wunde wütend an meinen Eingeweiden zerren — wir gingen durch einen langsamen Tanz wie Riesenpuppen, die Sägemehl bluten.

Meine letzte Erinnerung ist, daß ich auf ihre weichen Schenkel fiel, die geöffnet waren, um mich zu empfangen. Ich war halb wahnsinnig vor Schmerz, und Nacht legte sich tröstlich um meine Ohren, während sich ihr parfümierter Körper zärtlich an mich schmiegte.

14

Danach kam ich nur hin und wieder in traumartigen Sequenzen an die Oberfläche — ein Schimmer von Weiß, eine eisblaue Trennwand, der Berg meines Körpers eng bandagiert und in kalte Krankenhauslaken eingepackt, Schwestern, die sich wie Gespenster durch mein Delirium bewegten — dann stürzte ich wieder ab und verlor mich. Ich bewegte mich in einem Nebel, trieb durch ein Meer von Drogen und Schmerz, und nur meine aufgeschlitzte Seite, pochend und heizend wie ein Schiffsmotor, hielt mich noch vom endgültigen Sinken ab. Es schien oft sehr viel einfacher unterzugehen, dem Nebel nachzugeben, der mich sanft berührte und sich bereithielt, mich liebevoll zu umfangen.

Das einzige, was ich die ganze Zeit genau wußte, war, daß ich irgendwie die Kraft, die Tag für Tag stetig aus meiner Seite tropfte, eindämmen mußte, aus irgendeiner primitiven Quelle in mir kam das Wissen, daß ich all meine Energie absolut zielsicher darauf konzentrieren mußte, weil es keine zweite Chance mehr geben würde. Noch während ich verloren durch den Nebel trieb, lernte ich die Gesten, die mich retten würden, wie eine Besessene, die sich fünzigmal am Tag die Hände waschen muß, oder ein Kind, das ängstlich vermeidet, auf die Spalten im Fußweg zu treten. Ich mußte mich unversehrt lassen, in bestimmten Positionen und sehr still halten, um mein Leben nicht zu verlieren. In den kurzen wachen Augenblicken konzentrierte ich mich auf die Gegenstände des Zimmers, die mich nicht ängstigten — die abblätternde Farbe am Bettende, ein Instrumentenbrett von kühlem Grün, direkt neben dem Fenster in die Wand eingelassen, meine eigene Körperform unter den Decken, die an einen gestrandeten Seelöwen erinnerte. Jedes einzelne dieser Dinge hatte eine Bedeutung, jedes einzelne verankerte mich im Leben.

Andere Anblicke, wie das Gesicht einer bestimmten Schwester und ein alptraumhaftes Gemälde von Venedigs Kanälen, das über dem Schrank hing, füllten mich mit Entsetzen, trieben mir die Gurgel gegen die Kehle und ließen all die Fieberbilder wieder durch mein Blut tanzen. Dann kippten die Gesichter vor meinen Augen nach hinten weg, wurden schwarz und schwollen an, bedrohliche, formlose Träume kamen, wenn meine Augen sich schlossen und ich wieder zu treiben begann. Ich wußte nie, ob es Träume waren oder nicht. Es schien keine Trennung zwischen Leben und Tod, zwischen Traum und Realität zu geben, und ich schwebte im Nebel wie ein Kind, das darauf wartete geboren zu werden. Sogar Rina war nur ein entfernter Lichtpunkt irgendwo weit weg.

Als ich das erstemal richtig wach wurde und mein Zimmer deutlich sah, war es wie das langsame zu sich kommen nach einem Vollrausch. Erst waren da die Einzelheiten des Raums, dann die meines Körpers, und dann der Schmerz — alles in lebhaftem Technicolor.

Versuchsweise rief ich »Rina! Rina« in die Art von Stille, die endlos andauern konnte und alles auszufüllen schien. »Rina«, rief ich. Mein Kopf hämmerte. Zum erstenmal, seit es passiert war, überfiel mich die volle Erinnerung an die Eröffnung, als ich mich halb im Bett umdrehte, und ich sah wieder Roxys Hundeaugen, als sie sich mit dem Messer auf mich stürzte. Ich stöhnte laut auf. Ich sah sie, wie sie zielstrebig den Flur der Abteilung hochspaziert kam, vor sich hin murmelte und meinen Namen an der Tür suchte, entschlossen, mich ein für allemal niederzumetzeln.

Mir war, als würde das mit ihr nie aufhören, sie würde mich bis zum Tod verfolgen, selbst die grausame Wunde in meiner Seite genügte ihr noch nicht. Es war eine so entsetzliche Vorstellung, daß mein Bewußtsein wieder aussetzte. Es kam mir wie viele Stunden vor, daß ich halb bewußtlos dalag und versuchte, meinen Kopf klarzukriegen und meinen Mut wiederzufinden.

Es war nicht nur die Angst. Die Tatsache, daß Roxy mich in der Öffentlichkeit angestochen hatte, die Intimität dieses Aktes — das Messer, das Keuchen, mein Blut — war so obszön vor den Augen Fremder. Und Rina, die zusehen mußte, wie sich ihre arme, schwerfällige Kuh von einer Mutter abstechen ließ. Das Bild, das sie in ihrem verwirrten, liebevollen Köpfchen mit sich rumtragen mußte, machte mir große Sorgen. Ich rief wieder nach ihr, Stunden später. Ich wollte sie anfassen und ihr freundliches, kleines Mopsgesicht sehen. Endlich mußte eine Schwester mit einer komischen, geblümten Haube mich wohl gehört haben. Sie kam rein und beugte sich über mich. Ich konnte das Knistern ihrer Uniform hören und roch ihren leichten Schweißgeruch. Es war, als hätte mich jemand plötzlich wieder scharfgestellt wie eine Kamera, und der menschliche Geruch der Schwester war so tröstlich, daß ich am liebsten ihre Hand gehalten hätte.

»So, Sie sind also aufgewacht, was?« sagte sie. Sie freute sich sichtlich. Sie nahm es auf eine angenehme Art persönlich. »Ihre Wunde hat sich noch entzündet, Mrs. Day, und Sie sind ein Weilchen im Märchenland gewesen. Schön, Sie wieder bei uns zu haben. Sie erkennen mich gar nicht, oder?«

»Märchenland?« krächzte ich.

»Jetzt sind Sie in Ordnung, meine Liebe. Keine Sorge. Wir haben Ihnen auch was gegen die Schmerzen gegeben — abgesehen von den ganzen Antibiotika, die die in Sie reingepumpt haben. Sie kommen wieder in Ordnung.« Es war nett von ihr, das zu sagen, aber ich hatte meine Zweifel.

»Wo ist Rina?«

»Ist das Ihre Tochter, Liebes?« fragte die Schwester.

»Ja.«

»Es geht ihr gut. Sie ist bei dem jungen Mann ohne — Haare. Ich kann anrufen und ihnen erzählen, daß Sie wach sind.«

»Das Telefon ist abgestellt«, sagte ich mit meiner neuen rauhen Stimme. »Ich hab' vergessen, die Rechnung zu bezahlen.« Mir war ganz schwindelig vor Erleichterung. Al kümmerte sich um sie.

Sie lächelte mich an. Sie war sehr jung, aber sie behandelte mich mütterlich.

»Sie dürfen für ein kleines Weilchen noch keine Besucher haben«, sagte sie.

»Ist Roxy tot?« fragte ich und befürchtete das Schlimmste.

Die Schwester sagte: »Ach, Sie armes Ding! Was haben wir für eine Menge Sorgen, was? Nein, sie haben gesagt, es ist nur eine Fleischwunde. Sie ist in der Geschlossenen in Oakley. Ihr Anwalt plädiert auf Unzurechnungsfähigkeit«, setzte sie so taktvoll wie möglich hinzu.

»Gott sei Dank«, sagte ich und lag stocksteif vor Erleichterung. »Dem Himmel sei Dank.«

Es gab so viele Sachen, die ich wissen mußte. Mir war gar nicht klar gewesen, daß mir das Sorgen gemacht hatte. Als ich zustach, wollte ich in der Hitze des Augenblicks wirklich töten. Der Instinkt war so leicht hochgekommen wie ein Blatt fällt; meine schnelle Reaktion, das Knirschen des Messers, der Schmerz, der empfangen und erteilt wurde, war in dem Moment selbstverständlich gewesen. Aber jetzt war ich froh, daß sie lebte. Roxy umgebracht zu haben hätte mir für den Rest meines Lebens unverdaut auf der Seele gelegen.

Die Schwester machte es sich auf dem weißen Bett bequem und sagte: »Ja, Sie haben auch in der Zeitung gestanden. Sie sind eine ziemliche Berühmtheit. Es gab ein Foto von Ihnen auf der Titelseite.«

Ich stöhnte. Allein der Gedanke daran war genug, um mich

für die nächsten Jahre verstecken zu wollen. In der Nacht mußte ich verrückt gewesen sein. Arme Rina.

Die Schwester hatte den Artikel für mich aufbewahrt. Sie langte in eine der Schubladen des Schranks, und da war ich – eine Verrückte, riesengroß, schwarz, der Mund in einem Schrei geöffnet, um mich herum Kaskaden von Fleisch und Stoff. Es sah aus, als wäre es am Fenster aufgenommen worden, als ich auf die Demonstranten runterguckte. Ein bißchen verschwommen, aber sehr ausdrucksvoll. Erste Seite mit einer Riesenüberschrift. Die Schwester wollte mir alles vorlesen, sie hatte Spaß an ihrer Rolle als Nachrichtenüberbringerin.

»Danke«, sagte ich, »ich lese es lieber später.«

Meine Erleichterung war so groß, daß mir die Tränen die Wangen runterliefen, und es störte mich nicht mal, daß die Schwester es sah.

»Nun regen Sie sich nicht auf«, sagte sie und stand hastig vom Bett auf. Offensichtlich gehörte sie zu den Leuten, die Dramen lieber aus zweiter Hand genossen.

Die ganze Sache war also ausgestanden, vorbeigeweht wie eine große, schwarze Wolke. Ich mußte nur noch meinen leidenden alten Buckel von Körper hier rauskriegen, und keine Roxy würde mich mehr verfolgen. Der unbarmherzige Druck der letzten Wochen war verflogen wie ein Alptraum. Der Wirbelsturm von Tod und Sterben, von vergangener Gewalt und uraltem Schmerz würde aus meinem Leben verschwinden, jetzt wo ich gerade gedacht hatte, daß es endlos so weitergehen würde. Ich hatte mich so an die Anspannung gewöhnt, daß es mir schwerfiel, mir das Leben draußen nackt und frisch wie ein eben renoviertes Zimmer vorzustellen. Ich hatte eine Menge Arbeit nachzuholen. Am liebsten hätte ich vor Freude laut gelacht.

»Ich möchte nach Hause«, sagte ich.

Die Schwester lachte. »Also kommen Sie, Glory Day. Sie haben eine große, häßliche Wunde. Ganz abgesehen von den

Komplikationen. Sie sind jetzt über den Berg, aber es stand auf der Kippe, wissen Sie.«

»Auf der Kippe? Wie lange bin ich denn schon hier?« fragte ich.

»Zwei Wochen«, sagte sie. »Auf den Tag genau sogar.«

»Zwei Wochen.« Ich dachte an den großen Schnitt in meiner Seite, die ganzen Fettlagen, die Roxys Wahnsinn aufgeschlitzt hatte. Schwer zu glauben, daß ich all die Zeit zwischen Leben und Tod gewandert war, weil sie mir diese Wunde zugefügt hatte.

Als ob sie meine Gedanken lesen konnte, sagte die Schwester: »Sie hätten sterben können. Ein paar Zentimeter weiter. Ganz abgesehen von der Infektion. Der Doktor hat erst heute morgen bei der Visite gesagt, Sie müßten die Kondition eines Pferdes haben. Also schlagen Sie sich mal die Verrücktheiten aus dem Kopf, von wegen bald nach Hause kommen. Wir müssen Sie schon noch ein Weilchen hierbehalten.«

Danach hatte ich natürlich eine Menge Zeit zum Nachdenken. Ich lag in dem eiskalten Krankenhausbett, Stunde um Stunde, umgeben vom Geruch nach Desinfektionsmitteln und dem Summen der Maschine neben mir. Ich hatte mich mit dem Bleiben abgefunden, fühlte mich friedlich, wartete auf Rina und Al. Ich war nicht imstande zu lesen oder irgendwas anderes zu tun, lag nur da, blinzelte wie ein großes, gestrandetes Tier und sah zu, wie der Tag über die gegenüberliegende Wand wanderte.

Ich hatte immer noch zwanghafte, brennend lebendige Träume — Rina mit einem Papagei auf dem Kopf, Al, der neben meinem Bett tanzte, sein Haar fiel in Locken um sein schönes Gesicht, Roxy, die in einer kleinen Schachtel unterm Küchentisch saß und vor sich hinbrabbelte.

Ich hatte auch einen sehr ruhigen Traum über Marianne, es war fast schon eine Vision. Sie saß neben meinem Bett wie eine Blume, sah leicht vorwurfsvoll aus und streichelte mit weicher Kinderhand meine Wangen. Im Traum wußte ich, daß sie mich endlich losgelassen hatte. Ihr Geist war nur wegen der Art, wie sie gestorben war, fast wie ein Unfall, so ruhelos und vorwurfsvoll gewesen. Sie war wie ein Kind gewesen, das zu springen droht, um Aufmerksamkeit zu erregen, dann das Gleichgewicht verliert, sich zu spät zu fangen versucht und zu Tode stürzt — mit nur einer Sekunde des Bedauerns als Vorbereitung auf den langen Schlaf. An ihrem Ende war nichts Sauberes, sie war überhaupt nicht vorbereitet auf diesen schmutzigen Tod. Ihr schulmädchenhaftes Spiel mit dem Feuer war außer Kontrolle geraten und hatte sie zerstört. Die Zuneigung zwischen uns in den Stunden ihres Sterbens hatte den Prozeß noch mehr verwirrt, aber jetzt waren wir gleich, ein Leben für einen Tod. Ich war durchgekommen, ich hatte dabei eine Menge überschüssiger Kraft verbrannt, aber ich hatte meine Schulden an sie und auch an Roxy bezahlt. Ganz zu schweigen davon, daß ich im Laufe der Geschichte noch ein paar ganz private Gespenster losgeworden war. Es schien mir, daß der heilende Einfluß wesentlich tiefer ging als die eigentliche Wunde. Ich hatte schwärende alte Erinnerungen abgestreift und fühlte mich leichter als jemals vorher.

Zum erstenmal in meinem Leben verspürte ich den Wunsch, alte Ungerechtigkeiten zu vergeben. Es machte mir den Unterschied zwischen mir und den beiden anderen klar — ich hatte immer gewußt, daß der Tod etwas war, was jederzeit kommen konnte, ungewollt oder gerufen, deshalb hatte ich ihn nie leichtfertig riskiert, selbst in meinen destruktivsten Phasen nicht. Ich war nie daran interessiert gewesen, vor einem imaginären Publikum zu spielen, meine Bilder waren eine glückliche Kombination von Überleben, exzellenter Technik und meiner geheimen Lebensfreude gewesen, keine Zirkusvorstellung für Neugierige.

Als ich nach diesem Traum aufwachte, war es ein Augenblick der Selbstbestätigung für mich. Ich hatte mich schließlich doch als genauso stark erwiesen wie die Frauen, mit denen ich aufgewachsen war — Frauen, die ihr Leben lang von ihren Männern und Vätern und Söhnen geprügelt worden waren. Diese regelmäßigen Schläge, die ständige Mißhandlung ihrer müden Haut und Knochen hatte ihr Fleisch wie Eisen werden lassen. Solche Frauen konnten durchs Feuer gehen und am anderen Ende wieder rauskommen, sie konnten die Welt auf ihren Schultern tragen und es nicht mal spüren. Dessen war ich mir ganz sicher, als ich da im Krankenhausbett nochmal durch mein Leben ging — brandneue Einsichten, während unter den sauberen Eislaken meine Wunde heilte.

Aber der Heilungsprozeß allein war nicht genug, um diese Zeit zu überstehen. Die weißen Wände und Maschinen und meine körperliche Passivität schienen mich manchmal zu verschlucken. Da war es eine Erleichterung, als eine neue Schwester den Dienst antrat — ein echtes Geschenk des Himmels. Sie war eine vierschrötige, übellaunige Frau, die über mein Gewicht herzog und mit allen Patienten wie mit geistig Zurückgebliebenen sprach. Ihr Gesicht war von Pickeln gerötet. Sie war ganz sicher, daß sie mich durchschaut hatte, und bildete sich viel darauf ein, immer sehr direkt zu sein. Ihre Anwesenheit half mir entschieden, mich auf die Gegenwart zu konzentrieren. Ich fühlte mich nicht so isoliert, wenn sie in der Nähe war. Wenn sie ganz beschäftigt mit ihrem eigenen Leben hereinkam und ihren Job — mich zu heben — anging, glomm ihr Gesicht vor Gemeinheit.

»Eine berühmte Malerin«, sagte sie mit ihrer ausdruckslosen, trägen Stimme. »Was wissen Sie schon vom Leben?« Sie hatte sowieso etwas gegen Künstler, erzählte sie mir mal. Ihre Schwester hatte einen kommerziellen Künstler geheiratet. Ein widerlicher Bastard. Bisexuell — brachte die Kerle trotz der Kinder mit nach Hause. Ein kleines Stück Dreck. Sie war zum Glück schnell abgehauen, und er kriegte die Kinder nicht mehr zu sehen. »Die sind alle verrückt, das weiß doch jeder. Gucken Sie sich bloß Ihr verdammtes Foto in der

Zeitung an. Jeder, der sich so benimmt, sollte eingesperrt werden.«

Wann immer sie mich anfaßte, sagte sie: »Würde Ihnen nicht schaden, ein paar Pfund zu verlieren. Verdammt und zugenäht, Frau!«

Einmal sagte ich: »Scheiße, hol dir doch einen drauf runter. Es hat mir das Leben gerettet. Ich mag mein Fett.« Ich hatte eine ganz klare Vorstellung von meinen kleinen, feuchten, rosa Organen, die sicher unter all den Lagen von gelbem Fett aneinandergekuschelt waren, dem grausamen Schnitt von Roxys Messer, der sie auf einmal freilegte, und von dieser gefährlichen Wunde, aus der es langsam und rot gesickert war.

Sie zuckte nicht mal mit der Wimper. »Was für Ausdrücke. Sie sollten nicht so angeben. Dieser ganze Speck ist ein Gesundheitsrisiko. Als berühmte Malerin sollten Sie es wirklich besser wissen.« Aber sie ließ trotzdem ein kleines, grunzendes Lachen hören. Sie war eine professionelle Eigenbrötlerin, so kam sie durchs Leben — und sie würde sich von einem so gewöhnlichen Miststück wie mir ihre Position nicht kaputtmachen lassen.

»Na, warum hat sie Sie denn angestochen? Sie haben doch irgendwas gemacht«, sagte sie eines Nachmittags. Wir waren so vertraut und gehässig miteinander wie ein altes Ehepaar, es gab keine unerlaubten Waffen, nur harte Bandagen. Dasselbe sorgfältige Abtragen der Persönlichkeitsstruktur der anderen wie in einer Ehe, dasselbe ständig tropfende Gift.

»Keine Ahnung«, sagte ich lässig und sammelte meine Kräfte für den Angriff. Ich wollte mit ihr nicht die ganzen Verwicklungen durchgehen, und außerdem war ich mir über eine Reihe Punkte selbst nicht ganz klar.

Sie wusch mich, während sie redete. Verteilte warmes Wasser über die ganze große Ausdehnung meines Rückens, ihre fähigen, heilenden Hände straften ihre giftige Zunge Lügen. Nettie hatte mich vor Jahren so gewaschen, als ich noch ein halbes Kind und von ihrem Sohn schwanger war. Ich habe nie vergessen, wie das warme Seifenwasser und ihre verkrümmten Hände sich in meine verhungerte Seele wuschen. Jede ihrer wundervollen Berührungen blieb in mein Herz tätowiert wie ein Segensspruch, und an diesem Nachmittag war es ganz genauso. Die Intimität dieser Situation brachte mein Herz zum Schmelzen. Ich wollte Rina um mich haben, wollte nach der Kälte meines Krankenhausbetts ihre menschliche Wärme spüren.

»Es gibt keinen Rauch ohne Feuer«, sagte die Schwester gedankenabwesend. Sie dachte schon wieder an etwas ganz anderes. In der langen Stille hörte man nur das Plätschern des Wassers, ihre Hände, die sanft auf mein Fleisch klatschten, und ihren angestrengten Atem. Das Wasser lief mir wohltätig über die nackte Haut, ein warmer Regen der Gnade. Ich lag friedlich da, befreit und bereit für die Welt.

Zwar denken wir keineswegs, daß alle unsere Krimis gleich gut sind, jedoch trifft uns Kritik, die den einen oder anderen gänzlich verreißt, immer wieder unverhofft und bleibt nagend als eine Art ständigen Schmerzes. Gerade, wo die Leidenschaften des Dafür und Dawider sich so ungleich verteilen, sind wir selbst geneigt, eine Art schützenden Wohlwollens über die ganze Reihe zu breiten.

Das fing schon an mit dem Namen, der ja für alle stehen soll. Zunächst hatten wir an *Circe* gedacht, die mächtige Zauberin schien uns groß genug für unser Vorhaben, ihre magischen Kräfte ausreichend für seine Durchsetzung. Jedoch wollte uns kein wirklich überzeugendes Logo einfallen, das subversiv typisch dem Weiblichen Zugerechnetes für sich wenden konnte, wie dies unübertroffen bei *Women's Press*, unseren englischen Krimi-Schwestern, gelungen ist. Ein solcher Glücksfall, daß das Wort für Bügeleisen im Englischen zugleich für Presse steht und in dieser ironischen Weise ein Symbol hausfraulichen Tuns für Veröffentlichungstreiben genutzt werden kann. Neidvoll blickten wir über den Kanal auf Name und Logo dieses Frauenverlags. Es wollte und wollte uns ähnliches Glück nicht über den Weg laufen. Da plötzlich legte Ariadne den lösenden Faden in unsere Hände. Ein Wollknäuel, Symbol für weibliches Tun ebenso wie für frauenbewegtes Streikverhalten in unzähligen Seminaren und zugleich Beleg für detektivisches Handeln und Geheimwissen, mit dem Ariadne den Weg aus dem Labyrinth wies — so konnte ein labyrinthisches Knäuel verbunden mit dem Namen *Ariadne* für unser Vorhaben stehen. Natürlich gab es noch eine Menge Diskussion, bevor es soweit war. Den einen gefiel der Klang nicht — sie kamen bis zur Behauptung, ein solch unmöglicher Name sei niemals auf dem Krimimarkt durchsetzungsfähig, schon weil ihn niemand sprechen wolle. Andere erinnerten sich des

Mythos und stießen auf Probleme, die uns bis heute in Rezensionen verfolgen. Hatte doch Ariadne den orientierenden Faden nicht für sich genutzt, sondern einem Manne aus dem Labyrinth geholfen, der sie zudem dann schmählich sitzenließ. Auf einer Insel gab sie sich der weiblichen Tugend des Wartens hin. Wollen wir etwa solches als Frauenleitbild propagieren? fragte kürzlich u.a. eine belesene Rezensentin und empfahl Namensänderung.

Andere Frauen hatten schon 1984 ihre Zeitschrift *Ariadne-Almanach des Archivs der deutschen Frauenbewegung* genannt. Sie begannen ihren Leitfaden zur Frauengeschichte mit einer Recherche über diesen Namen und die Figur *Ariadne*. Schnell wird der Mythos um die »Sitzengelassene« abgelöst vom Mythos der »Hochheiligen Priesterin« und schließlich der »Hellstrahlenden«. Marianne Schmidbaur erzählt diese Legenden in *Ariadne 1-4* (1984 bis 1986), einen kleinen Auszug samt Literaturhinweisen wollen wir hier abdrucken. Dies soll nicht nur die Phantasie beflügeln, sondern auch weiter den Stachel setzen, nicht jede Mythenüberlieferung einfach für bare Münze zu nehmen und für die Wahrheit zu halten, vielmehr Mythenforschung widerständig feministisch zu betreiben.

»Im Unterschied zu anderen Mondgottheiten aus dem kleinasiatischen Raum wurde Ariadne weniger als Fruchtbarkeitsgöttin, denn als Göttin der Weisheit und des kosmischen Zusammenwirkens angebetet. Das Gespinst der Mondfäden, die einer späteren Ariadnefigur den Weg aus dem Labyrinth weisen wird, kann als Verknüpfung des gesamten Kosmos aufgefaßt werden. Die wollenen Fäden erscheinen als Richtschnüre, an denen sich ein Handeln orientiert, das versöhnend zwischen Natur und menschlicher Wirklichkeit vermittelt. Bei Ariadne der 'Hellstrahlenden' enden sie. Hier sind Wollknäule und Fäden noch eins ...« (*Ariadne*, Heft 4, März 1986)

Literatur (aufgeführt vom Frauenalmanach *Ariadne*):

Ausführliches Lexikon der griechischen und römischen Mythologie. W.H. Roscher (Hrsg.), Leipzig 1890-1897

Friedmann, Lilith: Die Gestaltungen des Ariadnestoffes von der Antike bis zur Neuzeit, Diss., Wien 1933

Göttner-Abendroth, Heide: Die Göttin und ihr Heros. Die matriarchalen Religionen in Mythos, Märchen und Dichtung. München 1983

dies.: Die tanzende Göttin. Prinzipien einer Matriarchalen Ästhetik. München 1982

Kemp, Ellen: Ariadne auf dem Panther. Ausstellungskatalog, Liebighaus-Museum alter Plastik, Frankfurt/Main 4.2.1979 bis 13.5.1979

Ranke-Graves, Robert von: Griechische Mythologie. Quellen und Deutung. 2 Bde., Reinbek b. Hamburg 1982

Frigga Haug

1993 ... Ariadne spinnt sich ins fünfte Jahr

Noch ist es nicht ganz soweit, denn erst im Herbst wird Ariadne ihren 5. Krimigeburtstag feiern, aber damit die Zeit nicht so lang wird, sei schon mal verraten, daß im Laufe des Jahres neue Krimis von Sarah Dreher (endlich Stoner 3!), Mary Wings, Susan Kenney, Lauren Wright Douglas und Barbara Wilson erscheinen.

Weniger erfreulich ist, daß wir die Preise für die Krimis nicht mehr halten können. Das beliebte Argument »Alles wird teurer« haben wir lange nicht anerkannt. Jetzt allerdings können auch wir nicht länger an gestiegenen Lohn-, Satz- und Druckkosten vorbei Ariadne-Krimis machen. Da wir es nicht besonders gern tun, haben wir die Preise aber nicht einfach erhöht, sondern eine neue Preisstaffel ausgetüftelt, und die sieht grundsätzlich so aus: Die dünnen Ariadne-Krimis bis 220 Seiten gibt's nach wie vor für 13 DM. Bis 300 Seiten kosten die Krimis dann 15 DM und bis 380 Seiten 17 DM. Die ganz dicken Krimis schließlich, die bei uns meistens weit über 400 Seiten haben, werden 19 DM kosten. Der Vorteil bei dieser Preisgestaltung ist, daß einige Krimis, die nach der bisherigen Staffel 16 DM gekostet hätten, jetzt schon für 15 zu haben sind. Dennoch, der Nachteil bleibt: insgesamt ist Ariadne teurer geworden.

Aber es gibt auch gute Neuigkeiten zum Frühling. Ende April kommen die nächsten beiden Krimis: *Das liebe Geld* von L.A. Taylor spielt in Minneapolis, hier besitzt die energische Heldin älteren Jahrgangs ein kleines Schreibbüro. Als eines Tages eine ihrer Schreibhilfen verschwindet, macht sie sich kurzerhand auf, um nach der jungen Frau zu suchen.

In unserer deutschen Neuentdeckung *Eine Lesbe macht noch keinen Sommer* ist die Autorin selbst die Detektivin: Gabriele Gelien verfolgt eigenhändig die Spur des Gangsters, der ihre Post klaut — und kommt viel Schlimmerem auf die Spur! Zwischen Familie, Knast und Lesbenszene entwickelt sich eine turbulente Krimikomödie, die in Berlin und München spielt.

Im Mai 93 erscheint Heft 2 vom *Ariadne Forum.* Da Leserinnenbriefe nicht nur uns beflügeln und zur Diskussion herausfordern sollen, kommt wieder das erweiterte Forum zum Zug, mit Einmischungen von purer Begeisterung über gewachsene Ansprüche bis hin zu erbitterten Kontroversen. Dann gibt es wieder Tips und Tadel zu Frauenkrimis und Filmen. Im Magazin diesmal der Barbara-Wilson-Tourbericht vom letzten Sommer und ein Gespräch mit Barbara, ferner ein Porträt der Berliner Autorin Gabriele Gelien sowie ein Selbstporträt von Marge Piercy. Im Essay geht es um Randgestalten: Männerrollen in Lesbenkrimis. — Übrigens: Wir hören, daß es immer noch schwer ist, das *Ariadne Forum* im Buchladen zu erhalten. Das können nur Leserinnen ändern. Bitte bringt die BuchhändlerInnen dazu, es zu bestellen.

Und endlich erscheinen, ebenfalls im Mai, die nächsten beiden Romane der *edition ariadne*:

Marge Piercy, in den USA eine der ganz großen feministischen Schriftstellerinnen, ist in Deutschland bisher kaum veröffentlicht. Wir wollen das ab sofort ändern und beginnen mit ihrem allerneuesten Roman *Er, Sie und Es*, in dem sie sowohl feministische Science-fiction-Kultur auf die Spitze treibt als auch im mittelalterlichen Prager Ghetto Historisches zum Leben erweckt. In den Hauptrollen hier zwei aufrechte Computerfachfrauen — Großmutter und Enkelin — sowie ein künstliches Menschenwesen. Die Verbindung aus Gänsehautspannung und literarischer Webkunst ist typisch für diese Autorin.

Sarah Schulman hat schon mit dem Krimi *Ohne Delores* hitzige Debatten entfacht, ihr Roman *Leben am Rand* erregte Aufsehen als aufrührerische Literatur um AIDS und herrschende Politik. Auch in ihrem neuesten Buch *Einfühlung* gibt sich die New Yorkerin nicht mit dem Normalen zufrieden. Die Geschichte der Anna O. ist eine hysterisch-komische Parodie auf die Psychoanalyse und auf alltägliche Vorstellungen von weiblich und männlich: Eine Lesbe experimentiert mit Identität als Beziehung zur Welt.

Natürlich wollen wir unbedingt erfahren, ob euch die viele neue Lektüre ebenso begeistert wie uns. Und damit bleibt nur noch zu sagen: Schreibt uns, macht mit.

Else Laudan

Ariadne Redaktion
Argument Verlag · Rentzelstraße 1 · 2000 Hamburg 13

In der Ariadne-Reihe sind bisher erschienen:

Ariadne 1001 Anthony Gilbert: Das Geheimnis der alten Jungfer
Ariadne 1002 Marion Foster: Wenn die grauen Falter fliegen
Ariadne 1003 Joy Magezis: Untergetaucht
Ariadne 1004 Anthony Gilbert: Fette Beute
Ariadne 1005 Lauren Wright Douglas: Lauernde Bestie
Ariadne 1006 Jessica Mann: Das Gewerbe der Mrs. Knox
Ariadne 1007 Katherine V. Forrest: Die Tote hinter der Nightwood Bar
Ariadne 1008 Josephine Bell: Mord im Ruhestand
Ariadne 1009 J.R. Hulland: Der Tod studiert mit
Ariadne 1010 Masako Togawa: Der Hauptschlüssel
Ariadne 1011 Sarah Dreher: Stoner McTavish
Ariadne 1012 P.M. Carlson: Vorspiel zum Mord
Ariadne 1013 Val McDermid: Die Reportage
Ariadne 1014 Kim Småge: Die weißen Handschuhe
Ariadne 1015 Katherine V. Forrest: Amateure
Ariadne 1016 Dorothy Cannell: Die dünne Frau
Ariadne 1017 Kim Engels: Zur falschen Zeit am falschen Ort
Ariadne 1018 Dolores Komo: Clio Browne, Privatdetektivin
Ariadne 1019 Barbara Wilson: Der Porno-Kongreß
Ariadne 1020 Sonja Lasserre: Gestern, heute und kein Morgen
Ariadne 1021 Val McDermid: Das Nest
Ariadne 1022 P.M. Carlson: Sicher ist nur Mord
Ariadne 1023 Sarah Dreher: Schatten (Stoner McTavish 2)
Ariadne 1024 Joan Hess: Rufmord
Ariadne 1025 Sarah Schulman: Ohne Delores
Ariadne 1026 Dorothy Cannell: Der Witwenclub
Ariadne 1027 Barbara Wilson: Ein Nachmittag mit Gaudí
Ariadne 1028 Joy Magezis: Schüttelfrost
Ariadne 1029 Katherine V. Forrest: Beverly Malibu
Ariadne 1030 Susan Kenney: Zuchtrosen
Ariadne 1031 Mary Wings: Sie kam zu spät
Ariadne 1032 P.M. Carlson: Versuch mit Mord
Ariadne 1033 Val McDermid: Der Fall
Ariadne 1034 Anthony Gilbert: Schwarze Bühne
Ariadne 1035 Marion Foster: Wenn die Macht ihr Netz auswirft
Ariadne 1036 Rosie Scott: Tage des Ruhms
Ariadne 1037 Katherine V. Forrest: Tradition